JN306807

二見文庫

永遠《とわ》の絆に守られて

リンダ・ハワード＆リンダ・ジョーンズ／加藤洋子―訳

Blood Born

by

Linda Howard and Linda Jones

Copyright©2010 by Linda Howington and Linda Winstead Jones
Japanese language paperback rights
arranged with Ballantine Books,
an imprint of Random House Publishing Group,
a division of Random House, Inc.
through Japan UNI Agency,Inc.,tokyo.

ロビン・ルーとベス・ミラーへ
いつも支え、励ましてくれてありがとう

はじめに

戦士《ウォリアー》はつねにわれわれとともにいる。彼らは愛する者を守るためなら死をもいとわず、たとえ死んでも別の世界で生き延びる栄誉をになう、そこでつねに監視を怠らず、必要とされればふたたび危険に身を投ずる覚悟ができている。別の世界に生きるウォリアーたちは、かつては受容され、崇敬《すうけい》される存在だった。長い年月の後、彼らは必要とされなくなり、神話となった。その物語は父から息子へ、母から娘へと語り継がれた。そしていま、彼らは忘れ去られた。

不死のウォリアーが生きているのは、この世界とよく似た別の世界、遠く隔たっていながら、手を伸ばせば触れられるほどちかい世界だ。彼らは幽霊だと考える者もいる。あるいは魂の案内人、それとも天使だと。だが、彼らはそのいずれでもない……それでいて、そのすべてでもある。われわれのうちのある者たち――ウォリアーの直系の子孫たち――には彼らが見える。彼らの呼びかけが聞こえる。だが、忘れ去られた者たちの声を、どうすれば聞くことができるのだろう？　彼らがどうして呼びかけてくるのか、そのわけをどうすれば理解できるのだろう？

ウォリアーはみな、かつては地上を歩いていた。ここで暮らし、愛し、戦いに赴いた。いま、彼らは人類を守るため、永遠の命を犠牲にして戦う。

だが、それは彼らが呼び出されたときだけにかぎられる。われわれが聞く術《すべ》を学んだときだけにかぎられる。

本書に登場する用語の説明

ヴァンパイア――人間の血を吸って生きる闇の世界の住人。人間から転身した者たちと、ヴァンパイアの両親のもとに誕生した生粋のヴァンパイア（ブラッド・ボーン）がいる。

評議会――ヴァンパイア世界を統治する組織で、女五人、男四人の九人で構成される。

戦士（ウォリアー）――別世界に住み、ヴァンパイアが人間の命を脅かすような事態が起きるとこの世に呼び出され、ヴァンパイアと戦う。

コンデュイット――ウォリアーの子孫で、ウォリアーをこの世に呼び出す能力を持つ人間。ヴァンパイアによって人間の命が脅かされるとき、ウォリアーのほうからコンデュイットの夢に現われてコンタクトをとろうとする。

永遠《とわ》の絆に守られて

登　場　人　物　紹　介

クロエ・ファロン	レストランのアシスタント・マネージャー
ルカ・アンブラス	評議会に雇われた処刑人
ヘクター	評議会の長
セオドール	評議員
パブロ	評議員
ベネディクト	評議員
アルマ	評議員
マリー	評議員
ナディア	評議員
ダーネル	評議員
エレノア	評議員
イーノック	評議会の執事
レジーナ	反乱派のヴァンパイアを率いる自称女王
ソーリン	レジーナの手下
メロディー	レジーナの手下
ジョナス	レジーナの手下
アーロン	ルカの友人
ネヴァダ	魔女
ジミー・エリオット	大学生
ケイト	ジミーの恋人
ヴァレリー・スペンサー	クロエの同僚

プロローグ

カリフォルニア州、ロサンジェルス

正気を失った。そうとしか説明がつかない。

彼女はこの三日間、つづけて三十分以上眠ることができなかった。あんなに真に迫った夢を見て、どうして眠ることができるだろう。夢は目を瞑《つぶ》るとすぐにはじまり、つぎからつぎへとめまぐるしく変わり、名前を呼ばれるたびにぎょっとして目を覚ます。細部はぼんやりとしているが、ふたつだけはっきりと憶えていることがあった。夢に出てきたのは男だということと、男が彼女に呼びかけるその口調だ。

あまりにも不公平だ。彼女は二十三歳で、健康で、恋人はおらず——いまは——生まれ故郷のミズーリ州を離れ、騒々しくてエキサイティングな大都会、ロサンジェルスに住んでいる。ほんの数日前までは人生を満喫していたのに、いまや寝不足でふらふらの頭を抱えて動くのも億劫《おっくう》だ。大柄で筋肉質で、全裸にちかい黒髪の男が夢に出てきたら、ふだんなら文句は言わない。しかも、男は夢の産物だということを忘れるぐらい生々しいのだ。でも、いまはただ眠りたかった。

事態は悪化の一途を辿《たど》っていた。彼はいまや起きている時間にまで侵入してきた。付け加えるなら、この三日間、夜の時間のほとんどを起きて過ごしていた。彼の声が聞こえる時間がまちまちになり、名前を呼ぶ口調がどんどん切羽《せっぱ》詰まったものになっている。彼の声が聞こえる！　そう、ほんとうに聞こえるのだ。廊下を歩いていると、名前を呼ぶささやき声が聞こえ、シャワーを浴びようとすると、かすかに訴えかけるような声が聞こえる。想像の産物ではない。ほんものの声だ。

でも、ほんもののわけがなかった。クスリはやっていないから、つまりは正気を失ったのだ。そうとしか説明がつかない。まいった。ちゃんと眠ることさえできたら、正気は戻ってくるだろう。

テーブルに向かってぐったりと座り、宅配の料理を食べるつもりが、疲れすぎて食欲が湧《わ》かずに諦《あきら》めた。やっとの思いで立ちあがり、テーブルを片付け、夕食の残りを捨てようとゴミ容器の蓋《ふた》を開けたとたん、手つかずの料理数食分の饐《す》えた臭いが鼻を直撃した。ああ、もう、今夜のうちにゴミを出しておかないと。暗いのは怖くないし、マンションのゴミ集積所にはライトが煌々《こうこう》とついているし、階段をおりてすぐの場所にある。でも、よれよれの部屋着に着替えた後だし、裸足《はだし》だ。こんな格好で部屋を出たときにかぎって思いっきりホットな男と鉢合わせし、ゴミ並みに魅力がない女だと凄もひっかけてもらえないのだ。世の中ってそういうもの。そもそも、マンションのゴミ集積所に〝すてきな出会い〟が転がっていると思う？

　ゴミを出すのはあすに延ばせるが、それでは悪臭で目が覚めてしまう。もっとも、今夜はちゃんと眠れるという前提の話だ。これだけ疲れていたら、なにがあったって目が覚めないだろう。全裸で黒髪のいい男に迫られたって。

　ゴミ容器からポリ袋を引っ張り出して口を縛り、きつく締まっていることをたしかめてからドアを出た。階段をおりてマンションの玄関を出て、裏手にまわる。

「ジョアナ！」

　頭のなかとそのまわりで名前が響きわたり、総毛立った。変な感じだ。音が一度にいろんなところから聞こえる。怯《おび》えた子どものように家に逃げ帰り、母親の膝に顔を埋《うず》めたいと思った。

　彼女が家を出ることに母親は猛反対だったのだから、おめおめと逃げ帰るわけにはいかない。あのころと事情はまったく変わっていない。母親はことあるごとに、気をつけなさい、と言う。ロサンジェルスは大都会だ。人でごった返す場所に娘がいることに、母は我慢ができないのだ。人が多すぎる！　母は定期的に警告してくる。ドアに鍵《かぎ》をかけろ、夜ひとりで出歩くな、知らない人には注意しろ。わかってますって。最後のはとりわけ意味がない。彼女はヘアスタイリストだから、毎日、知らない人と会う。そのうえこの界隈《かいわい》に引っ越してきたばかりだから、出会うのはすべて知らない人だ。毎晩、自分の部屋に閉じこもっているんだったら、ロサンジェルスに住む必要はないんじゃない？　彼女はヘアスタイリストとしての評判を確立するためにここにやってきた。特別な催しがあるときに、優雅なんだけど尖《とが》った感じのヘアスタイルにしてもらうならあの人、という評判を。いつかスターの髪をいじれるようになりたい。

妙な声がまた聞こえた。このところ、彼女の名を呼ぶ声には緊迫感が漂い、まるで警告しているみたいだ。

「ほっといてよ」彼女はささやき、前方のゴミ集積所に目をやった。自分の小さな声を耳にすると、夜のこの時間、小さなマンションの駐車場はまったく人気《ひとけ》がなくなることを意識させられた。朝早く出勤する人たちは、とっくに眠っている。きっとごくふつうの夢を見ているのだろう。夜の仕事をしている人たちは、まだ戻ってきていない。目に入るのは、彼女の車を含めて数台の車と、街灯、それにプールへ通じる曲がりくねった歩道だけだ。どれも見慣れたものばかりでほっとする。いまではここがわが家だ。怖いものはなにもない。正気を失う可能性をのぞけば。

大型ゴミ容器にポリ袋を投げ込み、まわれ右をしたとたん、悲鳴を呑《の》み込んで後じさり、ゴミ容器に背中をぶつけた。長身でブロンドで長髪の男が、背後に立っていたのだ。ミラー・サングラスのせいでレンズにライトが映り、まるで巨大な昆虫の目のように見える。

「やだ、もう！」彼女は声をあげ、胸に手を当てた。激しい鼓動を圧迫して抑えようとするかのように。

男は小首を傾《かし》げた。「心臓が口から飛び出すかと思った！」「興味深い。人間にそういうことができるとは知らなかった」

呼吸を整えることに必死でなければ、声をあげて笑っているところだ。いったいどこから来たの？　足音を聞かなかったから、彼女の歩調にぴたりと合わせていたのだろう。そうでなければ、男が部屋を出るときのドアが開いて閉まる音を耳にしていたはずだ。

やっぱりこういうことになった。髪の毛はくしゃくしゃでメイクはすっかり剝《は》げ落ち、着ているものといったらホームレスといい勝負。ゴミ集積所への行き帰りに、まさか男と鉢合わせするとは……というか、こっちの顔は向こうの胸の高さ。男は全身黒ずくめだった。よほどカントリー歌手のジョニー・キャッシュにかぶれているのか。それでも、姿を見かけるか、声を聞くかしていたはずだ。でも、頭のなかに靄《もや》がかかった状態がつづいていたから。

頭をのけぞらせて男を見あげた。サングラスなんてかけて、ちょっと気取りすぎじゃない？　夜なのに。ここはロサンジェルスだから、それぐらいでちょうどいいのかも。全員がスターかその予備軍という街だ。この男はスターではない。だけど、一度見たら忘れられない顔だ。すてき。ぼんやりと思う。ルックスの面で、夢のなかのストーカーといい勝負だ。

ただし、見知らぬハンサムな男に見とれている余裕はなかった。

「走れ！」

夢で聞いた声だ。彼が名前以外の言葉を口にしたことに唖然《あぜん》とした。それから、遠くから聞こえる声の緊迫した響きが疲れた脳に沁《し》み込んできて、背筋が凍った。

「ごめんなさい」彼女は言い、男がゴミを捨てられるよう横にどいた。男は彼女の動きをなぞって動いた。男がゴミ袋を持っていないことに気づき、顔を平手打ちされた気がした。口のなかに鉛の味が広がる。頭のなかで警戒警報が鳴り響き、体じゅうの細胞が緊張したが、脳が悲鳴をあげろというメッセージを送信する前に、男が手をあげ、指一本でサングラスをさげた。現われた目はブルー……輝くブルーだ。

悲鳴はついに発せられなかった。その目に吸い寄せられ、おかしなことに体を男から引き離したくなかった。さっきまでの恐怖が消え去った。最初から恐怖など感じなかったかのように。全身にぬくもりと心地よさが満ちてくる。彼は美しい。彼を喜ばせたい、彼の望むことならなんでもしてあげたい。

「ああ」うっとりと声をあげ、彼の顔に触れようと手を伸ばした。

男がその手をつかんで口もとに持ってゆく。昔風の優雅な挨拶《あいさつ》。指に触れた唇はあたたかかった。「さよなら」男が言い、刃渡り八インチのナイフを肋骨《ろっこつ》のあいだから心臓へと突き立てた。

痛い、と彼女は思ったが、緊迫感はなかった。「離れたくない」自分でもちょっとびっくりしながら彼女は言った。「あなたと一緒にいたい」話すのがどうしてこんなに難しいの？　どうして息を吸えないような気がするの？　文句を言おうとして、まばたきしながら男を見つめる。だが、思考が抜け落ちてゆき、時間が消えた。まるで他人事《ひとごと》みたいな感じなのだが、徐々に気づいた。いまでは彼の前に立っているのではなく、大型ゴミ容器の前の地面に倒れていることに。これはまずい。だって……黴菌《ばいきん》がうようよいるだろうし……起きあがらなくちゃ。

そこでまた彼が、夢に出てくる男が現われた。いままで以上に真に迫っている。男はいま一度彼女の名前を呼んだ。とても悲しそうで、怒っているようだ。それから、男は消えていった……そうして、彼女も息絶えた。

ソーリンは女の死体を眺めていた。女が死んだことを喜んではいないし、食糧にできないのは残念だ。仲介者《コンデュイット》はふつうの形で――つまり、人間としてふつうの死に方で――始末しなければ、よけいな注意を引くことになる。このコンデュイットはとても美しかった。こういう状況でなければ、しばらく彼女と過ごし、食欲と性欲の両方を満たすことができたのに。翌日、目を覚ました彼女は、いつにない疲労を感じる以外にはどこにも異常はなく、すばらしい時間を過ごしたという記憶だけが残る。だが、悪い星のもとに生まれたばっかりに、死刑宣告を受けてしまった。

これで〝始末すべき人間リスト〟から彼女の名前を消すことができる。

アラバマ州北東部

メロディーは黒のピックアップ・トラックの助手席側ドアにもたれかかり、あたたかな夜気に浸って肩の力を抜いた。スイカズラの香りを乗せた微風が肌をなぶる。なぶられるのに充分すぎるほど肌は露出していた。転身する以前、愚かな人間のティーンエージャーだったころ、男は大きなおっぱいとぺたんこのお腹と長い脚に目がないことを知った。彼女には三つとも揃《そろ》っているから、欲しいものを手に入れるためなら惜しげもなく曝《さら》す。

彼女はほほえんだ。背後のドアがバタンと開いて、バーからカップルが出てきた。もうそろそろだ。夜もすっかり更け、店内に残っている客は数人だけだ。ドアが閉まる寸前、田舎風の木のカウンターに並ぶ男たちの姿が見えた。目の前にビールやウイスキーを置いて、視線をちらっとこっちに向ける。男たちは、彼女がここにいることを知っていた。というより、彼は、彼女がここにいることを知っている。問題なのはそこだ。

ドアが閉まる寸前、コンデュイットと目が合った。彼女は誘いかけるように顎を突き出す。彼はキュートだ――黒髪でいかつくて、背が高く引き締まった体つき。労働者の手、すてきな目。メロディーがもたれかかっているのは、彼のピックアップ・トラックだった。

一分もしないうちに、彼がバーから出てきた。その歩幅は広い。ジーンズはいい頃合いに色褪《いろあ》せている。グリーンの目は疲れている。

「店に戻って一杯やらないか?」彼がらかづいてきながら言った。

「アルコールは苦手なの」メロディーは言う。

「だったらなぜここに?」

三晩つづけてこのバーに通い、店内にいたのは短時間ながら、この男がどういう人間かだいたいわかった。やるなら徹底してやるのが彼女の流儀だ。

「最初のときは偶然だった」彼女は言った。「そのつぎからは、あなた目当てに通っていたのよ」

彼は少し驚いたようだが、ショックを受けるほどではない。まっとうな職についている見栄えのいい男は、こういう辺鄙《へんぴ》な場所では引っ張りだこだ。メロディーはほほえんだ。誰の手を借りなくても、男に不意打ちを食わすことはできる。男の考えることなど、先刻お見通しだ。

「送ってちょうだい。そう長くはいられないの。用事があるのよ。片付けなきゃいけないことがね。でも、あなたを味わわないなんて、もったいなさすぎる」

彼は興味を惹《ひ》かれてはいるが、まだ警戒している。「深入りはしたくない。半年前に離婚したばかりで、まだ真剣に女と付き合う気には――」

「あなたの体が欲しいだけ」彼女は言った。ほんとうのことだ。「あなたのおうちで、どう?」

彼はちょっと顔をしかめた。「うちには戻りたくない」

その目に浮かんだ恐怖を見て、やはりこの男だったと確信した。

あたりを見まわし、息を吐いた。「トラックでやるのは久しぶりだけど、エクステンド・キャブ（キャビン後部を延長しバックシートを設けたトラック）だし、窓は着色ガラスだから、試してみてもいいかもね」

一瞬にして彼のポケットから鍵が現われた。メロディーは横にずれて彼に場所を譲った。もったいない話だけれど、ほかにどうしようもない。コンデュイットは戦士《ウォリアー》だ。本人は気づいてもいないのだろうが、祖先はウォリアーだ。

よほどしつけがよかったのか、彼はメロディーがバックシートに乗り込むのに手を貸してくれた。狭苦しいけれどかまわない。どうせ長くはいないのだ。彼が乗り込んできてドアを閉め、ロックした。彼女のほうから迫る。

獲物をもてあそんではいけない、と先輩たちからときどき注意されるが、いまここに先輩はいないし、お楽しみを諦める理由が見つからない。コンデュイットに生まれたのは彼のせいではない。その血管に不死のウォリアーの血が流れているせいで接触を試みられるという不運は、彼が招いたものではない。最期にささやかな楽しみを与えてあげてなにが悪いの。

いま死ぬか、後で死ぬか、いずれにしても死ぬのだから。

着色ガラスを通してわずかに光が射し込んでいるので、彼にはメロディーの顔が見える。メロディーのほうは、光が射し込んでいようといまいと、彼の顔がよく見えた。彼女が転身したのが一九五六年だから、ヴァンパイアの世界ではまだひよっこだが、若いからこそ――比較の問題だけれど――人間だったころのことを、セックスに絡んだ遊戯やドラマをまだよく憶えていた。そういった愚かしい儀式をいまだに楽しむことができる。ヴァンパイア相手でも、その気になればセックスできるが、これがけっこう面倒くさい。ヴァンパイアだってすてきな恋人になれる――そのテクニックやスタミナは語り草になっている――けれど、人間は比喩的《ひゆてき》な意味でも、文字どおりの意味でも甘くなれる。その両方を味わえる機会を、どうして諦めなければいけないの？　ものすごく歳《とし》をくったヴァンパイアのなかには、セックスを完全に諦めたのもいるらしいが、メロディーにはとても想像がつかない。そんな犠牲を払うつもりはさらさらなかった。

アイスクリームと日焼けを諦めざるをえなかったんだもの、犠牲はそれぐらいで充分だ。

コンデュイットは疲れていた。ウォリアーが彼に接触してきて眠りを奪うせいだが、服を脱ぐメロディーの姿を楽しめないほど疲れてはいなかった。彼女は素っ裸になると彼の手を乳房に導いた。彼が乳房をつかんでいるあいだに服をゆっくりと脱がして、露出した体のあちこちに唇で跡をつけていった。この二日間で彼のなかに溜まった不安が和らいで、欲望に席を譲った。

彼にまたがってそのものをすっぽりとおさめ、目を閉じて一体化する感覚を楽しむ。狭い場所だから無様な格好をとらざるをえない。彼のベッドのほうがいいに決まっているが、彼は家に帰りたくないという。彼にとって、自分の家はもはや安らぎの場所ではなくなっているのだ。かわいそうに。

家はそれぞれのウォリアーが接触を試み、ときに接触を終える場所だ。招かれざる訪問者や世の中の喧騒《けんそう》から逃れ、家にひとりきりでいるときに、コンデュイットはそれぞれのウォリアーを見て、その声を聞く。あるいはその存在を感じる。あわれなこの男が友人宅のソファーやこのトラックで数時間の安息を求めるのも無理はない。

セックスは汗まみれの短いものだったが、どちらも満足した。なんとなく気まずそうにしているのがかわいい。彼は男らしいが、シャイだった。けっして口説き上手ではない。昔からそうだったのだろう。メロディーのほうから動かなければ、彼はけっして話しかけてこなかっただろう。

セックスがすむと、体を絡ませ合ったまましばらくじっとしていた。汗にまみれ、満足しきって。メロディーは顔をあげて豊かなブロンドの髪を振り払い、彼の目を見つめた。暗くても、彼にはメロディーが見える……彼女にも彼が見える。彼の視線を捉《とら》えたとたん、彼の意識は彼女のものになった。そのあまりの従順さに彼女は魅了された。果たすべき仕事がなければ、しばらく手もとに置きたいほどだ。

牙《きば》を伸ばしたが、すでに意識を支配しているので、彼は警戒しない。彼女がなにを欲しがっているのか、彼にはわかっている。おとなしく頭を片方に傾げ、汗をかいた長く力強い喉を剝《む》き出しにした。

メロディーは顔をちかづけて咬《か》みつき、皮膚を破り、血管を開いた。血を飲み干すことはできない。コンデュイットを殺すときには注意しろと命令されていた。血が一滴も残っていない死体を残せば、警察が疑いを抱いて捜査し、巡り巡って革命が頓挫《とんざ》しないともかぎらない。彼はとてもおいしかった。まるで性格の甘さが血に風味を添えているかのように。メロディーは気分がよくて鼻歌を歌った。血を吸うあいだ、ペニスをさすってあげているのだから、なんて気前のいいこと。彼は小さくうめき、腰を動かしてペニスを彼女の手に押しつけた。

「いいわ、シュガー」彼女はささやいた。「いいと思わない？」返事を待たずに、彼の血を思いきり吸い込んで恍惚《こうこつ》となる。彼の体のすてきな感触、彼の生命力の味わい、血とともに体内に吸収されるエネルギーに恍惚となる。

ようやく飲むのをやめた。このぐらいにしておかないと。名残惜しげに舌で彼の喉を舐め、傷口が癒《い》えて閉じるのを待つ。それがすむと彼の口と鼻をしっかりと手で塞《ふさ》ぎ、空気を遮断した。まだ飲み足りない気分なのに、こういう方法で殺さなければならないなんて。なんという血の無駄遣いだろう。だが、メロディーは優秀な兵士だから命じられたとおりにする。

彼は体をぴくりとさせただけで、抵抗しなかった。心臓の鼓動がやむまで口と鼻を押さえつづけた。仕事は終わった。彼の頭をやさしく叩《たた》き、頬に触れる。生きている最後の数分が幸せだったのはせめてもの救いだ。メロディーは怪物ではない、ただ……ちがっているだけ。というよりも、まさっている。かつての自分よりもまさっているし、人間よりもまさっている。人間はあまりにも無知で、彼女みたいな者たちのお情けで生きているにすぎない。

ゆっくりと服を身にまとい、着色ガラス越しに店のほうを見ていると、最後の客が出てきて車に乗り込み、去っていった。誰もピックアップ・トラックに関心を示さない。ここ数晩、彼はトラックをここに駐《と》めたままにしていた。酔っ払って運転が無理なときは友だちに送ってもらうか、トラックのバックシートで眠っていたのだ。

最後の客が去り、ビールのネオンサインが消えると、メロディーはトラックからおりてドアを閉めた。

コンデュイットが抵抗しなかったことが気がかりだ。魔法をかけられていたとはいえ、肉体が空気を求めてもがくのがふつうだろう。あるいは、血を多く摂《と》りすぎたのかもしれない。歳を重ねたヴァンパイアたちとちがって、メロディーには加減ができない。でも、それって彼女のせい？　歳を重ねれば……いずれそうなる。でも、もし血を多く摂りすぎて、田舎の検死官が疑いを持ったら、彼女はやばいことになる。検死官が死体を検案したくても、判断材料が充分に残っていなかったらそれにこしたことはない。

ありがたいことに、転身したときに生まれ持った才能が花開いた。証拠を隠したいときに、これがとても役立つ。片手をあげ、手のひらに意識を集中すると炎がポッとあがった。これは彼女の炎だから、痛くも熱くもない。

ピックアップ・トラックから離れ、手のひらの炎をトラックに向けて飛ばした。炎がシートを舐める。さらに集中すると、炎は車内を動きまわって死体を包み込んだ。トフックからさらに離れ、炎を動かしてガソリンタンクを探させた。けっこう時間がかかった。なぜなら、ガソリンタンクがどこに位置するのか、彼女にはわからないからだ。なんとか見つけると、爆発の影響を受けないよう充分に距離をとった。

爆音を耳にして、バーから男が駆け出してきた。メロディーはぎょっとして男を見つめた。バーテンダーのことをすっかり忘れていた。年配の男は彼女のほうに走ってきた。「なんだ、なんだ？」男は絶叫しながらポケットを探り、携帯電話を出そうとした。

しまった！　たいていの場合、メロディーは姿を見られてもべつにかまわないと思っていた。だが、命令ははっきりしている。〝起きたことにまわりの関心を集めてはならない、さもないと――〟この〝さもないと〟がなにを意味するのか知りたくもないが、ひとつだけたしかなことがある。ソーリンを落胆させることだけはしたくない。ここは自分でなんとかしなくちゃ、それも早急に。

一瞬の後、メロディーはバーテンダーの前に立っていた。彼はぎょっとし、「いったい

――」と言いながら後じさったが、すでに彼女はその視線を捉え、意識を支配していた。彼の目に炎が反射するのが見える。彼の意識に入り込む。

「あたしはここにいなかった」穏やかに言い聞かせる。「かわいそうにあの男、トラックのバックシートで眠り込んでしまった。あんたはそのことを知っていたけど、気にしなかった」

「おれは気にしなかった」バーテンダーが鸚鵡《おうむ》返しに言う。

「かわいそうに」メロディーはつづける。「彼はこのところおかしかった。離婚して以来ずっとふさぎ込んでいて、とても悲しそうだった」ゆっくりと歩み去り、バーテンダーの視線が届かないところまで来ると意識を解放してやった。

彼は携帯電話から緊急通報をした。「消防車をよこしてくれ、救急車もだ。なんでもいいからよこしてくれ！」

暗い道端を歩きながら、メロディーはにやりとした。おもしろかった。

べつのコンデュイットがすぐに彼女のものになる。ここでうまくやり遂げたことを報告すれば、べつの任務が割り当てられる。つぎはどんなふうに殺そうか？　ナイフ、枕、銃、崖から突き落とす……誰にでも、どこでも起こりうる死。つぎは血をとりすぎないよう、もっと慎重にやらなければ。でも、反乱が成功してヴァンパイアが支配する世界になれば、慎重にやる必要もなくなるのだ。すばらしい。とってもすばらしい。

1

スコットランドのハイランド地方

　スコットランドの夏には、ルカ・アンブラスを惹きつけてやまぬ特別ななにかがある。雨と雲と厚い霧だけではないなにか。かつて起きた出来事の味わい、記憶のなかにくっきりと刻まれた歴史、目を閉じればとっくの昔に亡くなった人びとの声が聞こえ、繰り返される戦闘で振るった剣の衝撃が手に伝わり、ピートを燃やす匂いが甦《よみがえ》る。生まれたのはギリシャだが――オリーブ色の肌が地中海の民であることを窺《うかが》わせる――ギリシャよりもスコットランドで過ごした年月のほうが長く、はるかにくつろげる。ギリシャは暑く日差しが強すぎる。霧の立ち込めたひんやりとした場所のほうがずっといい。

　大都会の喧騒や興奮が懐かしくなることもあるが、ひとりきりで物思いに浸ることを好むタイプだ。ひとりの時間を快適に過ごすことができなければ、何世紀も前に正気を失っていただろう。でも、彼は快適に過ごせる。いま風の言い方をすれば〝オタク〟なのだろう。何日でも何週間でも、人にいっさい会わずに楽しく過ごすことができた。その瞬間、瞬間を生きること、それがコツだ。一年一年を楽しみ、ゆっくりとした変化も、すばやい変化も楽しみ、けっして変わらぬものを楽しむ。人生を楽しむのに、かならずしも仲間はいらない。ハイランドの自宅はモダンな設備を備えた優雅なコテージで、大都市から離れた場所にあった。いまでは大都会に住まなくても、便利さを享受することができる。時代は変わったのだ。それぞれの時代が与えてくれるものすべてを楽しむことができなくては、何世紀も生き延びる意味がないのでは？

この二百五十年の変化は目覚ましいものだった。めったに驚くことのないルカでさえ、つぎからつぎに生まれる変化には目を瞠《みは》らされた。電気、電話、自動車、飛行機——変化についていくのは大変だが、彼はそれを楽しんできた。映画やテレビ、旅行、スピードの出る車を運転するスリル。飛行機に乗ればほんの数時間後には数千キロ隔てた場所に運ばれるのだ。人類はなんと宇宙にまで飛び出していった。この脆弱《ぜいじゃく》な生物の大胆なこと、あっぱれと言うべきか、どうしようもなく愚かと言うべきか。二千年にわたって彼らを観察してきたが、いまだにどちらとも決めかねている。おそらく両方なのだろう。

ルカには金があり、時間がある。都会生活がしたくなれば、ワシントン州シアトルに持っている家に滞在する。平和と静寂を求めるときにはここに来る。そのうち静寂に飽きて動きだすだろうが、いまは……いまのところは、静寂が血とおなじぐらい生存に必要だった。永遠の存在にも払うべき代償がある。

それでも、一カ所に長くは滞在しない――〝長く〟は相対的な言葉だ。ある者にとって一カ月は長いが、彼にとってはまばたきひとつ、心臓の鼓動ひとつほどの間《ま》だ。単籠《すご》もりは彼の柄ではなかった。骨の髄までハンターであり、獲物はかならず彼のものになるという必然の結果があってもなお、追跡のスリルを楽しんでいた。じきに呼び声を感じるだろう――あるいは電話を受けるだろう――すると即座に愛する孤独を置き去りにし、ふたたび血を狩ることに没頭する。

夕闇が迫ると、ルカはコテージを出てひんやりとした新鮮な大気を吸った。一日でいちばん好きな時間、光が消えて闇が深まり、孤独を際立たせる。踏みしめている大地とおなじように、手を伸ばせば孤独に触れられる気がする。芳《かぐわ》しい草原を抜ける道を辿る。前方には岩だらけの山々が聳《そび》え立ち、闇を深くしていた。丈高い草をゆっくりとブーツで掻《か》き分けてゆく。その動きは悠然としていた。この歳になると、多くのエネルギーを消耗しないかぎり、頻繁に摂取する必要はなかった。そのおかげで、何日も、何週間も引き籠もっていられるのだ。だがやがては飢えが、欠乏が生じる。そのときはそれを満たすだけのことだ。

今夜は飢えていなかった。勇壮で荒涼とした丘を歩き、かつてここで起きた戦闘に思いを馳《は》せる。多くの戦闘が、多くの戦争が行なわれたから、思い出すことはいくらでもあった。ともに戦った人間の闘士たちは、あまりにも無鉄砲に戦に身を投じた。勝つにせよ負けるにせよ、その警戒心のなさは驚愕《きょうがく》に値する。自分たちは生身の人間だとわかっていないわけではない。わかっていても戦う。正気や理性はもはや入り込む余地がない。何世紀にもわたって彼らを眺め、餌食《えじき》にし、ともに戦ってきたいまでも、人間には興味が尽きなかった。

自分が何歳なのか、正確にはわからない。二千歳は超えているはずだが、この年の何月何日生まれ、と断定ができない。ヴァンパイアは全般的に暦に疎い。母親は彼の誕生日を知っているだろうが。最初の四、五百年はそれでも年数を数えていたが、そのうち興味を失った。数字はなんの意味もない。誰かが誕生パーティーをやってくれるわけでもないし。大事なのは彼自身のパワーで、それは世紀を重ねるごとに強くなってきた。彼に匹敵するパワーを持つ者は、いまでは数えるほどしかいなくなった。パワーのなかにこそ安全は生まれる。ルカが最初に身につけた教訓は、つねに背後に気をつけろ、だった。同族の者たちと一緒にいても、油断してはならない。彼らと一緒に暮らさないのはそのせいだ。

ここには必要なものはすべて揃っている。いろいろな面で、同族の者たちより人間と一緒のほうがリラックスできる。人間を恐れていないから、用心する必要もない。とるに足りない存在である反面、とてもおもしろい。そしてなによりも、人間は彼を記憶に留《とど》めない。

遠くの丘を越えた先に小さな村がある。摂取する必要があるときにはそこへ出掛けていく。血をとり終えると、彼が出会った人びとも、血を吸われた人間ですら、彼がそこにいたことを忘れ去る。村に入ってゆくたび、村人たちははじめて見る人間として彼を迎える。それが彼のパワーであり、彼の呪《のろ》いであり、救いだった。誰も彼を憶えていない。通り過ぎたとたん、彼らの人生から消え去る。最初からそこにいなかったかのように。そのパワーに抵抗できるのは、同族の、しかも最強の者たちだけだから、好きな場所に出入りできた。視界から消えたとたんに忘れ去られるのは、見えないのとおなじだから、彼には自由がある。ほかのヴァンパイアたちが逆立ちしても得られない自由が。

楽しい思い出に浸っていると、ポケットのなかの衛星携帯電話が鳴った。声に出さずに毒づく。現代生活でルカが楽しめないもののひとつが、どこにいても連絡がつくことだ。かつて、評議会は召喚状を書面で送ってよこした。どこにいるかにもよるが、彼のもとに届くまでに数カ月かかることもあった。時間がかかることは問題ではなかった。造反ヴァンパイアがどれほどの期間、どこに逃げ込もうと、ルカはかならず見つけ出した。

くそっ。つねに呼び出しに応《こた》えることがルカには義務づけられている。ひとつの任務を終えたばかりで、しばらくは人間がごみごみと集まっている場所から離れていたかった。評議会から呼び出しがかかるまでに、ときには数カ月、数年が経《た》つこともあった。電話は評議会からだ。それ以外に彼の連絡先を知る者はほとんどいない。彼を記憶できる、彼より年長で、彼より強いヴァンパイアに対しても、軽々しく番号を教えたことはなかった。教えてなんになる？　ヴァンパイアは電話でおしゃべりしない。それに、彼はほかのヴァンパイアを不安にさせる。それぞれにパワーを持つ評議員たちも、彼には警戒する。彼にとってみれば、それはありがたいことだった。

政治にはまったく関心がないから、評議会との関わりは必然ではなかった。ヴァンパイア社会の支配組織にも、人間が作り出した政府とおなじで、中傷合戦や黒幕の存在、陳情運動や特別利益団体がある。だが、ルカにはほかの者にない能力があり、評議会の存続に必要不可欠な存在だった。任務は彼に目的意識を与えてくれる。けれど、どんな場所にいても、いずれは退屈するものだ。

評議員それぞれからも、評議会の総意としても、永続的な地位につくことを、つまり権力の中枢に入ることをさんざん勧められたが、そのたびに断わってきたので、彼らも根負けしたのかなにも言わなくなった。評議員はアメリカ大統領並みに守られていた。評議会本部のなかだけで生きていたら、そのうち頭がおかしくなるだろう。彼らの居所は豪華なしつらえだが、どれほど高価なシーツにくるまれようと、監獄に変わりはない。

電話に出なければ何度でもかけてくるだろう。うんざりしながらポケットから携帯電話を取り出し、発信者番号を見る。苛立《いらだ》ちが心配に取って代わり、眉根を寄せて〝通話〟ボタンを押した。「アンブラスだ」彼は言う。電話をよこしたヘクターは評議員だが、ルカに任務を与える担当ではなかった。彼は古くからの友人で、めったなことでは電話してこない。知り合って六百年以上になり、たがいを信頼するようになった。ヴァンパイアの世界では稀有《けう》なことだ。ヴァンパイア社会のさまざまな変化を、ふたりはともに見つめてきた。平和を守り、どんな手段を講じようと自分たちの存在を秘密にしておくことが、共通の認識だった。

ヘクターは若くして転身したのではないが、強かった。ルカのように肉体的強さを誇っているのではない。ヘクターの強みは精神力、それに洞察力と自制心だ。

「重大な問題が起きた」ヘクターが挨拶抜きで言った。彼らしくもなくぶしつけだ。千二百歳になろうという者が、慌てたり焦ったりすることの愚は承知しているはずだ。

ルカはコテージに引き返した。評議会に問題があるということは、好むと好まざるとにかかわらず、すぐにワシントンDCに向かわなければならないということだ。「どんな問題だ？」

ヘクターはためらった。「評議会に裏切り者がいる」

ルカは足を止めた。「裏切り者……どんな？」重大な告発だし、相手がヘクターだからかんたんに退けるわけにはいかない。ヴァンパイアの世界において、ふつう裏切りとはなにか愚かなことをしでかし、人間にその正体がばれることだ。ヘクターが言う〝裏切り者〟とはなにを意味するのか？　評議員を襲撃するのは裏切り行為とはみなされない。評議員といえどもヴァンパイアであることに変わりはなく、自らの知恵と力で生き延びなければならない。それができないなら死んで、もっと強い者に取って代わられるだけだ。

「反乱派が組織された。闇に生きることに飽きた連中だ。ヴァンパイアは人間よりまさっているのだから――それはほんとうだが――人間を征服し政府を乗っ取ってなにが悪いと考えている。評議員のひとりがそれに加わった。それはたしかだが、誰と特定はできない」

ルカはうなっただけで、それ以外の反応は示さなかった。ヘクターが正しいとして――彼はほとんどつねに正しい――これは由々しき状況だ。ヴァンパイアがその存在を隠して生きるのは我慢ならない、と言いだす者やグループがこれまでにもときおり現われ、全種族を危険に曝す前に始末されてきた。これまでに、そういう考えに与《くみ》する評議員はいなかった。つまり事態はそれだけ緊迫しているということだ。

その存在を人間が信じていないおかげで、良識と警戒心を持つヴァンパイアたちは比較的平和に暮らしてきた。評議会はこの平和を確実にするためヴァンパイア社会を統治し、それに従わない者がいればルカの出番となる。人間を無差別に殺して血を吸う者は、ヴァンパイア全体を危険に陥れかねないので、ルカが呼ばれ、問題を処理してきた。

人間の記憶に留まらないから、彼は好きなように動きまわれる。そればかりか、充分に歳を重ね、充分に強いため、昼間でも外を歩ける。つまり、たいていのヴァンパイアが彼の前ではまったく無力だということだ。もっとも、彼が昼間に造反者を始末するのは、よほどの場合、たとえばその者が正気を失い、それ以上野放しにしておくと危険な場合にかぎられる。そうでなければ、獲物と向き合い、反撃の機会を与えてやる。相手が勝つことはない――そうでなければルカはいまここにいない――が、戦うことでますますルカの技が磨かれる。それに、眠っているヴァンパイアを処刑するのはおもしろくもなんともなかった。

反乱派に同情を覚えないでもない。人間が牛や鶏を自分たちより下とみなすように、人間を下の存在とみなすヴァンパイアは大勢いる。人間は食糧として必要だが、人間を恐れ暗がりに身を潜めることは、ヴァンパイアの沽券《こけん》に関わると思っている者もなかにはいる。ルカはそういうふうには考えなかった。まず、彼は暗がりに身を潜めてはいない。それに、彼は人間たちとともに戦い、人間の女と愛を交わし、人類の進歩や発明の恩恵に浴してきた。人間たちの愚かな行動に、脇腹が痛くなるまで笑い転げたこともある。人間はとてつもなく愉快だ。それだけでも存在する価値はある。

「あす、そっちに行く」ルカは大股で歩きながら言った。

「急いでくれ」ヘクターの声が変化した。そのパワーが急増し、口調や調子が一定のリズムを刻むようになる。未来を見通しているのだ。「戦いがいまにも起きる。匂いがする。触れられそうなほど迫っている。死がやってくる。われわれのもとに死がやってくる」カチャリと音がして通話が断たれた。

力のあるヴァンパイアが怯えていた。そのことがルカをいっそう警戒させる。死。ヴァンパイアにとっても死は日常事だ。それでも、あたらしい命の形に一心不乱にしがみつく者もいる。あまりにも長く生きてきた者のなかには、死に憧《あこが》れ、自ら命を断つ者もいるが、たいていは生きつづける。ヘクターはあれだけ長く生きても、人生を楽しんでいた。それでも、死を恐れてはいなかった。彼が恐れているのはなにかもっと大きなもの――ヴァンパイアを人間から守ってきた無知の壁が崩壊することだ。

ルカはコテージに戻り、荷造りをはじめた。電話で旅行の手配をしながら、必要なものを詰める。死がちかづいているとヘクターが感じているなら、ヴァンパイアの世界に危険と混乱が迫っているということだ。

ルカにはいろいろな強さとパワーがある。ヴァンパイアの父と母のあいだに生まれた希少な純血種だから、途中で転身した者たちよりもはるかに強い。だが、予知はそのパワーのうちに含まれない。ヘクターの口調は確信に満ちていたが、その予知能力は比較的弱いものだ。ヘクターの予言を信じてはいるものの、彼が見落としたこともたくさんあるはずだ。

スコットランドにもうしばらく滞在していたかったが、旅支度をしながら期待に胸が高鳴るのを感じた。大規模な戦いが起こるかもしれない。もう長いこと、まともな戦闘に加わったことがなかった。

ワシントンＤＣ

クロエ・ファロンが眠りから覚めようとしたとき、その映像が意識のなかに飛び込んできた。目の前に長く太いブロンドの三つ編みがあった。それだけ。三つ編みだけ。でも、すごく真に迫っていて、手を伸ばせば触れられそうな気がした。ブロンドの色合いは彼女のより濃くて、より金色がかっていて、いくつもの色が筋になっている。きっとほんものだ、と夢のなかで考えた。こんなにたくさんの色を染めて出すのは大変だろうから。

目が覚めて、ベッドのなかにひとりでいることに気づき、驚いた。驚くことはないのに。妙だ——とても妙な具合だ。ひとりという感じがしない。寝返りを打ったら、三つ編みの主がかたわらに寝ているような気がする。自分を抑えきれず、頭を枕からあげてもうひとつの枕をちらっと見た。いいえ、誰もいない。よかった。ベッドにひとりきりだ。いつものように。

仰向けになって暗い天井を見あげる。よりによってあんなものを夢に見るなんて……三つ編み。その三つ編みが、繰り返し夢に出てくるのだ。もしかしたら頭のどこかに、ヘアスタイリストになりたいという思いが深く根をおろしているのかも。考えたこともなかったけれど。自分の髪をいじることもあまり好きではないぐらいだ。だから、丸坊主にするのを除き、いちばん手入れの楽な髪型にしてきた。だったら、三つ編みの夢を繰り返し見るのはどうして？　髪の持ち主がいるはずなのに、顔を見たことがなかった。三つ編みの主が男か女かもわからない。最初は女だと思った。男の長髪は流行遅れだもの。でも、三つ編みからパワーを感じた。三つ編みに強迫観念を抱くなんて、おかしい。

三つ編みが夢に出てくるようになって数週間が経つ。最初のうちはストレスが原因だと思っていた。仕事も大学の授業もどっちも大変だ。どっちも楽しんではいるけれど、人付き合いに費やす時間は残らない。リラックスして、笑って、楽しんで……そういうことをすべて犠牲にしてきた。でもいま大学は夏休みだし、ひと息つけばこの変な状態もおさまると思った。それがおさまらない。

わけがわからない。いまは仕事――ジョージタウンの一流レストランのアシスタント・マネージャー――のことだけ考えていればいい。それに、八月末に両親が訪ねてくることだけ。両親が到着するまでに、部屋を片付けなければ。でも、まだ二カ月あるから大丈夫だ。予備の部屋はいまのところ物置になっているけれど、数時間もあればちゃんとした客間に変えられるだろう。まあ、それよりは時間がかかるだろうけど、できないことではない。

たしかに、両親の訪問が少々重荷にはなっている。ある程度の歳のまっとうな独身女性だったら、ひとり娘がなぜわざわざ遠くで暮らすのか理解できない両親の訪問を、重荷に感じて当然なんじゃない？　クロエは三十歳を目前にして、大動脈瘤《だいどうみゃくりゅう》を抱えながらもふつうの生活を送ろうと決心しているというのに、母は過保護の癖がどうしても抜けない。クロエの見方からすれば、大動脈瘤は小さくて安定しており、大きくなる気配はない。だが、母親からすれば、クロエは胸に時限爆弾を抱えており、いつ死ぬかもわからないのだ。ふたつの見方のあいだでバランスをとるのは難しいが、自分が母親の立場だったら心配するにちがいない。

　ぶつぶつ言いながら天井を睨みつける。二カ月も先のことを気に病んで眠れないなんて馬鹿げている。両親を愛していた。両親も愛してくれている。ほんの数日だもの、機嫌よく迎えてあげよう。

　ところが、持ち主のわからぬ三つ編みの夢のせいで目が冴《さ》えてしまった。ため息をつき、ごろんと横になってベッドから出るとキッチンに向かった。ミルクでも飲めば眠れるかも。ほんとうは熱いココアを飲みたいけれど、ココアにはカフェインが含まれているのでミルクで我慢する。レストランの仕事は遅番だから、朝はゆっくり寝ていられる。

　ミルクをカップに注《つ》ぎ、戸棚にもたれかかって飲み、電子レンジの窓にぼんやりと映る自分の姿を見つめた。ハァ。髪に寝癖がついている。ベッドに寝ていたのはせいぜい十五分なのに、これじゃ不公平だ。ロングヘアにしたらどんな感じだろう。あの三つ編みみたいな。仕事のときに邪魔にならないよう、後ろに梳《と》かしてひとつにまとめられるぐらいの長さに揃えている。やわらかなグレーのコットンのショートパンツとお揃いの袖《そで》なしTシャツという姿は、ちょっとだらしない感じだが、彼女の視線を捉えたのはこしのないブロンドの髪だった。もう、髪のことは忘れなさい！

　髪の夢にも、髪全般にもうんざりだから、電子レンジの窓が見えない場所へと移動した。気を紛らせたくて、両親がやってくるまでに揃えておくものはないかと部屋をぐるっと見まわす。全般的に見れば、目に映るものにとても満足していた。借りている家は小さいけれど、大好きだった。友だちの友だちがカリフォルニアに引っ越すことになったが、大事な家を手放したくなくて貸家にした。この地区の不動産価値はとても高いから、いま売れば相当な利益になる。

それでも、売りたくない気持ちはわかる。ここは手入れが行き届き、景観もすばらしい。彼女にぴったりの大きさだ。ベッドルームがふたつにバスルームがふたつ、まずまずの広さのリビングルームにキッチン。地下鉄の駅にもちかい。独身女性がほかになにを望む？キッチンは四角で、設備は最新のものに替えたばかりだ。クロエは時間があれば料理をしたいほうなので、ちゃんとしたキッチンは必要不可欠だった。家主がカリフォルニアに定住することを決心し、家を彼女に売ってくれることを願っていた——売る気になったら最初に声をかけてくれ、と言ってある——が、いまのところ手放すつもりはないようだ。かえって都合がいい。いまはまだ頭金も用意できないから、せっせと貯金しなければ。家は小さいが、とても環境がいいので、彼女が払えるのはこれぐらいが限度だ。

首都に家を買ったりしたら、両親は大騒ぎするだろう。娘は学校を卒業したら正気に戻り、アトランタの実家に帰ってくるものと思い込んでいるのだから。マネージャーを必要としているレストランは、アトランタにだってたくさんある。両親は折りあるごとにそう言っていた。でも、クロエはここの生活を愛している。住民たちも、仕事も、大都会のエネルギーも愛していた。友だちがいるし——学期がはじまれば社交生活は限定されるが——この家を愛している。

　いずれは男性と一緒に暮らすつもりだし、おたがいの合意のもとに、それに、リスクは許容範囲内だからと主治医が許してくれるなら、子どもを持ちたい。でもいまは、自立した生活が気に入っていた。友人たちのなかには、恋人がいないと不安でたまらず、自分は半人前に思え、人生の楽しみを逃していると信じ込む人もいる。クロエはちがう。ひとりの時間と自立を大事にしていた。自分にふさわしい男性が現われれば、それはそれですばらしいことだ。それまでは、自分から恋人を募集することもないし、絶望もしない。いい男を捕まえられないと思い込み、自暴自棄になった友人たちをたくさん見てきた。彼女も〝負け犬の罠〟に落ちそうになった。ほんの一、二度、いいえ、三度、でもそれで迷いから覚めた。〝理想の男性〟を追い求めてもしょうがない。そんな人は現実にいるわけがないのだから。

　自分の性格をひと言で言えば、常識的。ワオ、それってすごくない？　でもおかげで優秀なアシスタント・マネージャーになれた。いつの日か、経営学修士《MBA》と常識と物事をまとめあげる能力――たしかに客間に関して、この能力は発揮されていないが、それはおいおいやるとして――を駆使し、優秀なマネージャーになるつもりだった。

　夏休みをフルに活用すれば、部屋の片付けも、両親との避けられぬ口論に備えて考えをまとめておくことも、夢に侵入してくる奇妙な三つ編みを始末することもできるだろう。キッチンのあかるいライトの下だと、三つめの項目は馬鹿ばかしく思える。髪の夢を見て夜眠れないなんて、そんな人がいる？　なかば無意識に髪を染めたいと思っているのかも。あの三つ編みの色はほんとうにすてきだ。きっと通りであああいう長い三つ編みの人を見て、自分でも気づかないうちに記憶に留めていたのだろう。

だったら、自分ひとりではないという感覚はどう説明する？　まだ身を固める覚悟ができていないとはいえ、一生をともにする男性を探すことにそろそろ本腰を入れたほうがいいのかもしれない。向こうもその気で、こちらもまんざらではない相手を見つけるために、バーをはしごするとか――いいえ、そんなこと、するわけがない。彼女の理性が、そういう行動は惨めだし、危険だと言っている。

またジョギングをはじめるべきかも。やるべきだとわかってはいても、時間がとれなかった。大学が夏休みに入ったいま、時間がないという言い訳はきかない。ワシントンDCの住人はひとり残らずジョギングをする。彼女も群れに加わるべきだ。

「クロエ……」

声は彼女を驚かせただけではなかった。まるで顔を平手打ちされたようなショックを与えた。半分残っていたミルクのグラスが手から滑り落ち、床に当たって割れ、彼女の剝き出しの脚やタイルの床にガラスの破片とミルクが飛び散った。あたりを見まわす。誰かいるにちがいない。彼女の名前を呼ぶ掠《かす》れたささやき声は、現実のものだ。はっきりと音が耳に飛び込んできた。

誰もいない。なにもない。彼女はひとりっきりだ。

体が震えだした。眠ってはいなかった。ささやき声をうたた寝のせいにはできない。キッチンの真ん中で、立ったままミルクを飲みながら、クロゼットからランニングシューズを引っ張り出さなくちゃ、と考えていたのだから。声は現実のものだった。掃除しなければならないガラスの破片や、ガラスの破片で切れた脚の傷から出る細い血の筋が現実であるように。

じきにパニックはおさまった。散乱したガラスの破片を踏まないよう注意しながら、後片付けをはじめた。ほかのことは考えないよう、手もとの作業に集中した。こぼれたミルクを拭きとり、ガラスの破片をすっかり集めて捨てると、大きく息をついた。ほんとうはなにも聞いていなかったのだ。想像の産物、そうにちがいない。

そうでなければ正気を失ったのだが、〝現実的なクロエ〟がそうかんたんに正気を失うはずがない。

おなじ都市の反対側では、ヘクターが自分の部屋をゆっくりと歩きまわっていた。エネルギーの流れを読み、未来を断片的に予言する能力は、ヴァンパイアとして生きた年月のあいだに磨かれたとはいえ、すべてを見通すことはできなかった。混乱の時代に、そんな不完全な能力がなんの役に立つ？　反乱派と手を握る裏切り者が身近にいることがわかっても、それがなんになるのだ？　その者の正体がわからなければなんの意味もない。

なによりも彼を動揺させるのは、戦いの予感、混乱がちかづいている予感だった。この数千年は比較的平和だったし、評議員になってからの六百年は実り多いものだった。彼の種族を存続させるためには秩序が必要だ。平和を守るために自分の役割を果たしてきたが、いま、彼のなかのすべてが、この平和はじきに終わりを迎えると告げていた。

ヘクターは人間に対し、大きな愛を抱いてはいない。人間だったころのことは、ほとんど憶えていなかった。だが、彼の種族の存続のためには人間が必要だ。ヴァンパイアは神話にすぎない、あるいはホラー小説から生まれた空想の産物にすぎないと思われているかぎり、彼らの存続は保証される。いつの時代にも異端分子はいた。自らの正体を明かして、食物連鎖の頂点に立ちたがる連中だが、数で劣っていたためかんたんに処分されてきた。

いままでは。

ドアにノックがあり、その音とともに最期を迎えるという感覚が強まった。ノックには応じなかったが、鍵のかかったドアは、避けられぬ運命をほんの少し先延ばしにするだけだとわかっていた。ヘクターは闘士ではない。一度も闘士だったことはなかった。ルカがここにいたら……だが、彼はおらず、到着するまでまだ数時間がかかる。

いまヘクターにできるのは、自分の能力とルカの能力を利用して、伝えるべきことを伝えることだ。意識を集中し、持てる力のすべてを駆使し、自らの思考とエネルギーと知識で空気を満たした。ドアに目をやるとバタンと開いた。ドアの向こうにいる者の顔を見ても、驚きはしなかった。

その名前を思い、ささやき、その顔を脳裏に刻みつけ、解き放った。

むろん戦ったが、転身したときすでに年老いていたので、肉体的な力はたいしたものではない。結末は目に見えている。死が迫っているのを感じとっていた。最期の時に、彼は気づいた。廊下にもうひとり、裏切り者がいることに。彼の持っているパワーから身を隠し、彼女は耳をそばだてて待っている。

彼女。

襲撃者はヘクターに敬意を払い、長いナイフを心臓に突き立てる前に、その血を飲んだりしなかった。ヘクターの長い人生が終わり、苦い灰色の塵《ちり》となって爆発するまでに三度、心臓を貫かれた。

2

ルカがワシントンDCに到着したのは、昼ちかくだった。レーガン国際空港のターミナルビルを出ると、まぶしい日差しが照りつけた。野球帽を目深にかぶり、濃いサングラスをかけて淡いグレーの瞳を守ってから道路を横切り、レンタカーを受けとるためパーキング・ガレージAに向かった。

もっと若いか、もっと弱い――このふたつはつねに同義語とはかぎらない――ヴァンパイアたちとちがい、彼は太陽に耐えられるが、好きではなかった。帽子とサングラスと長袖で身を守っていても、日差しが刺激物であることに変わりはなく、まるで剛毛のブラシで肌をこすられているような気がする。目がいちばん敏感だ。まだ未熟だったころは、すべてに敏感すぎて、漆黒の闇以外は我慢できなかったが、歳を重ねるごとに限界を押し広げてきた。それが少々行きすぎて、一時的にだが視力を失ったことが二度ほどあった。あんな愚は繰り返したくない。ルカに言わせれば、サングラスは人間の発明品のなかでも最良のもののひとつだ。何世紀も前に、ヴァンパイアがこれを思いつかなかったことは腹立たしい。それより、どうして自分で思いつかなかったのか。我慢して待っていないで。

ヴァンパイアであることの弱みのひとつがそれだ。一般的に、彼の種族は長生きだし、弱点がほとんどないので、創意工夫をする必要がない。それに比べて人間はなにに対しても弱く、短命だから、待つという贅沢《ぜいたく》を味わえない。まるで巣のなかの蜂《はち》だ。巣をより快適にするためにせっせと働き、あちこちいじくったり、いろんな方法を編み出したりしている。ヴァンパイアは肉体的快楽や娯楽を楽しみはするが、つねに受け手の側だ。科学や工学の分野で働くヴァンパイアは増えているが、身元を証明するのがひと苦労だし、歳をとらないことから、長期間おなじ仕事をつづけることは難しかった。

予約しておいたレンタカーが、ルカを待っていた。飛行機に乗るのにも、車を借りるのにも本名を使った。優秀な偽造者を抱えているので、現代の旅行に必要な書類はかんたんに揃う。評議会に裏切り者がいるというヘクターの言葉を、彼は信じた。もしそうなら、評議会のレーダーに引っかかりたくないとき用の、慎重に作りあげたべつの身元を使うような危険は冒せない。造反評議員が、航空業界で働く人間をたぶらかして乗客名簿を調べるぐらい造作もないだろうから、ルカは正々堂々と立ち向かうことにした。いずれにしても、彼が首都にいることはじきに彼らにわかるのだから、隠し事をしてもはじまらない。

タクシーを拾うよりレンタカーを使うほうがいい。いまだにスピードにスリルを感じる――千九百年以上も馬か牛車で移動してきたのだから、たかだか百年かそこらでこのスリルが色褪せるわけがない――が、タクシーに乗るのはまっぴらだった。運転手にひたすら話しかけなければならないからだ。彼の姿が意識から消えたとたん、運転手は彼を乗せていたことを忘れてほかの客を拾い、ひと悶着《もんちゃく》起きる。あるいは、ルカが行きたくもない場所でおろされる羽目に陥る。

予約しておいたSUV車を受け取り、後部座席にダッフルバッグを放り込み、運転席に乗り込んだ。大柄なので――身長百九十センチだから、ひと昔前はまるで巨人だった――車内が広いSUV車が好きだ。アルミ缶のなかに長い脚を畳んで押し込むようなことはしたくない。先にホテルにチェックインせず、まっすぐジョージタウンへ向かった。歳が歳だから、ヘクターは長い睡眠時間を必要としない。昼寝をして過ごすのは、ほかにやることがないからだ。電話の声は切羽詰まっていたから、たとえ横になっていても、睡眠を邪魔されたと文句は言わないだろう。

この九十年以上、評議会の本部はDCに置かれており、ルカはこの都会で長い時間を過ごしてきたので、地図を見なくても動きまわれる。それ以前はパリに本部があったのだが、第一次大戦中に、種族の正体がばれそうになる出来事があり、別の大陸に引っ越すほうがよいと評議会は判断した。DCは美しい街だが、ここに住む住民たちが二百年を長いと感じ、たった百年しか経っていない建物を歴史的建造物と呼ぶのが、ルカにはおかしくてしかたがなかった。

人間はつねに笑いを提供してくれる。たとえば、ジョギングに寄せる異常なまでの執着。街を走りまわることで体力がつき、寿命が伸びると思っているようだが、肉体的強さがピークに達しているときでも、人間は哀れな存在でしかないし、百歳まで生きたとしても、彼から見ればほんの一瞬だ。

それほどに儚《はかな》く、脆《もろ》いものに執着しても意味がない。ルカだって弱くなるときはあるし、それを楽しみもする。もっとも、彼にとって人間との関係は一方通行のものだ。友人や女への愛着を胸のうちで育《はぐく》んだことはある。彼に背を向けたとたん、彼のことを忘れてしまうという事情はあるが、それでも好きになった相手を見守ったことはあった。ひとりの女を何度も何度も口説くのは、まったくもって挑戦だが、それなりに得るものはあった。病気や怪我《けが》で死ななくても、彼女たちはやがて年老いて死ぬ。そうやって消え去るのを眺める彼は、少しも変わらない。いまも彼はここにいる。ひとりの人間に長いあいだ執着することはもうやめた。ああいう悲しみはもうたくさんだ。

従属的な生き方に嫌気がさした、と言いだすヴァンパイアがいるが、その気持ちはルカにも理解できた。ヴァンパイアが隠れて生きているおかげで、劣った種である人間がこの世界を支配している。人間がまったく無自覚に作る厄介な規則が、ヴァンパイアを生きにくくしているのは事実だった。

世界は変化した。ヴァンパイアから見れば悪いほうに変わってしまった。かつて、ヴァンパイアは人跡未踏の地域に独自の都市を築くことができた。召使い兼食糧供給源として人間をはべらせ、自給自足の生活を送っていた。いまでは、地球上のどこを探してもそんな場所はない。人間は周囲の土地をことごとく開拓すると、狭苦しい船にぎゅうぎゅう詰めになって大海原に漕ぎ出し、見つけた土地をまたせっせと耕した。

まるであっという間に広がる発疹《ほっしん》だ。そうやってどんどん人口を増やして数でヴァンパイアを上まわり、いまや全面衝突となったら、スピードと力でまさるヴァンパイアが不利になるほどだ。そのうえ、四百年前にかけられた忌々《いまいま》しい呪いがある。ヴァンパイアは、招き入れられないかぎり、人間の家に入ることができないという呪いだ。

その昔、ヴァンパイアは、少なくともその存在は、周知の事柄だった。もっとも、ヴァンパイアに関する民間伝承はその大半が作り話だ。ヴァンパイアを退治するのに有効な武器を持っているふりをすることで、自分を安心させたかった人間が大昔にでっちあげたものだ。ルカはおかげで助かっていた。予防措置をちゃんと講じておけば、人間と一緒に暮らしていても疑われることはない。見たところは人間と変わりない。作り話にあるような〝歩く死体〟ではなく、血の通った存在だ。心臓は脈打つし、体はあたたかいし――実のところ、人間よりあたたかい――ちゃんと中身が詰まっているから、人間とおなじように鏡に姿が映る。十字架を見せられてもたじろがない。聖水はただの水だ。なんだったらそれで水浴びをしてもいい。太陽はあまり好きではないが、日差しを浴びても爆発したり、焼け焦げたりしない。

ニンニクについてもおなじだ。ニンニクを食べた人間の血はあまりおいしくないが。それでも、空腹だったらいただく。

木の杭《くい》で心臓を刺し貫かれれば死ぬが、それは金属の杭でもショットガンの弾でもおなじだ。心臓か頭を破壊されれば、どんなに強いヴァンパイアでも塵になる。不死だからといって無敵ではない。ただ、人間のように年老いて死なないだけだ。

だが、招かれなければ家に入れないという話は——ほんとうだ。まったく頭にくる。数世紀前に、非常にパワフルな魔女が呪いをかけたせいで、ヴァンパイアは表で寒い思いをしなければならなくなった。馬鹿なヴァンパイアが怒りに我を忘れて魔女を殺してしまったものだから、呪いを解く方法はわからずじまいだ。

ヴァンパイアに不利をもたらした大馬鹿野郎を始末するためルカが派遣されたが、後の祭りだった。呪いがあるせいで、どんなにお粗末な家であろうと、人間が家のなかにじっとしているかぎり、ヴァンパイアは闇に紛れて姿をくらますしかなく、ヴァンパイアは神話にすぎないと人間が思い込むのを、手をこまねいて見ているしかない。ヴァンパイアは食物連鎖の頂点に立つことはできないのだ。人間とヴァンパイアの戦いは醜く長いものになり、けっきょくはヴァンパイアが負ける——忌々しい呪いのせいで。人間は圧倒的に数でまさっており、わが家という聖地に逃げ込んで、そこから攻撃を仕掛けることができるからだ。

人間をたぶらかして必要な招待状を発行させることも、人間を説得して家から出てこさせることもできない。そういう魔法は家のなかまで届かない。呪いの力は深く浸透しており、この四百年あまり、それを破った者はいなかった。もちろん、ヴァンパイアだって努力してきた。魔女を金で買収したり、魔女に魔法をかけたり、転身によって魔力が衰えないことを願ったうえで魔女をヴァンパイアに転身させたりした。魔力が衰えた者もいれば、衰えなかった者もいる。だが、結果はいつもおなじだった。呪いは依然として効力を発揮していた。強制されようが、金で釣られようが、転身させられようが、呪いを解いた魔女はひとりもいなかった。

弱いヴァンパイアが持つ俗世の悩みは、ルカには無縁だった。彼が通り過ぎたとたん、人間は彼のことを忘れるので、歳をとらない彼に隣人たちが疑いを抱く前に、住む場所を移す必要はなかった。猫も杓子《しゃくし》もインターネット漬けの新世界と格闘する必要もない。現代人が身分証明の手段に用いているものはすべて、手に入れていた。社会保障番号、運転免許証、クレジットカード。持たなければならないものではないが、あれば便利だ。便利さは大歓迎だから、別名義で何セットも揃えている。誰にも居所を知られたくないときのために。必要とあれば、航空会社の従業員に魔法をかけて飛行機に乗り込むことはできるが、ダブルブッキングが度重なり、かえって面倒なことがわかった。ちゃんとチケットを買うほうがかんたんだ。

厄介なのがコンピュータだ。ルカはうまく利用しているが、コンピュータのおかげでヴァンパイアの生活が煩雑《はんざつ》になったのはたしかだ。とはいえ、彼にとっては小さな苛立ちの種にすぎない。誰も彼のことを憶えていないのだから、誰もコンピュータで彼の身元調べをしようとしたりしない。だが、おおかたのヴァンパイアにとっては、まったくもって癪《しゃく》の種だろう。

評議会本部の建物から二ブロックのところに駐車スペースを見つけ、後は歩くことにした。本部の真ん前に駐車場があるのだが、出てくるところを本部の誰にも見られたくなかった。用心のために、ブロックをぐるっとまわって反対方向から建物にちかづいた。ルカは評議会に雇われた処刑人だが、評議員のなかにも不意打ちを食わしたい者がいる。これはゲームだ。彼らに推測させ、警戒させる。評議員の大半は彼を警戒しているから、そこに乗じ、彼のほうがパワフルだと思わせる。ヴァンパイア同士の駆け引きとなると、彼の評判は最大の武器となる。恐ろしがられることはかまわない。いざこざや干渉から自由でいられる。

歩くことは周囲になにか変わったことがないか知る機会でもある。降りそそぐ日差しは快適とは言いがたいが、鬱蒼《うっそう》とした樹木が陰を作っているので、受ける刺激はたいしたことはなかった。通りの向かいの小さな居酒屋から昼食の匂いが漂ってくる。歩道に並べられたテーブルはほぼ満席だ。彼は笑い声やおしゃべりを鋭い聴覚で拾いあげた。

注意を引かれるものはなにもないので音を締め出し、料理の匂いを深く吸い込み、通りをさらに進んだ。これだけ歳を重ねると、人間の食べ物の匂いを我慢できるようになるどころか楽しめる——なんでもかんでも、というわけにはいかないが。常食にはできなくても、ふた口、三口なら食べられる。たとえば、アイスクリームとか、スパイスを使っていない料理。アルコールで酔いはしないが、上等なワインを愛《め》でるようになった。コーヒーもおなじだ。味は好きだが、カフェインの影響は受けない。なんだか癪に障《さわ》るが、アルコールやカフェインの恩恵を受けられなくても、味がわかって楽しめるのは単純に嬉《うれ》しかった。

おいしそうな匂いを背後に残し、角を曲がると本部の建物が見えてきた。角から三軒目の煉瓦《れんが》造りの三階建て、これみよがしではないが金のかかった造りで、周囲の建物にうまく溶け込んでいる。だが、内部は華やかだ。ヴァンパイアは一般的に衣食住に贅沢を好むが、九人の評議員はとりわけ贅沢だった。重くのしかかる責任がそれで埋め合わされるとは、ルカは思わないが、ある者たちにとって、特権と権威は見返りとして充分なのだろう。

この界隈は落ち着いた雰囲気で、比較的静かだ。むろん観光客の姿はあるし、ジョギングをする人は途切れることがない。本部ちかくまで来たとき、歩道を一定のペースで走ってくる人の姿があった。軍人だとひと目でわかった。シークレット・サービスか個人に雇われたガードマンの可能性もある。短髪、姿勢のよさ、引き締まった体つき。むろん汗をかいているが、呼吸は乱れていない。その男はルカの全身に視線を配り、黒い長髪と、暑い夏に不似合いな長袖、そして視線を隠すサングラスを見て取った。体に緊張が走る。ルカは脅威になりうると警戒しているのだ。

ルカは歩く歩調を一定にし、ボディランゲージを控えた。経験によってその肉体が恐ろしいまでに研ぎ澄まされた歴戦の勇士、それが彼だ。危険を察知する訓練を重ねた人間なら、すぐにわかる。危険の程度まではわからないだろうし、ヴァンパイアだとは夢にも思わないだろうが、パワーが漲《みなぎ》る流れるような動きからそうとわかるはずだ。手になにも持っていないし、武器を携帯していないのは見てわかるだろう。両手を開き、体の力を抜くと、ジョガーはそのまま通り過ぎた。ルカが振り返ると、三歩離れたところでジョガーはリラックスした。すでに忘れている。

歩道をそれ、浅い階段を一段おきにのぼり、こぶしでドアを二度叩いた。ドアの横には凝った装飾のドアベルが設置されているか、そんなものを使っても、荷物が届くことがわかっていないかぎりドアが開くことはない。建物はつねにロックされ、守られている。秘密の監視カメラが、角を曲がったときから姿を記録していることを、ルカは知っていた。

くそっ、太陽が肌を焦がす。文字どおりの意味でではないが、夏の真昼の太陽は耐えがたい。少しでも待たされたことに苛立ち、また二度ノックした。今度は前より確実に強く叩いた。

不意にドアが十センチほど開き、狭い隙間《すきま》を疑い深い顔が埋めた。「どなたもお迎えしないことにしています」ヴァンパイアが言った。敵意はないが、愛想もない。

守衛の名はジャスパーだ。ヴァンパイアも人間と同様、性格と強さによって格付けされる。

ジャスパーは二百歳そこそこ、ヴァンパイアとしてはすごく若いわけではないが、それほどの歳でもない。パワーは凡庸。ルカとは七十年来の付き合いだが、彼の顔を憶えていたためしがなかった。飛べないし、魔力もたいしたことはない。だが、昼間、起きていられるので、評議会の守衛にはうってつけだ。それに、直射日光でないかぎり、少々の日差しは耐えられる。

「ルカ・アンブラスだ」本部を訪れるたびに自己紹介をしている。

ジャスパーは思わず怯《ひる》んだ。評議会の悪名高き処刑人と対面して、怯まないヴァンパイアがいるだろうか？　「はい……はい、サー」ジャスパーは後じさり、ルカが通れるぐらいまでドアを開いた。「あの……誰にとりつげば……つまり、お約束が？」はっとして目を見開く。ルカが評議員のひとりを、もしかしたら全員を処刑するために来たのではないか、と思ったのだろう。評議員に来客があるときには、ジャスパーは事前に知らされる。

「イーノックにわたしが訪ねてきたと伝えろ」ルカは言い、ドアを閉めてロックした。ひんやりとした薄闇に包み込まれ、内心で安堵《あんど》のため息をついた。実際にため息をつきたいところだが、ほかのヴァンパイアの前でわずかでも不快感を表わすことはけっしてない。無敵だと思わせておけば、たとえ死を悟った獲物が反撃をしてきても、仕事をやり遂げやすい。サングラスをはずしてポケットに入れる。ルカの淡いグレーの目の透明さに、ジャスパーはたじろいだ。ただでさえ人目を引く目の色なのに、黒髪とオリーブ色の肌との対比で、突き刺さるような感じを抱かせる。目の色に特別なパワーが備わっているわけではないが、ほかのヴァンパイアにはそれがわからない。純血種ならなんでもありうる。

ジャスパーは受話器に伸ばした手を止めた。鋭い聴覚が、急いで玄関にやってくる足音を拾ったのだ。ルカはすでにイーノックの足音だと気づき、そちらに顔を向けていた。イーノックが自ら監視カメラをモニターしていたのか、ほかの者がモニターしていて彼を起こしたのだろう。

廊下の突き当たりのドアが開き、イーノックが現われた。「ミスター・アンブフス！　申し訳ない。お見えになったことに気づきませんでした」彼はジャスパーに一瞥《いちべつ》をくれる。

「もうさがってよい」

ジャスパーはほっとした顔で、玄関ホールに面した小部屋へと退散した。そこで彼は監視カメラをモニターしている。

イーノックは大柄で禿《は》げ頭で、有能だ。年齢を重ねているし強いので、ルカを憶えていられる。強い闘士でもあるが、いまのところ最大の強みは有能さだ。本部の運営を任されており、それはつまり、評議員たちの要望をすべて叶《かな》えるということだ。たいていのヴァンパイアが眠っているときに不意打ちを食わせたにもかかわらず、彼は体形にぴったり合った誂《あつら》えのイタリア製スーツを着ていた。ルカの不意の訪問が騒動を起こすと知っているのか、黒い目に警戒の色を浮かべていた。評議員は驚かされるのを嫌う。雇い人である処刑人に驚かされるのはなおさらのこと。

「気にすることはない」ルカは言った。「ヘクターに会いに来た」

イーノックは驚きに目をしばたたいた。「ヘクターに?」思わず口走り、それから落ち着きを取り戻した。「謝ります。差し出がましい言い方でした。彼の部屋に電話しましょう」

イーノックの驚きは理解できる。ルカはヘクターと仕事上の関係はない。ルカの担当はセオドールだ。おなじギリシャ人だが、好きではなかった——というより、信頼していない。

自分でヘクターに電話してもいいのだが、イーノックが旧式の固定電話からヘクターの内線にかけるのを待った。固定電話にしているのには理由がある。ヴァンパイアは一般の人間とおなじぐらいエレクトロニクスに精通している。つまり、評議会も安全意識が高い。評議員たちはみな携帯電話を持っているが、便利な反面、携帯電話は暗号化しないかぎり容易に傍受される。そこで、建物内の連絡には内線電話を使っていた。通話が電話会社に記録されることはなく、停電になっても電話は使える。必要な保安措置は、建物の外から盗聴されるのを防ぐという受動的なものだ。

監視されていると考えるのは、それほど馬鹿げてはいない。DCの住民はすべて、秘密とセキュリティとスパイに強迫観念を抱いている——無理もない。その存在が表沙汰《おもてざた》にならないのは、ヴァンパイアの利害が人間のそれとおなじではないからだが、国会議員である三人のヴァンパイアにとって、その境界線は曖昧《あいまい》だ。

ヴァンパイアが人間の政治に関与することに、ルカは賛成ではなかった。メディアの詮索《せんさく》が厳しい現代では、ばれない秘密などなく、自分からそういう詮索の対象になれば、破滅へのドアを開くことになる。ヴァンパイアの国会議員については、評議会は意見が分かれていた。政府高官と親しくなるのはよいことだと考える者もいれば、ルカとおなじように、面倒を招くだけだと考える者もいる。国会議員のひとりを抹殺せよ、という指令を受けないことを願っている。厄介なことになるのは目に見えているからだ。議員を消す——文字どおり——ことが問題なのではない。世間が大騒ぎすることが問題で、それだけはなんとしても避けねばならない。

イーノックが受話器を置いた。「ヘクターは電話に出ません。部屋にいないのでしょう」玄関ロビーに鎮座するグランドファーザー時計に目をやり、イーノックは眉根を寄せた。昼のこんな時間に、ヘクターはどこをうろついているのだろう、と思っているのか。いつもとちがうことをされるのがいやなのだ。その気持ちがルカにはわかる。とてもパワフルで気まぐれな九人のヴァンパイアの要求を満たす立場に立たされたら、いるべき場所にいてくれと願うだろう。

「わたしが捜そう」ルカはイーノックに言い、エレベーターに向かった。

イーノックはぎょっとした。ルカにまで建物のなかをうろつかれたくないと思ったのだろう、慌ててついてきた。〝下〟のボタンを押しながら、ルカは笑いを堪《こら》えた。イーノックも、ルカが評議員のひとりを抹殺するために来たと思っているのか。そうだとして、イーノックはどんな態度に出るだろう。難問だ。ルカのためにドアを開ける？　彼、あるいは彼女が抵抗した場合、押さえつける？　仕事が終わって、ルカが一杯飲みたいと言ったら、血の入ったグラスを運んできてくれる？　ノーイックがやらないだろうと思われることがひとつ。処刑人の邪魔だ。そんなことをしたら、自分の死刑執行礼状に署名することになる。

ほかにも思いついたことがあった。ヘクターは老齢だが、ヴァンパイアの場合、年齢に左右されない領域がある。セックスだ。ヘクターは逢引《あいびき》の約束をしていて、イーノックはそれを知っているとか？　でも、そんな気分になれるのか？　電話してきたときのヘクターのうろたえぶりからして、暢気《のんき》にセックスに励んでいるとは思えない。ルカが来ることは知っているわけだし。ありえない。

評議員たちの居所は、三階まである地下のふたつのフロアを占めていた。建物は一八九〇年代に建てられ、評議会本部がパリから移ってきた一九二〇年代に全面改装された。評議員はみな太陽に耐性があるが、地下のほうがより快適に休めるし、リラックスできる。

地下三階には倉庫と、頑丈な造りの独房が三つある。もっとも、独房を必要とするようなヴァンパイアは、実際にこのひとつを使えるようになるまで長生きできるわけがない。ごくまれだが、評議会がヴァンパイアの尋問を行なうことがあり、そのために用意してあるのだ。地上階には、商談やミーティングを行なったり、建物内に入ることが許された人間を通したりするための共有スペースがある。ダイニングルーム（使われない）、キッチン（これも使われない）、客間、それに個人の書斎、ふつうのベッドルーム。表向き、ヴァンパイアの本部は個人所有の古くて優雅な建物で、周囲から浮くような目立つ特徴はなにもなかった。

評議員の居所は、それぞれの好みに合わせた贅沢なしつらえだ。泡風呂やインターネット、大画面のテレビ、音響システム、サウナなど、彼らが望むものはすべて揃っていた。ヘクターの居所は地下一階にある。エレベーターを出ると設備の整ったホールがあり、骨董市で買ったか、あるいは宮殿から盗んできたアンティークの家具が並んでいる。ルカは家具に興味がないので、ルイ十何世だの、ヘップルホワイト様式だの、ブランデンブルグだのと言われてもさっぱりわからない。武器についてなら一家言あるのだが。手斧《ておの》からトレド剣、ブローニング製のショットガン、シグ・ザウアーの九ミリまで。

足を止める。鋭敏な聴覚をもってしてもなにも聞こえなかった。評議員の誰かが目覚めているとしても、誰も動きまわったり、話したりしていない。だが、なにかある……よく馴染《なじ》んだなにかの存在に呼応して、うなじの毛が逆立った。彼の古い友人。つまり、死。静かで豪勢なホールに、暴力の名残が漂っている。その匂いを嗅《か》いで手で触れられそうた。何百年、何千年と生きてきたから、暴力とはすっかり馴染みになり、後に残ったエネルギーの響きから詳細を読みとることができる。

「ヘクターの部屋に行ってみる」ルカは足早に廊下を進んだ。イーノックが半歩遅れてついてくる。五感をすべて高感度にしているので、イーノックの速い鼓動も聞きとれた。

「でも——」

ルカはそのまま進み、イーノックは言いかけた言葉を呑み込んだ。ヘクターの部屋は廊下の突き当たりの左側にある。ルカが強くノックすると、その勢いでドアが開いた。見おろすと、重厚な木のドアにはひびが入り、金属のロックはねじ曲がっていた。ドアもロックも酷使に耐える作りだが、強いヴァンパイアが本気で力を出したらひとたまりもないだろう。

ルカが入り、イーノックがつづいた。「ヘクター!」イーノックが叫ぶ。緊張で声が上ずっていた。「ヘクター、いるのですか?」

ある意味では、とルカは思ったが、口には出さなかった。ヘクターは正しかった……もっとも、彼はたいてい正しかった。死が彼に襲いかかったのだ。

暴力の名残の渦巻く瘴気《しょうき》から受ける印象を、急いで集めてゆく。それに、ヘクターが遺《のこ》した思考。彼はそれを自分を守る手段としてではなく、殺人者の正体を暴くための手がかりとして遺した。印象と思考、ヘクターが遺した命の精髄《エッセンス》を丹念に選《え》り分けるには時間がかかる。いまはそのときではない。ヘクターの死を知ったときの、評議員の最初の反応を読みとる機会はいましかなかった。彼らが前もって知らされないように、いますぐ動かねばならない。

「評議員たちを起こしてくれ」彼は命じ、イーノックを連れてヘクターの部屋を出た。なにも悟られないよう冷たい無表情を保つ。感じたことを表に出してはならない。「理由は告げるな。緊急事態だとだけ言え。会議室に集まってもらう」

イーノックは言い返そうとしたが、ルカが淡いグレーの目でじろりと睨むと、目を逸《そ》らした。ルカのパワーの大きさを――翻って その限界を――知っているのは、本人だけだ。陰でこそこそするヴァンパイアが多いなか、無謀にも戦いを挑んできた者は、彼の手にかかり塵となった。

「はい、サー」イーノックは言い、ちかくの内線電話に向かい、眠っている評議員たちを起こしにかかった。評議員たちが事前になにも知らされないよう、ルカはかたわらで聞き耳を立てた。イーノックはルカに言われたとおりに伝えた。八人のパワフルで不機嫌なヴァンパイアたちの文句が、受話器から洩《も》れ聞こえた。電話をかけ終えたイーノック自身も、不機嫌になっていた。評議員のうちのひとり、あるいは何人かには警告しておきたかったのだろうが、そばにルカがいたのでは命令に従わざるをえない。

評議員たちが不機嫌なときの扱いづらさと非協力的なことを考えれば、驚くほどの短時間で全員が集まった。第一会議室に居並ぶ八つの渋面を、ルカは見まわしていた。評議会は数のうえでつねに女が上まわっている。女のほうが狡猾《こうかつ》だからなのか、支配することより生き延びることを第一に考えるからなのか。現在は女五人――アルマ、マリー、ナディア、エレノア、ダーネル――に男が三人――セオドール、パブロ、ベネディクト。ルカが心から信じられる者は、八人のなかにひとりとしていない。だが、このなかの誰が評議会の定めた道を踏みはずし、邪魔なヘクターを殺したのか？

「きみが自分で思っているほど頭がいいのなら、筋の通った釈明を用意しているのだろうな」セオドールががなり、黒く濃い眉をひそめた。ドサッと椅子に腰かけ、派手な式服の前を掻き合わせる。評議員の式服を着る余裕があったのは彼だけだ。ほかの者たちは、手近にあったものを身にまとっている。ヴァンパイアの俊敏さを考えれば、たちどころに着たいものを身にまとえただろうに、わざわざ式服を着ようと思ったのはセオドールだけだったようだ。評議員の地位は彼の巨大なエゴを満足させるので、つねにその地位にふさわしい服装をしていた。

自分になんの挨拶もなくルカがやってきたことが気に食わないのは、セオドールのしかめ面を見ればわかる。ルカに指令を出す立場にあるので、監督者のつもりなのだ。ヴァンパイアを撃退するのに役立つあれやこれやについて、まったく無意味な民間伝承を作りあげて自分たちを慰めている人間とおなじで、評議員たちも、とくにセオドールは、ルカを自分たちの道具、雇い人、命令の対象とみなすことで安心を得ていた。というより、安心を得ようと必死だ。

ところがルカは、セオドールを〝うざったい奴《やつ》〟ぐらいにしか思っておらず、ときおりそれを態度に出していた。評議会はルカをどうするつもりだ？　首にする？　彼らが仕事をくれなくなれば、それに付随するかなりの報酬も途絶えるが、長い目で見れば、収入がなくなっても少しも困らない——そして彼らは、ルカの後釜《あとがま》を探さなければならない。

仕事を引き受けてきた理由は単純だ。自分のしていることが必要だと思えたから、それに戦うことが好きだからだ。彼は骨の髄まで闘士だ。二千年以上生きてきて肝に銘じたのは、たとえどんなに煩雑で不確実な人生を送ろうと、内面世界を単純にしておくこと。造反分子を追いかけていれば、戦闘技術を試す機会が与えられるからいづけてきたまでのことだ。

べつの側から見れば、評議会はルカを必要とあらば楯《たて》にするつもりだ。彼を楯にできなくなるのは、評議員たちにとって困るから、セオドールもルカを首にはできないだろう。弱虫ではないところを示し、エゴを満足させたいだけだ。ルカがどんな脅威にも傲然《ごうぜん》と立ち向かい、短気で野心家のヴァンパイアに敵対行為を思いとどまらせてきたことは周知の事実だった。

評議員たちはそれぞれにパワフルだが、ルカを抑止力にできるのはボーナスだ。たとえ彼とうまく付き合わねばならなくても。ルカはうまくふるまってきた。指令に従い、彼らに警戒を抱かせるようなことはしなかった。だが、ルカがうまくふるまったのはそうしたかったからで、彼らのためではない。いつ気が変わるかわからない。

相互不信はおもしろい力関係を作る。ルカにとってそれは警戒を怠らないこと、神経がピリピリすること——つまり生きているということだ。

「ヘクターが殺された」セオドールの空威張りは無視し、ルカはそう言って反応を見た。ヴァンパイアは生き生きとした表情に定評があるわけではない。長年におよぶ自己抑制の賜物《たまもの》だが、それでもちょっとたじろいだり息を呑んだりはする。さすがのヴァンパイアも瞳孔《どうこう》の拡張までは抑えられない。

ダーネルはゆっくりと一度まばたきした。「どうしてわかるの？ 彼の塵を見つけたの？」

彼女がいまはエチオピアと呼ばれている場所で誕生したときつけられた名前や、アイルランド系の名前を選んだ理由を知る者は、彼女自身以外にいない。態度は悠然としており、極端に秘密主義だ。つねに〝現状維持〟に票を入れるが、人間をひどく軽蔑《けいべつ》しているので、彼女の票は信用できない、とヘクターは常々言っていた。

「わかるからわかるんだ」ルカは抑揚のない声で答えた。ルカがどうしてわかるのか、彼らにわからないとすれば、それは彼らの問題であって、ルカの問題ではない。

「数千キロも彼方《かなた》から？ あなたはスコットランドにいたんでしょ？」

「イーノックがヘクターの部屋のドアを開けてくれた」ヘクターにすら自宅の場所を知られないよう気をつけてきたのに、彼らが国を知っているのは由々しきことだ。ほかにも隠れ家はあるが、使うのは緊急の場合のみだった。ふつうのヴァンパイアに比べれば、評議会から安全でいられる――人間は彼と会ったことを憶えていないので、彼の家まで道案内ができない――が、評議員たちはそれぞれ独自に優秀なハンターを抱えていた。

「それで、彼の塵を見たの？」

「その必要はない」

いちばん年長で、評議会のなかで唯一の純血種であるマリーが、短く息を吸って椅子にもたれかかった。「ヘクターが殺されたとあなたが言うのなら、わたしは信じるわ。それはつまり……わたしたちの誰かが彼を殺したということね。それができるほどパワフルな者は、この建物のなかにはほかにいないでしょう」彼女はルカを見つめ、それから仲間の評議員たちを順繰りに見つめた。目の表情が〝軽いショック〟から〝打算〟へと切り替わる。これから起こりうる問題を考慮し、この事件を自分の有利に生かす方法を考えているのだ。ヘクターは評議会の長だった。その後任には彼女が選ばれるだろう。彼女の実利的なフランス人気質が、一緒に仕事をし、尊敬していた仲間がついに身罷《みまか》ったのを悼《いた》んで時間を無駄にすることを許さない。

「きみが〝感じる〟ことを、われわれに信じろというのか？」セオドールがいつもの攻撃的な口調で言った。「きみが彼を殺さなかったと、どうしてわかる？　きみがやっているのはそういうことではないのかね？」

評議員がふたりで組んで攻撃を仕掛けてきたら殺される、とルカが考えたのはこれがはじめてではない。セオドールにはそのふたりのうちのひとりになる度胸はない、と思ったのもこれがはじめてではない。ほかの評議員たちが殺し合ってくれるのを期待するタイプだ。ということは、ヘクター襲撃を指示したのはセオドールではないのでは？　おそらくそうだ。この一件に関しては、おそらくセオドールがいちばん信頼できるとは、皮肉な話だ。

「イーノックがわたしの潔白を証言してくれる」多少うんざりした口調で、ルカは言った。いまの言葉はまったくの的はずれだと、セオドールに悟らせるために。

セオドールがイーノックに向かって言う。「ほんとうなのか？」

「三十分ほど前にこちらにお見えになってから、ずっと一緒でした」いつも落ち着き払っている屋敷の管理人が、注目の的になり不安そうだ。わずかに身じろぎした。ヴァンパイアの場合、これは両手を揉《も》みしだくのに匹敵する。

「それで、ヘクターはほんとうに殺されたのか？」

イーノックはちらっとルカを見た。「自室にはおられませんでした」

ナディアがお手上げの仕草をする。「これだけ大騒ぎして、ヘクターが死んだのか、自室以外の場所にいるだけなのか、誰も正確にはわからないってこと？」

「彼が電話してきた」ルカはみなの表情を窺いながら、言った。「人間に戦いを仕掛けようとする反乱の動きがあると、彼は言った」

「それのどこが悪いの？」アルマが女にしては太い声で言う。「わたしは、おなじことをずっと言いつづけてきたわよ」下座に座っている彼女が、眠たそうな淡いグリーンの目でルカを見つめた。アルマは困った奴だ――歳をとっていて、血に飢えていて、美人で、赤毛で、権力志向。評議会に加わって五十年そこそこのあたらしい評議員のひとりで、つねに変革を訴え、文句の多さでうるさがられている。もっと前に評議会が彼女を罷免しなかったのは驚きだが、評議員を首にするのは、あらたに加えるのとおなじぐらい面倒だ。彼女が裏切り者かもしれないが、いまは判断を差し控えよう、とルカは思った。

評議員たちの表情から、アルマの考えを支持する者もいることがわかった。多くのヴァンパイアにとって、正体を隠して生きることも、自分たちの食糧にすぎない人間が権力を握っていることも、癪の種だ。

この問題に決着をつけようとするのは、ピラニアの群れのなかを泳ぐようなものだ。評議員たちは年齢と強さで選ばれ、現状維持に努めることが求められているが、それは時代のムードに左右される。いちばん若い評議員でもっぱら戦争を知っている。平気で相手を裏切るヴァンパイアの政治の泥沼を泳ぎきるには、精神的強さと並みはずれたパワーに裏打ちされた生来の狡猾さが必要だった。

マリーが身を乗り出し、黒い目で彼を射抜いた。「それで。わたしたちのひとりが裏切り者だと、あなたは言いたいのね」

ルカはほほえんだ。その表情から窺えるユーモアと愛嬌《あいきょう》は、獲物に襲いかかるサメのそれだった。「そのとおり」

3

彼らは呑み込みが早い。もっともヴァンパイアにとって、奸智《かんち》と権謀術数は生きていくうえで欠かせないものだ。ヘクターは、建物にうまく潜入したパワフルなヴァンパイアに殺されただけのことかもしれない。反乱が企てられているという情報と合わせて考えると、殺人者は反乱派のメンバーだろう。建物のなかには側近や召使いたちがいるが、キーワードは〝パワフル〟だ。脇役たちはこの条件を満たさない。

そこが微妙なところだ。裏切り者には協力者がいた。つまり、敵は数でまさっており、敵の全容がわかっていない分、ルカは不利だった。これから死闘を――ヴァンパイアはほかの戦い方を知らない――繰り広げるのかと思うと、期待で胸が高鳴ったが、急いで意識を集中し、鼓動を平常に戻した。この部屋にいる者たちは全員、聴覚が鋭いから、ほかの者の心音が聞こえる。耳を澄ませたが、鼓動が速くなっているのはイーノックだけだ。それもすでに抑えられていた。裏切り者が誰であるにせよ、その者は非常に自制心が強いか、ばれるわけがないと高を括《くく》っているのか――その両方か。そうなると興味深い可能性が出てくる。

まずはここから生きて出ることだ。そのためには、さしあたり彼は脅威ではない、と裏切り者に信じさせることだ。ルカの唯一の強みは、生きている者でも死んだ者でも、そのエネルギーの残滓《ざんし》を読みとれることで、しかも、そのことは彼自身――それにヘクター――しか知らないことだ。それがルカの切り札だった。彼が拾い集めた糸が、うまくすれば彼を裏切り者に導いてくれるだろう。

評議員の誰からも、ヘクター殺害の黒幕だとわかる、表情のわずかな変化を捉えられなかった。そうできればと思ったが、万にひとつのチャンスでしかない。ヘクターの死で過度に動揺した者はいなかった。ヴァンパイア同士の殺し合いなどという低俗な話題に、高尚な評議員たちはかかずらわない。評議員たちが――評議員の大半が――問題にするのは、秘密の壁をいかにして守るか、だ。単純な殺人だって……ハハッ！　公衆の面前で行なわれたのでないかぎり、誰が気にする？

ルカは気にする。ヘクターは友人だった。

ヘクターがいつも座っていた椅子、評議会の長の椅子をおもむろに引き、ルカは腰をおろした。椅子をテーブルのほうに引き寄せはしなかった。引いたままの位置でわずかに斜めにずらし、長い脚を伸ばして足首を交差させた。テーブルから距離をとることで、ヘクターの後釜に座る意思のないことを示したが、同時に、ヘクターの椅子に座ったことで、評議員たちのプライドを傷つけた。彼らをうろたえさせたかった。この方法なら彼らに有効だろう

――この一瞬、特定のひとりがうろたえた拍子に小さなミスを犯すかもしれない。

彼らはみな評議員という特権的な地位を強く意識しているから、ルカのくつろいだ態度がおもしろくないだろう。マリーですら驚いた顔をした。もっとも何世紀ものあいだ――いやはや、たしかにそれだけの年月が経っている――評議会に空席ができるたび、彼女はルカに今度こそ引き受けろとしつこく言い寄ってきた。

彼は両手を頭の後ろで組んだ。怠惰を絵に描《か》いたような姿勢だ。「あなたたちのひとり、あるいは数人が反乱派と手を組んでいることは、疑いようがない」気だるい口調で言う。「問題は、評議会がわたしになにをしてほしいか、だ」

八人はたがいに顔を見合わせ、比較検討している。彼らの考えは手にとるようにわかった。相手の寝首を掻くようなことを、誰だったらやりそうだろう？　陰の世界から出るにはいまが潮時だと思っているのは、誰だろう？　人間にいちばん恨みを抱いているのは誰だ？　困ったことに、三つの問いの答はかならずしもひとつではない。

アルマは常々、ヴァンパイアはもともと優秀なのだからトップの座に返り咲くべきだと主張している。だが、寝首を掻くとしたらセオドールだろう。誰がいちばん人間を憎んでいるかとなると……お手上げだ。おそらく全員が憎んでいる。つまり、答は程度の問題だ。彼らは誰を裏切り者と考えているのだろう。誰であってもおかしくない。

「反乱派がいるというヘクターの見解を、きみは支持するのだな」ベネディクトがようやく口を開いた。彼はローマ人貴族で、ヴァンパイアであれ人間であれ、自分より下の者と協力することを好まない。つまり、自分以外の者すべて、だ。純血種であるルカとマリーは、ベネディクトにとってジレンマだった。ふたりはヴァンパイアの〝ロールスロイス〟だが、どちらの両親も転身前の人間としては、ベネディクトほど家柄がよくない。彼の目から見れば、生まれの卑しい者たちということになる……だが、ふたりとも人間であったことはない。そこがベネディクトの抱えるジレンマというわけだ。

「そうでなければ、彼を殺す意味がない」ルカは言った。

「たしかに」エレノアが言う。数百年前の人間はたいていそうだが、彼女も小柄だ。ヴァンパイアに転身したからといって、急に身長が伸びるわけではない。そのままの体形が維持される。ヴァンパイアはみな美しく、完璧《かんぺき》な肉体を持っているという神話は、神話にすぎない。人間のときに醜ければ、ヴァンパイアになっても醜い――より強くより速くなり、加齢や病気を免れるが、醜いことに変わりはない。

エレノアは美しくも醜くもなかった。用心深く悪賢く、非情な敵だ。ヘクターは彼女を好いていたようで、評議員たちを自分の考え方に従わせるとき、彼女の良識を頼りにしていた。彼女はいま、指でテーブルをトントンと打っている。「その反乱派が、わたしたちのひとりを仲間に引き入れられるほど組織化されているとしたら、それに関する情報がまったく入ってきていないことに驚くわね。わたしたちはそれぞれに、血縁の子どもや協力者がいて、情報源を持っている――」つまり〝スパイ〟と言いたいのだが、口に出して言わないのが暗黙の了解だ。「警告を受け取っていたはずでしょ。まったくおもしろくないわ」

「ヘクターが絶対に正しいとは言えない」パブロが言った。逞《たくま》しい胸の前で腕を組んでいる。「彼がまちがったのかもしれない」

「だったら、彼はなぜ死んだの？」マリーが言う。

ナディアが鼻を鳴らす。「彼が死んだどうかわからないじゃない。わかっているのは、彼が部屋にいないということだけ。彼が死んだとルカが思っているのは、慌てふためいて電話をよこし、反乱派がどうのって言ったからでしょ。そんな話、わたしたちはいまのいままで知らなかった」

ヘクターが慌てふためく姿を想像して、数人が目をくるっとまわし、クスクス笑った。ナディアはぶすっとして椅子にもたれかかった。

ルカには彼らの態度が不快だったが、なにもいまがはじめてではない。どれほど歳を食おうと、どれほどパワフルであろうと、ヴァンパイアに政治をやらせると、その態度はだんだんに子どもじみてくる。もう一度、事実だと念を押す代わりに、評議員たちを見まわして言った。「それで？　わたしになにをさせたい？　なんでもどうぞ」

評議会の指示に喜んで従うというルカの態度に、ほっとした評議員がいると思ったら大きなまちがいだ。これで終わりにするつもりはない。だが、自分たちが事態を掌握していると彼らには思わせておこう。

誰もなにも言わなかった。しばらくの後、マリーが椅子を引いて立ちあがった。「誰もいまはなにも決めるつもりはないようね。でも、ひとつだけわたしたちにできることがあるわ。ヘクターの部屋に行ってみましょう」彼女はルカをちらっと見た。ヘクターはそこで殺されたと思っているのか、と問いかけているのだ。彼は小さくうなずいた。「彼の塵が見つかれば、ルカの仮説が正しかったということだわ――いつものように」彼女は言い添えた。仲間の評議員にジャブを食らわせたのだ。

「きみが責任者なのか？」セオドールが不満そうに言った。もっとも、彼を含め、全員がすでに立ちあがっていた。

「いいえ、ちがうわ」アルマがぴしゃりと言う。

「もう、よしてよ」マリーがつぶやいた。「わたしは『行ってみましょう』と言ったのよ。『わたしが引き継ぐ』なんて言ってないでしょ」

「きみが言ったのはそういうことだろう」パブロが意見を挟む。「きみがなにを言いたいのかはよくわからんがね」

マリーとほかの評議員たちのあいだには、わずかながらつねに緊張があった。純血種が持つ強いパワーを彼らは恐れているのだ――ルカを恐れるように。だがむろん、誰もそんなことは認めないだろう。嫉妬《しっと》がそこに作用している。純血種は精神と肉体が最盛期を迎えるまで成長をつづけ、そこから下降線を辿ることはない。ルカの場合、体が大きいため成長するのに時間がかかり、最盛期を迎えたのは三十代のはじめだった。マリーは十六歳のころで、その肌はしみひとつなく、歯は完璧で、髪は濃く艶《つや》やか、胸は高い位置に保たれている。彼女とおなじぐらい美しいアルマも、若々しいマリーと並ぶとおばさんに見える。そのため、マリーが野心をちらつかせないかと、みな戦々恐々としているのだ。

政治なんてくそくらえだ、とルカは思う。歳を重ねたパワフルなヴァンパイアの精神年齢を、小学生並みに引きさげるのだから。

不安そうなイーノックが先頭に立ってヘクターの居所に向かった。だが、ドアを開けようと彼が手を伸ばしたとき、ルカは言った。「待て」その声に込められたパワーに、全員が、マリーですら立ち止まった。イーノックは傍目《はため》にもわかるほど震えており、目を丸くしてルカを見つめた。声による強制は珍しいパワーではないが、評議員たちのようなパワフルなヴァンパイアに効力を発揮するのは並大抵のことではない。ルカの力をいまさらながらみな思い知っただろう。

ルカがみなの前に立つと、イーノックがかたわらに退いた。ルカはおもむろにドアを開け、なかに入った。建物に侵入する者がいた場合に備え、最初の部屋はカムフラージュのため平凡な書斎の体裁をとっている。使い込まれたデスクと革張りのソファー、床にはぶ厚い絨毯《じゅうたん》。デスクの背後の壁に絵が一枚かかっている。ボッティチェリ、おそらく本物だろう。偽物にせよ本物にせよ観葉植物の類《たぐい》はなく、ちょっとした骨董品も置かれておらず、書類とファイルが散らかっているだけだ。

部外者がまちがってこの部屋に入っても、足を止めることはないだろう――絵画に眼識がないかぎり。

ヘクターの私室はこの質素な書斎の奥にあるのだが、さっき訪れたときと同様、ルカはここに破壊的エネルギーが渦巻いているのを感じた。

「ここまでする必要あるの？」ナディアが尋ねた。「彼がよそにいるとしたら、彼のプライバシーを侵害することに――」

その言葉を無視し、ルカは部屋の奥へと進んだ。ヘクターはこの書斎で死んだ。彼の生命力に、彼のエッセンスに包み込まれるような気がした。心を澄まし、開いて、ヘクターのことを思った。ここで躍動するエネルギーを捉え、制御する。老ヴァンパイアの記憶がまざまざと甦り、そのなかに、これぞヘクターという、彼のエッセンス、彼のパワーである特別なエネルギーがあった。

まるでヘクターが自らの死を写真に撮って空中に撒《ま》き散らしたように、ここにはエネルギーの絵があった。殺人はひとりの仕業ではなかった。死はこの部屋で待ち伏せしていた――それに廊下でも。ヘクターが感じた危険は慎重に隠されている。ヘクターの命を奪った者の正体はわかったが、それを命じた者のパワーを見極めることはできない。

ヘクターはかんたんに屈しはしなかった。命がけで戦った。ルカが感じる暴力は、家具をひっくり返し、ランプを割り……だが、ここにはそういう痕跡《こんせき》はなかった。書斎は片付けられていた。割れたものを除去して、あたらしいものに置き換えた。ぶ厚い絨毯に残る線が、最近掃除機をかけたことの証《あかし》だ。

掃除機？　なるほど——ヘクターの塵を吸いとってしまえば、彼の死の物的証拠は残らない。

ルカはしゃがみ込み、絨毯を指で撫《な》でた。ヘクターのわずかな亡骸《なきがら》が彼に叫びかける。その感覚は強烈だった。肩越しに振り返ると、評議員のひとりと目が合い、相手も彼のほど強くないが、おなじような感覚を抱いているのがわかった。彼女が裏切り者の可能性はあるが、それを言うならほかの七人もおなじだ。「ダーネル」彼は静かに言った。「感じていることを話して」

ダーネルはかたわらに来るとくたっとしゃがみ込み、絨毯に指を埋めた。指を抜き、うっすらとついた灰色の塵を見つめる。大きな黒い目は厳粛だ。

長い沈黙の後、彼女は言った。「ヘクター」

背後でセオドールが厳しい声で言う。「たしかなのか？」

「ええ」ダーネルが言う。「たしかよ。ヘクターは死んだ。ここで、この絨毯の上で」

「掃除機で吸ってある」ルカは言い、絨毯についた筋を指差した。

「つまり、彼の残りは掃除機の集塵袋《しゅうじんぶくろ》のなかということ?」アルマが声に笑いが出るのを隠しもせずに尋ねた。

ルカはゆっくりと振り返り、淡い色の目でアルマを射抜いた。彼女は真顔になって一歩さがろうとし、自分は評議員であることを思い出したのか足を止めた。その目が怒りと恨みでキラリと光った。

沈黙が訪れた。いまここでできることはなにもないし、ルカには実行に移すべき計画があった。立ちあがってセオドールと目を合わせる。「わたしの連絡先は知っているな。評議会が出した結論を知らせてくれ」

セオドールは小さくうなずいた。

ルカは部屋を出てエレベーターに向かった。ボタンを押したとたんに扉が開いた。

「ルカ……待って!」

マリーが追いかけてきた。小柄な体から溢れんばかりの自信が伝わってくる。その表情は、決断と苛立ちがない交ぜになったものだった。「玄関まで送るわ」誰に聞かれるかわからないので、マリーはそう言ってエレベーターに乗り込んできた。ドアが閉まるや彼女はつぶやいた。「馬鹿ばっかり」

「特に馬鹿だと思うのは?」

彼女は目を細めてルカを睨んだ。「おなじことを考えているくせに」

どちらも純血種であり、知り合って数百年経つが、マリーを親友と思ったことはないし、いまここでなるつもりもなかった。ルカは肩をすくめただけでなにも言わない。

「これからどうするつもり？」

彼はためらうことなく嘘をついた。「評議会の決定による」評議会が評決を行なうとして、その結果がどうであろうとやりたいことをやるつもりだ。どういう経過を辿るかは目に見えている。最初にヘクターの後任者を選ばねばならない。つぎに評議会のあたらしい長を選ぶ。それから話し合いを行なう。

「あなたが加わっていたら、評議会ももっと決断が速くなるでしょうに」

ルカは頭を振った。「まだ諦めていないのか？　ただの〝ノー〟ではない、〝断固たるノー〟だ」マリーの言うこともあながち的はずれではないが、彼らの意思決定の一端を担いたくはなかった。

エレベーターが停まり、小さくピンと音がして扉が開いた。彼が玄関に向かおうとすると、マリーが腕をつかんだ。「ルカ……考えてみて。機械的に〝ノー〟と言わずに。わたしだって説得されて評議員を引き受けたんだから。ふたりで力を合わせれば、評議会をわたしたちの望むように作り変えられるわ。あなたの〝ヴォイス〟をもってすれば……」

「わたしの〝ヴォイス〟にも限界がある」彼はまたしてもためらうことなく嘘を口にした。

「きみを含めて評議員たちはみな、〝ヴォイス〟への抵抗力を高めるための方策をすぐさま講じるだろう。だから、わたしのプライドをくすぐっても時間の無駄だ」

彼女の黒い瞳がきらめき、一瞬にして評議員から女に変わった。ほかのなにかをくすぐってあげてもいいのよ、とその表情が言っている。だいたいにおいて、ヴァンパイアにとってのセックスは飽くことのない欲望だ。たやすく満たすことはできても大事なものではない。若いヴァンパイアは関係を築こうとするが、歳を重ねるにつれその無意味さを知る。

だが、マリーとのセックスは〝やりたいことリスト〟に含まれない。彼女は評議員だ。つまりは容疑者。百戦錬磨の闘士であるルカは、セックスすらも戦略的見地から見る。彼女は高齢で非常にパワフルだ。セックスによって、一瞬だが――オルガスムのあいだは――無防備になる。彼女のように傲慢でパワフルな相手ならなおさら、弱さを見せるわけにはいかない。

やはり一瞬にして、マリーは女から意志堅固な本来の姿に戻った。「急ぐの？　見せたいものがあるのだけど」彼女が唐突に言った。

休養をとりたかった。栄養もとらなければ。夜通し旅をして、太陽に曝され、この数日、血を摂取していなかった。体力勝負のいま、そろそろ限界に達しそうだ。飢えがルカを蝕《むしば》み、自制心をすり減らす。これ以上我慢しておかしくなることだけは避けたかった。だが、好奇心に火がついた。彼女のなかにそれを垣間《かいま》見たせいだろう。埋もれた……興奮？　自己満足？　いったいなにを見せるつもりなのか。「いや、もうしばらくいられる」

「こっち」マリーは言い、屋敷の奥に通じるドアを抜け、階段をのぼった。どうしてエレベーターを使わないのだろう。もっとも、ルカにとっても階段のほうがいい——戦いになれば、エレベーターは狭すぎる。だから、尋ねなかった。階段をのぼりながら、彼女がため息混じりに言った。「あなたって頑固なんだから。わたしたちが力を合わせれば、評議会を支配できるのに。純血種のヴァンパイアふたり、パワーと年齢を合わせれば——誰もわたしたちに逆らおうとは思わない」

「わたしには分相応のパワーがある」ルカはこともなげに言った。「いまのままで満足している」

「雇われ殺し屋がよく言うわよ！　わたしたちに指示されて、あなたは造反ヴァンパイアを始末している。まるで掃除人みたいに。あなたにはもっとふさわしい仕事があるわ」

ルカはほほえんだ。マリーは彼を怒らせるつもりだ。その手には乗らない。「たぶん雇われ殺し屋が性に合ってるんだな。悩むことなく大金が手に入る」

「その気になれば手に入れられるお金の額を知らないからそんなことが言えるのよ。ヴァレリクを見てごらんなさいよ」

ヴァレリクはヴァンパイア上院議員のひとりだ。彼は名前を変え、必要な書類を偽造した。昼間の日差しにも耐えられる。おそらく有権者をたぶらかして自分に投票させたのだろうが、ルカがどうこう言う問題ではない。

「ヴァレリクはクズだ。昔からそうだった」

「その問題はべつにして。いまや彼は国会議員で、大金持ちのクズになった」

二階に着くと長い廊下を進み、なんの変哲もないドアを開けるとまた階段が現われた。この建物はわざと迷うように作られた迷路だ。どこにも行き着かぬドアがあり、べつのドアを抜けると堂々巡りをするばかりだ。これまでに評議会本部に侵入した者はいないが、たとえ潜り込めたとしても、目当てのものを見つけるのは至難の業だ。

「どこに行くつもりだ?」ルカは周囲を見まわした。建物のこの部分に足を踏み入れるのははじめてなので、目印になるものを頭に刻みつける。手を伸ばして彼女のエネルギーに触れ、読みとろうとしたものの、彼女は強すぎるし、ガードがきつすぎて表面的なものしかわからなかった。

「ここよ」マリーはドアの前で立ち止まり、黒のカプリパンツのポケットから鍵を取り出した。「あなたに必要なものを用意してあるの。美しくて若くて、おいしいわよ」彼女は肩越しにほほえみかけた。「それにアレが好きだし」

ドアの向こうは狭いキッチンが付いたワンルームで、長いソファーとフラットスクリーンのテレビが置かれ、蒔絵《まきえ》の衝立《ついたて》で仕切って壁際にフルサイズのベッドがあった。ドアが開くと、美しい黒髪の若い女が顔をあげ、ほほえみながら立ちあがった。当然ながら部屋には窓がない――太陽に曝される恐れはなく、黒髪の美人が〝好きではない〟と思っても助けを求めることはできない。

「クリスティ、ダーリン、こちらはルカよ。彼、お腹がすいてるの」

たいていの人間とはちがって、クリスティは恐れる素振りを見せず、輝くような笑みを浮かべてブラウスのボタンをはずしはじめた。どうしてこんなに協力的なのだろう、とルカは思い、そこで彼女の目を見た。

「クスリを与えたんだな」抑揚のない声で言った。マリーに飢えを察知されたことも気に食わないし、マリーが人間を誘拐し、意思に反して利用する危険を冒したことも気に食わない。

「与えてないわよ」マリーが鋭く言い返す。「クリスティは魔法にかかっているだけ」

「どれぐらい長く？」

「ほんの数週間。彼女が家に戻ったとき憶えているのは、このすてきなヴィラと海の景色、それに短いけど情熱的な夏の恋の相手のことだけ。どうして彼が連絡してこないのか不思議に思って捜そうとするかもしれない。でも、それ以外はどこもなんともないわ」

「彼女は植物人間になるかもしれない」魔法に副作用がないわけではない。一度だけ、それも短期間なら脳に目立った損傷は受けないが、それだけ長くつづくと思考力を失う可能性がある。評議会に関するかぎり、食糧を貯蔵しておくのは目あたらしいことではない。その昔は、喜んで提供者になる人間を見つけて、何年も手もとに置くのはかんたんだった。コミュニケーションシステムが発達した現代では、それは不可能だ。人が行方不明になれば、それがホームレスでないかぎり、大規模な捜索が行なわれる。自尊心のあるヴァンパイアなら、そんな形で食糧を得ようとは思わない。

そうなると残る方法はクスリを与えるか、魔法をかけるかだが、クスリは血を苦くする。たいてい、人間をさらうのは短期間で、終われば忘れる魔法をかける。

「いいえ、そうはならない。研究を重ねて匙加減《さじ》がわかるようになったもの。パワーはほとんど使わない。解放するときには、ほとんどダメージを残さない。わたしを信用しなさい」低い声で言い足す。「彼女の元の生活に比べたら、いまはずっとましよ」

クリスティはブラウスをするっと脱ぎ、ジーンズのファスナーをおろした。ルカは手をあげて彼女にやめさせた。自分で考えることを諦めた――それとも諦めさせられた――頭が空っぽの女とセックスして血を吸う気にはなれない。それに、彼女は評議員全員に、それにこのスタッフで彼女に興味を持った者にも脚を開いているにちがいない。彼女は血をとられている。誰かがセックスの最中に自分の血を彼女に与えていれば、絆を結んだということになる。精神的にハンディを負っているうえに、誰かと絆を結んだ提供者と関係するなんてまっぴらだ。クリスティは大丈夫だ、とマリーは言うが、鵜呑《うの》みにはできない。

くそったれ。血が欲しい。どういうわけか彼女はそのことを知り、この頼りない果実を彼の前にぶらさげた。だが、クリスティの意思のなさが、彼を押しとどめる役に立ったわけだ。

「食糧は自分で捕ってくる」彼は言い、座れと女に指示した。女は失望し、傷ついたような表情さえ浮かべ、腰をおろした。

「わたしたちはみなそうだった」マリーが語気荒く言い、苛立ちを振り払うように頭を振った。「懐かしいわね」懐かしそうに言う。「コンピュータやら身元確認やらに煩わされることなく動きまわれたあのころ」ため息をつき、クリスティを指差した。「彼女に戦えと命じたら。それがお望みならば。あなたの言うことはなんでも聞くわよ」

「手の内を知ってしまったら、おもしろくもなんともない。遠慮しとくよ。長期にわたって魔法をかけている人間はほかに何人いるんだ？」

マリーは肩をすくめた。「いまも進行中のプロジェクトなのよ。食糧をここに運び込んだ場合にリスクを最小限に抑えるためのプロジェクト。頻度をさげれば、それだけたやすくなる。長く効く強力な魔法は、もともとわたしの才能のひとつだった。でも、この二十年ほどで――たしかにまだ日は浅いけど――微調整がきくようになったの。蝶々《ちょうちょう》に羽根で触れるような繊細さが必要だわ。人間の頭はとても脆いから、ふつうの魔法では脳に致命傷を与えてしまう」

「ここにいるのはクリスティだけなのか？」

「いいえ、あと十二人いるわ。男も女も、みんな若くて美しくて、完全にわたしたちのもの。昔とおなじよ。人間がわたしたちに奉仕する。あたりまえのこと」

クリスティはソファーに座って夢見るようにささやいていた。「波の音が聞こえるわ。とっても気持ちいい」そこに窓があって波立つ海が見えるかのように、壁を見つめていた。

「このあたらしいやり方をヘクターはどう思っていたんだ？」ルカは尋ねた。かつて、ここに連れてこられた提供者たちは、数時間、せいぜい一日滞在し、記憶をぬぐい去られて元の居場所に戻された。

　マリーは彼の口調から不同意を聞きとったのだろう、体を強張《こわば》らせ、目を細めたが、こう言うだけで満足した。「理屈のうえでは理解していたわよ」

　なるほど。脳に損傷を与えることなく、長期間にわたって人間に魔法をかけることができるなら、評議会は食糧調達の心配をせずに飢えを満たすことができる。ルカは肩をすくめた。

「このやり方の利点はわかる気がするが、やはり興味はない」

　マリーも肩をすくめ、部屋を出るとドアを閉じて鍵をかけた。クリスティが喜んでやっていて、魔法がそこまで完璧なものなら、どうして鍵をかける必要があるんだ？　マリーは腰を揺らしながら廊下を進んだ。「ヘクターを殺した犯人を見つけて」彼女が前を向いたまま言った。「評議会がなんと言おうと、あの馬鹿連中が合意に達するのにどれほど時間がかかろうと、あなたは犯人を見つけるつもりなんでしょ。評議員殺しを許すわけにはいかない。さもないと、わたしたちみんなが危険に曝されるもの」

　彼女の懸念はほんものなのか、それとも煙幕を張っただけか？　人間はヴァンパイアに奉仕すべきだというマリーの考え方は、反乱派の言い分に通じるものがあるが、ヴァンパイアの世界ではべつに突飛な考えではない。おそらく評議員はみなおなじように考えているのだろう。たとえ、自分たちの存在を秘密にしておくほうに票を投じていようと。

マリーの案内で玄関まで戻ると、ルカはドアを出た。熱い夏の日差しが肌に食らいつくようだが、なんの反応も示さずに歩いた。本部が視界から消えると、後をつけられていないかチェックし——つけられていなかった——いま来た道を引き返した。誰がヘクターを殺したかはわかっているが、裏で糸を引くのがどの評議員かはわからない。裏切りはどの程度根深いものなのだろう？　反乱派はどの程度組織化されているのか？　彼らが行動を起こすときはちかいのか？　ああ、たしかに飢えていて、狩りが彼を呼んでいるが、もっとも基本的な欲求さえ抑えてきた。飢えを満たすのは後でいい……いまでなくても。

4

ポトマック界隈

最初のころとちがって、このごろではひとりきりでいられることが多くなった。ネヴァダ・シェルダンが拉致《らち》されたのは二十歳のときだった。自分の世界とはべつの——でも、とてもちかくにある——闇の世界に気づきもしない大学生だった。自分が魔女だということも、まるっきり自覚していなかった。最初はとても信じられなかった。たしかに子どものころから人一倍勘が鋭く、ときおり小さな願いが叶うことがあったが、そんなちっぽけなことをパワーのしるしとは考えもしなかった。誰にでも起こることでしょ、ちがう？

彼女がいま持っているパワーは、まだ子どもだったあのころの自分にとっては、あまりにも恐ろしく、とても手に負えないものだ。でも、いまでは、さらに前進する強さを身につけていた。これまでに発見したことや、いまの自分を最大限に生かす強さがいまの彼女にはある。

三年ほど前に、彼女と家族を拉致したヴァンパイアたちが、彼女をまったくの無能だと思っているのか、それとも、傲慢にも彼女に傷つけられるはずがない、彼女に計画の邪魔ができるはずがない、と思い込んでいるのかはわからない。おそらく後者のほうだろう。傲慢さでヴァンパイアの右に出る者はいないもの。三年前まで、ヴァンパイアが存在するとは知らなかった。でも、いまでは、できるだけ彼らを知ること、それもできるだけ早く知ることに彼女の命はかかっていた。

それでも、彼らにはネヴァダが必要だ。彼女の先祖がかけた呪いを解くために必要なのだ。先祖が魔女だったなんて、話を聞くまで知らなかった。知らないことが多すぎた。どうやら〝スーパー魔女〟の血筋らしい。おまえを傷つけるようなことはしない、と彼らは言ったが、彼女を思いどおりに働かせるために、両親や弟や妹を脅すのは平気なようだ。

彼らの言っていることがわからなかったから、最初のうちはただ怯えていた。一家揃って怪物に拉致され、それからネヴァダだけ引き離された。彼女は広いベッドルームで贅沢に暮らしているのに、家族は地下牢《ちかろう》に閉じ込められているらしい。ひとりぼっちで隔離され、恐ろしくて正気を失いそうになったけれど、自分には武器があることがだんだんわかってきた。自分自身という武器だ。怪物は彼女に言うことを聞かせるために家族をだしにしているわけだが、彼女のほうでは、家族がちゃんとした扱いを受けられないかぎり、怪物の言うことを聞くつもりはなかった。

引き分け。いくら脅してもネヴァダが梃子《てこ》でも動かないことがわかると、彼らは折れて、携帯電話で写した家族の写真を見せてくれ、ときどき電話で、ほんの短い時間ながらも家族のひとりと話をし、無事を確認できるようになった。

家族が無事であるかぎり、ヴァンパイアが望むことをやるつもりだ。広いベッドルームの真ん中を作業スペースにして、テーブルと座り心地のよい椅子が置かれ、さらにとても古い本が大量に運び込まれた。あまりにも古びた本なので、ページを繰るたびに指の下でぼろぼろに砕けるのではないかと恐ろしくてならないが、いまだにそういうことはなかった。本は床のあちこちに積みあげられ、なかには彼女の力では持ちあげられないほど重い本もある。動かすときにはヴァンパイアを呼ぶか、足で蹴《け》ったり引き摺《ず》ったりしてどかすかだ。でも、たいていは自力でなんとかしていた。ヴァンパイアに助けを求めるぐらいなら、すりガラスを食べたほうがましだと思っているからだ。

最初の数週間はただ茫然《ぼうぜん》と過ごした。魔女ですって？　あたしが？　ほんとうに魔女なら、家族ともども拉致されるのを阻止できたはずじゃない？「おまえは学ばねばならない」と彼らは言った——なんとまあ漠然とした指示だこと。家族に危害がおよんではならないから、なにかやっているふりをするようになり、古い本をめくるようになった。そんなもの触りたくもなかったが、無理に目を通してみた。すると、なんだかおかしな気分になった。紙が匂う……まるでほんとうは紙ではないような、はっきりと断定はできないが、ほかのなにかであるような、そんな気味悪さを感じた。血のようなしみのあるページもあって、背筋がゾクゾクした。もし魔術に関する本だとしたら、自然の摂理に則《のっと》り人間に敬意を払う類の魔術ではなく、悪い魔術にちがいない。

本のなかには、彼女が読めないおかしな言語で書かれているものもあった。言葉が読めないのに、どうやって〝学べ〟というのだろう？　もっとも、ヴァンパイアにこれが読めるのなら、ネヴァダは必要ないはずだ。同様に、学ぶための手がかりがまったくつかめていないと彼らに疑われないためには、口を閉ざして本に顔を埋めるしかない。

おかしな言語で書かれた本は隅っこに押しやり――そんなものに時間を費やしてなににになるの？――いちおう英語で書かれている本に集中した。ひとつひとつの言葉は理解できても、つながり方が意味をなさない。闇の光、昼間の闇――へえ、そう。チンプンカンプン。でも、怪物たちは大真面目だから、彼らの意に適《かな》うよう、ネヴァダは最善を尽くした。

それからだんだんに、本の言葉が体の奥深くにあるなにかと共鳴するようになり、言葉そのものを超えた先にある意味がつかめるようになった。はっきりとこれだと指差すことはできないが、それは乗ることのできる流れのようなもの、潜《くぐ》り抜けることのできるドアのようなもの、あるいはその両方なのだろう。たしかになにかがある――それが呼びかけてくる。だから、最初のうちこそ自暴自棄でやっていたことを、進んでやるようになり、それから熱心にやるようになった。でも、ヴァンパイアたちにはそうと気づかれないようにしていた。

拉致されて半年が過ぎると、簡単な魔法ならかけられるようになった。たあいのない魔法だ。読書に夢中になっているあいだに冷めてしまった料理をあたためるとか。ヴァンパイアは食べることにまったく関心がないので、食事はまずいことこのうえない。そのうえ冷めてしまったら食べられる代物ではなくなるのだ。でも、うまくいった。なんであれ読書と研究が実を結んだことが嬉しくて、部屋のなかを飛び跳ねてしまった。

でも、ただ喜んではいられない。もし謎《なぞ》を解き明かし、ヴァンパイアが望むとおりに呪いを解くことができたら、ネヴァダの価値はそこでなくなる。彼らのことだから、ハエを叩き潰《つぶ》すようにあっさりと家族全員を殺すだろう。もし呪いを解くことができるのなら、好きなときに呪いを復活させることもできるはずだ。あるいは、べつの恐ろしい呪いをかけることもできる。だったら、いずれにしても殺される。

彼女にとって、家族にとっても唯一のチャンスは、能力が充分に強くなるまでは、発達の度合いを彼らに悟られないことだ。なにかができるようになるまでは。たとえば、自分たちを守る魔法がかけられるようになるまではだ。解放の魔法とか。よくはわからないけれど、とにかくなにかできるようになるまでは。

そんなふうに最善を尽くし、進歩している証拠を見せろと言われると、かんたんな魔法をかけてみせて彼らを安心させてきた。週が月になり年になり、学ぶことにこれほど没頭できなかったら、とっくの昔に正気を失っていただろう——それに、ソーリンがいなかったら。

彼の姓は知らなかった。ヴァンパイアには姓がないのかもしれない。いいえ、彼らもかつては人間だったのだから、姓はあるはずだ。でも、姓を名乗るヴァンパイアにはお目にかかったことがない。数百年も生きていたら、名前なんてどうでもよくなるのだろう。子どもを設けて、名前を後代に伝えてゆくわけでもないのだから。彼のことがどうして好きなのか、自分でもわからなかった。それは、〝好き〟というような単純なものではない。それ以上のものだ。セックス絡みではないし、ロマンティックでもない。よくわからないけれど、絆のようなもの。彼といると安心だった。いいえ、まったく安心ではないけれど、ほかのヴァンパイアといるときよりは安心できる。

ソーリンの正体はわからない。リーダーではない。自分を女王だと思っている女がリーダーだ。でも、ほかのヴァンパイアたちはみな、彼に従っているようだ。彼が大柄で筋肉質で、ブロンドの髪と輝くブルーの瞳が華やかだからというだけではない。彼らが戦っているこの戦闘だか戦争だかにおいて、彼は将軍のようなものなのだろう。彼らはそういうことをいちいち話してくれない——彼らがうっかり口にした話の断片をつなぎ合わせて、推測しているだけなので、彼女の仮説は穴だらけだ。ほかのヴァンパイアたちは彼を尊敬している。彼の言うことに耳を傾けるから、彼は力を持つ地位にいるのだろう。もっとも、この胸糞悪《むなくそ》いショーを取り仕切っている強欲非道な女王は、彼の言うことに耳を貸さない。彼女は自分以外の誰の言うことも聞かないし、自分以外の誰も尊敬していない。

それに、ソーリンはネヴァダを守ってくれた。ほかのヴァンパイアが彼女の血を吸うことを許さない。彼の言うことはまったくもって論理的だ。彼女に課せられた研究は体力を消耗する。元気いっぱいのときですらそうなのだから、血を吸って彼女を弱らせれば、研究のペースを守ることができない。彼らには予定があるらしく、どうやら期限が迫っているようだ。彼らは結果を求め、呪いが解かれることを求めている。それもすぐに。

できるものなら、接触するのはソーリンだけにしてもらいたい。彼が天使のようだからではない。実際、天使とはかけ離れている。ネヴァダの進捗《しんちょく》具合を見るために、彼は毎日――というより毎晩――部屋にやってくる。彼女をもっと頑張らせるために、彼も家族を脅すことはある。でも、ときどき、彼は笑顔で――ああ、なんというすてきな笑顔！――やさしい言葉で、彼女を魅了する。自分はほかのヴァンパイアとちがう、おまえのことが好きだし、最高のものを手に入れたい、というようなことをほのめかして、彼女を魅了する。

どこがどうとは言えないけれど、たしかにソーリンはほかのヴァンパイアたちとはちがう。たしかに彼は恐ろしい存在だけれど、彼に脅されているときでも、怖いと思ったことはなかった。彼もヴァンパイアに変わりはない。でも、彼を見てゾッとすることはない。彼が訪れるのを待ちわびているほどだ。たしかに変だとは思うけれど、そうなのだ。ほかのヴァンパイアとちがって、彼はネヴァタを虫けらのように扱わない。

でも、期待はしない。ソーリンが助けてくれるだろうとか、ヴァンパイアの利害より彼女

を優先してくれるだろうとか、そんなことはけっして考えない。過大評価はしない。ずっと
　昔、人間だったころの姿を、彼が垣間見せることがあったとしても、そんなことに惑わされて愚かな真似《まね》はしない。

　実のところ、もう少しで呪いが解けそうだった。ネヴァダのパワーと知識は日ごとに増してはいたが、一年ほど前に、大きな転換期を迎えた。あるとき、おかしな言語で書かれた本の山が邪魔なのでどけようとした拍子に、上のほうの一冊が落ちて開いたことがあった。そのページをちらっと見た瞬間、まるで全身に電流を浴びたように、ショックで髪の毛が逆立った。この本を読めるかもしれない、とそのとき思った。おかしな言語が突然英語に変わったわけではない。渦巻きや斜めの線が組み合わさった、アルファベットとは程遠いものであることに変わりはなかったが、それでも読めた。

　ほかの本も引っ張り出して開いてみた。読めるものもあれば、半分ぐらい判読可能なものもあったが、いちばん古い本の一冊はいまだにチンプンカンプンだった。

　そして、不意に理解したのだ。英語で書かれた本はいわば小学校で、つぎのステップに進むための基本的な知識を与えてくれる。いま読めるようになっている本は……高校。半分ぐらい判読可能なものは大学、まったく読めない一冊は修士課程――難しさの度合いによっては博士課程。それが読めるようになれば、メジャーリーグにデビューできるだろう。

　あれから一年経ったいま、最後の一冊はいまだに読めなかったが、ところどころ意味をな

す言葉が見つかっていた。ちかづいている……もうすぐだ。本が彼女の前に開かれはじめていた。彼女がどこまで到達したか、ヴァンパイアはまったく気づいていない。彼女が鍛錬してつちかってきたパワーがどんなものか、彼らは知らない。彼女の肉体はこの部屋に閉じ込められているが、彼らが与えてくれた武器——つまり本——のおかげで、最近になって、自らを解放する術を身につけた。

この部屋の外を〝視《み》る〟ことができる。でも、それをするときには用心しなければならなかった。魂が旅をしているあいだ、肉体がどうなっているのかわからないからだ。眠っているように見えるのか、目を開けたまま座っているだけなのか、体をピクピク動かして涎《よだれ》を垂らしているのか。ピクピクや涎でないことを願っているが、わからないものは仕方がない。

いつも食事を運んでくる醜悪な怪物が、いま部屋を出ていったところだ。ソーリンがやってきて、進捗具合を報告しろと言うまでには間がある。ネヴァダの言うことを、彼は信じるしかなかった。べつの魔女か嘘発見器を備えたヴァンパイアを連れてこないかぎり、彼らにはテストのしようがない。これまでのところは、充分に発達しているところを見せて彼らに期待を抱かせ、彼女と家族を生かしておく理由を彼らに与えるよう、うまく立ちまわっていた。

家族がどこにいるのか知りたかった。家族の無事をこの目で確認したかった。ほんとうはとっくの昔に家族は死んでいるのに、声を録音しておいて、それを彼女に聞かせるというような小細工をしていないという証拠をつかみたかった。ソーリンがそんな姑息《こそく》な真似をするわけがない、とささやく自分がいる。彼に残っている人間らしさに気づいて、そんな考えが生まれたのだ。でも、彼女のなかの論理的な部分が、ソーリンはヴァンパイアだ、彼らがどこまで冷酷になりうるか、おまえは知っているはずだ、と言う。

でも、ソーリンのおかげで、食事時以外、ひとりでほっておかれた。〝マクドナルド〟ならぬ〝マクドラキュラ〟のハンバーガーにならずにすむこともだが、いまは、ひとりでいられることがなによりありがたかった。

彼の保護のもと、自分がどれほど幸運だったか気づいたのは最近のことだ。肉体を離れて〝遠隔調査〟をしていたとき、たまたまヴァンパイアの兵士が、そのために捕らえられている人間の血を吸う現場を見てしまったのだ。見て気持ちのいいものではなかった。頻繁に血を吸われたせいで、その女は死にかけていた。そんな体に食らいつくヴァンパイアの野蛮なこと……ネヴァダは胸がムカムカし、慌ててその場を離れた。あの女がいまも生きているとは思えなかった。

いま、ネヴァダはワークステーションの前に立っていた。本や水晶や石やカードが散乱する大きな長方形のテーブルだ。長い赤毛が顔にかかって目に入る。鬱陶しいので後ろの毛を留めているヘアクリップを引き抜き、前髪もまとめてそれで留めた。髪を切りたくてしょうがないけれど、ヴァンパイアは彼女がハサミを持つのを許してくれない。

そんな苛立ちを締め出し、肩をまわしてさげ、集中した。一冊の本を引き寄せて目当てのページを開き、両手の指を広げて魔法の言葉に指先で軽く触れた。目を閉じ、あらたに発見したエネルギーを掻き集めて内側に取り込み、呪文《じゅもん》を唱えると、全身の細胞のひとつひとつに揺らめく光が満ち、組織に浸透してゆく。大きく数度、深呼吸をすると、魂を外に放った。その瞬間、思った。「ソーリン」

行き着く先がどこなのかはっきりしないので、制御することを学ぼうとしていた。目的地を思えば、魔法が彼女をそこまで運んでくれるだろう。ソーリンがいまどこにいるのか知らないが、おそらく知る必要はない。魔法が場所ではなく、その人のところまで運んでくれるはずだ。

頭のなかで目を開く。

ネヴァダは部屋の隅に立っていた。実用本位の部屋で、窓はなく、コンピューターと地図とファイル……そう、この建物のなかにあるという印象を受ける。ソーリンがそこにいた。彼女は得意になって手のひらをこぶしで打った――というか、気持ちはそうだった。やった！　実験はうまくいった！　まっすぐ彼のもとに行き着いた。

部屋には彼のほかにもヴァンパイアがいた。彼らはソーリンに似ているけれど……でも、ちがっていた。彼のなかには人間だったときの姿をはっきりと見ることができるが、ほかのヴァンパイアたちは……見えない。怪物の姿だけだ。人間の名残はどこにもない。でも、ソーリンに気を許してはならない。彼も怪物だということを忘れてはいけない。彼こそが最悪の怪物なのかもしれない。必要とあれば、そのハンサムな顔の下に、怪物を隠すことができるからだ。

彼女には彼らの姿が見え、声が聞こえるが、向こうからこっちは見えない。彼らのあいだを歩きまわって、その魂に触れることはできるのだろうか。そんな考えが浮かんだが、すぐさま捨て去る。馬鹿な真似だ。ヴァンパイアは本質的には魔法の産物なのだから、べつの魔法に触れられたら感じるだろう。

部屋にいるヴァンパイアのひとりが、DCの詳細な地図にピンを打ち、「クロエ・ファロン」と言った。「彼女のウォリアーが接触を図っているが、呼び声が聞こえるまでにはまだ数週間かかる。慌てる必要はないと思う」

「いますぐ始末する必要のないコンデュイットのことは、言わないでくれ」ソーリンが言った。「いま殺す必要のある者のことだけ言えばいい」

「彼女はほんの目と鼻の先に住んでいる」べつのヴァンパイアが苛立たしげに言った。「ぎりぎりまで待つことはないじゃないか」

ソーリンは三人目のヴァンパイアを睨みつける。「そのときが来たら、ジョナスが教えてくれる。接触を図るウォリアーの数はどんどん増えており、それに反応する速さはコンデュイットによってまちまちだ。おれたちのように昼間、外を歩きまわれる者の数はそう多くないのだから、急を要する者から始末していく」

コンデュイット。コンデュイットってなに？　それに、ウォリアーって？　いまはそれより彼らの話を聞こう。ヴァンパイアはコンデュイットと呼ばれる人間たちを組織的に抹殺しており、ソーリンがその一派を率いている。ヴァンパイアは権力を手中におさめる計画だが、その前に、特別なウォリアーたちと接触できるコンデュイットを殺さなければならない。どうもよく理解できないが、罪もない人たちがすでに殺され、これからも抹殺されるということはわかった。ネヴァダ自身もこの大規模な計画の一部だ。ヴァンパイアが人間の聖域に入れないようにする呪いを、彼女は解かなければならない。だが、いまのいままで、計画にはべつの部分があることに気づいていなかった。

地図にピンを打ったヴァンパイアが、デスクから一枚の写真を取りあげソーリンに渡した。

「これがクロエ・ファロンだ」それから顔を手でさすった。疲れているようだ。ヴァンパイアも疲れるとは知らなかったので、なんだか妙だ。でも、このヴァンパイアはソーリンのように大柄で筋肉質ではない。貧弱な体つきでおとなしそうな顔はくそまじめな学生といった感じだ。

ソーリンは写真に目をやった。ネヴァダは写真を見ようと精神をわずかに前進させたが、ソーリンにちかづきすぎないよう注意した。写真の女性は美しいブロンドで、まわりを和ませるあかるい笑顔の持ち主だが、なんとなく弱々しい印象を受ける。いまにも消えてしまいそうな儚い感じ。けっして痩《や》せてはいないし、病気には見えないけれど——

彼女はもうじき死ぬ。

背筋が冷たくなった。精神に背筋があればだが。この美しい女性はなにも悪いことをしていないのに、コンデュイットというだけで死ぬのだ。コンデュイットとは、悪いウォリアーを生み出す手段だ。ヴァンパイアはウォリアーをものすごく恐れていて、彼らが計画している戦争までに、充分な数のウォリアーが現われて参戦したら、彼らは勝つことができない。コンデュイットは無力だ。彼らはヴァンパイアが存在することを知らない。ヴァンパイアが狩りをする獣のようにこっそり忍び寄ってくることを知らない。

でも、ネヴァダならそれを変えられる。できるとわかっている。肉体は縛られていても、魂は自由だ。ヴァンパイアを寄せつけないようにできる。ヴァンパイアたちには気づかれずに——

深く息を吸い込み、心臓が重く一度打つと、ネヴァダは自分の部屋に戻っていた。膝がガクガクするので椅子に座ろうとして位置を誤り、思いきり尻餅《しりもち》をついた。しばらくじっとして、渦巻く感覚を鎮め、考えをまとめようとした。

なにかできるはずだ。クロエ・ファロンが何者で、どこに住んでいるかわかっている。彼女はDCにいる。この近所にいるはずだから、接触できるだろう。たとえばアラスカにいるとしたら、いまのネヴァダの能力では届かない。でも、回を重ねるごとにうまくなっているから、もしクロエと接触できたら、つぎはもっと遠くにいるコンデュイットに接触できるかもしれない。

壁の向こうにいる人と話ができるだろうか？　以前のネヴァダだったら、ノーと言っていただろう。でもそれは、体のなかに眠っていたパワーに気づく前の話だ。二階下の部屋で起きていることを聞いたり見たりできるのなら、その能力に限界を設ける必要がある？　クロエ・ファロンに接触して警告できるかどうかわからない。でも、やるだけやってみよう。

急いで立ちあがり、もう一度テーブルに向かい、痛むお尻を撫でながら目の前の本をめくった。魔法に順番はなく、ヒクションごとに分けられているわけでもないので、ただページをめくっていって、なんとなく眺めているうちに目当てのものが見つかった。ざっと目を通すだけでもけっこう時間がかかる。言いまわしがとても曖昧なので、魔法の目的を理解するまでに三度も四度も読みなおさなければならないからだ。それでもなんとか使えそうな魔法を見つけた。ネヴァダが失うものは？　クロエが失うものは？

命。これがうまくいかなければ、クロエは命を失うのだ。

ページに記された言葉をささやいてみる。クロエの頭のなかに入っていくための呪文だ。目を閉じて写真で見たクロエの顔を思い浮かべ、目に見えない網を投げる。それがちゃんと届くことを願いながら。網は巨大なクリスタルの蝶の羽のように空高く広がってキラキラと輝いている。ネヴァダとクロエにはつながりがあり、それが魔法を可能にする。そのつながりとはソーリンだ。数年前に、ネヴァダを家から拉致した張本人が彼であり、いま、彼はクロエに狙《ねら》いを定めている。つまり、彼女とクロエには共通の敵がいる。

「気をつけて」ネヴァダはささやいた。彼女は時間の経過を敏感に感じとっている。夜も遅い時間だ。おそらくクロエは眠っており、この接触を夢の一部と思うだろう。忘れ去られてしまう夢。でも、忘れられては困る。「ねえ、聞いて」ネヴァダは低いささやき声で説得する。「聞いて、憶えておいて。どうかお願いだから憶えておいて。そうしなければならないのよ。憶えておいて」

　クロエと接触することに意識を集中していたので、ドアが開くまでソーリンが来たことに気づかなかった。魔法から一瞬にして切り離されたので、ネヴァダは飛びあがり、よろっと後じさった。「しまった！」彼女は叫び、とっさに胸に手を当てた。驚きのあまり心臓が飛び出すのを押さえようとするかのように。「おもらしするかと思った！」しまった、だ。まったく。クロエに情報のすべてを与えることができなかった。

　ソーリンは入り口で立ち止まり、小首を傾げ、おもしろそうにネヴァダを見つめていた。

「おまえたち人間は、驚いたとき、じつに愉快なことを言う。なにをしていたんだ？」

　おまえたち人間。彼が人間だったころから長い年月が経ってしまったことを、その言い方が物語っている。人間だったころのことを憶えているのか、彼に尋ねてみたいが、大きく深呼吸するだけに留めた。傍目からは、彼女は古い魔法の本を前にただ立っていただけだから、幸運の星に感謝しなければ。「一心不乱に研究していたのよ。あなたが望むようにね。魔法を試していたところ」

いつものことだが、彼の鋭い視線に曝されると鳩尾《みぞおち》のあたりが痛くなった。「うまくいったのか？」

「いいえ」彼女は不機嫌に言う。「あなたが邪魔したから」

「どんな魔法だ？」

「なくしたものを見つける魔法とだけ言っておくわ」

ソーリンの視線がさらに鋭くなった。「そんな魔法は頼んでいない。遊んでいる場合じゃない。時間がないんだ」

「遊びじゃないわよ。あたしにできる魔法を使って、パワーを拡大し――」彼女は言葉を切り、もういい、というふうに手を振った。「最善を尽くしているわ」彼がうっかり口にした言葉から、わかったことがふたつある。ネヴァダにはもう時間が残っていないということ。そして、期限までに魔法を解くことができなければ、彼女は用無しになるということ。

彼は謎めいた眼差しをネヴァダに向け、おおげさなお辞儀をすると、来たときと同様、唐突に出ていった。

彼はいつももっと長居をする。彼女とおしゃべりし、ときには彼女をからかう。からかわれているとネヴァダは思う。何百歳も年上の彼から見たら、あたしなんてヨチヨチ歩きの幼児なのだろう、と。彼がいなくなると、ネヴァダは置き去りにされたような妙な気分を味わった。そんな気分は締め出し、気を取りなおして本に意識を戻し、接触を再開しようとした。うまくいかなかった。見つけ出したひらめきも、形作った絆も消えてしまった。

5

足が痛い。その日の午後、職場に着いた瞬間から足が痛んだ。給仕係はいつももっとしんどい思いをしているのだ、とクロエは思った。レストランは混んでいた。夏のこの時期は観光客が増えるからいつも混んでいる。つねにおいしい料理を提供し、サービスは非の打ちどころがない。客の要望にさりげなく応じるから、常連客も多い。今夜は客足が途絶えることがなく、テーブルはつねに満席で、待っている客も多く、おかげでバーの売り上げが増える。それに今夜は、人気の上院議員が美しい妻を連れて食事に来ていた。ほんの一週間前に愛人を連れてきていたことなどおくびにも出さす、スタッフはにこやかに上院議員を迎えた。いやな奴、女の敵だ。

ようやく店が静かになった。賑《にぎ》やかな客たちが帰り、厨房《ちゅうぼう》の掃除が終わり、灯《あか》りが落とされる。クロエはその晩の売上伝票の整理を諦め、翌朝、銀行に入れるために現金とクレジットカードのレシートを銀行の袋に入れて金庫にしまった。忘れないうちに店のロゴ入りのナプキンをオンラインで注文した。午前のスタッフがすぐに使えるよう厨房がきちんと片付いているかチェックし、日勤のマネージャー、ジェリーの留守番電話にメッセージを残した。それから、彼の子どもたちがまちがってメッセージを消してしまう場合に備え、おなじ内容をメモにして残した。前にそういうことがあったのだ。

クロエは夜勤手当を余分にもらっていた。働く時間が時間だし、余分な仕事もある——レストランは夜のほうが繁盛する——が、ジェリーの意向でもあった。彼には妻子がおり、夜は家で過ごしたいのだ。クロエにとっても都合がよかった。もともと夜型だし、最近はとりわけそうだった。

レストランを眠りにつかせ、もう帰宅できるというのにぐずぐずと居残っていた。忙しくしているあいだは、三つ編みを見ないし、幻聴を聞くこともない。でも、いつまでも残っているわけにはいかない。バーテンダーのカルロスが待っている。彼女が車で来ないときは、カルロスが地下鉄の駅まで送ってくれるのだ。渋滞に巻き込まれてイライラするより地下鉄を使うほうが楽だが、地下鉄が遅くまで走っているのは金曜と土曜だけなので、平日は車を使うしかなかった。

ゆうべキッチンで耳にしたことの説明をつけようと、朝からずっと考えていた。ただの想像の産物で片付けてしまえれば楽なのに、自分にそれほどの想像力があると思えないのだ。お酒を飲んでいなかったし、精神的な問題を抱えてもいない——少なくともいまのところは。たぶん。そう願いたい。このところの自分を考えると……

近所から流れてくる奇妙な音波とか、あるいはどこかでつけているラジオかテレビの音かもしれない。音波のいたずら？　電子機器にはおかしなことがつきものだもの。でも、その声が彼女の名前を呼んだという事実が、そんな仮説を撃沈させた。

　夢遊病で自分を納得させようとしたが、いままでなったことがない。はっきりと目覚めていた。あんな時間にキッチンにいたのはそのためだ。ミルクを飲んでいた。仮説のひとつでも沈没しかけた船に残っていれば、それで満足しただろうが、それもあえなく海に沈んだ。

　そのうえ、店がいちばん忙しかったときに、突然、生じたのだ……奇妙な感覚が。それを説明するのに思い浮かぶのはこの言葉だけだ。めまいがするとか気分が悪くなるとかではなく、不意に切り離された感じ。ほんの一瞬だが現実から切り離され、目の奥に金色の微光が見え、一瞬にしてそれが消えると、いつもの自分に戻っていた。奇妙だ。

　ずっと抱えている大動脈瘤が脳に影響をおよぼすことはない。その可能性がほんの少しでもあると思ったら、ゆうべのうちに救急救命室に駆け込んでいただろう。大動脈瘤が日常生活に影響を与えないよう細心の注意を払い、なにか悪いことが起きても、けっして大動脈瘤のせいにはしなかった。そうしてしまったら、たとえ長く生きられても、あす死んでも、大動脈瘤の勝利だ。なんでも大動脈瘤のせいにしたほうが楽なときはある。少なくとも理由がはっきりするのだから。この場合にそれがあてはまらないのが残念だ。

　残された可能性はどれもろくなものではない。脳腫瘍《のうしゅよう》か、精神の病。

店内のドアにはすべて鍵をかけた。レストランはしんと静まり返っていた。カルロスが待っている。クロエはため息をついてバッグを取りあげ、ふたりで従業員専用出入り口を出た。防犯システムをセットし、ドアに鍵をかける。

「大丈夫?」商店やレストランが並ぶ通りの裏の煉瓦敷きの小道を並んで歩いていると、カルロスが尋ねた。街灯は充分にあかるいし、この界隈で面倒に巻き込まれた人はいないが、彼が駅まで送ってくれることにいつも感謝していた。「今夜のきみ、いつもより静かだったから。忙しかったせいだろうけど、でも、静かだった」

「疲れているの。この数日、よく眠れなかったのよ」今年の〝控えめ表現大賞〟決定。

「なにかあったの?」

「これと言えるものはなにもないわ。おかしな夢を見て目が覚めて、それから眠れなくなるの」それ以上言うつもりはなかった。奇妙な三つ編みのことや、声のこと、正気を失っているかもしれないことを、彼に告げる気はない。人には言えないこともある。

「今夜はぐっすり眠れるよ、きっと」

「そう願ってるわ。今夜はミルクを飲んで寝ることにする。おかしな夢を見て目覚めてから飲むんじゃなくて」たいした戦術ではないが、いまできる最善のことだ。睡眠薬の世話にはなりたくなかった。それは最後の手段だ。いまはまだそこまでいっていない。でも、あすどうなるかはわからない。

地下鉄の駅まではたいした距離ではなく、おりてから家までも歩いてほんの一分だ。カルロスも地下鉄を使っているが、途中の駅でべつの線に乗り換える。週末だから乗客もそこそこいるので、ほっとひと安心だった。おなじ駅でおりる人も何人かいて、一緒に長いエレベーターに乗って通りに出た。

静かで気持ちのいい夜だった。この時間に開いている店はなく、角を曲がると住宅街で、住民たちはとっくに休んでいる。青々と茂った木立の上に銀色の月が顔を覗《のぞ》かせていた。閑静な住宅街だが、クロエは母の教えを守って片手に唐辛子スプレーを、片手に鍵を握っていた。スプレーを実際に使ったことはないし、鍵はドアを開ける以外の役には立たないが、それでも握り締めているのだから、やはり血は争えない。万が一、唐辛子スプレーが必要になったときに持っていなかったら、地球一の粗忽者《そこつもの》だと思うだろう。そう思えるだけの息があればだけれど。ひとり歩きは怖くないが、準備は怠らない。

クロエは夜の時間が好きだった。まわりの大多数とはタイムテーブルが微妙にずれてはいるけれど。時間があれば朝は遅くまで寝ていたいし、夜の静寂が好きだった。人気のない通りを歩きながら、孤独を味わうのも、鬱蒼と茂る古木が影を落とす歩道に響く自分の足音も好きだ。夏の夜の空気には、花々や刈ったばかりの芝の夏らしい匂いが漂い、足もとのコンクリートは昼間の熱気を吸収してあたたかい。なんだかとても穏やかだ。

彼女の家とおなじように小さくてこぎれいな家の前を通りかかると、カーテン越しにあかるいテレビ画面が見えた。このあたりでも、まだ起きている人がいるのだ。べつの家は真っ暗で、またべつの家は玄関にだけ灯りがついていた。それぞれの生活ぶりに思いを馳せる。遅くまで起きている人もいれば、早々とベッドに入る人もいる。クロエがどんな暮らしをしているか、関心を持っている人が近所にいるだろうか。それとも、身のまわりのこと以外には関心を払わずに生きているのだろうか。

歩みがゆっくりになる。わが家は半ブロック先で、玄関ポーチの灯りをつけてきたのでぼんやりあかるい。このあたりにさしかかると、いつもなら嬉しくなり、顔を洗って歯を磨いてパジャマに着替えてと、寝る支度をはじめる心構えをする。静けさを楽しみながら一時間ほど本を読み、ランプを消して眠りにつく。でも、今夜は、緊張で背中が凝り、頭皮が張り詰めていた。また奇妙な夢を見るの？　どこからともなく声が聞こえるの？　それとも、ようやくぐっすり眠れる？

友人が夫に捨てられた後、カウンセリングを受けていたことがある。その友人に電話して、精神分析医の名前と電話番号を訊《き》こうか。貯金はそんなことのために使いたくない。この家の頭金や車の買い替え費用や秋学期の学費など、使い道は決まっているのだから。でも、正気を保てなければどうにもならない。

玄関に通じる短い私道に入ろうとしたとき、通りのはずれで音がして足が止まった。首を傾げ耳を澄ます。音楽？　音は不意にやんで低いささやき声が聞こえた。すると、さっき聞いた音は携帯電話のベルだったのだ。でも、どう目を凝らしても人の姿は見えない。道に人がいると思ったら、うなじの毛が逆立った。静かな住宅街でこんな夜中に、人がうろついているのを見たことはなかったからだ。

「クロエ！　気をつけて！」

頭のなかでかすかな声が聞こえたと思ったら、なにかが動いた。黒い影がそれよりも黒い木立の影のなかを動き、男が歩道に現われた。

通りのはずれに立つ男を、ちかくの街灯の光がなんとか捉えた。耳に携帯電話を押し当て話をしている。クロエはもっとよく見ようと目を細めた。男は長身で、黒っぽいロングコートを着ている。夏にしては厚ぼったいコートだ――蒸し暑いこの街では、どんなコートも厚ぼったく感じるが。風が長い髪をそよがせる。彼女のより淡いブロンドで長さもある。サングラスをしている。彼が動いて街灯の光のなかに入った。彼女にほほえみかけた。

その瞬間、街灯の電球が破裂して火花が男に降りかかり、通りのはずれは闇に沈んだ。

クロエは鍵を握り締めて玄関に走った。不意に心臓が激しく打ち、胸郭を叩いた。震える手でなんとか鍵を鍵穴に差し込もうとしながら、肩越しに振り返った。きっと暗闇から男がぬっと出てくる――

誰もいなかった。というより、誰の姿も見えなかった。声に出さずに悪態をつきながら、手もとに意識を戻した。それでも鍵を鍵穴に突っ込むのに二度しくじった。さらに悪態をつく。やっと鍵を突っ込んで「やだ、もう！」と言いながら鍵をまわし、力任せにドアを開けた。なかに入ると、また力任せにドアを閉め、デッドボルトを締めてからドアを思いっきり蹴った。

わかった。夜中に歩いて家に帰るのを怖いと思ったのははじめてだが、一度経験すれば充分だ。車がどんなにバタバタいおうがガクンガクンしようが、どんなに気持ちのいい日和だろうが、歩く距離がどんなに短かろうが、ガソリンを節約するとてもエコな気分を味わえようが、これからは出勤に車を使う。

なにかが起こりつつあるのだ。夢、声、仕事中の奇妙な離脱、そしていま、生まれてはじめてあきらかなパニック発作に襲われた。あした——実際にはもうきょうだけれど——目が覚めたらすぐに友人に電話し、精神分析医の電話番号を教えてもらおう。なんだったら、毎年の健康診断の時期を早めてもらってもいい。クロエの世界はなにからなにまでおかしくなっている。それを直すためなら、できることはなんだってやろう。

心の平安を取り戻したかった。

でも、もしかしたら——大きく深呼吸し、冷静に判断をしようと思った。想像力が勝手に暴走を、大暴走をしただけなのか、それとも、直感が冴え渡っていて、逃げろとささやく小さな声に耳を傾ける賢さが自分にはあったのか。

クロエ・ファロンがのんびりとこちらに向かって歩いてくるのを眺めているときに、ソーリンの携帯電話が鳴った。「くそっ」電源を切っておかなかった自分の迂闊《うかつ》さと、まるで見計らったように電話をしてきた相手の両方に腹が立った。彼女は立ち止まり、頭を巡らせて音の出所を探した。

この位置からでも、にわかに速くなった彼女の心音が聞こえた。すっかり怯えていた。一瞬、狩りのスリルがソーリンの全身を駆け巡り、いまここでやってしまおうかと思った。牙が伸び、彼女の激しい鼓動が天然磁石のように彼を引きつける。

緊急の電話にちがいないという思いが、彼を押し留めた。なんとか冷静さを取り戻す。かわいいブロンドを仕留める代わりに、ポケットから携帯電話を取り出した。「ああ」挨拶代わりに言う。視線はクロエ・ファロンに向けたままだ。彼女をからかってやりたいというひねくれた欲求に駆られる。大木の陰に隠れたままでいるべきか、それとも──

「ウォリアーがひとり、じきに現われる」ジョナスが言った。疲労と興奮がない交ぜになった口調だ。「メロディーがいちばんちかくにいるが、連絡がとれない」

「コンデュイットは何者だ？」尋ねながら、頭のなかではこんなことを考えた。どこが悪い？　クロエ・ファロンを追い詰めれば、それだけ狩りが楽しくなる。ちょっとからかってやれ。おれがここにいることを教えてやるんだ……このところ仕事があっさり片付きすぎて退屈していた。

木陰から出て彼女にほほえみかけ、パワーを放出した。頭上で電球が破裂し、火花が降り注いだ。かわいいウサギは慌てふためいて自分の家へと駆けだした。

「ノース・カロライナに住む兵士だ」

兵士は頼もしく有能なコンデュイットになりうる。無理もない。ほかのコンデュイットたちが事態に気づくまでの半分の時間で、ウォリアーと接触して呼び出すことができる。

ノース・カロライナはそれほど遠くないが、夏は日の出が早い。残念ながらソーリンは、ルカほど日差しに耐性がない。にもかかわらず女王は彼にルカの居所を突き止めろと命じた。コンデュイットを始末し、かわいい赤毛の魔女、ネヴァダを監視する以外にそれもやれと。どうやったら三つのことを同時に行なえるのか、彼には見当もつかない。気まぐれな弟子のメロディーがやるべき仕事なのに、彼女はいつものようにしたい放題だ。ハンターとしては一流だが、自制がきかない。いつか、その無軌道さが仇《あだ》になるのではないかと、ソーリンは思っていた。

もっとも、兵士を相手にするなら、メロディーより彼のほうが適任だ。ウォリアーの出現がまぢかに迫っているなら、その兵士は極度に警戒しているだろう。訓練を受けた人間なら、熟達のヴァンパイアを倒すことができる。

「オーケー」ソーリンは言った。「正確な場所は？」

「兵士の写真と住所をあんたの携帯に送る」ジョナスは咳払《せきばら》いした。「女王が電話してきた。

ルカのことでなにかわかったか知りたいそうだ」

ソーリンはジョナスの声から用心深さと倦怠《けんたい》の両方を聞きとり、彼の忍耐も限界にちかづいていると思った。ヴァンパイアにも限界はあり、ジョナスはそれにちかづいている。女王は、彼に特別な才能があることを知り、何カ月も休みなく働かせてきた。コンデュイットを探し当て、ウォリアーを呼び出すまでの時間を察知する才能だ。

「へえ、おまえは位置探査以外にメッセンジャーもやるようになったのか?」

「まあな」

「もし彼女がまた電話してきたら、ルカのことはなにもわかっていない、と伝えてくれ。彼女の望みどおり、コンデュイットを殺すことに時間をとられているうえに、これも彼女の望みどおり、かわいい魔女がちゃんと仕事をするよう監視までしなきゃならないんでね。それから、ほかの誰かにやらせるというならどうぞご随意に、と伝えてくれてもいい」

「わたしの口からそんなことは言えない」ジョナスが軽くいなす。「彼女はあんたにルカを見つけてほしいんだ」

「ルカを見失ったのはおれじゃない」ソーリンは言った。

「ルカは危険になりうる、と彼女は言っている」

そのことに関して、レジーナ(女王の称号)は正しい。ルカ・アンブラスは危険きわまりない。ふつうのヴァンパイアならひと目見ただけでちびるほどの、ほんものの戦闘マシーンだ。彼が正確に何歳なのか、どれほどパワフルなのか、知る者はいないが、彼にまつわる信じられないような話は枚挙に遑《いとま》がなかった。ルカを相手に力だめしをしてみたい気持ちが、ソーリンにはあった。自分に純血種を倒す力があるかどうかわからないままではうまく自分と折り合いをつけられぬ、根っからの闘士だからだ。力だめしの結果死ぬかもしれないが、それはそれでいい。戦って死ぬなら本望だ。

「ヘクターはルカの友人だった」ソーリンは言った。「ヘクターを殺す前に、彼女はそのことを考えるべきだったな」

女王――反乱が成功して自分たちの好きなように権力構造を作り変えることができたら、彼女は古い自分を捨てて生まれ変わるつもりだから、いまから〝レジーナ〟と呼べとうるさい――は、ソーリンがこれまでに出会ったヴァンパイアのなかでは群を抜いて冷酷で残忍だ。権力の座につく野望の障害になるものは、誰であれ、なんであれ破壊するだろう。だったら、彼女と敵対するより味方になるほうがずっと安全だ。

「ルカのことは忘れろ、レジーナのことは忘れろ」ジョナスが張り詰めた口調で言う。「いまにもウォリアーが呼び出されそうなんだ。そのコンデュイットを早急に片付けなければ。自分でやるか、誰かを送り込むかはあんたの勝手だ」

造反ヴァンパイアのなかにも、ソーリンの兵士たちのなかにも、昼間、ある程度動ける者は少ないながらいる。ルカの追跡はそういう手下にやらせれば、ソーリンは好きに動きまわれるのだが。「あのあたりのホテルとモーテルをもう一度チェックしてみろ。ルカには眠る場所が必要だ」最初のチェックでは見つからなかったが、だからといって、ルカがこぢんまりとした暗い部屋をまだ見つけていないということにはならない。彼は悪知恵が働くから、彼らが最初のチェックを終えるころを見計らってチェックインしているかもしれない。

「つまり、ルカのことを忘れるつもりはないんだな」ジョナスが疲れた声で言った。「わかった、わかった、もう一度チェックする」

困ったことに、コンピュータに精通しているヴァンパイアはそれほど多くはなかった。コンピュータがこの世に出現してそれほど時間が経っていないし、デジタル化時代の到来で生きづらくなったため、ヴァンパイアはおおむねコンピュータを目の敵にしていた。ジョナスは例外で、一七八〇年ではなく一九八〇年生まれかと思うほど、コンピュータに馴染んでいた。ソーリンは仕方なくコンピュータの使い方を覚えた口だが、データ・ファイルに記録が残らないようにする程度の知識しかない。携帯電話は、むろんみんなが利用していた。

もっとも、ジョナスはコンピュータを自由に使えず――彼は自分の意思で反乱派に加わったわけではなかった――かならず監視役がついていた。彼の携帯電話は、選ばれた番号としか交信できないようプログラムされている。パワフルなヴァンパイアというより、まるで人間の子ども扱いだ。きっと不愉快な思いをしているにちがいなく……

「ノース・カロライナにはおれが行く」ソーリンは言った。「コンデュイットの居場所がすぐにわかって、家の外で仕留められれば、二十四時間以内に戻れるだろう」

「戻りしだい連絡してくれたまえ」

電話はそこで切れた。ジョナスのほうから切ったのだ。ほかに言いたいことがあれば、また電話してくるだろう、とソーリンは思った。電話がなければ、必要な情報をよこしたということだ。

すぐさま行動に移るべきだが、しばらくたたずんでクロエ・ファロンの家の閉じた玄関ドアを見つめた。すんなり通り抜けられれば面倒はないのに、と思いながら。

じきにそうなる。

ああ、一気に片をつけてしまいたい。準備は必要だが、忍耐も限界にちかづいていた。ほんものの戦争に突入する覚悟はできている。自分たちがいかに哀れで卑しい存在かを、人間どもに知らしめるための戦争だ。

この反乱は、七百年以上前――正確に言えば七百十二年前――に転身して以来、もっともエキサイティングな出来事になるだろう。戦争が終われば二度と隠れて暮らさずにすむ。名前を変えたり引っ越したりしなくていい。血を求めて暗い路地を歩きまわり、生きていくのに必要なだけの血を吸い、本意ではない血液提供者に魔法をかけていま起きたことを忘れさせなくてもいい。好きなだけ血を吸うことができないので、いつも空腹を抱えていた。

反乱派のなかでソーリンの地位は充分に高いから、戦争に勝利したら、その後で築かれる体制でも序列は上のほうだろう。べつの誰かになりすます必要はないし、いつでもどこでも、好きなだけ血を吸える。人間どもをかしずかせるのだ。あらゆる意味で自分より劣る者たちから、こそこそ隠れなくていい。彼が転身したときはそうだった。ヴァンパイアがまさっていた古い体制が懐かしい。

すべてがおさまるべきところにおさまろうとしている。まずは、コンデュイットが放つ特別なエネルギーを感知できるジョナスを味方に引き入れた。おかげで不死のウォリアーがこの世に現われるのを阻止できる。ウォリアーの援護がなければ、哀れな芋虫どもに勝ち目はない。つぎに、忌まわしい呪いをかけた魔女の子孫を、レジーナが見つけ出した。呪いを解くほんもののチャンスを手に入れたのだ。権力の不均衡に怒りを燻《くすぶ》らせる者たちを探し出し、どっちつかずの態度でいた者たちの背中を押し、強い者たちを誘い込み、レジーナは秘密裏に五十年かけてヴァンパイアの反乱軍を作った。ウォリアーの介入を阻止できれば、人間どもが由々しき事態に気づいたときにはもう手遅れだ。彼らは奴隷となり、自分たちよりすぐれた者のために、短くも哀れで無意味な人生を捧《ささ》げるのだ。

真っ先に崩壊するのはこの国だ。ここのヴァンパイア・コミュニティはすでに大きく組織化が進んでいる。ほかの国々も順番におなじ道を辿る。ともかくも、ヴァンパイアが世界一の強大国を支配しうるという事実に、人間どもは対処しなければならない。

ソーリンはコンデュイットの家から戻る道々、かわいい魔女のことを考えた。ネヴァダはなくてはならない存在だが、いかんせん時間がかかりすぎている。呪いを解くパワーと能力があるのに、それを隠しているのではないか。家族の命がかかっているにもかかわらず、だ。証拠があるわけではないし、嘘を見抜いたわけでもないが、なにかある……

問題はネヴァダの香りだ。香りが彼を苛立たせる。できるものなら彼女の監視役をほかの者に代わってもらいたい。魔女がソーリンに頼りきっていることを、レジーナはおもしろがっていた。ネヴァダはほかのヴァンパイアをいやがり、ソーリンをよこしてくれと言う。

この一週間で二度ほど、あの香りを嗅いだような気がしたが、そのときネヴァダはそばにいなかった。気持ちを乱すのもいいかげんにしてくれ。今夜、あの香りが地下に強く漂っていたので、彼女が逃げ出したのではないかと慌てて部屋を見に行った。二階にある彼女の部屋からあんなに離れた場所で、あの香りを嗅ぐ理由はほかに考えられなかった。

だが、彼女は部屋にいた。くそ忌々しい魔法の本を読むことに没頭していた。従順でかわいらしくて、とても若い――そして、困ったことに、なくてはならない存在だ。

いま、あの香りを生み出してみよう。好きなときにあの香りを生み出すことができれば、たとえ歓迎すべきものでなかろうと、ひとつの説明にはなる……だが、できなかった。

すべては血のなかにあるのだろう。ウォリアーが接触を図るコンデュイットは、それぞれの子孫だ。呪いを解くことのできる魔女のパワーもまた……血筋として受け継がれたものだ。

6

ひどい一日だったし、恐怖にすくみあがる思いをしたにもかかわらず、クロエはその晩はよく眠ることができた。三つ編みの夢を見たものの、五時間ほど熟睡した後だった。その五時間はまさに至福のときだった。夢を見て目が覚めても疲労感はなかった。本調子に戻っていた。めまいも目の奥のちらつきもなく、いたってまともだ。体のどこかが悪かったら、ずっと気分が悪いものなのでは？　脳腫瘍ができているなら、気分が悪くて気がつくはずなんじゃない？　気分が悪くないのだから、脳腫瘍ではないのだ。おなじように、常軌を逸しつつあるとしたら、自分はおかしいと気づくはずだ。あるいは、ほかのみんながおかしいと思うんじゃない？　これは一考に値する。

調子が戻ってまとまった睡眠がとれたのだから、友人に電話して精神科医の電話番号を訊くのはやめにしよう。どうせ週末だから、月曜まで医者と連絡がとれないわけだし。インターネット検索で自分の症状を打ち込んだら、興味深いものが見つかったが、どれも当てはまらない。魔法や呪いをかけられたのでないかぎり……それはない。なんとなく安心した。おそらくどこも悪いところはないのだ。おかしな夢に意味はないのだろう。耳にした声は……オーケー、たしかに説明がつかない。それでも、前の晩よりは気持ちが楽になっていた。

出勤の時間になり、バッグを手に家を出た。地下鉄の駅に向かうあいだ、不安になって足を止め、振り返ってみた。サングラスをかけた背の高いブロンドの男が、道のはずれに立っているなんてことはむろんなかった。どうして怯えるの？　男は携帯電話で話をしながらほほえんだだけだ。夜中にサングラスをしているのは馬鹿みたいだけれど、それほど珍しくはない。黒いロングコートも馬鹿みたいだけれど……麻薬依存症患者にそういうのがいるんじゃない？　でも、あのブロンド男はドラッグをやっているようには見えなかった。とても屈強で、とても健康そうに見えた。細かなところまではっきり見たわけではないけれど。

でも……どうしてあそこにいたのだろう？　この通りの住人ではない。母にうるさく言われて、近所にどんな人が住んでいて、どんな車に乗っているのかちゃんと調べた。だから、おかしな人が近所をうろついていたらすぐにわかる。たしかに、娘の安全に関して母は被害妄想気味だが、用心するにこしたことはない。ブロンド男が近所の家を訪ねてきたということも考えられない。あんな夜中に訪問しないだろう。ぶらぶら歩いていた？　おそらく。

あかるい太陽が影を追い払ってくれたし、通りにおかしな人間がうろうろしているわけではないのに、背筋がゾクゾクする。クロエは踵《きびす》を返し、車の鍵を取りに戻った。不吉な予感がする。たとえ予感がはずれていたとしても、襲われたり殺されたりするよりはましだ。

車で移動するのは好きではない。地下鉄のほうがよっぽど便利だ。それでも我慢できるのは、ラッシュアワーに運転しなくていいことだ。仕事に出掛けるのは夕方のラッシュがはじまる前だし、帰宅するのは夜中だから、朝のひどいラッシュに巻き込まれることもない。それでも、運転しているあいだじゅう、エンストしませんようにと祈っていた。

愛車はワインレッドのフォードで、高校時代から乗っているからポンコツだ。ローンを払い終わってはいるが、新車を買うのは先延ばしにしていた。学費と家賃のほかにも出費はかさむから、車のローンがないのはありがたかった。その分を貯金にまわせる。でも、そういつまでも先延ばしにはできない。その晩もきりきり舞いの忙しさだったうえに、車のエンジンがすぐにかからなかった。ありがたいことに、カルロスが居残って彼女が帰路につくのを見届けてくれた。

バタバタとエンジン音をたて、車はのんのめるように発進した。まるで最期の息をしているみたいだ。もう先延ばしにはできないと、クロエは思い知った。月曜から新車探しをはじめよう。かっこいい車である必要はない。頼りになればいい。休暇で訪れる両親を乗せてあちこち案内できて、地下鉄の終電が早い日や寒い日に通勤に使えればそれでいい。あるいは、家の近所で見知らぬ男に怯えたときに。

家のある通りにさしかかると、用心のためスピードを落とし、ヘッドライトを上向きにして木立を照らしながら、ブロックのはずれまで行ってみた。物陰に誰も潜んでいなかった。

角でUターンして家に戻り、車を駐めた。働きすぎなのよ、と思っても不安感は消えなかった。

エンジンを切り、車をおりると、ロックレバーを押してドアを閉めた。玄関ポーチまで十歩、玄関までさらに数歩。この家を買って住みつづけることになったら、裏手に小さなガレージを建て、屋根付き通路で家とつなげよう。悪天候のときに助かる。ガレージの上に来客用の部屋を造ってもいい。物置としても使えるし。このあたりの家はどこもそうだが、裏庭はとても狭かった。ガレージを建てるスペースがある？　建築基準法とかについてはなにも知らないが、そのときになったら調べればいい。

ポーチに向かって三歩進んで思った。リフォームを考える前に、まず家を買わなければならない。

警告のささやきを聞く間もなく、男が襲いかかってきた。

そろそろだと思っていた。ルカはその瞬間を二日間待ちつづけた。

お誂え向きにライトがついていない裏口から、ようやく黒っぽい服の人影が出てきた。その形と動きからそうだとわかり、ルカは隠れ場所に使っていた暖房の室外機の陰から出ると、屋根づたいに地面におりた。

ヴァンパイアの後をつけるには、それも強いヴァンパイアの後をつけるには、修練を積まなければならない。ヴァンパイアの感覚は鋭いので、つける側は体の動きを完全にコントロールしつづける必要がある。音をたててはならないし、不用意に呼吸をしてもいけない。何世紀にもわたる修練によって、ルカは相手の心音を聞き分け、それに自分の心拍を同調させることができるようになった。これで尾行者の存在を告げる心音を相手に聞かれる心配はない。鼓動二拍のうちに、彼はこれを成し遂げられた。風が吹いていれば、体臭を運ばれないよう風下に立つ必要があり、これが難しい。さらに、動くのは相手から見えない場合にかぎられる。

　相手を出し抜くのに匂いがいちばん厄介だ。風まではコントロールできないからだ。試してみたことはあるが、無理だとわかった。相手が危険を察知する感覚を研ぎ澄ましている場合もある。これは時間とともに磨かれる。ヴァンパイアは学んで成長するか、若くして死ぬかだ。彼自身が発するエネルギーの強さが、相手の警報を鳴らしてしまうこともある。こちらは完璧を期しているつもりでも、これぱかりはどうしようもない。お手上げだ。

　ようやく行動に出られて、ルカはほっとしていた。本部を出たのは三日前のことで、激しい飢えを覚えていた。起きている時間が長すぎたし、昼間、外を歩きまわったから体力をすっかり消耗していた。とりあえず最初に出会ったジョガーをたぶらかして、駐めておいたレンタカーに連れ込んだ。女が彼の体に腕をまわしているのを見て、道行く人たちは素知らぬ顔で通り過ぎていった。彼女をさらった場所に戻すころには、首筋の傷もおおかた癒《い》えていた。彼女に表われる兆候は説明のつかない疲労感だけで、いつもよりジョギングを短く切りあげたことだろう。

日差しを逃れて休息するのは危険を伴う行為だが、いたしかたなかった。別名義のIDとクレジットカードを使ってちかくの小さなホテルにチェックインすると、ベッドカバーをバスタブに敷き、服を脱いでバスルームのドアを閉め、真っ暗闇のなかで数時間の休息をとった。全身が安堵のため息をついているようだった。百五十センチほどしかないバスタブに、百九十センチあまりの体を押し込めるのだから窮屈だったが、赤ん坊のように眠った。

目覚めると夜の九時だった。外はすでに真っ暗だ。

ベッドカバーをもとに戻し、さっとシャワーを浴びて服を着て本部に戻った。本部の建物には向かわずに、隣の建物の屋根に身を潜め、待った。

それから三日ものあいだ、待った。そのあいだに休みをとった。昼間の太陽から逃れ、少し眠り、栄養を補給したが、たいていは屋根の上で獲物が出てくるのを待ちながら、人の出入りを見守った。

評議員はひとりも出てこなかった。ちかくの建物の地下に通じるトンネルでもあればべつだが、この界隈に住む人びとのことを考えればありえない話だ。人の出入りはほとんどなかったから見張りは楽だったが、退屈きわまりなかった。ルカの推測が正しければ、昼間は見張る必要がないのだが、万一に備えて居残った。

じきに夜明けだし、今夜もなにも起こりそうにないと思いはじめたときだった。いま彼が尾行しているヴァンパイアは、太陽にある程度耐えられるが、反乱に加わった造反ヴァンパイアの大半は、おなじ能力を備えてはいないだろう。用事をすますにしろ、誰かと会うにしろ、短時間ですますはずだ。あるいは、獲物にはまったくべつの目的があるのかもしれない。

獲物とは充分に距離をとったので見失うこともあったが、鋭い嗅覚《きゅうかく》と聴覚のおかげで居場所はわかった。これはきわどいゲーム、難しい駆け引きだ。まかれないように距離を詰める必要がある反面、ちかづきすぎるとこちらの存在を感知されてしまう。

立ち止まってあたりに気を配ったり、肩越しに振り返ったりしないところを見ると、イーノックは後をつけられるとは思っていないようだ。

ヘクターの部屋に入ったとたん、イーノックが犯人だとわかった。残留エネルギーを読み取ることができなくても、イーノックの激しい鼓動や、全身の細胞から染み出す恐怖の匂いからわかっただろう。あの場で殺してしまいたい衝動に駆られた。それができなくても、せめて彼を捕らえて尋問にかけたかった。それをしなかったのには理由がひとつだけあった。指示を出したのが誰なのか知りたかったのだ。イーノックは自分の権限で行動を起こせない。評議員に裏切り者がいるとヘクターは疑っていた。おそらくそのとおりだろう。指示を出したのは評議員ではなく、ほんとうのリーダーは外部にいる可能性もある。だが、こういうことをするのは巨大なエゴの持ち主だから、裏切り者は評議員にちがいないとルカ自身は思っていた。ほかの評議員から命令されて動くような者は、評議会にはひとりもいない。まして外部の者の言うことに従うはずがない。

あの場で動いていたら、黒幕はわからずじまいだった。会議室では、イーノックの一挙手一投足を注意深く観察したが、敵もさるものだ。意見を述べている評議員以外に目をやることは一度もなく、仲間を密告するような余分な情報を進んで口にすることもなかった。だが、汗をかき、びくびくしていた。現場で読み取れること以外に、ルカがなにを知りえたのか心配でたまらなかったのだろう。

反乱派の集合場所は評議会本部であるはずがない。ルカにできるのはイーノックの後をつけ、誰に会うのかたしかめることだ。名前のひとつふたつ、盗み聞きできるかもしれない。それから、あの野郎を始末する。

イーノックは北東に向かっていた。ヴァンパイアのスピードで動いているからすごい速さだが、この時間だから人目につくことはない。それでも慎重を期して木陰を選んでいた。イーノックが向かったのは、それほど裕福ではないが古くからの住宅街だった。会合場所に適しているとは思えない。人の入れ替わりがめったにない地域で、住人たちは人の出入りやまわりの出来事に目を光らせている。イーノックはここでなにをするつもりだ?

毛深い腕が首にまわされ、ぐいっと後ろに引っ張られ歩道に戻された。喉を絞める腕の力が強くなり、クロエはあえぎながらとっさに襲撃者の腕をつかんだ。もう一方の手で口を塞がれ、持ちあげられて足が宙に浮き、喉が詰まった。必死で頭を後ろに倒し、肘鉄を食らわせ、脛《すね》を蹴ったが、まるで岩を相手にしているようだ。

目の前に色のついた点々が浮かび、気を失いそうだと気づいた。やはり被害妄想ではなかったのだと思ったら、苦々しい怒りに駆られた。いろんな思いが頭に渦巻く。鍵、唐辛子スプレー――しまった！　懸命に空気を求めて襲撃者の腕をゆるめようとしたときに、落としたのだ。

死ぬんだ。その思いがこぶしとなって下腹を打つ。まともに働きもしない脳なしのクズに殺されて、金品を奪われるなんてそんな理不尽な。激しい怒りのせいで世界が針の先ほどの点にまで縮まり、その点を満たすのは、こいつを八つ裂きにして血の海のなかで踊ってやる、誰が死ぬものか、という激しい決意だった。筋肉が波打ち、熱が噴出して皮膚が溶けるかと思った。叫ぶことも悪態をつくこともできないが、胸のなかでリズミカルなうなり声が発生して喉を突きあげる。それは凶暴で野蛮なうなり声だった。相手の鼻を狙って頭を勢いよく後ろに倒し、相手の腕に爪を深く立てて掻きむしった。傷を負わせれば、警察が犯人を見つけ出してくれるだろう、そうすれば――

彼女がどんなにもがこうと屁でもないと言いたげに、男は耳もとでやわらかな笑い声をたてた。ささやき声とともに血の臭いがした。「おまえは自分が何者か知っているのか？　彼の声を聞いたのか？　どれぐらいちかづいている？」

　言われたことが理解できない。声は聞こえているけれど、言葉が意味をなさない。彼女はうなりながら、相手の目を抉《えぐ》り出そうと両手をあげ、のけぞり体をひねった。男は彼女の指を避けながら首を絞める腕に力を入れ、また笑った。

「好きなだけ戦ったらいい」男が宥《なだ》めるように言う。「わたしを傷つけることはできない。おまえとちがって、わたしは弱くないし、命に限りもない。おまえはうるさい蠅《はえ》で、わたしは蠅叩きというわけさ」

　目の前が暗くなる。酸欠で脳が働かない。蠅……蠅叩き？　不公平だ。殺人者は頭がおかしい……心神喪失を訴えて裁判を免れるつもり……そんなの不公平だ。

　男は彼女の口を塞いでいる手を動かし、首筋があらわになるよう頭を倒させた。クロエにはまだ意識があり、無駄な努力だと知りつつなんとか男の目を抉ろうとした。男の唇が首筋に押しつけられ、開いて――

　それから、いなくなった。それだけ。首にまわされていた腕も、背中に押しつけられた大きな体も――なくなった。クロエはよろよろと地面に倒れた。上半身は草の上、下半身は歩道に横たわり、激しく咳《せ》き込む。なにも考えられず、ぐったりと横になったまま肺に空気を取り込む以外なにもできなかった。なんとか横向きになって胎児のように体を丸め、震えながら泣いた。なにも考えられない。

音が……なにかが聞こえた。なにかがぶつかる音、それに湿った音もする。胸を大きく上下させながら、目の焦点を合わせようとした。玄関ポーチの灯りや、数メートル先の隣家の前の街灯の光が黒い影によって遮断された。渦巻いて溶け合う影が、やがてなんとか見分けがつくようになったものの、自分の目が信じられなかった。男がふたり……戦っている。でも、その動きはあまりにも速く、きっと幻覚を見ているのだ。片方は彼女を襲った男だ。剝き出しの腕がちらっと見えた。頭はすっかり禿げている。大柄――あんなに大きな体――のくせに、動きの速さと静かさときたら、まったくわけがわからない。

もうひとりの男……何者？　通りすがりの人？　咳き込みながらも両手と両膝を突き、助けに行かなくちゃと思った。相手のほうがずっと大きいのだから。でも、立ちあがれない、助けに行けない――

携帯電話……九一一。警察に通報しなければ。

番号を頭のなかで繰り返しながら、あたりを見まわす。そうでもしないと、なんでバッグを探しているのか忘れそうだから。バッグはどこ？　肩にかけていたはずなのに、なくなっている。暗くてなにも見えない。草の上を手探りする。まずはまわりから、両手を払うように動かしていくと……あった。震える手でバッグのストラップをつかんで引っ張った。とたんにバランスを失って横向きに倒れ込んだが、バッグのストラップを握る手は離さなかった。

ふたりの男の動きは桁《けた》はずれに速すぎて、ぼんやりとしか見えない。目と頭がまたシンクロしておらず、めまいがしてきたので目を閉じ、バッグのなかを手探りすると、携帯電話はいつも入れているサイドポケットにちゃんとおさまっていた。

指先の感覚が麻痺《まひ》していて携帯電話がするりと滑り、コンクリートの地面に落ちた。裏側の蓋が外れたものの、電池は飛び出さなかった。息をあえがせながら携帯電話をつかみ――そこで気づいた。戦う音がやんでいることに。静寂は襲撃とおなじぐらい恐ろしかった。どっちが勝ったの？　襲撃者、それとも助けてくれた男？

車の向こうから男の影が現われ、クロエはめそめそと小さな声をあげながら必死でポーチの階段を這《は》いのぼり、携帯を手探りして番号を押しつつ肩越しに恐怖の視線を送った。目が……そんな、まさか、男の目が光っている？

「もう大丈夫だ、ミス」男は落ち着いた声で言った。まるで日曜日のように穏やかな口調だ。「彼がきみを困らせることはもうない」

彼女はすくみあがり、その目を見あげた。男が光のなかに入ってきて、安堵があたたかな流れとなって彼女の全身を洗い、筋肉の緊張も心の震えもほぐれていった。襲撃者ではなかった。何者か知らないが、禿げの大男でないことはたしかだ。この男も長身で筋肉質だけれど、その動きはあくまでも優雅で、まるで流れるようだった。

着ているのはブーツにジーンズ、それから黒っぽい長袖シャツ、言わせてもらえば男性が着るもののなかで最高の取り合わせだ。髪も広い肩をおおうぐらい長くて黒い。男の長髪、好きだった？　さあ。ブーツとジーンズが、いつからあなたの服装規定に当てはまるようになったの？　そんなことどうだっていいじゃない。いまは好きなんだから。ほっとするあまり、彼のすべてが好ましく思える。はっとしている場合なの、とぼんやり思った。この男は見知らぬ他人だ――助けてくれた人だとはいえ、見知らぬ他人に変わりない。「警察を呼ぼうと思って」彼女は手に持った携帯電話を示した。

彼がほほえむと、一瞬だが、クロエは電話のことを忘れた。「警察は必要ない」

そう、むろん必要ない。なんて馬鹿なことをしようとしてるの。危険は去り、悪人は消えた。いずれにしたって顔を見ていないのだから、人相を告げることはできない。「大きくて、禿げていて、腕を剝き出しにしていた」たったこれだけの特徴を並べて、逮捕してくれと言うほうが無理だ。それに、どうしてあんなに必死に九一一に電話しようとしたのか思い出せなかった。

ポーチの階段に半分座り、半分横たわっているクロエの前に、男はしゃがみ込み、手を伸ばして彼女の腕に触れた。「怪我をした？」

「ちょっと慌てただけ」慌てただけ、動揺はしていない。ふと浮かんだ思いに笑いだしそうになった。喉は痛いし膝は痛いし、手も痛い。嘘をついたことに気づいた。手を表に返して手のひらの傷に目をやる。黒っぽい血が滲んでいた。「かすり傷よ、たいしたことないわ」

「見ていい？」彼女の許しを待たずに男は手を取ったが、尋ねてくれたことに、彼女はなんだか魅了され、慰められた。男の手はとてもあたたかく筋肉質で、手のひらを持ちあげる長い指は硬くて安心感を与えてくれた。クレアは気がつくと自分の手を見つめていた。彼の手のなかのその手は、なんて女らしくて繊細なんだろう。やさしく触れる彼の仕草から、彼もまた自分の手の大きさや力強さを強く意識しているのがわかった。自分を繊細な花のように感じることはめったになく、その感覚に戸惑っていた。わたしは思慮分別のあるクロエ、わたしは——九一一に電話しようとしてた？　どうしてやめたの？

不思議な気がしたが、心配になるほどではない。なんといってもいまはとても穏やかな気分だった。

そのとき、彼が握っていた手を口もとに持っていった。手のひらのすり傷に触れる唇はやわらかだ。舌で軽く舐められたような気がするけど、ちょっと待って。舐めてるの？

「舐めたりしないで」クロエはきっぱりと言った。「あなたの名前も知らないのだから」

彼は顔をあげた。笑いがその顔をよぎった。「ルカ」

彼には独特の雰囲気があって……〝猛々《たけだけ》しい〟というのとはちがう。〝危険〟とか？……もうひとりの男とおなじように。そう、彼を表現するなら〝危険〟がぴったりだ。彼はとても危険な感じがする。体つきががっしりしているだけではない、見た目というか表情から、肉体ばかりではなく精神もタフだとわかる。顔立ちはハンサムというのではないけれど、とても彫りが深くて、一度見たら絶対に忘れない。

そう思ったとたん、まわりの空気が揺らめきだしたような気がした。昨夜はこの揺らめきが警告を与えてくれた。今夜は、それが夜の、この一瞬の一部にすぎないと思うだけだ。

彼はとても目立つ。〝かわいい〟とは口が裂けても言えない、男らしさの塊のような人だ。日に焼けた肌が不思議なほど淡い色合いの目を際立たせる。目が合うたび、目を逸らすのは不可能に思える。そう、絶対に無理。ベルベットにやさしくくるまれて、不安も痛みも最初から存在しなかったかのように溶けだしていく。

「ルカ」彼女は言った。「アメリカ人の名前?」

「いや」彼はもう一度クロエの手を口にあてがい、傷口の上で舌をゆっくりやさしく動かした。彼女はそうされることを許した。だって名前を知っているから。自己紹介をしたもの……片方だけ。クロエは彼の名前を知っているのに、彼はこちらの名前を知らない。それはよくないことだ。

「わたしはクロエ。クロエ・ファロン」

彼がまた顔をあげ、目が合う。「きみに会えてとても嬉しい、クロエ・ファロン」

手の痛みが消えた。

「じっとしていて」彼がやさしく言った。「膝の傷も治してあげる。警戒しなくていい、怪我をしたことすら憶えていないだろうから」

「あら、憶えているわ」彼女はとっさに言った。

彼はほほえみ、ペンシルスカートを膝の上までまくりあげると、すり剝けた傷口から血が細い筋を引いている部分に顔をちかづけた。

クロエは大きく息を吸った。全身にぬくもりが広がった。安堵とはちがう。膝の上に屈《かが》み込む彼の黒い頭や、脛をつかむ力強い両手を見つめ、もう一度大きく息を吸い、思わずあらぬ想像を巡らせた。スカートがもっと上までまくりあげられ、彼の唇がもっと上へと動いていく。乳首がツンと立って、乳房がジンジンしてきた。もう、どうしたのよ。

警戒しなくていい、と彼に言われたからそれに従った。でも、彼は〝動揺しなくていい〟とは言わなかった。

彼がつかんでいる脚を少し持ちあげ、唇と舌を脛のほうへ動かした。爽《さわ》やかな風がスカートを膨らませ腿をなぶる。クロエはバランスを保とうと少し後ろに倒れた。いまや階段に横たわり、脚を少し開き、怪我したほうの脚を彼の肩のほうへとあげてゆき……だめ。潜在意識がささやく。ブレーキをかけなさい。

「もう充分です」なんとか言ったが、声にまったく力がない。

ルカは無視するつもりかと思った。彼の唇は肌の上を軽く動きまわっていて、クロエは自分がどう感じているのかよくわからなかった——気持ちいい？　悪い？　彼が顎をふくらはぎにそっとすりつけた。そのやさしい愛撫《あいぶ》を最後に、彼は顔をあげた。「さあ」彼の声は心なしか掠れていた。「すっかりよくなった」

ほんとうにそうだった。クロエは自分の膝に目をやった。血の筋は消え、痛みもすっかり引いていて……傷跡すら見えない。「痛いの痛いの飛んでいけー、の新バージョンね」感嘆の声をあげた。手を掲げて、ポーチの黄色い灯りに照らしてみる。やはり傷跡はなかった。

「すごい」

ルカはほほえみ、彼女が立ちあがるのに手を貸した。膝に力が入らずよろめくと、彼がすかさず腕をつかんで支えてくれた。

「ほんとうにありがとう」まだお礼を言っていなかったことを思い出し、ばつの悪さに頬が赤くなるのを感じた。彼は命を救ってくれたのだ。「あの男……わたしを殺そうとしたわ」ちょっと眉根を寄せ、あたりを見まわす。「彼はどこ？」車の陰で気を失って倒れているの？　それとも死んだの？　ああ、そうだった、警察は必要ないとルカは言った。だから通報しなかった。

「彼は去った」ルカが言う。「二度ときみを困らせることはない」

だったら安心だ。どうして彼の言葉を鵜呑みにするのだろう、と一瞬思ったが、疑いはすぐに消え去り、なにも心配いらないという気持ちになった。

ひと晩じゅうここに立っているわけにもいかない。コーヒーでもいかが、と彼を家に招き入れるつもりもなかった――コーヒーは飲みたくない。眠りたかったからだ。でもそれより、一縷《いちる》の不安が満足感をぶち壊しにしたからだった。彼のことはなにも知らない。家に招き入れることはできない。鍵を見つけて、もう一度彼に礼を言い、大騒動の一夜に終止符を打つ。

それにしても鍵はどこ？　手に握っていたのだから、むろん落としたのだ。ため息をついてあたりを見まわしたが、目の届く範囲にはない。たぶん植え込みのどこかだろう。「わたしの鍵がそこらへんに落ちているはずなんですけど」憂い顔で言った。

「ほら、あった」間髪を容《い》れずに彼は屈み込み、植え込みの下の暗がりからなにかを取りあげた。上体を起こしたときには、彼女の鍵を手に持っていた。

手からぶらさがる鍵に、クロエは目をぱちくりさせた。「そんなにかんたんに、どうやって見つけたの？」

「街灯の灯りを受けて光って見えたんだ」

彼女は鍵を受け取って恥ずかしそうにほほえみ、玄関へと階段をのぼった。彼に背中を向け、鍵を差し込んでまわし、ドアを押し開ける。それから振り返り、階段の下に立つ男に目をやった。「ありがとう、ルカ」

彼が驚いた顔をした。というよりショックを受けたようだ。「どういたしまして」ぽつりと言った。

「ありがとう」と言うだけでは充分とは言えない。なんらかの形で礼をしたかった。「わたし、カティカというレストランに勤めていて、ディナータイムのマネージャーをしているんです。場所は——」

「場所はわかる」ルカがやや唐突に言った。

「あすの夜、食事に招待させてください。店のほうにはわたしから言っておきます」彼はまだ驚いた顔をしていた。彼女の申し出に感激した様子も見えないので、言い添えた。「シェフは一流です。思い出に残る食事になると請け合いますわ。ワインも特別なのを見繕いますから」

「ありがとう」ルカが堅苦しい口調で言い、略式ながらお辞儀までした。「寄れるようなら寄ってみる」

「お待ちしています」クロエは玄関を入り、ドアを閉めて鍵をかけ、防犯システムをセットした。あんなことがあった後なのに、とても穏やかな気分だった。怯えて当然なのになんだか他人事みたいで、考えるのは少し眠っておこうということだけ——

「クロエ！」

「やだ、もう」耳もとで切迫したささやき声がしたのだ。眠るなんて夢のまた夢。なんとかしなければ。こんなことは早く終わりにしたい。

クロエ・ファロンの背中に向かって閉じたドアを見つめながら、ルカはしばらくたたずんでいた。まるで体をなにかに叩きつけられたような気分だ。彼女は憶えていた。名前まで憶えていた。

イーノックに襲われたことも忘れるよう魔法までかけたのに。彼女の傷を癒《いや》すためには、自分を抑えなければならず、かなりの苦戦を強いられた。彼女の味は……すばらしかった。ギリシャ神話の神々の食べ物《アンブロシア》を連想させるような、そんな味わいだった。それに、彼女の香りにすっぽりと包み込まれた。それは夏の宵に香るクチナシの甘い香りだ。自分で自分がわからない。彼女は美人ではないが、きれいだ。ほんとうにきれいだ。ごくふつうの仕事をする、ごくふつうの人間。彼に比べれば、その力は微々たるもので、感覚も鈍い——それでも、彼女を地面に押し倒し、体も血も奪いたいというすさまじい衝動と闘わねばならなかった。

身震いしてあたりを見まわす。クロエ・ファロンの古い車の陰で、イーノックはわずかばかりの塵となった。いまごろは風に吹き飛ばされてしまっただろう。

危ういところだった。尾行の距離を縮めていなければ、ルカが駆けつけるころには、イーノックは彼女を仕留めていただろう。イーノックが彼女に尋ねた言葉を耳にした。「おまえは自分が何者か知っているのか？　彼の声を聞いたのか？」

彼女にはなんのことかわからない。いまはまだ。だが、ルカは知っている。彼女はコンデュイットで、彼女のウォリアーが接触を試みている——そして、造反ヴァンパイアたちは、ウォリアーが出現する前にコンデュイットを根絶やしにしようとしている。ヴァンパイアの地球制覇を進めるために。

7

いったいどうなるんだ？

クロエのことも、反乱のことも、かんたんに答は出ないのでひとまず棚上げにし、後始末に専念することにした。クロエの車をまわり込み、イーノックが残したものを調べる。着ていた服に磨り減ったブーツ、評議会本部の使用人たちがつけている重たい金の指輪、それにひと握りの塵だ。塵はいずれ風で吹き飛ばされるだろうからそのままにし、ほかのものを拾い集めた。服は途中でゴミ箱に捨てればいい。指輪はポケットにしまった。

もう少しで手遅れになるところだった。イーノックがクロエを捕らえているのを見て、一瞬だが躊躇《ちゅうちょ》した。血を吸うつもりだろうと思ったからだ。そのとき、イーノックが彼女に尋ねるのを聞いて、はるかに大きな事態が進行中だとわかった。

イーノックを問い詰められなかったのが残念だが、介入した瞬間に結果は見えていた。イーノックはルカだとわかったとたんパニックに陥った。ヘクター殺しをルカに見破られ、後をつけられたことに気づいたからだ。イーノックにとっては死闘だった。生きたままルカに捕まるぐらいなら、死んだほうがまし。イーノックが口を割らないまま死んだのは残念だ。

ルカの評判が不利に働いてしまった。イーノックはあそこまで怯えなければ、あれほど必死に抵抗しなかっただろう。ところが、反撃を受けたせいで、ルカは闇雲な怒りに駆られて限界を超え、文字どおり相手の首を引っこ抜いてしまった。ルカは血みどろになったが、魔法のおかげでクロエには気づかれずにすんだ。

これで振り出しに戻った。いや、もっと悪い。イーノックは唯一の手がかりだったのに、それを失ってしまった。

正直に言えば、反乱派もその大義もまったく理解できないわけではない。ヴァンパイアのコミュニティはいつから仲良しクラブになったんだ？　いったいいつから、長い人生を十二分に謳歌《おうか》しようとせず、秘密と秩序の維持に汲々《きゅうきゅう》とするようになったんだ？　強いリーダーが不満分子を煽《あお》りたて、支配権を奪い取るなどたやすいことだと思い込ませるのはかんたんだ。ルカ自身だって、わりあいあっさり説き伏せられる可能性はある。

問題は、反乱の行き着く先が彼には見えるということだ。しばらくはヴァンパイアが優位に立つだろうが、長くはつづかない。人間は数でまさっているし、家に閉じこもるという手立てがある。人間とヴァンパイアの戦争は――世界規模に広がったとしても――けっきょくは個人レベルの小競り合いに収束する。人間はヴァンパイアの生来の弱点を突き止め、もっとも無防備な状態のところを襲って殺す。わずかに生き残った最強のヴァンパイアたちは、人間に見つからないよう隠遁《いんとん》せざるをえない。姿を現わすのはどうしても血を摂取する必要があるときだけだ。

戦争は以前にもあったが、ヴァンパイアにとって、結末はりっして思わしくなかった。

今度の反乱には、ウォリアーの出現を阻止するためコンデュイットを抹殺するという、あたらしい展開がある。人間にはウォリアーという頼りになる味方がいるが、たいていの人間がウォリアーに一度も遭遇することなく命を終えている。どこに棲《す》んでいるのかわからないが、ウォリアーたちはそこから監視をつづけ、人間が窮地に陥り助けを必要としていると判断すると、自分たちの子孫に呼び出してもらうため接触を図る。ルカはその戦歴のなかで、何度か彼らとともに戦ったことがあり——危うい連携ではあったが——彼らに畏怖《いふ》の念を覚えずにいられなかった。

コンデュイットが始末されているのだから、ウォリアーは危険を察知して接触を図っているのだろう。彼自身にというよりヴァンパイア一族全体に。滅亡の危機が迫っていると思うといたたまれなかった。人間は圧倒的に数が多いから、先導してくれるウォリアーが数人もいれば流れを変えることができる。反乱の黒幕が誰であれ、よほど愚かなのか、あるいは、コンデュイットを根絶やしにできると信じているかのどちらかだ。

このままいけば総力戦となるだろう。ウォリアーが参戦するとすれば……いや、それは時間の問題だ。だが、ウォリアーたちはかつてのように自由に動くことはできない。現代世界の複雑さによって、彼らの力は大幅に削《そ》がれてしまった。つねに戦っていなければ、戦闘パワーは当然衰える。

それはそうとして、ルカは目に見えない存在であることを楽しんでいた。人間にとって彼は目に見えない存在だ。クレア・ファロンを除く人間にとって。

なんてことだ。肝心なのは、ヘクター殺しの黒幕を探し出すことだ。イーノックは武器にすぎない。その武器を使ったのは誰なのか。評議員は誰ひとり信用できない。評議会とそれに仕える者たちは結束が固い——いわば家族だ。たとえ機能不全に陥ってはいても。イーノックが死んだいま、スタッフの誰がより疑わしいのか、誰を尾行すべきか、誰は無視していいのかわからない。反乱派の本部がどこにあるのか見当もつかなかった。わかっているのは、ウォリアーが現われるのを阻止するためにコンデュイット狩りが行なわれていることだけだ。

そして、ルカはその標的のひとりを知っている。目と鼻の先にいる。

振り返ってクロエの家のドアをじっと見つめた。家の裏手の灯りがついているから、彼女はまだ起きているのだろう。やがてその灯りも消えた。

彼女は家という聖域にいるから、いまのところは安全だ。イーノックが死んだことを、彼のボスはまだ知らないが、じきにべつの者を送り込んで仕事を片付けさせるだろう。昼間のうちはそれほど危険ではない。つぎに彼女が狙われるとしたら暗くなってから、ヴァンパイアがいちばん元気で闇が多くの秘密を隠してくれるときだ。早ければあすの夜。

選択肢はいくつかあるが、まずはクロエ・ファロンのことをなんとかしなければならない。彼女の記憶に残るなどもってのほかだ。

ルカの生来の能力が彼女に効かなかったのはどうしてだ？　そんなことは一度もなかった。聞いたこともない、まったく忌々しいにもほどがある……それでいて興味を惹かれる。クロエ・ファロンとはいったい何者なんだ？　彼のことを忘れさせる魔法にかからなかったのは、どうしてだ？　人間はみな、それにたいていのヴァンパイアがかかる強力な魔法なのに。彼を憶えていられるのは、歳をとった強いヴァンパイアだけだ。だが、意識してかけた魔法にはかかった。ほんの少しパワーを照射するだけで、彼女から恐怖と不安を取り去ってやれた。彼を忘れる魔法はかけなかった。かけるまでもなく人間は彼を忘れるから、彼女もそうだと思っていた。

ところが……クロエは憶えていた。

ルカは忘れられることに慣れていた。彼は人間にとって、ふっと通り過ぎる幽霊のようなものだ。だから、孤独をあたりまえのことと受け入れてきた。歳を重ね、多くの人間やヴァンパイアが彼の人生に入り込み、出ていったから、記憶の細部はぼんやりとかすんでしまった。そうでなければ、とっくの昔に喪失の重みで押し潰されていただろう。鮮明な記憶もなかにはある。ほんの短いあいだだが愛した者の記憶は、なんとか残そうと努力してきた。人間の女でもヴァンパイアの女でも、愛すれば胸が張り裂ける。美酒のように甘いひとときを過ごしたのもつかの間、相手がかんたんな用を足そうと顔をそむけたとたん、脳裏から彼は消え去ってしまう。

やがて記憶に留める努力も、愛することもやめてしまい、ますます自分の殻に閉じこもるようになった。むろんルカを憶えているヴァンパイアはいるが、彼のほうで感情的なつながりを断つため、一緒にいても居心地が悪いだけだった。ヴァンパイアはみな彼を知っているが、彼は誰とも交わらず、孤立していた。見られたい、認められたい、憶えてもらいたいという渇望は、とっくの昔に感じなくなっていた。

いまのいままでは。実際にそういうことが起きるまでは。

ルカの能力にも好不調はあるのだから、驚くことはないのかもしれない。イーノックとおなじで、ルカももう無敵ではないと思い知るべきなのだろう。いまは泣き言を言っている場合でも、自信過剰に陥っている場合でもない。

だが、どうしてあんなことが？　効果が出るのが遅れただけかもしれない。いまごろは、こっちのことなどすっかり忘れているだろう。その可能性は高い。みながおなじ反応を示すとはかぎらないし。ヴァンパイアでも人間でも、それぞれの癖もあれば、長所や弱点もある。クロエの記憶のシナプシスは人より長く燃えつづけるとかなんとかで、彼を見ていなかった時間が短すぎて、彼の記憶が消え去るには充分でなかったのだろう。おかしなことが起きたことも、殺されかけたことも、彼の存在もきれいさっぱり忘れているにちがいない。そう思ったら侘《わび》しくてたまらなくなったが、それは無視することにした。これまで何度も乗り越えてきたことではないか。

クロエがほんとうに憶えているかどうか、調べる手立てはある。明晩、彼女のレストランを訪ねればいい。彼女が憶えていようといまいと、彼女の影になる。べつのヴァンパイアが彼女に襲いかかったとき、その場にいる必要があるからだ。


クロエはベッドに入り、ベッドカバーを頭までかぶった。夏の夜にベッドカバーは必要ないけれど、ぬくもりとやわらかさが心を慰めてくれる。部屋の隅の小さなテレビをつけた。ふだんどおりにしていたかったからだ。テレビに映る昔の映画の小さな音が、ぼんやりとだが思い出させてくれた。このところおかしなことばかりつづいていたけれど、それでも、世はすべてこともなし、だということを。とても穏やかな気分だった。あの忌々しい声がまた聞こえてこないかぎり。

あれこれ考えて目が冴えると思っていたのに、目を閉じたとたん眠りに落ちた。

夢を見たけれど、いままでとはちがう夢だった。不安になって目が覚めるあの長いブロンドの三つ編みは現われなかった。そうではなくて、べつの世界にいた——文字どおりの意味で。どこなのかわからないが、その場所はほんもののようでほんものではなく、ここにあるようでここにはない。なだらかな起伏の緑の丘と豊穣《ほうじょう》な谷間が瑞々《みずみず》しく広がり、それらを取り囲むように峻厳《しゅんげん》な山々があった。丘のふもとの野原にクロエは立っていた。兵士たちが戦の準備をしている。いいえ、正確には兵士たちではない。大半がいわゆる軍服を着てはいない。なかには裸にちかい者もいて、とても興味深かった。男の裸をあたりまえのように眺めている自分が、とても興味深いと思ったのだ。

軍服を着ている者もいるが、その軍服から時代も文化もまちまちなことがわかる。独立戦争の軍服、第二次世界大戦の軍服、なかには……ローマ時代と思われるものも。投石器から自動小銃まで、あらゆる武器が揃っていた。スパークリングをする者、武器の手入れをする者、準備運動をする者。すべてがほんものに見えた。彼らがかく汗までちゃんと見えた。よくよく見ると、女が混じっているのがわかった。勇猛さで男にひけをとらない。

「おかしな夢」クロエはつぶやいた。

「夢ではない」

かたわらに老女が立っているのを見ても、クロエは驚かなかった。老女が誰なのかわかっても驚かなかった。祖母のアニーが、ほんものそっくりの夢に現われるのは、これがはじめてではない。

「夢じゃないなら、なんなの？」ここ数日、心をかき乱されることばかりだったから、祖母が夢に出てきてもうろたえなかった。祖母の霊が、どこにいようと彼女をやさしく包んでくれているようだ。これが現世であろうと、死後の世界であろうと……

「ここはおまえの世界とおなじぐらいほんものの、現実の場所だよ。呼び出されるのを待っているウォリアーたちの住む場所でね、彼らはより大きな善を守るために生きては死んでを繰り返しているのさ」

「ウォリアー」クロエは鸚鵡返しに言った。いまの時代に口にすると違和感がある言葉だ。世界じゅうに兵士がいて、リーダーがいて、ヒーローだっているけれど、ウォリアー？　原始的で残虐なイメージがある。

「彼らは自分の意思で出ていくことはできない。肉体を伴っておまえの世界に出ていくには、助けが必要だ」祖母の霊が言う。「彼らはおまえの助けを必要としているんだよ」

「助け？」

「頼みなさい」祖母がささやく。「彼らを呼び出すんだ」

それから、夢にありがちな場面転換。祖母はさよならと手を振ることもなく消え、クロエは氷の上にひとりで立っていた。氷から冷気が立ちのぼってくるのを感じられるほど、真に迫っていた。鼻の頭がかじかみ、足もかじかんでいた。とても寒くて孤独で、ぬくもりや祖母が懐かしかった。

そこで振り返り、ひとりでないことを知った。厚い毛皮をまとった人物が足もとにうずくまっている。頭を垂れ、手に剣を持ち、覚悟を決めて……長いブロンドの三つ編みが揺れている。クロエは三つ編みを見つめ、文字どおりその場に凍りついた。これだったんだ！　夢で見た三つ編み。色も長さも太さもそのまま。

「あなたも彼らのひとりなの？」クロエは尋ねた。「あなたも……ウォリアー？」

鋭いブザー音が割り込んできた。答を得る前に、クロエは夢から現実へと引き戻された。目覚まし時計がけたたましく執拗《しつよう》に鳴っていた。ベッドルームが冷えきっていることに気づいても、それほど驚きはしなかった。氷の上に立っている夢を見たのはこのせいだ。サーモスタットの故障だろう。もう、うんざり。

目覚まし時計のスヌーズ・ボタンを押し、上掛けを引っ張りあげて丸くなり、ぬくもりを求めて枕に鼻を埋めた。男がそばにいてくれたらと思うことはめったにないけれど、いまは足もとをあたためてくれる人がいたらと思う。冷たいベッドを体温であたためてくれる人が。なにもかもが、誰も彼もが非現実的に見えるいま、確固たる存在が必要だった。

記憶のなかにひとつの顔が滑り込んできた。彫りの深い力強い顔立ち、波打つ長い黒髪、闇を貫くような輝く淡い瞳。彼はゆうべここにいた。襲撃者を追い払ってくれた。無事におさまった。平和な気持ちが全身を満たし、クロエはほほえんだ。すぐに名前を思い出せなかった。やがて、脳裏にくっきりと現われた。ルカ。

8

ソーリンは夜明け前にDCに戻り、秘密のねぐらに向かった。ポトマックの屋敷で眠ることもできるが、反乱派の仲間を信頼していなければそれはできない相談だ。転身してからずっと、昼間を過ごす秘密の場所を確保するようにしてきた。ドックスした相手とまどろむこともあるが、いまみたいに疲れて休養が必要な場合はひとりがいい。

思ったよりも手間取ってしまった。コンデュイットの兵士を見つけるのに思いのほか時間がかかったのと、ノース・カロライナでバケツをひっくり返したような雨——人間が使うこの手の言いまわしが、彼は大好きだ——に見舞われ、高速道路でのろのろ運転を余儀なくされたせいだ。ソーリンは苦もなく前方を見通せるが、暗闇と大雨のなかでは哀れな人間どもは手探り状態にならざるをえない。

仕事そのものも、かんたんにはいかなかった。兵士は軍服に身を包んだ事務屋ではなく、歴戦の勇士だった。そのうえ、自分の身に起きていることを受け入れ、事の真相にかぎりなくちかづいていたため、彼の行動は確信に満ちていた。自分は不死のウォリアーがこの世に出現するための経路だと気づきはじめていたのだ。どうして自分なのかはわかっていなかったが、ソーリンに襲われたとたん、なんのために戦っているのかは理解した……そのわけも。そして粘り強く最期まで戦った。

あと一歩というコンデュイットはほかにどれぐらいいるんだ？　始末するのに時間がかかりすぎていた。彼らは真相に迫っている。いずれウォリアーの何人かが現われ、事態は一気に困難になる。どこの時点で、ヴァンパイアが対応しきれなくなるほど数が増えてしまうのだろう？　だが、抹殺の行程を早める手立てはなかった。ジョナスはコンデュイット探しと、その状況を見定める作業ですでに疲労困憊《こんぱい》している。

反乱派に加わったヴァンパイアのなかから、ソーリンは最良のハンターを選んだが、数にかぎりがある。彼自身も含めてたった十人だ。クロエ・ファロンを始末するのにイーノックを送り込んだのは、彼女がちかくに住んでいるからだ。ほかのハンターたちは国じゅうに散らばっている。イーノックは強いヴァンパイアだが、この百年ほどは、管理人として評議員たちに仕えてきて、忍耐力は養われたかもしれないが、戦闘能力は衰えているにちがいない。

十人は方々に散っており、連絡をとるのも大変だった。ウォリアーたちは事態に気づき、コンデュイットと接触する頻度をあげているだろう。頭のなかで自由に使えるヴァンパイアたちの名前を思い浮かべる。コンデュイット狩りの人員を補強しなければならない。これから選ぶのは最初のグループほど優秀ではないが、彼らにはファロンみたいに差し迫っていない楽な獲物を与えればいい。

疲れていた。この二日、栄養を摂取していないし、夜明けはちかい。携帯電話が鳴ると、このまま出ずに電源を切ってしまおうかと本気で思った。発信者番号を見る。未登録だが、番号は知っていた。レジーナ。悪態を呑み込み、携帯電話を開いた。「もしもし」

「イーノックが戻らない」

ソーリンは鼻梁《びりよう》を揉んだ。楽な獲物だったはずだ。ノース・カロライナの兵士に比べればどれだけ楽か。だからイーノックをやったのだ。「電話に出ないのか？」

「携帯電話は持って出なかった。彼の部屋に置いてあったわ」

それは悪くもあり、よくもある。イーノックが助けを必要としているのなら、携帯電話を持っていかなかったのは身の不運だ。すでに彼の身になにかあったのなら、携帯電話を持っていなくてよかった。彼が誰に電話し、誰から電話を受けたかばれる心配はない。携帯電話を持ち歩くのはつねに危険が伴うが、いままでのところは小さな危険だった。

だが、危険度は以前より跳ねあがっている。イーノックが事故にあう可能性はあるし、ヴァンパイアにとっても致命傷になる事故はある――たとえば列車に轢《ひ》かれて体が切断されるとか。怒りを抱えたルカ・アンブラスが野放しになっている。彼に捕まるぐらいなら、死んでくれているほうがありがたい。死人に口なしだ。名前や場所を洩らす心配はない。

イーノックが屋敷のことも、その場所も知らないのはよかった。彼の知識は評議会本部にかぎられる。もし彼がレジーナの正体をばらしたら、彼女にとっては由々しきことだ。

もっとも、イーノックがルカにばらしたとしても、評議会本部にはまず潜り込めないだろう。保安措置は鉄壁だ。理屈のうえでは、ルカが入り込めなければ誰も入り込めないから、ルカが入れない仕組みになっていた。なんとも皮肉な話じゃないか?

「ファロンはどうなった?」ソーリンは尋ねた。

「まだ生きてる」レジーナの口調から、怒りとともに困惑も聞きとれた。

つまり、イーノックは任務をまっとうしなかったのだ。彼女を襲う前に、イーノックの身になにかあったのだろう。とすると、ほかにも心配の種ができた。彼の戦略に影響するものだ。「彼女の状況に変化は?」

「ジョナスによると、彼女は進みつつあるけど、急を要するものではないそうよ。まだ時間はある」

ソーリンは車のハンドルを指で叩いた。それはよかった。ほかのコンデュイットたちのことが切迫してないのなら、彼女を仕留めるのは自分でやろう。つまるところコンデュイットはコンデュイットだ。いずれは根絶やしにしなければならない。しかもこいつは目と鼻の先にいる。


いつもなら魔女を訪ねるのは楽しいが、その日の夕暮れ時にネヴァダの部屋に行ったときは、ソーリンの頭にはまだイーノックのことが引っかかっていた。いまだにイーノックは戻っていない。レジーナは怯えながらも怒っていた。つまり、扱いにくくなっているということだ。彼女はいつだって扱いにくいが、きょうは最悪だった。

ソーリンが魔女といて楽しめないように、ネヴァダのほうも浮かぬ顔だった。ソーリンといて楽しそうにすることもあるのに、きょうはちがった。床に大きな魔法の本を開いてその前に座り、両手を開いたページに置いている。重たい本をテーブルに載せるのに、監視役のヴァンパイアを呼んでやらせることもできるのに、彼女はそうしない。まったく頑固だ。彼らにものを頼むぐらいなら、床に座るほうがましなのだろう。ノックをせずにドアを開けると——彼女に事前に警戒させないよう、わざとノックしなかった——彼女はぱっと顔をあげ、彼を睨んだ。

「あたしが見られたら恥ずかしいことをしているかもしれないとは思わないのね」ネヴァダがきつい口調で言った。「勝手に入ってきて、あたしがやっていることをすべてぶち壊しにするかもしれないとは思わないの？　魔法をかけようとしていたけど、どんな魔法だったか忘れてしまったわ。あたしに大事な呪いを解けと言うくせに、集中してなにかやるのに必要な時間、ほっといてくれないじゃないの！」

彼女は不機嫌だった。気分屋の彼女は嫌いじゃない。ここに連れてきたばかりのころの、怯えていた少女とはまるで別人だ。能力を伸ばすにつれ、というか、伸ばしたせいで、パワーと自信を身につけてきたようだ。

「ドアをノックしたら、かえって邪魔になるだろう」ソーリンはしらっとして言い、部屋に入ってドアを閉めた。「ノックしろと言うのは、やっていることを隠す時間が欲しいからなんじゃないか」

彼女は目をくるっとまわした。「ええ、たとえばこの本を持ちあげてソファーの下に押し込むとかね。ここにはあなたの知らないものはなにもないし、あなたが与えてくれるもの以外なにもない。あたしは魔法の練習をしている。そのためにあたしをここに連れてきたんでしょ？　でも、ほんのちょっとでも考えてみてよ。あたしが服を着替えているところかもしれないって。そういうのは人に見られたくないだろうって！」最後のほうは怒鳴っていた。まったくの八つ当たりだ。

ソーリンは彼女が読んでいた本に目をやった。理解不能な言語で書かれた本の一冊だった。彼女が理解できるようになっているなら、たいした進歩だ。あたりには魔法の匂いが漂っていた。前に死の呪いを前にして嗅いだような、重大な魔法の匂いではない。もっと軽くて繊細な、ネヴァダ自身を思わせるような匂いだ。「その本を読めるのか？」

「言葉のいくつかは理解できるようになってるわ」彼女はつっけんどんに言い、顔にかかる長い髪を払った。「手探りで進んでいる感じ。消去法に則《のっと》って、異なる言葉のつながり方を突き止め――くどくど言っても無駄ね。いずれわかるわ」そう言って顔をしかめる。「なんの用？」

ネヴァダ・シェルダンはかわいい娘だ。小柄で潑剌《はつらつ》としている。髪は長く豊かな赤毛で、三年間太陽を浴びていないせいで肌は青白い。ツンと上を向いた鼻のそばかすも、いまではだいぶ薄くなった。彼女はもう二十三歳だ。娘盛りを閉じ込められて暮らすとは。

見たところ無邪気で、ごくふつうの娘だが、あの呪いをかけたウェールズの魔女、ブリアランの直系の子孫だ。レジーナがブリアランの家系図を辿ってネヴァダを捜し当て、高い潜在能力を感じとった。ネヴァダとその家族を拉致したことで、反乱が可能なものとなった。彼女の血統と、本人は否定している牛来の才能――それにちゃんとした動機づけ――をもってすれば、呪いを解く方法が見つかるはずだ。

彼女はどんな味がするだろうとたまに思わなかったとしたら、そのほうがどうかしている。彼女は禁断の日の光、それに匂い……彼女の匂いは……妙に懐かしい気がする。呼びもしないのに記憶が勝手に表に出てきた。ショックで凍りつく。気がつけば昔に、遠い遠い昔に舞い戻っていた。やさしい笑みを浮かべた小柄な女が炉辺に座り、剝き出しの肩をショールでおおって赤ん坊に……彼の娘に乳をやっている。そうだったのか。内心では激しく動揺していた。ネヴァダは娘のディエラとおなじ匂いがするのだ。ディエラの成長を見守ることはできなかった。六人いる子どものうち、ディエラは末っ子でただひとりの娘だった。あの子が四歳のとき、ソーリンは転身した。顔は思い出せない。大昔に捨てた家族を思い出すことはなかったが、あの子の匂いは……ああ、匂いは憶えていた。

ネヴァダの匂いに惹かれる理由がわかったから、欲望に対抗できる。魔女の血を吸うのは——あるいは、魔女に魔法をかけるのは——許されないことだ。ネヴァダがやるべきことを成し遂げるためには体力が必要だし、失血や魔法で頭がぼうっとしたら元も子もない。彼女の血を吸いたくなったら、娘とおなじ匂いがすることを思い出せば……そんな気はうせる。彼女は娘ではないが、匂いの記憶が彼を転身したときへと引き戻すだろう。家族を餌食にしてはならないと思うぐらいの正気はまだ残っていたから、彼は家を出た。激しく血に飢えていたので、あのまま居残っていたら、そのつもりはなくても家族を皆殺しにしていただろう。

「もう時間がない」ソーリンは言い、歩きまわってそこにあるすべてに目を光らせた。ネヴァダは魔法の本を散らかしていた——テーブルや床の上だけでなく、ベッドやソファーや椅子の上にも。バスルームのカウンターからも一冊見つけた。彼女は言われたことを一所懸命やっている。それはそうだ。彼女の命ばかりか家族の命もかかっているのだから。

彼女がソーリンを睨んだ。「最善を尽くしているわ。かんたんじゃないんだから」

「かんたんだったら、何年も前にべつの誰かがやっていただろう」彼はテーブルの前で立ち止まり、水晶の山に指を走らせた。

ネヴァダが彼の手を叩いた。ヘビのようなすばやさだ。「やめて！」彼女に言われ、ソーリンは慌てて手を引っ込めた。彼女に触れられたことが気に食わなかった。彼はヴァンパイアなのだから、とっさに手を引っ込めることができたはずだ。だが、彼はありがたくない家族の記憶に捉われ、心が乱れていた。

ネヴァダが両手をあげた。「本に書いてあるとおりに並べておいたのに、最初からやりなおしだわ。出てって！　邪魔しないで！　やたらに触らないで、いい？　なにも触らないで！」

ソーリンは歯を剝き出しにした。怒りに駆られ牙が少し伸びたが、なんとか自分を抑えた。彼女は言われたことをやっているだけだ。「悪かった」ぎこちなく謝る。「並べ方に決まりがあるとは気づかなかった」

一瞬の間があり、ネヴァダが大きく息を吸った。「あたしのほうこそ、ごめんなさい。叩いたりして」小さな声で言い添える。「あなたを傷つけるつもりはなかった」

彼女に叩かれたぐらいで手は傷つかない。プライドは傷ついたが。彼女が傷つけたと思っているとしたら噴飯《ふんぱん》ものだが、笑う気になれなかった。彼女には呪いを解く方法を見つけ出してもらわないと困る。方程式のほかの部分――ウォリアーが出現する前にコンデュイットを殺すこと――にほころびができつつあるのだから。計画の一部だけでもうまくいってほしい。

彼女が生まれたときから、恐るべきパワーを持つ魔女だと自覚していたらなんのことはなかった。だが、彼女はふつうの人間の子として成長し、自分が何者でどんな潜在能力を秘めているか気づいていなかった。だから、短期間で最初から学ばねばならなかった。その学習曲線たるや、ふつうでは考えられないほどの急角度だ。彼女は日に日にパワーを身につけ、自分に自信をつけていった。きっとじきに呪いを解くことができるだろう。

早く解いてくれないと、すべてがだめになる。

「エミリーとジャスティンはどうしている?」彼女が尋ねた。毎日おなじ質問を繰り返している。仲のよいきょうだいだったのだ。

「元気だ」

「両親は?」

「元気だ」どちらの答もほんとうだったが、両親が怯えていることは告げなかった。両親は誰に、というよりなにに拉致されたのか知っている。べつのとき、べつの時代だったら、知ったことは死に値したが、いざ反乱が起これば、ヴァンパイアの存在は秘密ではなくなる。ネヴァダの存在と潜在能力があきらかになったとき、家族全員が拉致された。家族はどこかよそに閉じ込められていると彼女は思っているが、実際にはおなじ建物の地下にいる。

「いつになったら家族に会える?　会いたいの」

「おまえがここに連れてこられた目的を果たさないうちはだめだ。彼らは生きている。それだけわかればいいだろう。彼らと話ができるだけでも感謝しろ」

家族全員を誘拐することが、ネヴァダに言うことを聞かせるための唯一の手段だった。彼女に魔法をかけて従わせればすむ話なら、何カ月も前にやっている。人間にかける魔法では、その能力のすべてを支配することはできないし、ネヴァダには脳細胞を最大限に働かせてもらわなければならない。

ネヴァダを転身させることも考えた――いずれそうしようと思っている――が、なりたてのヴァンパイアは能力が劣っている。彼女には強くあってもらわなければ。血に飢えると仕事に集中できない。それに、転身によって生来の魔女としてのパワーが損なわれないという保証はなかった。ヴァンパイアになったせいで、才能が消し去られるかもしれない。不確実な要素が多すぎるし、彼女が転身にどんな反応を示すかわからない。

だからこうするしかなかった。だが、ひとたび呪いが解かれれば……彼女を転身させる。それが命を救う唯一の方法だ。呪いを解く力のある魔女なら、また呪いをかけることもできるということが、レジーナにはわかっていた。ネヴァダは生きられない。少なくとも人間としては。だが、ヴァンパイアに転身すれば……

それすらも、彼女が生きられるという保証にはならない。もし魔女のパワーが転身後も変わらなかったら、レジーナはそのパワーが自分のそれを上まわる前に、そんな潜在能力のある者は生かしておくべきでないと言い張るだろう。

「なんでもあなたの言うとおりにしてきたじゃない。ほんの数分でいいから家族に会わせて。誰かが傷つくわけじゃないし、あたしはこれ以上心配しなくてすむんだから――」ネヴァダはそこで言葉を切ったが、ソーリンにはなにが言いたいのかわかった。家族はとっくに亡くなっていて、彼にずっと騙《だま》されてきたのではないかと心配しているのだ。彼女がまた髪を払いのけた。「たくさんのことを学んできて、不可能だと思っていたことができるようになったわ。でも……」

「でも、なんだ？」

「でも、障害があるのよ。どうしても通り抜けられない障壁のようなものが。あたしに解かせようとしている呪いはとても強力だわ」

「強く念じれば、おまえなら通り抜けられる。おまえにはその強さがある。あとはその方法を知ることだ」

彼女はテーブルに目をやった。水晶や革装の本やタロットカード、それに鈍色《にびいろ》の粉が入ったガラス瓶が散乱している。道具はすべて揃っていた。使い方さえわかれば。「あたしが障害なのかも」そうささやく。「愛する者を失うことより、あなたたちが勝ったらこの世界はどうなるのかを恐れる気持ちのほうが、強いのかもしれない」

「よい世界になる」ソーリンは言った。

ネヴァダは首を傾げ、彼の目を見つめた。「あなたたちにとっては」

「いまとそう大きく変わらないだろう。ただし、ヴァンパイアが治める世界になる。再選されようと人気取りに汲々となる政治家が、感情のままに治める政府ではなくなるのさ」そこでひと呼吸置く。「すでに仲間を三人、上院に送り込んでいる」

彼女は口をあんぐり開け、それから笑いだした。「上院でヴァンパイアが血税を吸い取る！　なんてすてき――なわけないでしょ！」

彼はむっとした――怒りを爆発させそうになった。だが、彼女に笑い返した。彼女とおなじように思ったことが一、二度あったからだ。目を見つめ合って、完全な合意に達した。

ネヴァダは真顔になり、大きなため息をついた。「うちに帰りたい」ひとり言のような小さな声だった。「心配しつづけるのはもういや。家族の安全をたしかめたい。なによりも、いま知っていることを知らなければよかった」

「おまえ自身のことか、それともおれたちのこと？」

彼女は答えなかった。答える必要はなかった。

「おまえにはなんでも与えてやれる、ネヴァダ。だが、おまえを元の無知な娘に戻すことはできない」知識をぬぐいとって頭をまっさらにしないかぎり。魔女の血が知識を深く浸透させ、いまではそれが彼女の一部になっているので、単純な魔法では元に戻すことはできない。

ソーリンはむっつりと彼女を見つめた。彼が望むことのほとんどが、心をかき乱すほど懐かしい匂いのするこの小柄な人間にかかっていた。勝利はちかい。手を伸ばせば触れられるほどちかくまで来ている。彼が切望する人生が目の前に広がっていた。秘密のない人生、自分より劣る者たちから隠れることを強制されない人生。戦いは何年もつづくだろう。各地で抵抗運動が起こり――それが世界じゅうに広がってゆく。だが、最後には彼とその仲間たちが勝利する。ヴァンパイアが人間の家に入り込めるようになれば、か弱い人間に隠れ場がなくなれば、戦争に終止符が打たれる。

心ならずも、ネヴァダを好きになっていた。レジーナが彼女を殺すつもりなのはわかっているから、ソーリンとしては自分がどうしたいのか見極めねばならない。魔女を転身させるか、さて、どうする？

もし彼女を転身させたら、どこまで凶暴になるだろう？　どこまで強くなる？　人間を転身させるのは予測不可能な賭けだ。最初の数年は、血を吸う以外なにもできない者もいる。はじめて知った激しい飢えがすべてを凌駕《りょうが》するからだ。そういう者たちは長くは生きられない。ヴァンパイアとして守るべき規範――評議会が厳格に守っている秘密も含め――よりも、自らの飢えを満たすことが大事になる。

転身した日から、安定した生活を送れるパワフルなヴァンパイアもいる。転身させたヴァンパイアの強さにも関係する。創り出されるヴァンパイアはみなおなじではない。ネヴァダはもっとも強いヴァンパイアになるのではないか……生き残ることが許されたなら。

9

　ルカの携帯電話がポケットのなかでやさしく振動した。モーテルの、灯りをすべて消したバスタブのなかで眠っていた――寝ずの番で使い果たしたエネルギーを蓄えるために。ジムから出てきたばかりの大男を捕らえて栄養補給もすませていた。運動で噴出されたアドレナリンのおかげで血の循環がよくなっているし、大柄な人間のほうが血を失った影響を受けにくい。血が甘いから女のほうが好みだが、いまは味わいよりも量が大事だ。大柄な重量挙げ選手で充分でなければもうひとり捕まえるつもりだったが、その必要はなかった。一週間以内に試合がないことを祈るばかりだ。ろくな成績は出せないだろうから。

　メールはセオドールからだった。いつになく短い文面だ。〝こっちに来るな〟

　ルカは眉を吊《つ》りあげた。こいつは興味深い。誰かがセオドールの携帯電話を盗んでメールを送ってよこしたとすれば、興味深さは倍加する。

　セオドールとはけっして仲がいいわけではない。彼にほかの評議員たちを説得できる自信があれば、ルカを解雇するほうに一票を入れるにちがいない。こっちに来るなというメールの意味は……なんだ？　警告？　それともセオドールが裏切り者で、ルカに邪魔されたくなくてこんなメールを送ってよこしたのか？

このところの出来事には不確定要素が多すぎる。ルカはハンターであり闘士だが、駆け引きは苦手だ。評議員がいったいなにを考えているのか、思いを巡らすだけで頭が痛くなる。こんなとき酒を飲めたらどんなにいいか。直感が本部にちかづくなと言っているし、直感には耳を傾けることにしていた。それでも、興味を覚えずにいられなかった。

バスタブのなかで脚を伸ばし、縁に足を乗せる。なんとも窮屈な姿勢で眠っていたものだ。遮光カーテンのある場所を見つけ、ベッドで眠りたい。あくびをし、手で顔をさするとヒゲがジョリジョリいう。最後にヒゲを剃《そ》ったのは――いつだった？――四日前？　クロエが魔法にかかっていなかったら、この姿を見て悲鳴をあげていたはずだ。

体内時計で太陽の位置を測る。そろそろ日が沈む。シャワーを浴びてヒゲを剃り終えるころには、とっぷりと日が暮れているだろう。クロエ・ファロンの職場はまわりに大勢の人がいるから安全だ。モーテルをチェックアウトして出掛けても、レストランの外でヴァンパイアが待ち伏せしていないか調べる時間はたっぷりある。

どうして彼女がすぐに忘れなかったのか、理由をたしかめる必要もあった。きっとなにかの加減でほかの人より忘れるのに時間がかかっただけで、結果はおなじだろう。彼女にとって見知らぬ存在であることに。

クロエは腕時計に目をやった。閉店時間まで一時間あまり。テーブルには客がまだ何人か残っているが、食事はすでにすませ、ワインやコーヒーを飲みながらおしゃべりしているだけだ。今夜も客の流れが途絶えることはなかった。レストランを誇りに思っている。店内の装飾も自慢の種だ――煉瓦と革を多用してあたたかく居心地のよい雰囲気を醸し出し、冬になれば中央の大きな暖炉ではんものの薪が燃やされる。料理も自慢だった――基本はパシフィック・リム、つまりハワイ生まれのさっぱりとしたフレンチだが、シェフの工夫で本格フレンチや南部料理のテイストも盛り込み、お得意客たちを飽きさせることがなかった。

自分のレストランをみなに自慢したい気分だ。正確に言えばクロエのレストランではないが、店に出る週に五日はすべての責任を負っていた。自分でも認めたくはないけれど、ルカが姿を現わさないことに、少しばかりがっかりしている。せっかく招待したのに。

でも、彼が現われたらどうしようと怖くもあった。彼を思い出すたびに、目の奥に不思議な微光が見えるからだ。不安になって当然なのに、それがそうではなかった。彼のことを思うととても気持ちが安らいだ。目の奥がちらついても、穏やかな気分なのだ。たしかになにかおかしい――金色の透明な微光を見るのは、〝なにかおかしい〟領域に含まれる。それに四六時中見て当然なのに、ルカのことを思ったときだけなのはなぜだろう。わけがわからないから、よけいに理由を知りたくなる。

彼が現われなくてかえってよかったのかもしれない。名字すら知らない相手だ。斧を振りまわす殺人鬼かもしれないし、ロビイストかもしれない。おやおや。

とてもハンサムな殺人鬼ってそそられる。ロビイストだとは思いたくない。どうしてだかわからないけれど。彼の職業がなんであれ、あの淡い色の瞳と彫りの深い顔立ちは、どこにいても目立つ。そのうえ長い黒髪をあんなふうに肩に垂らしているのだもの……〝モデル〟という言葉がふと浮かんだが、即座に却下した。彼の姿から連想するのは、映画『ブレイヴハート』に登場した長髪でキルト姿の男たち。すてき。キルト姿の彼って――だんぜんすてきだろう。とはいえ彼がなにを着ていたか思い出そうとしても、なにも思い浮かばない。なんだったか、黒っぽいもの。たぶん。でも、彼の顔は……細部まではっきり憶えていた。

ヴァレリー・スペンサーがちかづいてきて、肩でクロエを軽く押した。「なにかあったの？」

クロエははっとわれに返った。「なにも。どうして？」

「今夜はなんだかぼんやりしてるから」

今年の〝控えめ表現大賞〟はこっちかも。クロエが返事をする前に、客の一団が賑やかに入ってきた。

「まいったわね」ヴァレリーがつぶやく。「厨房のスタッフにいやな顔されそう」厨房のスタッフはそろそろ片付けに入るころだ。大人数がしっかり料理を注文すれば、みんなが遅くまで働くことになる。

「わたしから発破《はっぱ》をかけておくわ」クロエは言った。ほっそりした体を揺らしながら客を迎えに行くヴァレリーに、男たちの視線が集まる。ボーイッシュなカットの黒髪や切れ長な黒い瞳がエキゾチックな魅力を振りまいていても、ヴァレリーは男との付き合いに臆病《おくびょう》になっていた。一度か二度男に騙されたら、ちょっとやそっとでは飛びつけない。

ヴァレリーとは波長が合う。彼女は週に五日、接客係として働いているが、給仕係の手が足りないときには気軽に手伝ってくれる。クロエより五歳年上で離婚経験があり、DC生まれ。ここ数年はクロエにとってもっとも親しい友人だった。男のことで慰め合い、映画に行き、週に一度夕食をともにすることで、たがいに正気を保っていられた。クロエのほかの友人たちはもっと若いからパーティー三昧か、結婚して夫と子どもにかかりきりだ。ヴァレリーはすでにパーティー・ガールから足を洗っているので、よい話し相手になってくれる。

ヴァレリーといると気が楽だった。クロエだって、仕事場以外ではそういつもにこやかにしていられない。意地悪な気分になって嫌味のひとつやふたつ口にする。クロエのなかでプレッシャーが溜《た》まってきて、苛立ちや恐れを吐き出さずにいられなくなるのを、ヴァレリーはちゃんと察知してくれた。両親の前では虚勢を張り、大動脈瘤のことなど心配していないという態度をとるが、ヴァレリーといると正直になれて、いつまで生きられるかわからないのに、将来の計画なんて立てられるわけがない、と泣き言をぶつけられた。

考えてみれば、あす自分の身になにが起きるか誰にもわからないのだ。クロエの大動脈瘤はかなり小さいまま安定しているので、これまでに出会った外科医はだれも触れようとしなかった。大動脈瘤の手術は大きな賭けだから、どうしても避けられない場合しかやりたくないのだ。クロエのケースはまだそこまでいっていなかった。だが、「いまはどんなに小さくて安定していても、突然破裂することがないとは言えません」と医者は言う。「それでも早期に見つかったので、気をつけていられるからあなたは運がよかった」とかなんとか。そんなことを言われたら、誰だって頭がおかしくなる。

待って——もうすでにおかしくなっているのかも。

夢や声のことを話すとしたら相手はヴァレリーしかいないけれど、いまはまだ話す心の準備ができていなかった。いくらヴァレリーだって、おかしな話だと思うだろう。三つ編みに声に、祖母やウォリアーたちの夢……そうそう、ゆうべ、襲われて殺されそうになったことも忘れてはならない。それから、長い黒髪の男に助けられた。でも、記憶は薄らいでゆきつつある。少なくとも〝襲われて殺されそうになる〟くだりは。とても妙だ。フラッシュバックとかそういうもので神経がズタズタになってもいいのに、そうならなかった。思い出すとほんわかした気分になる。それが妙でなかったら、ほかに妙なものなんてある？

厨房に行き、たったいま客が入った、と告げると、スタッフからうめき声や疲れたため息が洩れた。「飲み物を注文するだけかもしれないけれど、たとえメニューのなかでいちばん面倒臭い料理を注文されても、気を抜かないこと」誰もそんなまねをしないことはわかっていた。シェフは自分の仕事に誇りを持っている。カティカはおいしい料理が売りだということに、誇りを持っている。

厨房を出て最初に目に入ったのはルカだった。入り口を入ったところに立っていた。まるで床に靴が糊付《のりづ》けされたみたいに、クロエの足が不意に止まった。鼓動が速まり、興奮が全身の血管を駆け巡る。彼にはなにかある……彼女が知っている誰ともちがっていた。ただ立っているだけなのに、これまでに目にしたなによりも危険な存在という印象を受ける。まるで飢えた豹《ひょう》が、ぶらっとレストランに入ってきたみたい。それが流れるように優雅な動きのせいなのか、傲慢とも受け取られる首の傾げ方のせいなのか、この世に驚くことなどひとつもなくて、なににだって対処できると言いたげな目の表情のせいなのか——彼をここまで際立たせるのがなんなのか、指摘できなかった。おそらく、そういった特徴をすべて足したものなのだろう。

ヴァレリーは客の一団を席につかせ、メニューを配っているところだった。こっちはわたしが引き受けるわ、とヴァレリーに合図し、クロエはテーブルを縫って彼を出迎えに行った。大きく深呼吸して鼓動を鎮めたかったが、ルカに気づかれそうで怖かった。ああ、彼は思っていたよりずっとすてき。長い黒髪は盛りあがった肩にかかり、オリーブ色の肌が淡いグレーの目の輝きを引き立てている。今夜は黒いズボンにチャコールグレーのシャツで、まさに

〝歩くセックス〟そのもの。鼓動がますます速さを増して、自然と肌が火照る。あたたかい彼の唇がよく動いて……舌が彼女の肌を――

もう、なにを考えているの？　自分に驚くと同時におもしろいと感じながら、妄想を頭から締め出した。どうか彼に思いを読まれませんように！

「ルカ、お見えにならないのかと思ってました」クロエは手を差し伸べた。妄想を抱いた自分に戸惑いを覚え、わざとそっけなく言ったものの、顔に出たのではないかと心配になる。

彼はなにか言いかけ、彼女の言葉に表情を失った。クロエの笑顔も消え、伸ばした手を脇に垂らす。「どうかなさいました？」

ルカは返事をせず、ゆっくりと彼女の顔に視線を這わせた。鋭い目で見つめられ、クロエは頰を染めた。顔にインクのしみでもついているのかと思ったら、ますます赤くなった。咳払いしてプロ意識を総動員する。「食事に招待させてくださいと言ったこと、憶えていてくださったんですね。テーブルにご案内します――」いちばんよいテーブルが空いているので、革装丁のメニューを手に取った。「お飲物をなにかお持ちしましょうか？　お待ちいただかなくてすむように、注文を入れておきます」

彼がようやく口を開いた。その声は夏の夜のように滑らかで深かった。「食事をしている時間はないんだ」

クロエは立ち止まった。どうしてこんなにがっかりするのだろう。「時間が遅いのはわかっています——ご心配なさらずに。今夜がだめならまた今度。わたしがいる夜にいつでもいらしてください。せめてワインを一杯いかがですか？」

彼はためらった。心を惑わす視線が逸れることはなかった。「ワインは飲みたいけれど、ほんとうに時間がないんだ。きみの無事をたしかめに寄っただけだから」

彼女は少し眉根を寄せた。「わたしの無事をって？　ああ！　ゆうべのことですね。大丈夫ですわ」大丈夫に決まっている。たしかにゆうべは怯えたけれど、何年も前に起きたことのように、すべてがぼんやりとしていた。

「悪い夢を見なかった？」

彼が夢のことを口にしたので、クロエはぎょっとした。一瞬、不安になる。どうして夢のことを知っているの？

言葉の綾《あや》だと気づいて、小さく笑った。「夢は見ました、ええ。悪い夢は、見ていません」

三つ編みの夢は悪夢とは程遠い。困惑はしても怯えることはなかった。

「よかった」彼がまたじっと見つめる。「そろそろ失礼する。それじゃ、また、クロエ・ファロン」彼は踵を返してドアを抜け、入り口を照らす淡いライトの先の闇に消えた。

ああ。がっかり。メニューを元の場所に戻した。食事をするつもりがないなら、なんでわざわざ訪ねてきたの？　なんであんなにそっけない態度をとるの？　そりゃたしかに「それじゃ、また」って言ったけれど、拒絶された気分に変わりはなかった。

ルカはただ闇雲に通りを渡り、気がつくと木立の陰に身を潜めていた。そこで良識が働きだし、周囲に気を配った。レストランのなかにいた数分のあいだにヴァンパイアがやってこなかったからよかったものの、油断大敵だ。

すっかり浮き足立っていた。こんな感覚を味わったことがなかったので、まともにものを考えられない。疑いようがなかった。起こるべきことが起きるまでにいつもより余計に時間がかかっているだけのことだ。そう説明づけて納得しようとした。だが、起こるべきことは起きていなかった。

彼女はルカを憶えていた。顔も名前も——憶えていた。彼を見たとたん、彼女の表情があかるくなった。ああいう狭い場所で大勢の人間の心音を耳にすると飢えを感じ、感覚が鈍るものなのに、彼女の心臓がたてる力強い音ははっきりと聞きとれた。それから、彼女はかわいい顔に輝くばかりの笑みを浮かべ、まっすぐこちらにやってきて歓迎の手を差し出し、彼の名前を呼んだ。

喉が苦しい。うまく唾《つば》を飲み込めない。長い人生のなかで、ごくたまにこういうことがあったが、相手はもっぱら同族だった。たいていのヴァンパイアが彼に警戒する。無理もない話だ。彼らがこちらに気づこうが、こちらを憶えていようが関係ない。彼が現われれば、自分の命が終わりを迎えることを彼らは知っている。これまで、彼のことを記憶に留めた人間はひとりもいなかった。だから、こちらの顔を憶えていて歓迎されるなんてことは、あるはずがなかった。

クロエ・ファロンはほかの人間たちとどこがちがうんだ？ ルカは意識的に自分を忘れさせる魔法をかけているわけではない。それは成長するにつれて発達してきた能力であり、淡い色の瞳とおなじで体の一部だ。成人に達するころにはわずかな光なら耐えられるようになっており、自力で狩りができるように、鋭すぎる五感を鈍らせる術を学んだ。それにつれて魔法だかパワーだかなんだか知らないが、そういう力がついてきた。両親がいやいやながらも協力し合って彼を育ててくれた一時期を除けば、世界じゅうのヴァンパイアも人間もおなじように味わっている、ごくふつうの状態を経験したことがなかった。つまり、相手に存在を知られているという状態だ。

なんだか……こそばゆい感じ。二千年以上も生きてきた者にとって、それは驚くべき感覚だった。これまで、彼が言ったりしたりしたことを誰も憶えていなかったから、自分の行動に気をつかう必要がなかった。気をつかったからってそれがなんになる？ ところがいまは、行儀の悪い生徒みたいに疾《やま》しさを覚えている。しかも理由がわからない。

彼女はルカのことを憶えていたばかりか、ゆうべの出来事も憶えていた。魔法をかけたのだから、憶えているはずがないのに。だが、たしかに憶えていた。どうして憶えているんだ？

まちがっている。どこかがまちがっている。それとも、クロエ・ファロンが特別なのか。二千年のあいだに彼が出会った人間とは、遺伝子レベルで異なっているのかもしれない。

彼女は解くべきパズルだが、とりあえずはつぎに誰が彼女を殺しに来るか監視する仕事があった。クロエの謎は頭から締め出し、いま現在に意識を集中する。じっと耳を澄まし、匂いを嗅いだが、ふつうとちがうものは感知しなかった。彼女を襲うのにこの場所はまず選ばないだろう。人が多すぎる。家の前で待ち伏せし、家に入る前に襲ったイーノックは賢かった。先まわりして家の前で見張ろう。


ようやく最後の客が去り、ドアをロックして後片付けをはじめた。クロエは凝りをほぐそうと肩をまわした。今夜もまたほとんど立ちっぱなしで、この八時間、ろくに食事もとっていない。

「オールナイトの映画を観に行かない?」ヴァレリーが声をかけてきた。

ちょっと気持ちが動いたが、それでは身がもたない。「もうくたくた。ゆうべもよく眠れなかったの。いまは靴を脱いで足をあげて、リラックスしたいだけ」

ヴァレリーが眉を吊りあげる。「あなたの眠りを奪ったのは男かしら?」

「ええ。でもそういうのとはちがうの」ちょっと迷ったが、けっきょく、襲われたことやルカに助けられたことを友に話した。

ヴァレリーが口をへの字にした。「当然、警察には通報したわよね」

「いいえ。怪我しなかったし、男の人相をちゃんと言えないもの、通報してもしょうがないでしょ」口ではそう言いながら、どうして通報しなかったんだろうと思った。

「うまく仕組まれたのかも。そのふたりはじつは仲間だったとかね。片方があなたを怖がらせて、もう一方が救う。それであなたは見ず知らずの他人をすっかり信頼する」そこまで言ってヴァレリーは青ざめた。「まさか、彼を家に入れなかったでしょうね」

「入れるもんですか、ママ」ここまで話したのだから、すっかり打ち明けてしまえ。「わたし、その……店に招待したの」

ヴァレリーは非難がましくため息をついた。「どこで働いているかしゃべっちゃったの?」

「どこに住んでいるのか知られてるのよ」

「それはそうだけど……」ヴァレリーが口をすぼめた。「ごめん。これじゃ口うるさい母親ね」

「ええ」

「ただ……あたしたち独身女性は気をつけなくちゃ。おたがいに注意し合ってね。それで、どんな男だったの?」

「言ったでしょ、人相はわからないって……」

「そうじゃなくて、ルカって人のほう」

「あなたも見たでしょ。最後に来た一団をあなたが席に案内していたとき、入ってきた男性よ。でも、長居はしなかった。わたしの無事をたしかめに寄っただけだって」

ヴァレリーは顔をしかめた。「憶えてないなあ。どうして見逃したんだろう」

「わたしが席に案内するって合図したでしょ、憶えてないの？」

「あなたが歩いていったのは憶えているけど、ごめん。気に留めなかったのね、きっと。それで、どんな感じの人？」

クロエは彼の顔と、目の奥で揺らぐ微光を思い出した。「すごく目立つ人——整ったハンサムじゃなくて、これぞ男って感じ。オリーブ色の肌なのに、目は淡い色なの。なにしろ——目立つ。背は百九十ちかいかな。長い黒髪を肩に垂らしてる。がっちりしているけどムキムキではない。いまも言ったように整ったハンサムじゃないけど、すごく魅力的。かっこいいお尻。すてきな手。くっきりとした顎の線」

ヴァレリーが喉を鳴らした。「なんで気づかなかったんだろう。あなたの表現どおりだとしたら、あたしはあなたみたいに警戒しなかったわね、きっと。チャンスとばかり彼を誘ってるわ。一杯いかがって。できればつまみ食いもしたい」

「疲れてて飲みたい気分じゃなかったもの。それにわたしは、会ったばかりの男性をつまみ食いしたりしないわ」

ヴァレリーはいたずらっぽい笑みを浮かべた。さっきまでの心配は嘘のようだ。「あたしたちの生活には、〝つまみ食い〟が必要なのよ」笑みが少し薄らぐ。「でも、男性との付き合いは、つまみ食いですまなくなるから厄介なのよね。今夜は地下鉄で帰らないの?」

「ええ。車が動くかぎり、運転していくわ」正確に言うと、あっちでエンコ、こっちでエンコだろうけれど、あしたあさっては休みだから、言うことを聞かない車を修理に出すつもりだ。「安心してちょうだい。唐辛子スプレーを握り締めているから」手から落としてしまったのではなんの役にも立たない。でも、唐辛子スプレーはヴァレリーが誕生祝いにくれたものだから、役に立っていると——まあ、いちおうは——知れば嬉しいだろう。肝心なのは役に立てようという気持ちだ。電気矢発射銃を買うことを考えるべきかも。でも、それじゃ過剰反応すぎる? けっきょくのところ、怪我はしなかったんだし。そう、たぶん。けさ見たら、すり傷もあざもなにも残っていなかった。

でも、自宅の玄関先で襲われたら、過剰反応しても当然なんじゃない? 〝動揺レベル〟からいったら、上から三分の一に入る出来事だ。動揺してあたりまえなのに、しなかった。おかしい。

その記憶は押し戻し、声のことをヴァレリーに話そう。いまなら話せそうだから。たとえ親友にでも、なにが現実でなにが現実でないのか境目がわからなくなるような、妙に鮮明な夢を見たり、声を聞いたりして、何日も、何週間も眠れないのだ、と打ち明けるのは難しい。幻聴の原因は心理的なものではなく、肉体的なものだと思ってはいても、ひとつだけ気になることがあった。声を聞くのは、家にひとりでいるときだけだ。職場でも、運転中や駅から家まで歩くあいだも、聞いたことがない。ゆうべ、ルカを家に入れて、朝までいてくれと頼んでいたら、いまも自分の正気や健康を疑っていただろうか？　それが誰であっても、人が訪ねてきていたら、家は沈黙してくれるだろうか？

「今夜、うちに来ない？」クロエは尋ねた。

「あら、ゆっくり眠りたいんじゃなかったの？」

「リビングでくつろいで、テレビで映画を観ましょうよ。眠る必要はあるけど、眠れるかどうかわからないの」

「ゆうべのことが尾を引いてるから？」

クロエはうなずいた。ひとりでいたくないほんとうの理由を、ヴァレリーに話す必要はない。仲のいい友だちだから、いちいち詮索しない……たいていの場合は。

ヴァレリーは自分の車を運転してきて、クロエの車の後ろに駐めた。クロエは玄関までつい急ぎ足になった。ゆうべ、大男はどこからともなく現われた。前庭のまわりには暗がりがいくらでもある。働いているあいだは映画のなかの出来事みたいにおぼろげだった記憶が一気に甦り、ヴァレリーと一緒に家に入りドアをロックするまで、クロエは満足に息もできなかった。

しばらくはおしゃべりして、テレビで映画を観て、電子レンジで作ったポップコーンを食べてダイエット・ソーダを飲んだ。ルカの話はしたくなかったので、ヴァレリーがその話題に触れないでくれたのがありがたかった。ヴァレリーらしくもないが、きっとクロエの気持ちを察したのだろう。

あまりおもしろくない映画に、ふたりで突っ込みを入れてはゲラゲラ笑った。ゆったりとくつろいでいた。ヴァレリーがいるせいか、肉体を持たぬ声は聞こえなかった。

それがずっとつづくわけではない。ほんの息抜きだと、クロエにはわかっていた。まさかヴァレリーに引っ越してきてくれとは頼めない。たったひと晩でも、自分のベッドで眠ることを選ぶだろう。映画が終わり、ヴァレリーがあくびをした。このあたりが潮時だろう。

クロエは玄関のドアを開けたまま、車に向かうヴァレリーを見送った。禿げの大男が飛び出してこないともかぎらないから、手には唐辛子スプレーを握っていた。ヴァレリーの言うとおりだ。警察に通報すべきだった。いまとなっては遅すぎる。二十四時間以上経ってから通報したら、頭がおかしいと思われるのがおちだ。いまさら警察になにができる？　なにも。

今夜は静かだ。ゆうべも静かだった。おかしな男が襲いかかってくるまでは。ヴァレリーが車に乗ってエンジンをかけ、往来のない通りに出て行くまで、クロエは気を抜かなかった。

まだ玄関にいるときに、耳もとで声が聞こえた。「わたしを否定しないで」

ぎょっとして悲鳴をあげた。胸のなかで心臓が激しく脈打つのが感じられる。声から逃れるために庭に飛び出したいのか、ドアをバタンと閉めて床にへたり込み、声をかぎりに叫びたいのかわからなかった。庭が勝った。頭のなかの厄介者より、現実のものに向き合うほうがいい。手に持った唐辛子スプレーを握り締め、ポーチを横切り階段を駆けおり、草の生い茂る庭で膝を突き、ありがたい沈黙に浸った。

いったいいつまでつづくの？　最初は夢のなかで声を聞くだけだったのが、夢と現《うつつ》の境でも聞くようになった。いまははっきり目覚めていて、声から逃れるためには家から出なければならない。そのうち声が後を追って表に出てくるの？　仕事場までも？　いつかそれが彼女の一部となり、正気を失ったことにも気づかなくなるのでは？

目の端でなにか動くものを捉えた。闇のなかで黒いものが動いた。パニックに追い打ちをかけられ、怒りが湧いてきた。家のなかにいても外にいても安全ではないなんて。そんなの不公平だ。どちらかひとつにしてよ、と運命の女神に向かって、これを陰で操っている者に向かって叫びたかった。

ひざまずいていてはあまりにも無防備だから立ちあがり、唐辛子スプレーの押しボタンに指を載せ、震えながらポーチに戻った。自分の身は自分で守らなければ。「動くな」影に命じる。「さもないと目の玉を焼いてやる」

影がまた動き、物陰から灯りのなかに出てきた。さっきまでのパニックは嘘のように、全身から力が抜けた。「ルカ、あなたなの」ふたりはぐるだったのでは、というヴァレリーの説を思い出し、彼の背後に視線を送った。誰もいない。彼に視線を戻す。「ここでなにをし

ている の？」

ルカは両手をポケットに突っ込んでいた。肩の力が抜けている。「なんだか日が冴えて。どうせ眠れないなら、散歩がてらここの様子を見てこようと思ったんだ」

「ちかくに住んでいるの？」

親指で東のほうを指し、彼はうなずいた。「引っ越してきたばかりでね。この土地に馴染んでいるところなんだ」

引っ越してきたばかりなら、これまで姿を見かけなかったのも当然だ。彼女の生活時間がふつうとはずれているからなおさらのこと。ゆうべ、彼がたまたま居合わせたことの説明もつく。

頭が混乱していた。ひとりになりたくないと思った。ヴァレリーは戻ってこない。出会ったばかりの男がまともであることに賭けるのと、ひとりで家に戻ったら声に悩まされることに賭けるのと――というより、悩まされるに決まっている――どっちがましだろう？

悩まされることにはうんざりだった。声を聞くことにもうんざりだし、自分の正気を疑うことにもうんざりだ。ルカはその気になれば彼女を傷つけることができる。唐辛子スプレーが勢いを削いだとしても、彼を止める手立てにはならない。

それなのに、クロエは玄関へと走らなかった。ひとりで家に入ることがただもうできなかった。「ふだんは静かな住宅地なのよ」

「ゆうべ、きみを襲った男のことを、いまだに心配しているんだね？」彼はじっとクロエを見つめた。

「あたりまえでしょ」

彼がほほえんだ。うっとりするほどすてきな笑顔だった。「あの男は酔っ払っていた。どうやらきみを昔の恋人だと思ったらしい。だが、二度ときみを困らせることはない。その点はしっかりわからせておいたから」

「それを聞いて安心したわ。ほんとうにありがとう。あなたが居合わせてくれて、どれほど助かったか。いずれにしても、しばらくは後ろを気にするでしょうけど」

「よほど怖かったんだな」

クロエはうなずいた。

「それは気の毒に」ルカがちかづいてきた。動きはゆっくりだったし、ちゃんと距離は守っている。彼の声に心が安らぐ。「わたしにきみの記憶を消し去ることができるとしたら、そうしてほしい？」

クロエはちょっとほほえんだ。「それが可能ならすばらしいことだと思うけど、そうなったら、彼が舞い戻ってきたとき対処できないでしょ」

「いまは対処している？」

「そうね。周囲に気を配っているわ」

なんだか気が散っているようだ。ルカはこちらに半分しか注意を向けていないような、そんな気がした。心ここにあらず、だ。なにかに耳を澄ましているようだが、なにになのかはクロエにはわからない。そのとき、こちらを見る彼の視線が鋭くなった。「なかに入ったほうがいい。そのほうが安全だ」

彼の言うとおりにしたい衝動に駆られたものの、また声を聞くだろうとわかっていたので抵抗した。「ほんとうに安全かしら？　だって、ドアにいくつロックを取り付けたって、入ってこようとする人間を止められない」

「きみの家は安全だ」彼の声は人の心を宥《なだ》め、納得させる。

でも、クロエにとって家にひとりでいることは、安全とは程遠かった。ひとりきりになれば……なにが起きるかわからない。

「カフェイン抜きのコーヒーでもいかが？」

ルカは誘いに驚いたようだ。正直に言うと、誘った当人も驚いていた。彼は危険ではないと直感が告げていたが、彼女の世界がひっくり返っているときに、直感を信じられるだろうか？

「コーヒーだけ」クロエは言い添えた。「わたしはそういう……」女ではない。べつに、あなたの体が欲しいわけではない——まあ、少しはそういう気持ちもあるけれど。

「いいね、コーヒーを一杯だけ」彼女がつづきを口にする前に、ルカが応えた。

10

クロエはそわそわと落ち着きがなかった。男をめったに家に入れないのだろう。彼女の人ずれしていないところが、ルカには好ましかった。コーヒーを淹《い》れる彼女の様子を、ルカはじっくり観察し思いを読みとろうとした。ところが、彼女がときおり投げてよこす視線が気になってしかたがない。彼が不意に現われたのを見てぎょっとしているのではない。そういう驚きなら対処できる。まったく驚いていないことが、彼を動揺させるのだ。

こういうのがふつうの関係なのだろう。彼はつねに人の人生の縁をまわり、観察し、たまに入り込むことはあっても、基本的には誰とも関わり合いにはならない。相手にとって、彼は一瞬の後にはいなくなる存在なのだから。クロエにとって、彼は存在していた。クロエとだと関係ができる。彼がそれを望もうと望むまいと。自分が喜びでぼーっとなっているのか、それともパニックに陥って逃げ出したいと思っているのか、判断がつきかねていた。

いや、ヘクター殺しの黒幕を突き止めるまでは、逃げ出すわけにはいかない。それが最優先事項であり、そのためにクロエが必要だった。それから先は……彼女を知ることに時間を割こう。

コーヒーの味がわかっていてよかった。彼女が戸棚を開けてたくさんあるなかからマグカップをふたつ選び出すのを眺めながら、ルカはそう思った。ひとり暮らしの女が、どうしてあんなにたくさんのマグカップを持っているんだ？　おそらくコーヒーをたくさん飲むからだろう。

人間の食べ物への嫌悪感を表に出さないで飲み食いする術を、ずっと昔に身につけた。彼の種族を歓迎しない世界で、周囲に溶け込むためにはそうする必要があった。ヴァンパイアのスピードで移動するのではなくゆっくり歩くとか、つまらない冗談にほほえむといったこととおなじだ。そうこうするうちに、彼のなかで味覚が芽生え、コーヒーはほんとうにうまいと思えるもののひとつになった。どうせならデカフェでないほうがいい。カフェインで目が冴えることはないのだから。

クロエが帰宅するのを待ち伏せていたヴァンパイアはいなかった――ルカ以外のヴァンパイアは。今夜、彼女の命を奪う計画はないということだろうか。反乱派たちは、イーノックが任務をまっとうしたと思い込み、クロエの生死を確認しなかったのだろうか？

もしそうなら、なんともおそまつな計画だ。ルカ自身は当然のようにたしかめるから、コンデュイット抹殺計画の指揮をとる者も、イーノックが任務をまっとうしたかたしかめるにちがいないと思ったのだ。あすはきっと動きがある。

ずっと彼女につきまとうわけにはいかないが、最低でも一カ月ぐらいはそうするつもりだった。彼女がこちらを憶えているので、事が面倒になってはいるが。そのことを考えるたび、鳩尾に一発食らった気分になる。まったく、ややこしくてかなわない。

毎晩、彼女の家の外で見張っているわけにもいかなかった。ほかの人間は彼を憶えていないが、彼女は憶えている。かといって、毎晩訪ねてきて、コーヒーをいかが、と彼女が誘ってくれるのをあてにするわけにもいかない。物陰に隠れていて、彼女の悲鳴を聞いたら駆けつけるというのもリスクが大きい。彼女に悲鳴をあげる暇がないかもしれないのだから。もう何世紀も人間を口説いたことはないが、クロエと友だちか恋人になることは可能だろう。

彼女はとてもびくびくしているので、慎重にやらなければ。

この数百年、人間とは——栄養源として短期間、関わり合う以外——まともに関わり合ったことがなかった。人間社会に溶け込む努力もしていない。人間の召使いや愛人や遊び相手をはべらすこともない。こちらのことをすぐに忘れる人間を相手するのは、あまりにも面倒だ。血を吸って、忘れ去られる。それだけ。

人間の口説き方を思い出せるかどうか。ヴァンパイアに比べると、人間はまわりくどい。とくに女は、愛と永遠という時代遅れのロマンティックな考えにとり憑《つ》かれている。〝愛〟は〝肉欲〟を美しく言い換えただけのこと。人間はそもそも永遠のなんたるかを知らない。

クロエが小さなキッチン・テーブルにマグカップをふたつ運んできたので、意識をそちらに向けた。「お砂糖は？　ミルクは？」彼女は尋ね、マグカップを置いた。

「いや、けっこう」

彼女は両方とも入れ、ルカの向かいに座った。客観的に眺めてみると、クロエ・ファロンは魅力的だ。いちばんいいのは髪だろう。やわらかで軽やかなブロンドの髪は、肩にかかるかかからないかの長さに切り揃えられ、動くたびに揺れる。やさしい顔立ちで、口もとがいい。澄んだ茶色の瞳には、不可解な表情が浮かんでいる。警戒心だろうか？　恐れ？　彼のことを恐れているのか？　それともべつのなにか？　たしかにびくついている。

イーノックに襲われたことで、いまだに怯えているのだろうか？　ゆうべ、彼女の恐怖をやわらげてやったのだから、記憶が甦ることはないはずだ。家に招き入れはしたものの、ルカの存在に心をかき乱されているのだとしたら、いちおう説明はつく。そのとき、彼女がこちらの喉もとをちらっと見て――ヴァンパイアが女の喉もとをうっとりと眺めるのとはちがう――すぐに目を逸らし、コーヒーを飲んでごまかした。

ごまかしてもこっちはお見通しだ。ルカは思わず笑いそうになった。人間と関わり合ったのはずっと昔のことだとはいえ、彼女を口説くのはわけもない。それでちかくにいられるのなら、なんのことはない。実を言えば、楽しみでもあった。魔法で従わせるという手もあるが、そんなことをしてどこがおもしろい？　それに、魔法をかけつづけることで彼女の脳に影響をおよぼしかねない。人間はとても脆く、いつでもその可能性はあった。クロエをいまよりひどい状態にして、置き去りにする必要はどこにもなかった。

それに、彼女がゆうべの出来事を憶えているとすれば、彼の魔法は思ったほどの効き目を発揮しないようだ。あの出来事を脳裏から完全に消し去り、何事もないふつうの夜だったという記憶しか残らないはずなのに。彼の能力とパワーが低下したのだとすれば、由々しきことだが――ヴァンパイアの世界ではありえないこと、なぜなら、ヴァンパイアは人間とちがって歳を重ねるにつれ、よりパワフルになる――あるいは、彼女が魔法に抵抗力があるのだろう。ほかのすべてに影響してくるから、答を突き止めておかねばならない。パワーが低下したとは思っていなかった。ほかの人間にはいまだに威力を発揮しているのだし、体のどこも悪いところはないが、だからといって鵜呑みにはできない。

「それで」彼女がまたルカを見つめた。「あなたの名字は?」

「アンブラス。ルカ・アンブラス」

「はじめて耳にするわ」彼女が思案げに言った。「アンブラスという名前」

「ギリシャの名前だ」生まれたときには名字はなかったが、長いあいだに〝不死〟という意味のこの言葉がつきまとうようになったため、名字としたのだった。

「でも、ギリシャ出身ではないんでしょ?」小首を傾げ、彼を見つめる。「肌はオリーブ色だけれど、訛《なま》りがないもの」

ルカは笑いそうになった。彼のアクセントは時代とともに変化してきて、まわりの発音に合わせるのが習い性になっていた。スコットランドにいるときには、スコットランド英語に独特の舌先と歯茎で発する〝r〟音をちゃんと使う。「生まれたのはギリシャだが、アメリカ市民だ」それは事実で、証明する書類も持っていた。もちろん偽造書類だが、政府が正当と認めているのだからなんの不都合もない。

「DCに住むようになってどれぐらい？　住んでいるのは貸家、それともマンション？」

「貸家だ」彼は答えた。クロエ版〝二十の質問〟は愉快だ。「ずっとDCに住んでいたわけじゃない」

「お仕事はなにをしているの？」

「修復する仕事だな」

クロエは唇を噛んで考え込み、それから質問を発した。「車？　エアコン？」

彼はほほえんだ。「メカにはうとい」

「だったら、関係修復。秘密工作員とか。すごいわ――ご近所にスパイが住んでるなんて」

「いや、スパイじゃない。企業間の仲裁役というところかな」あたらずといえども遠からずだ。彼はほんの少し身を乗り出した。自分の動きがクロエの関心を惹くことは承知のうえで。その視線を捉えてじっと見つめると、彼女はわずかに目を瞠った。そういう無意識の反応をつかの間楽しんでから、彼女の考えを支配しようとやさしく押してみた。彼女の脳に損傷を与えない程度の、ごく弱い力を揮《ふる》ってみようと思った――し損じることがまずないことを。

「クロエ、立って」

彼女はコーヒーを飲もうとしたところだったが、彼の言葉にマグカップをテーブルに置いてゆっくりと立ちあがった。すぐに戸惑いの表情を浮かべた。どうして立ったのか思い出せないというように。「わたし、なにしてるの?」当惑している。「なにか取ろうと思ったのかしら?」

よし。彼の言葉を憶えていない。彼女に魔法をかけることは可能だ。ただし、彼のもっとも重要な能力は、彼女に通用しない。それに、彼女はイーノックのことを憶えていた。忘れて当然なのに。おもしろい。彼女はまったくの謎だ。小さな一点だけは人並みはずれている、ごくふつうの女。

不意に彼女が横を向き、なにかを耳にしたのかその場に凍りついた。考えられない。彼の聴覚のほうが絶対にすぐれているはずなのに、ルカには彼女の息遣いと心臓の鼓動以外はなにも聞こえなかった。だが、ショックで彼女の瞳孔は収縮し、顔から血の気が引いていた。

「出ていって」彼女がささやいた。「あなたはまちがってる。そんなわけない」

「クロエ?」ルカは心配になり、テーブルをまわって彼女に手を伸ばそうとしたとき、腑《ふ》に落ちた。クロエが耳にしているものが、彼には聞こえなかったが、狭いキッチンにエネルギーが流れるのを感じとった。彼のエネルギーではなく、彼女に結びついているエネルギー、この世のものではないエネルギーだ。やはり彼女はコンデュイットだった。彼女のウォリアーが接触を図っている。

彼のことを憶えていたのはそのせいなのか？ ウォリアーが妨害し、クロエに彼の正体を知らせようとしたのか？ 理に適ってはいるが、いままでにそういうことは一度もなかった。これまでにウォリアーと接触したことはあるし、ときには一緒に戦ったこともある。それでも、これが謎を解く糸口にはなる。

彼女はべつの世界との接触から自分を切り離し、見開いた目に静かな恐怖を浮かべて彼を見あげた。「わたし、正気を失いかけているの」

「そんなことはない」ルカは確信を込めて言ったが、クロエは頭を振ってその言葉を退けた。

「いいえ、そうなの。声が聞こえるんだもの。正気を失いかけていないなら、なんなのかわからない」目に浮かんだ涙を振り払い、肩を怒らせて彼女は言った。「ごめんなさい、ルカ、どうか帰って」

帰りたくはなかった。居残って彼女を問い詰め、どこまで理解しているのか突き止めろ、と直感が告げていたが、知り合ったばかりでごり押しをすれば、彼女はうろたえて自分の殻にこもり、彼に出ていけと言うだろう。そう言われれば、彼女の招待は無効となり、もう一度招き入れてもらえないかぎり二度と家には入れない。ここはうまくやらなければ。

「わかった、きみがそうしてほしいなら」クロエを安心させようとやさしく言った。テーブルをまわって彼女の手を取る。脈が速い。しまったと思った。血の味を知っている彼女に触れたことで、衝動と飢えが一気に湧きあがった。襲いかかる寸前で踏みとどまった。あたたかくて甘い女の香りが立ちのぼってルカを包み込む。彼女をものにできる。魔法をかけなければならないが、思いがそこにあった。欲求がそこにあった。牙とイチモツが反応して伸びはじめた。

だが、そこに挑戦はあるのか、おもしろみはあるのか？　血への渇望を抑え、牙を引っ込めた。彼女を抱き寄せて首筋に牙を埋め、血も体も奪ってしまいたい衝動をきっぱりと抑えつけた。いずれその時が来る。

屈んでこめかみにキスすると、血の流れを唇に感じた。

「きみはおかしくなっていない」もう一度安心させるように言った。「さあ、座って。なにがどうなっているのか、わたしに話してごらん」

クロエは力強い顔を見あげ、安心感に浸った。ルカは不安そうにも、警戒しているようにも見えない。彼女の話に興味を持っているだけだ。脚が震えるので座った。そもそもなぜ立っていたの？　数分間、意識を失っていたような気がする。座ってコーヒーを飲んでいたのに、つぎに気づくと立っていた。立ちあがった記憶もないし、そうした理由も思い浮かばなかった。そのとき、あの声がまた聞こえた。しかも今度は彼女の名前を呼ぶだけでは満足しなかった。脈略のない言葉がまわりで響いていた。「人間ではない」とか「怪物」とか「危カの顔が泳いだ。吐き気を覚えるようなその瞬間、すべてが意味をなさなかった。視界のなかでルカの顔が泳いだ。向かい合って座っていたはずの彼が、横のほうに移っていた。

怪物がいるとしたら、それは頭のなかだ。

声を寄せつけないために家に人を入れたというのに。これでは前よりもひどい! 椅子から立ちあがったとたん、何日も彼女を悩ませつづけたささやき声が復讐《ふくしゅう》をしに戻ってきた。

こんな遅い時間に──どんな時間でも──よく知りもしない男を家に入れるのは、けっして褒められたことではないけれど、彼は実際に危険から守ってくれたから、信頼したい気持ちになっていた。ひとりでいるより他人を家に入れるほうがいいなんて、どこまで大胆になるつもり? でも、いまは、彼がいてくれてほんとうにありがたかった。彼女をおかしな女だと思って逃げ出したりせずにいてくれて、感謝している。

彼はコーヒーポットを取りあげ、彼女のカップに熱いコーヒーを注ぎ足した。「どういうことか話してくれないか。わたしで助けになれるかもしれない」

マグカップのなかで渦を巻くコーヒーを見つめながら、クロエはほほえんだ。「あなたが仲裁役のうえに脳神経外科医だったらね。わたしの脳みそを治せないかぎり……」

「おかしな夢を見ているんじゃないか?」彼が穏やかに尋ねた。

クロエはぱっと顔をあげ、驚きに目を瞠った。彼の声は穏やかだったが、グレーの目は真剣そのものだった。

「ええ。どうして知っているの?」

「奇妙な光を見る?」

心臓が止まりそうになった。夢やおかしな微光のことを、どうして彼は知っているの?

クロエはついついうなずいていた。

必要以上に長いこと彼は考え込み、やおら彼女の前にひざまずいたので、まぢかで向き合う格好になった。それからクロエの両手を握った。彼の瞳は淡い色の嵐雲だ。「これから話すことは、あるいはきみにとって聞きたくないことかもしれない」

「あなたの言いたいことはわかるわ。わたしは頭がおかしいか、手術できない脳腫瘍で死にかけているかどっちかなんでしょ」なんとか苦笑いを浮かべた。「ふたつの可能性のあいだを、行ったり来たりしている」

「いや、どっちでもない。よく聞いてくれ、クロエ、心を開いて——そして信じてくれ。わたしの話を聞き終えたら、頭がおかしいというような単純な答だったらよかったと思うかもしれない。きみに話すつもりはなかったんだが、いまは話すべきだと思っている」

ルカが身を乗り出した。不安でたまらないくせに、彼のちかさが急に気になりはじめた。完璧な肌をしている。傷跡ひとつ、しみひとつない。それに髪……こんなふうに肩にかかる豊かな髪を手に入れられるなら、たいていの女は人殺しだって辞さないだろう。しかも、洗って乾かしただけ、という無造作な感じがたまらない。自然な美しさに見えるように、バスルームに何時間もこもるタイプの男なのかも。筋肉はジムで何時間も鍛えた結果で、完璧な肌はスキンケア商品に大金をはたいた結果。外見とは裏腹に退屈な男かもしれない。でも、そうでないことはわかっているし、それに――

彼女は恐怖に震えながらも、目の前の男がこんなにすてきなわけを解明しようとしている。これも正気を失っている兆候のひとつ？　それとも、ほんのひとときでも現実から逃げようとしているの？

彼がなにを言いだすのか、固唾《かたず》を呑んで見守っていると、ルカはどう切り出そうかと考え込み、沈黙が長引くうちに彼女はパニックに陥った。これ以上悪くなりようがある？

玄関のベルが鳴り、クロエはぎょっとして飛びあがり、ルカを押し倒しそうになった。ところが彼はすばやくバランスを取り戻した。力強く優雅な動きがあまりにも男らしくて、口のなかが渇く。どうしてそんなにすばやく動けるの？　彼が腕をつかんで支えてくれたので、肩が彼の胸に触れそうなほどまぢかで向かい合う格好になった。目の前にそそり立つ彼の熱とちかさに、体が火照る。

はっと我に返る。「こんな時間に誰かしら？」

「約束していたんじゃないのか？」

「いまも言ったでしょ――こんな時間に？　ヴァレリーが忘れ物をしたのかも」

「ヴァレリーって……男の子みたいな髪型の女のことか？」

ヴァレリーが出ていくところを見たのなら、彼はずいぶん前からこのあたりをうろついていたことになる。クロエが庭に飛び出したとき、たまたま通りかかったのではなく、その前からいたのだ。急に不安になり、玄関のベルが鳴ってよかったと思った。彼とふたりきりではなくなった。なにかが起きている。命からがら逃げ出す必要のあることが、起きつつあるような気がする。

ルカがついてくるのを意識しながら、玄関に向かった。背後に彼の気配はするのに、まったく足音が聞こえない。彼ほど大柄な男が、そんなに静かに動けるもの？　ドアノブに手を伸ばしたとたん、頭のなかの声がささやいた。だめ、だめ、だめ、だめ……手を止め、声を無視しようとしたが、土壇場で警戒心が働き、覗き穴に目を当てた。

玄関ポーチに立っているのはヴァレリーだった。疲れているようだ。いまにも眠ってしまいそうなほどぼんやりしている。彼女ひとりではなかった。背後に長身で長いブロンドの髪の男が立っていた。片腕を彼女の腰にまわして、おかしなハグをしているみたいだ。

クロエはドアを開けた。ヴァレリーは無表情なままだが、男は安心させるようにほほえんだ。「あなたの友だちが事故にあってね。入ってもいいかな？」

クロエは一歩さがり、ドアをさらに開いた。「まあ、どうしたの！　もちろん――」

「だめだ」ルカが背後に現われて鋭い口調で言った。「彼らを招き入れてはならない」

「でも、彼女は怪我をして――」

「彼はきみを殺しに来たんだぞ」

なんですって？　クロエはぎょっとして、ふたりの男を交互に見た。ルカの言うことは筋が通らない。最初は大柄の禿げ男が襲いかかってきて、つぎにこのブロンドの色男が殺しに来た？　彼女は値の張るものを持っていないし、国家機密を知ってもいない。どういうこと？

「アンブラス」ブロンドの男が視線をルカに向け、感情のこもらぬ声で言った。怒った様子もなく、クロエを殺しに来たことを否定もしない。

「ソーリン」ルカもおなじく単調な声で応じた。

待って。ふたりは知り合いなの？

「いったいどういうこと？」彼女は詰問した。怒りが燃えあがる。ふたりして残酷趣味のゲームを仕掛けて、自分は正気を失ったとわたしに思い込ませようと――

ソーリンという男がヴァレリーを締めつけた。彼女はまったく気づいていない、なにも気づいていない。「おまえはつく側をまちがえた」

「わたしが？」ルカはクロエの前に出て、さりげなく彼女を玄関から奥に引っ込めようとした。

そうはさせない。クロエは抵抗して踏みとどまった。ふたりがなにをするつもりかわからないが、ヴァレリーの様子がおかしいことはたしかだ。ほんとうに事故にあったの？　血も出ていないし傷跡もないけれど、あきらかにぼうっとしている。

「彼女になにがあったの？」彼女はソーリンという男を睨みつけ、二日前の晩に彼女を驚かせた男だと気づいてぎょっとなった。いまはサングラスをしていないが、たしかにあのときの男だ。

「彼女は助けが必要だ」ソーリンが言った。「なかに運んでいいだろう」

「だめだ」ルカが言う。

「おまえはまちがいを犯した」ソーリンがむっとして言い、鋭い目でルカを見た。「すべてが変わりつつある。それも一気に。おれたちが何者か、全世界に知らしめてやるんだ。人間はおれたちに仕える。それがあるべき姿だ。二度と隠れない。二度と自分を偽らない」

「彼らがそうかんたんにきみたちを勝たせると思ってるのか？」ルカが尋ねた。

男たちが話をつづけていたが、クロエはひとつの言葉に引っかかった。人間？　このふたりが人間でないとしたら、いったいなんなの？

ソーリンはクロエを顎でしゃくった。「彼女の正体を知っているということは、そうとう見抜いているんだな。彼女は計画を台無しにする存在だ。彼女の邪魔が入らなければ、はるかにすんなりいくが、いずれにしてもそうなるのだから、いま彼女を守ったところで意味はない。それに、彼女が知りすぎていることがわかれば、評議会はおまえに彼女を始末させるか、少なくとも記憶を消し去ることを命じるだろう。おれなら、彼女の脳みそがまったく機能しなくなるようにできる。おまえは悪あがきをしているにすぎない」

「わたしの勝手だ」ルカはほほえんだが、まるっきり笑っていなかった。

ソーリンもほほえんだ。クロエは息を呑んで後じさった。鋭い牙が現われて、笑みがおぞましいものに変わった。目にも留まらぬ早業で、彼はヴァレリーの喉に口を当て、牙を深く突き立てた。

ヴァレリーがあえいで体をのけぞらせたが、抵抗はしなかった。喉に細い血の筋ができた。

クロエは荒々しい叫び声をあげ、突進したが、ルカの腕がさっと伸びていく手を遮った。

「だめだ」穏やかな表情のまま、彼が言った。

クロエは穏やかどころではなかった。「ヴァレリーが殺される!」ルカを押しのけようと必死になる。まるで岩を動かそうとするようなものだ。背後では、あの……あの怪物が、ヴァレリーの首に吸いついて、まるで血を飲んでいるみたいだ。クロエが闇雲にルカの腕の下をくぐろうとすると、腰を抱かれて引き寄せられた。動くに動けない。

「ああ、たしかに」彼はまったく気にしていない。「だが、きみがこの家を出たら、奴はかならずきみを殺す。家のなかにいるかぎりは安全だ」

「彼女は友だちなのよ!」クロエは絶叫し、ありったけの力で蹴ったり叩いたりした。彼の髪をむしり、脛を蹴る。なにをしても、彼はびくともしなかった。怒りと恐怖に駆られ、ポケットから唐辛子スプレーを取り出し、彼の顔を狙った。「放して! ここに突っ立って眺めてるわけにはいかないの！　死ぬなら死ぬでしかたない。でも、彼を止める努力もせずに、彼女を殺させるわけにはいかないのよ！」

　目の前がぼやけるほどのすばやさでルカは動き、唐辛子スプレーを彼女の手から取りあげた。よく見もせずに投げ捨て、ため息をつく。「しょうがない」ルカは言い、彼女を横に投げるとドアから出ていった。動いたことに気づかないほどのすばやさだった。一瞬の後、ヴァレリーが飛んできてかたわらの床にドサッと倒れ、転がってすぐに壁にぶつかり、止まった。その首筋のおぞましい傷跡から流れる血を止める手立てはないかと、クロエは必死にあたりを見まわした。まるで動物に咬まれた痕《あと》のようだ。使えそうなものが見つからないので、バスルームに駆け込んでタオルをつかみ、戻った。開け放したドアの向こうに見えるのは……にじみ。ぶつかる音、うなり声、殴る音、でも、細部まで見極めようにも焦点が合わなかった。肉と髪と、おそらく血であろう赤い筋、でも、ふたりの男は――はたして男なの？

――あまりにも動きが速くて、ほんとうにそこにいるとは言いきれない。

　勝手に殺し合えばいいのよ、と荒っぽいことを考え、ヴァレリーの喉の咬み傷にタオルを押しあてた。ああ、なにがどうなってるの？　まるで理屈に合わない、ただし……

　今夜目にしたもの――牙、咬みつく、尋常ならざるすばやい動き。耳にしたもの――人間、頭がおかしいよりももっとひどいこと、怪物。断片をひとつにまとめる――彼女はルカを招き入れたが、ソーリンはヴァレリーをなかに運び込めないので許可を求め、クロエが与えるのを待っていた。長髪、ほかの人とはちがうという感覚。いま、すべてが符合する。

でも、そんなわけがない。どう考えても理解不能なことを、なんとか理解しようとするうちめまいがしてきた。ほんとうのわけがない。でも、ヴァレリーはリビングルームの床に倒れ、喉の咬み傷から血を流している。それは事実だ。玄関先で魔物が戦いを繰り広げていることも事実だ。

どうしよう。ルカの言うとおりだ。こんなことなら、正気を失うほうがよかった。脳腫瘍のせいにできればどんなにいいか。ヴァンパイアは現実にいる。そのうえ、彼らはクロエを殺そうとしている。

11

ソーリンは手ごわかった。かつて、戦うために生まれてきた人間だった。転身してからも技に磨きをかけてきた。ルカは、一緒に戦ったことがあり、一目置いている男を殺すのにためらいを覚えていた。

ソーリンを生かしておいて尋問したいという思いが、ルカの足枷《あしかせ》となった。ソーリンにそんな足枷はない。激しくすばやく戦った。その意図は明確だ。ルカを始末すれば、クロエは家から一歩出たとたんに死ぬ。戦いはじめて三十秒後に、命がけの戦いになるとルカにはわかった。足枷がなかったとしても、ソーリンを倒すことは難しい。

「上達したな」ルカはうなり、頭蓋骨《ずがいこつ》を陥没させられていたかもしれない一撃をかわした。

ソーリンはにやりとした。戦う喜びに顔が輝いている。「おまえはそのままだ」

戦いはすばやく残虐だった。ポーチから狭い前庭へと移動する。両手足と歯以外に武器を必要としない。どちらも牙を使うことは控えていた。そこまで相手に接近したくないからだ。人間の目には留まらぬ速さで動き、繰り出すパンチは異常なほど強い。ルカは相手の心臓や頭に致命的な一撃を繰り出さないようにしながら、巧みに動いて、クロエの家から離れた場所に戦いの場を移していった。

ソーリンが右でフェイントをかける。ルカが左腕でそれをブロックする。ソーリンの左こぶしが飛んでくるのを、ルカはよけつつも体をひねらず相手に接近し、パンチの破壊力が最大になる前に左肩で受けた。衝撃で歯がガタガタいったが無視し、肘をソーリンの鳩尾に埋めた。

ソーリンはゼイゼイ言って即座に退いた。その隙に乗じて、ルカは大柄なブロンドのルーマニア人を力いっぱい木に叩きつけた。もっと弱いヴァンパイアなら意識を失うところだが、ソーリンはぼうっとしながらも反撃してきた。わずかな間隙《かんげき》を縫って木から離れ、幹とルカの攻撃の板挟みになる危険を逃れて勢いを盛り返した。

「年寄りにしては悪くない」ソーリンがルカを挑発し、怒らせる。人間でもヴァンパイアでも、戦術はおなじだ。

ルカは鼻を鳴らした。〝年寄り〟がヴァンパイアにとって侮蔑の言葉になったら世も末だ。ソーリンも手加減しているのか？　その目は強烈な喜びに輝いている。ルカが感じているのとおなじ喜びに。自分の気概を試すほんものの戦いができる相手には、めったに出会えるものではない。その意味で、彼とソーリンは同類だった。戦場こそが自分の居場所だと思っている。剣と斧を手に、手ごわい敵に立ち向かっていくことが生き甲斐《がい》だ。ルカはときおりそういう戦いをしている——たとえばイーノックを相手に——が、ソーリンは魂を揺さぶるような戦いに飢えていたにちがいない。ひと思いに決着をつけるより、わざと長引かせているように思える。

脇腹を蹴られてよろめいたが、すぐに体勢を立てなおしてソーリンの顔にこぶしを埋める。皮膚が破れ、飛び散った血が手についた。ルカの鋭い嗅覚が、ふたりの血の匂いを捉える。ソーリンが腰をさげ、ルカの腹に肩で体当たりしてきた。重なり合って倒れ、転がり、殴り合う。草の上を転がるうち、ソーリンの手がルカの喉を締めあげたが、ルカは隙をついてソーリンの胸にパンチを繰り出し、心臓を止めてしまう寸前で腕を引いた。

致命的な一撃を食らうと察知したソーリンが、自分から体を倒したので、ふたりはまた立ちあがり、今度はソーリンがルカの顎に強烈なアッパーカットを見舞った。ルカはとんぼ返りでよけたものの、顔を切る風がソーリンのパンチのすさまじさを物語っていた。地面に着地したときの腰を落とした姿勢のまま、ソーリンのガードをかいくぐって体当たりする。

こんなことをしていてなにになる、とルカは思った。当初の喜びは苛立ちに変わっていた。このままひと晩じゅうでも、朝まででも戦っていられる——ソーリンが日光に耐えられればだが、彼の年齢と強さからすればおそらく耐えられるだろう。太陽の下ではどちらも弱くはなるし、月光の下ではとるに足りない傷が、もっと意味を持ち、もっと危険なものとなる。それに、クロエの家の庭先で繰り広げられる超自然の戦いが、人間たちの目に留まってしまう。夜が明けるまでに数時間はあるが、ルカとしてはソーリンを殺すより尋問したかった。戦いが長引けばそのチャンスがなくなる。

遠くからむせび泣きのような音がして、彼の意識を捉えた。しまった。サイレンだ。くそっ、クロエが警察に通報したのだ。

ソーリンも音を耳にした。後じさって息をあえがせた。たがいに検分し合う。どちらもある程度の傷を負っていたが、そのいくつかはすでに治りかけていた。

「どうしてこんなことを?」ソーリンが怒って問いかける。「彼女はただの人間だ。おれたちは同族なんだから、おまえはこっちにつくべきだろう」

「どうして彼女を殺そうとする?」ルカは逆に問いかけたが、答は聞かなくてもわかっていた。ソーリンがなんと言うか知りたかっただけだ。

サイレンがちかづいてくる。ソーリンはさらに後じさった。「ちっぽけな人間ひとりよりもっと大切なことが起こりつつある。彼女にかかずらって時間を無駄にするな」

「反乱か?」ルカは嘲笑《あざわら》った。

「笑うな。あの哀れな人間どもより、おれたちははるかにすぐれているんだ。知ってのとおり。おれたちは正体を隠す必要などない。子どもがクッキーに忍び寄るみたいに、獲物に忍び寄る必要などない。ひとつだけでも挙げてみろ。おれたちが人間に劣っている点を。そんなものありはしない。おまえも仲間に加われ、ルカ。評議会はその使命を終えたんだ。隠れて生きることでおれたちの仲間を守るという使命を。いまこそ支配権を握るときだ。おれたちには未来がある」

「政治論争をするためにここにいるのではない」ルカは言った
ソーリンの顔を苛立ちがよぎったが、サイレンはますますちかづいていた。後じさりをしながら、彼は家を指差した。「四六時中見張っているわけにもいくまい。おれはまた彼女を狙う。あるいはほかの奴にやらせる。おまえが守れる範囲はかぎられている」

そうして、ソーリンは去った。あっという間に姿を消した。サイレンはどんどんちかづいている。決心をつけねばならない。いますぐに。クロエに自分の身は自分で守らせるか、ここに留まって彼女を守るか。ソーリンかほかの誰かがまたやってくる。難儀をしている女や修理工――それこそなににでもなれる――のふりをしてヴァンパイアが訪ねてきたら、彼女は死神を家に招き入れることになる。自分がなにをしたか気づく前に、彼女の命は尽きているだろう。

気にすることはない。ほかにもコンデュイットはいるから、いずれウォリアーは呼び戻される。なにもウォリアーが好きなわけではない。自分だけが正しいと思っている連中だ。ウォリアーはたやすくヴァンパイアを殺せるし、実際に殺すだろう。彼らはやり方を知っており、躊躇しない。ルカは反乱派の大義に賛同してはいないが、大それた野望を抱く少数の奴らのせいで、同族が虐殺されるのを見たいとは思わなかった。

ほかにもコンデュイットはいるが、彼を憶えているのはクロエただひとりだ。

気がつけば彼女の家の玄関にいた。すでに彼女に招き入れられていたから、すんなりと敷居をまたぎドアを閉めた。クロエは友だちのかたわらにひざまずいて、出血を止めようとしていた。ルカがそこにいることに、すぐには気づかなかった。彼女は武器を持たず、護身術の心得もない。彼がいなければ、無防備なカモだ。せめて危険を警告しておこう。それからのことは……

彼女をこのまま放っておけば、四十八時間以内には死んでしまう。ルカが見たところ、彼女はウォリアーと接触しているが、旋風が巻き起こるまでには時間がかかる。彼が感じるふたつのエネルギー――クロエのエネルギーとべつの世界からのエネルギー――のあいだにはまだ距離があった。ウォリアーが現われるためには、ふたつのエネルギーが完全に合体しなければならず、クロエは自分がなにを求められているのか理解しなければならない。そこまではまだ到達していない。いまは、〝わたし、正気を失いそう〟という否定の段階だ。

心は乱れていた。反乱派の言い分にも一理ある。ヴァンパイアの存在を秘密にしておくのは容易ではない。自分たちよりも劣った存在に遠慮して生きざるをえないのは、ときに耐えがたいものだ。ヴァンパイアが食物連鎖の頂点に立ちたいと思ってどこが悪い？　こそこそ生きるのは屈辱だ。体力でも知力でもまさっているものが、勝利をおさめるのはあたりまえだ。理屈から言えば。

それでも……ルカにはちがう結果が予想できる。反乱派は、転身前の自分たちがどんなだったか忘れている。人間がどれほど頑固で強情で、いざとなれば徹底抗戦も辞さないことを、反対派は見過ごしている。人間がヴァンパイアに完全に屈服したことは一度もなかった。戦争はけっして終わらない。けっきょくのところ、多くのヴァンパイアが死ぬ。その損失は補いきれぬほどのものだ。人間は数でまさっているから、ヴァンパイアよりもその損失に耐えられる。

世界は変わるだろう。それもよいほうにではない。劣った種として人間を切り捨てるのはかんたんだが、愚かで厄介な人間にはなくしてはならない純真さや美しさがある。友だちを守るため自分の命も顧みずに飛び出そうとしたクロエ・ファロンを、死なせてはならない。それに、彼女がなぜ彼の魔法に抵抗力があるのか、理由がわからない。彼女がこちらを憶えていたわけを知るまで、彼女は謎であり、興味の対象であり……贈り物だ。

いま、ルカは孤立無援だ。誰を信用したらいいのか、誰が信用できないのかわからない。評議員と評議会本部で働く者たち全員が疑わしい。知り合いのなかの誰が反乱派に加わっているのか知る術はなかった。まさか、人間の警察に駆け込むわけにもいかない。

残るはクロエ——クロエと彼女のウォリアー。いまの時点で、ふたりだけが彼の味方だ。

背後にルカがいることに気づき、クロエは膝立ちのまま くるっとまわった。手には血で汚れたタオルを握ったままだ。彼は二メートルほど先に立っていた。顎と額に血がついているが、怪我はしていないようだ。

ヴァンパイア！　潜在意識が警告を発した。わかってるって！　警告してくれてありがとう、でも、あいにく十字架とニンニクを切らしているの。悲鳴をあげて大騒ぎしなかったのは、ルカが二度もほかのヴァンパイアから彼女を救ってくれたとわかっているからだ。

「彼は去ったの？」

「とりあえず。それより警察が来る前に、話の辻褄《つじつま》を合わせておこう」

クロエはヴァレリーに目をやった。意識は失ったままだが、呼吸はゆっくりで規則正しかった。「警察を呼んだの？」驚いて尋ねた。

ルカがわずかに眉を吊りあげた。「いや。きみが呼んだと思った」

たしかに呼ぶことも考えたが、事情をどう説明すればいいの？　助けて！　ふたりのヴァンパイアが玄関先で喧嘩《けんか》してます!?　ヴァンパイアに咬まれはしたが、治療の手立てがない病気に感染さえしていなければ、ヴァレリーはすぐにどうこうなることはないだろう。

ぼうっとした頭のなかで、ふたつの思いが渦巻いていた。正気を失っていなくてほっとする思いと、想像の産物だと思っていたものが実際に存在すると知った驚きと。この目で見たことだからといって、否定できないわけではない。あすになれば、すべては夢だったと思うかもしれない。恐ろしい出来事を忘れさせるために、ルカはヴァンパイアの話をでっちあげたのかもしれない。

そうであってほしい。自分の世界がひっくり返るのはいやだ。忘れられたらどんなにいいだろう。べつの見方をすれば——困ったことに、物事にはつねにべつの面がある——危険が存在していることを知らずに、どうやって身を守れるだろう？

サイレンがますますちかづいてきて、十字路をそのまま通過してべつの方向に向かっていった。乗っている警官は運がいい、とクロエは思った。目的地がどこであれ、ここで起きたこと以上に興味深い出来事が待っているとは思えない。知らないほうが幸せだ。

重要なことから片付けていこう。「ヴァレリーは大丈夫なの？」

ルカがちかづいてきて、ヴァレリーをまるで無生物であるかのように調べた——興味はあるが心配はしていない。ポンというような音が聞こえたと思ったら、すでに彼は動いていた。クロエには、やめて、と言う間も、なにをするつもり、と尋ねる間もなかった。彼はヴァレリーを抱きあげてソファーへと運んだ。クロエとヴァレリーが暢気におしゃべりしながらテレビを観ていたソファーだ。

彼は片膝を突いて身を乗り出し、ヴァレリーの喉に口を押し当てた。クロエは悲鳴をあげて突進した。「だめ！」彼の肩をつかんで引っ張る。

ルカはその手に手を重ね、指を組んで彼女を見あげた。「心配するな。傷口を舐めるだけだ。わたしの唾によって傷が早く癒える」

彼に触れられ、指が絡み合うと、クロエは抵抗する気を失った。必死で自分を失うまいとした。彼がヴァンパイアだとしたら、いろんな手で人の心を操れるだろうから、本能に根ざした敵意にしがみついてでも抵抗しなければならない。出会った瞬間から、彼には驚かされてばかり、そしていまは……いまはどう考えたらいいのかわからなかった。「彼女を咬むつもりなんじゃないの？」彼女は疑わしげに尋ねた。「味わいたくないの？」

ルカの目が光った？　たぶん。いまにも笑いだしそうだ。「きみはわたしの正体を知っている」

「目はついてるし、馬鹿じゃないもの、それぐらいわかるわ」

「よかった」彼がやさしく言う。「もしわたしが彼女の血を吸いたいと思ったら、きみには止める手立てはない。だが、腹は減っていないし、ほかの観点からも、彼女に魅力は感じない。彼女を癒すつもりだ。今夜起きたことをすべて忘れさせるつもりだ。もっとも、きみが捧げてくれるなら、もう一度きみを味わうことにやぶさかではない」

クロエの心臓が飛びあがり激しく打った。恐怖と怒りと興奮がごちゃ混ぜになった感じだ。もう一度味わいたい？　最初はいつ味わったの？　目の奥で不思議な微光がちらつき、おぼろげな記憶が甦った。目の前に彼がひざまずき、スカートをまくりあげ、やさしく舌で脚を舐める。膝を……そう、脚に怪我をして、彼が手当てをしてくれた。彼女の血を味わう彼の姿を人が見たら、傷口からチョコレートが滲み出しているのかと思うだろう。ああ、そんな。

記憶が運んできた体の疼《うず》きのあまりの激しさに、脚がスパゲティと化してしまった。思慮分別のあるクロエは、肉欲に溺《おぼ》れたりしない。でも、ルカが相手だと、そうなる可能性があって恐ろしかった。

大きく息を吸い込み、気持ちがそっちに向かうのを引き止めた。いまはなによりもヴァレリーの心配をしなければ。それに、自分の世界に不意に起こった激しい変化についていかなければ。「わたしの記憶もなくさせることができるの?」声に苦々しさを滲ませて、彼女は尋ねた。

ルカは頭《かぶり》を振った。「きみの場合、忘れることは死につながる。つねに警戒していなければならないのに、記憶を失ってしまったらそれができない」

いまなによりも望むのは、奇妙な出来事を頭から追い出すことだ。

「自分が知っていることを知りたくないとしたら?」

「きみには選択の余地はないんだ。クロエ……」彼は口ごもり、絡めた指を握り締めてから離した。「きみはほかの人間とはちがう」

すごい。一生に一度ぐらい、自分があまりにも平凡であることを嘆かずにすんだらと思っていた。そしていま、きみはほかの人間とはちがう、とルカが言う。クロエは目を細めて彼を見つめた。「もう少しちゃんと説明してくれない? 正直に言って、まるで納得できないわ」

「説明は後だ。いまはきみの友人の手当てをさせてくれ」

彼のせいでヴァレリーのことを忘れていた。頭をガツンと殴られた気がした。そう、たしかに動揺はしていたけれど、それで馬鹿になったわけではない。そう願いたい。「もちろんだわ。まずはヴァレリー、それから……説明。たっぷり説明してね」

ルカは皮肉な目でクロエを見てから、また身を乗り出した。ヴァレリーの細い首に残るふたつの刺し傷をゆっくりと舐める。舌先がふたつの傷跡のあいだを行き来した。長い髪が彼の顔を隠したので、クロエは目を逸らし、ゆっくりと深呼吸することができた。

そのときはじめて気づいた。あの執拗なささやき声が消えていたことに。

12

　ヴァレリーは意識を取り戻したものの興奮し動揺していたので、ルカが説得力のある静かな口調で言い聞かせた。「ヴァレリー、なにも心配することはない。きみはマルガリータを飲みすぎたので、車を運転して家に帰るのはやめた。襲われたことはなにも憶えていない。眠くてたまらないので、昼過ぎまでぐっすり眠るだろう」

「あたし、眠たい」ヴァレリーは呂律《ろれつ》がまわらない。それからことんと眠りに落ちた。

「あらまあ」クロエは言い、ルカからヴァレリーへ、またルカへと視線を行き来させた。

「なにをしたの、催眠術?」

「そのようなものだ。正確には催眠術ではないが」

「だったらなんなの?　正確に言って」

「魔法と呼ばれている」彼は涼しい目でクロエを見た。「睡眠術とどうちがうのかと質問しないでくれ。ちゃんとした答を与えられないから。わたしの知るかぎり、おなじものだ。速さを除けばね——即効性があるとでも言うか」

「わたしにもかけられる？」彼女は疑わしげに尋ねた。自分をコントロールできなくなるのは困る。

「すでにかけている」ルカの返答に、クロエが驚きと怒りで口がきけなくなっているあいだに、彼は軽々とヴァレリーを抱きあげ、客間に案内してくれとクロエに指示した。

彼女が急いでベッドを整えると、ルカがヴァレリーをそこに寝かせた。つぎに彼女が靴を脱がせ、血のついたブラウスを洗濯するために脱がせ、上掛けをかけた。ヴァレリーは眠ったままだ。ヴァンパイアに魔法で眠らされると、人はずっと眠ったままだ。コンクリートの上であろうが、ヴァレリーは昼過ぎまで眠りつづける。

ルカは後ろに控えていた。まるで人間の形をした雷雲が部屋に立ち込めたような、そんな感じがした。あまりのことに、クロエは息を詰まらせるばかりだ。彼は……なにかをやった……このわたしに！　最悪なのは、彼がいつ、なにをしたのか気づかなかったことだ。もしかしたら、彼の言うことはすべて嘘かもしれない。なんだか馬鹿にされた気がする。これは一種の詐欺なのだろうか、あるいは政府が関与しているのだろうか。なぜ政府が関与するのかわからないが、首都ではなんでもありうる。たしかなのは、自分が怒っていることと、自分の目を信用できないこと。ルカが言ったことも、これから言うだろうことも、なにも信用できない。

ヴァレリーの喉の傷はほとんど治って、小さな赤い点だけになり、その点もどんどん薄くなっているようだ。でも、ルカに催眠術だかなんだかをかけられたのなら、いま目にしているものは、ほんとうにそう見えているのではなく、見えていると思っているだけなのでは？

考えると頭が痛くなる。「もう、やだっ！」クロエは怒って言い、彼の鳩尾にパンチを食わせて部屋を出た。パンチと言えるほどのものかどうか。力を込める方法を習ったことがないのだから。でも、思いは込めたつもりだ――この場合、その〝思い〟とは、彼に激怒しているということだ。彼は彫りの深い顔に驚きの表情を浮かべ、その場で凍りつき、やおら彼女の後を追った。

「なんの真似だ？」彼の口調から憤慨しているのがわかる。憤慨できる立場なの？　車輪付きの玩具《おもちゃ》みたいに引き摺りまわされたのはこっちだ。

彼女は立ち止まって振り返り、腰に両手を当てて睨んだ。「どういう意味かしら。『なんの真似だ？』って。あきれて当然のことを、あなたはしたくせに！　わたしに催眠術をかけたって言ったでしょ。おかげでもうわけがわからない。この目で見ているものがほんものかどうかわからない。見たと思い込んでいるだけならとんだ物笑いの種だし、もしほんものなら、ここにいること自体がわたしの思い込みかもしれない！　いったいなにがどうなってるの？」彼の鳩尾は岩みたいに硬かったから、手を振りたいところだけれど、小さく「ウウッ」とうなるほどの礼儀作法もない彼に、手が痺《しび》れたことを知られるのは悔しい。だから、くるっと向きを変えて威張って歩きつづけた。行き先としてはキッチンがもっとも望ましい。

あそこならナイフがあるから、もしもの場合、身を守れるだろう。

ルカは信じられない速さで廊下のバスルームに寄り道し——水が流れる音がするから、顔と腕についた血を洗い流しているのだろう——あっという間に追いついてきた。足音は聞こえなかった——彼はなんの音もたてずに動く、そこが不気味ったらない——が、感じとることはできる。うなじにかかる吐息で。

「きみは忘れているのかもしれないが」彼ががなった。「わたしはきみの命を救った——二度もだ。それだけでも尊重されてしかるべきで、鳩尾を殴られるとはもってのほかだ」撫でられたぐらいのささやかなパンチに、彼は困惑しているようだ。

「あなたがそう言っているだけでしょ。ほんとうに命を救ってくれたのか、それも二度も救ってくれたのかどうか、わたしにはわからない。催眠術をかけられてたんじゃや、なにがほんとうかわからないわ」

「魔法だ。催眠術ではない。魔法」あら、彼は本気で怒っている。いまにも歯ぎしりしそうだ。

「だからなんなの」彼女はまぜっ返した。ごくふつうのキッチンの真ん中で、彼女は不意に立ち止まった。まるでウサギの穴に落っこちたような気分だ。いろんなことが起きたので、ドアにノックがあってから何時間も経った気がしていたが、飲みさしのマグカップを手に取るとまだあたたかかった。信じられない。時計に目をやる。二十分も経ってないの？　ほんとうに？

「二度、きみに魔法をかけた」ルカが背後から言った。不機嫌なのは声でわかる。釈明することに慣れていないようだ。「最初がゆうべ。きみは襲われてひどく動揺し、怯えていたから、きみを落ち着かせて、脚の傷の手当てをさせてくれと言い、それから、襲われたことは忘れろと言った」

クロエは鼻を鳴らした。「こんなこと言いたくないけれど、魔法はかからなかったわ。憶えているもの」ただし……細部はぼんやりしていた。トラウマになるような経験をしたら、鮮明に憶えているものなんじゃない？　彼が脚を舐めたことは、さっきようやく思い出した。ああいうことは、忘れたくても忘れられないものでしょ？　あれだけのことがあって、すごく頭にきているにもかかわらず、いまでも思い出すとあたたかさが体に広がるのを感じる。なにもかも憶えている必要はないんじゃない？

「そうか」ルカがつっけんどんに言った。魔法がかからなかったのでむっとしているみたいだ。「きみがコンデュイットだということが、作用しているのかもしれない」

コンデュイット？

彼女はため息をついた。にわかに疲労を感じて、立っていられなくなった。彼はあたらしいことを次々にぶつけてくる。じっくりと考える時間を与えてくれずに、次を繰り出すのだ。

「オーケー、降参《アイ・ウィル・バイト》だわ。コンデュイットってなに？」

不意に彼が目の前に立っていた。動く気配を感じなかったのに、彼が怖い顔をして目の前にいる。驚いて一歩さがった拍子にマグカップが手から滑り落ちた。一瞬、意識を失っていたの？

彼が手を伸ばしてマグカップを取りあげた。その動きは滑らかで、かつ速い。速すぎて目で追いきれない。「噛んでやる《アイウィル・バイト》、には二重の意味があるわけだな。故意に言ったのか、それともうっかりなのか？」彼が言う。

「うっかりだわ……だと思う」混乱して怒っている以外、自分で自分がわからない。

「コンデュイットについて説明する前に、はっきりさせておくべきことがある。わたしの正体がわかったと、きみは言った」

「わかったつもりでいたわ」でも、それは彼が、きみに催眠術を――じゃなくて、魔法を――かけた、と言う前で、いまはたしかなことはなにもなかった。いちばん安全な道は、彼が唇を動かすたびに嘘を言うと考えることだ。

「だったらわたしから言おう。わたしはヴァンパイアだ。ゆうべ、きみを襲った男も、それからソーリンもヴァンパイアだ」彼が腕を組み、淡い色の目で彼女をじっと見つめる。信じろと言うにはあまりにも馬鹿げたことだが、それでも信じてもらわねばならない、というように。考える時間を持てたいま、ああいう結論に達したのは、理詰めで考えた末ではなく、パニックに陥っていたせいだとクロエは思った。

彼女は疑いを声に出して言う。「へえ、そうなの。ヴァンパイア・クラブなるものがあって、そこではみんなでヴァンパイアのふりをしてるって――」

ルカが目を細めた。「わたしはなんのふりもしていない」

「証明してみせて」彼女が言い返す。

「よろしい。これならきみも信じるだろう」彼は両腕をクロエの体にまわして引き寄せ、硬く引き締まった体に押しつけ、彼が勃起《ぼっき》しかかっていることを彼女に納得させた。でも、それと彼がヴァンパイアであることと、どう関係するのかわからない。それはそれとして……ワオ。心臓がドキリとして、下半身のほうにあたたかさが広がってゆくのを感じた。わからないふりをしてもしょうがない。そう、あたたかくなっているのは両脚の付け根だ。

こんな反応をすべきではない。一目散に逃げ出すべきだ。なんとか両手を彼の胸にあてがって、とりあえず押してみたものの、かえって抗《あらが》いがたい気持ちにさせられた。手のひらの下で彼の心臓が脈打っている。スカートを通して彼の肌の熱が伝わってきて体をあたため、もっとちかづけと誘いかける。もっと、もっと欲しかった。もっと触れたい。もっと熱くなりたい。もっと彼が欲しい。

守りを固めようにも苦しい戦いを強いられていたが、なんとか言った。「ちょっかいを出せば、わたしを納得させられると思っているの？　お生憎《あいにく》さま」

「目を閉じて」彼がささやき、顔をちかづけてきた。

「キスしないで」なんとか気を落ち着けて言ったものの、彼の唇がいまにも触れそうだ。

「しない」彼は言い、キスした。

オーケー、やっぱり彼は嘘つき。瞼が震えて閉じ、クロエはわれを忘れた。はじめてのキスではないし、最後になるとも思わない。でも、まいった、これ以上に上手なキスをする人は思い浮かばなかった。彼の唇はあたたかくて、引き締まっていて、完璧にフィットするように少しずれていた。コーヒーの味がする。男の味が、セックスの味がする。舌がのんびりと動き、彼女の舌とじゃれ合ってから深く探ってもっと奪う。両手を彼の胸から肩へとずらしてしがみついたとき、足もとから床が離れてゆくのを感じた。体にまわされた彼の腕の締めつけが強くなり、体を持ちあげられる。彼のなかに引き込まれそうな感じだ。

ふと思った。あと数秒だけこのままでいて、それから、やめてくれ、と言おう――

ルカが唇を離し、ささやく。「目を開けて」

クロエは息を呑み、目を開けて彼を見つめた。ごくまぢかにいるから、淡いグレーの瞳をより鋭く見せる黒と白の小さな斑点《はんてん》まで見えた。パワーと激しさが燃えるその瞳のなかに浸り込んでしまえたら――なにかおかしい。頭が触れそうなところに平らで白いものがあって、彼の背後に見えるのは……照明器具？

驚いてまわりを見まわし、悲鳴をあげた。「なんてこと！」必死になって両腕を彼の首にまわし、命からがらしがみついた。

ふたりは床から一メートル以上浮きあがっていて、頭が天井にくっつきそうだ。

「いったいなにをしたの?」まったくありえないこの状況の解決策を探すように、彼女は首を伸ばして左右を見まわしたが、彼に抱かれて宙に浮かんだままという事実に変化はなかった。

「きみに納得してもらいたくてね」彼は穏やかに言った。ふたりは空中を漂いながら床のほうに落ちていっているようだ。爪先がタイルの床に着いたとたん、クロエは彼を押しやり、狭い部屋でできうる範囲で距離をとった。オーブンの横のカウンターの上に置かれた包丁立てが目に留まったが、いまさら遅い。つかめるあいだにつかんでおけばよかった。

「いくらなんでも……人をあんなふうに宙に浮かせるなんてできるはずない!」彼女は叫んだ。パニックの一歩手前だった。

「どうして? してはならない人間の法律でもあるのか?」

「いいえ、でも――」でも、なに? 無作法? ずうずうしい? 唇を嚙み、彼に投げつけたい言葉をすべて呑み込む。なぜなら、どの言葉も馬鹿ばかしすぎるから。

彼がまた浮かびはじめた。クロエはがむしゃらに彼のベルトをつかみ、押しさげた。「床に足を着けておいて!」声を荒らげる。「風船を真似る人と、真面目な話はできません」

彼がやわらかな笑い声をあげた。「それじゃ、納得した?」

「あなたが浮かべることはわかったけど、それはあなたが熱い空気でいっぱいだから」

彼が笑った。剃刀《かみそり》のように鋭い牙か、心臓をドキドキさせる笑顔を悪夢に変えた。恐ろしいものに変身したわけではないのに、一瞬にして見たこともないほど危険な男になった。

クロエはたじろぎ、口をつぐんだ。聞こえるのは自分の荒い息遣いだけだ。「わかったわ」声が震えていた。「あなたはヴァンパイアだと」

牙が引っ込んだ。彼は天井を見あげた。やっとだぜ、と言いたげに。

彼女はキッチンの隅で全身を震わせていた。ヴァンパイアが家のなかにいる。招き入れてしまった。ヴァンパイア伝説が頭のなかを駆け巡る。彼を撃退するのに、粉末のニンニクは丸ごと一個とおなじぐらいの効力があるの？　指で十字を作れば大丈夫なの、それともほんものの十字架が必要？　銀製でなければならない？　狼男《おおかみおとこ》とごっちゃにしてる？

「さて、ひとつ片付いたな」彼が言う。「それじゃ、コーヒーでも飲みながら、いま起きていることについて話し合うとしよう」

気がつくとソファーに座っていた。隣にルカがいて、テレビは消えており、テーブルにはコーヒーの入ったマグカップが二個ある。なにもわざわざ淹れなおさなくてもよかったのに。とても飲めるとは思えない。

どうやらべつの世界に不死のウォリアーがいるらしい。彼らはかつて地上で暮らしていた偉大なるウォリアーで、善と悪との戦いとかそういったものの最中、戦場で死んだ。べつの世界から、彼らは人間を見守っており、地上に、というか現在に、現実に――なんと呼ぶかは人それぞれ——舞い戻る必要が生じると、また戦うためにやってくる。

それから、ヴァンパイアがいる。組織化された造反ヴァンパイアが現状を打破し、自分たちのあるべき立場、すなわち権力の座につくことを目論《もくろ》んでいる。ヴァレリーを襲ったあの男は、反乱派だ。ルカが彼女を守ったのは……オーケー、そこの部分ははっきりしない。彼女を襲った奴の後をつけて本部に戻り、友人殺害の黒幕を突き止めるつもりだったが、うまくいかなかった。その代わりに彼女のもとに留まったが、それでは目的を達せられない。彼がよいヴァンパイアなのか、悪いヴァンパイアなのか、クロエにはわからない。彼にはべつの目論見があり、望みのものが手に入ったら彼女に襲いかかるつもりかもしれない。

むろん、口に出してそう言いはしなかった。彼が語ったのはウォリアーとヴァンパイアの反乱のことだ。木星に飛んでいくというような、彼女の経験をはるかに超えたことを話しているのに、語り口はあくまでも穏やかだった。「だが、彼らが現われるためには、呼ばれなければならない。現在に生きる彼らの子孫によって。きみはそのひとり、ウォリアーにとっての仲介者《コンデュイット》だ。きみが見てきた夢や、きみが耳にした声——あれはウォリアーがきみに接触していたのだ。声はだんだん強く鮮明になり、ついにはきみがウォリアーを呼び戻す」彼が探るような目でクロエを見た。「きみのウォリアーには、むろんほかにも子孫がいる。きみの両親が健在なら、あるいは、兄弟やいとこがいるなら。だが、きみは霊聴力がもっとも強いにちがいない」

なんとまあ。霊聴力が強い、ですって。いろいろと欲しいものはあるけれど、そんなもの欲しいと思ったことはない。

クロエはしばらく黙って、彼の話を理解しようと努めた。家のなかは灯りが煌々とついていた。テレビは消えているが、ほかの灯りはすべてつけた。リビングルームに移動する前に、家じゅうの灯りをつけてまわり、影を追い払った。ひとりで椅子に座っているより、ルカと並んでソファーに座っているほうが安心なのは、小鳥が猫の足の下にいるほうが安心なのとおなじだ。全身の神経がヒリヒリと剥き出しになっている感じで、べつの悪鬼がクロゼットや隅の暗がりから飛び出してくるのを、心のどこかで覚悟していた。もっとも、悪鬼は暗がりを見つけるのに苦労するだろう。

じきに夜が明ける。でも、眠れるとは思えない。二度と眠れそうになかった。それでいて疲労困憊しているから、ただもう横になりたかった。それができないのでソファーにもたれて目を閉じた。「ちょっと話を整理してみるわね。わたしはコンデュイット、ソーリンは反乱派のヴァンパイア、ゆうべわたしに飛びかかってきた男も反乱派で……」

「だった」ルカが言う。

「なにが、だった、なの?」彼女は眼を開けて彼を見つめた。

「ゆうべ、きみを襲った男。名前はイーノック。わたしが殺した」

それを聞いても驚くことはないのに、背筋が冷たくなった。まるで人殺しは日常茶飯事だというような、こともなげな言い方だった。気を取りなおして話をつづける。「つまり、ヴァレリーは、わたしの友だちだったのが不運だったわけね。それに、悪いときに悪い場所に居合わせてしまった。でも、あなたはどうなの？　ソーリンの後をつけなかったのはどうして？　やろうと思えばできたのに。彼がわたしを殺すのを邪魔しなければ、あなたは目的を果たせたのでしょう。どうしてわたしを助けたの？」二度も。

ルカはなかば閉じた目で彼女を見つめた。「すぐに行動を起こさないのには、いくつかの理由がある」

クロエはため息をついた。「からかってるんでしょ？　なにを聞いてももう驚かないわ。ヴァンパイアにウォリアーに反乱派……ほかになにがいるの？」彼に答えてほしくない気持ちがあった。でも、頭のほうがどんどん先に行ってしまう。すべてが事実なら、つぎの角を曲がった先になにが待ちかまえているの？　ほかにも怪物が存在したらどうする？

「いま、きみが知っておくべきなのは、わたしはきみの味方だということだ。きみを守る」

それを聞いてどういうわけかほっとした。そう思うなんておかしいけれど。いまでも彼女に自信を与える強さが、ルカにはあった。彼女を引きつけるパワーのオーラがある——そのオーラを信じられるのならば。でも、信じられない。いまは、なにを信じればいいのかわからない。

彼はなんらかの力を揮って、クロエに自分を信用させようとしているのだろう。その可能性は考えておくべきだ。「あなたがわたしを思いのままに操っていないと、どうしてわかるの。わたしに魔法をかけて、言ったとおりにさせているのかもしれない。わたしは一種のレンフィールドなんじゃない？」

反応なし。「レンフィールドってなんだ？」

クロエは信じられない思いでルカを見つめた。「ちょっと、よしてよ。レンフィールドが何者か知らないヴァンパイアがいるなんて。ドラキュラ映画を観てないの？」

彼は鼻を鳴らした。「どうして観なければならないんだ？　嘘八百なのに」

「レンフィールドは蠅を食べる男で、あなたみたいなヴァンパイアを〝ご主人さま〟と呼んで、ご主人さまの命令どおりに動くの。彼が同類である人間を裏切るところが、ゆがんだ笑いを生むの」

「なるほど。いまの時代に家臣は流行らないし、昆虫を食う人間にはお目にかかったことがない。つまり、その両方が笑いを誘うわけだ。深い魔法は人間を奴隷に変え、脳に甚大な障害をおよぼす」

クロエは目を見開き、思わず後じさった。

ルカが目をくるっとまわした。人間臭い仕草に、彼女は目をしばたたいた。「きみはレンフィールドにならない」彼が安心させるように言った。「魔法が深くかかるのは弱い人間だけだし、長いあいだ支配しつづけられるのは、強いヴァンパイアだけだ」いやなことを考えているのか、彼の表情が厳しくなった。「きみは精神的に弱くない」そう言いきる。「それから、きみを餌食にしないと約束する。きみの許しがないかぎり」

おもしろい。自分は強いヴァンパイアであることを、ルカが否定しなかったことに、むろんクロエは気づいた。その力をもってすれば、なんでもできるのだろう。だが、許しがなければ餌食にしないと約束した——許す可能性があるみたいな言い方。それより大きな問題は、彼を信じられるか、だ。信じるべき? ほかに選択肢があるの? 「もうひとつ質問。それがすんだら眠りたいわ」

彼はうなずいた。

「ソーリンの襲撃からこっち、ウォリアーが語りかけてこないのはどうして?」

ルカは肩をすくめた。「わたしがここできみを守っていることを、彼が知ったからじゃないか。心配するな。また彼の声を聞くようになるから」

「彼。つまり、ウォリアーは男なのね」

「ウォリアーはたいてい男だ」彼がこともなげに言う。「きみは彼の声を聞いているんだろう。声で判別がつかないのか?」

そう単純な話ではない。「わたしは長いブロンドの三つ編みを見て、性別不明の掠れたささやき声を聞いただけ」

「ふむ。ウォリアーの大半はむろん男だが、全員ではない。ブロンドの三つ編みとは興味深いな。祖先は北欧人種だったのではないか？　それともケルト族か」

「曾祖母《そうそぼ》がどこに住んでいたのかもわかないわ。うちの家族は系図に関心がないから」

「関心があろうとなかろうと、絆は存在する」

「そのことを話してちょうだい」クロエはあくびをした。さっきまで眠れそうにないと思っていたのに、疲労感が全身を洗うのを感じる。足をソファーに乗せて丸くなる。「疲れたわ」

「だったら眠るといい。自分の家のなかにいるかぎり安全だ」ルカは手を伸ばして彼女の髪に触れた。ほとんど感じないほどの、とてもやさしく軽い触れ方なのに、全身がぞくぞくした。感情も感覚も敏感になっているから、全身で感じてもおかしくはない。爪先でも、指先でも、鳩尾でも。

「人間」彼が髪を撫でながら言う。「きみたち人間のことは理解できないだろうな。今夜、きみは友人を助けるためなら死ぬことも辞さなかった。わたしに、ソーリンはきみたちふたりとも殺す、と言われても」

「見ているだけなんてできなかった――」

「きみは人生をとてもエンジョイしているのに、いともあっさりそれを捨てようとした。理屈に合わない」

「まるで異星人の話をしているような口ぶりね。ヴァレリーがソーリンに喉を引き裂かれそうになっているのを見たとき、わたしがどう感じたかまるでわからないみたいな口ぶり。憶えているはずよ。あなただって、かつては人間だったんでしょう?」

「いや」ルカの表情がよそよそしくなった。「人間だったことはない」

心をかき乱す情報を脳裏に刻みながら、クロエは眠りに落ちたが、数分後には目が覚め、妙に警戒しながらも、自分がどこにいるのかわからない、そんな気分だった。ルカはかたわらに座って髪を撫でていた。眠りに落ちたとき、彼にもたれかかっていた。彼女が心地よく眠れるように、彼は腕をまわして胸に抱いてくれていた。

クロエは最初に頭に浮かんだ言葉を口に出した。「死んだ人とは一緒に眠れない」言った端《はな》から真っ赤になった。これほど人をまごつかせる言葉を口にしたのは、三歳の年、日曜学校のクラスで、パパとママは裸で取っ組み合ってる、と公言して以来だった。むろん、ほかの子どもたちは理解できなかったが、日曜学校の先生はゲラゲラ笑いだし、当然のことながら、彼女の両親に言いつけた。

ルカはおもしろそうな顔で彼女を見た。「そうか。わたしは死んでいない。死んだことはない」

「でも――」ヴァンパイアは一度死んだ人たちなんじゃないの? ヴァンパイアの毒に感染して、死んだ人が息を吹き返すんじゃないの?

「わたしは不死身だ。考えてもみろ。死んでいるなら、どうして食べ物を必要とする? わたしはあたたかい、心臓は脈打ち、髪は伸びる。だが、いまよりも年をとることはない。病気にならない。わたしが必要とする食べ物は人間の血だ」

彼はたしかにあたたかい。そばにいると火傷《やけど》しそうなほどだ。彼は呼吸しているし――吸って吐いて、吸って吐いて――淡い色の瞳には生気が宿っている。その体にも、その唇にも……

淫《みだ》らな思いを無理に抑える。セックスに、親密さの幻想に、慰めを求めるのはあまりにも安易だ。彼の裸を想像するだけ。想像は現実よりはるかに安全だ。

話題を変えたほうがいい。「ウォリアーが現われたらどうなるの？」なにを考えていたかお見通しだ、と彼の表情が言っていたが、話題を変えることを受け入れてくれた。

「彼らがそのために呼び出された戦争で戦う」彼はあっさり言った。「ある者は生き残り、ある者は死ぬ」

それはちがう。疲れてはいても、筋が通らないことぐらいわかる。「ウォリアーは殺されるの？」

「ああ、もちろん」

なにが〝もちろん〟なの。「だったら、不死のウォリアーではないじゃない」

ルカはほほえみ、遠くを見る目になった。彼女には見えないなにかを、遠い昔のなにかを見つめているのだろう。ところで、彼は何歳なの？　経験から得られる類の知識が豊富なことが、その眼差しからわかる。「不死のウォリアーは戦場で死ぬこともあるが、魂はべつの世界に戻り、そこでまた呼び出されるのを待っているのだ」

永遠に戦いつづけるなんてまっぴらだわ、とクロエは思った。「懲らしめのために？」

「いや」ルカがやさしく言った。「彼らは報われるのだ」

「わたしには報われているとは思えないけれど」

「正しいことのために心も魂も、命さえ差し出すような立場に、きみはなったことがないから」

クロエは目を閉じた。疲れていたし、これ以上ルカを見ていることに耐えられなかったからだ。彼は内面から彼女を掻き立てる。こういうのは好きではないし、信用できない。「つまり、彼らはヴァンパイアを好きじゃないのね？」

「そうだろうな。だが、われわれがヴァンパイアだという事実は、彼らが呼び出される理由ではない。脅威が迫っているからだ。彼らが呼ばれるのは、人間を守るためだ」

背筋がゾクッとした。理屈で考えて、ヴァンパイアは人間を抹殺しようとは思わないだろう。食糧を失うことになるのだから。でも、人間を奴隷化することなら……ヴァンパイアがそれを望むのは理解できるが、そんなことがあってはならない。ウォリアーが心配しているのはそういうことなの？

どこからともなく声が聞こえた。彼女のまわりで、パワーと魔法が揺らめき、光った。

「そうだ」声が言う。「そのとおり」

13

彼女が殴った。

頭のてっぺんが彼の鎖骨に届くか届かないかの、ちっぽけな人間の女であるクロエ・ファロンが、ルカを殴った。強くて凶暴なヴァンパイアでさえ、彼がいると不安に駆られるのに。彼女を精神的にも肉体的にも打ちのめすパワーが彼にはあるのに、彼女は躊躇することなく、苛立ちまぎれに彼にパンチを食わせた。それだけではない。彼がヴァンパイアであることを知ったうえで、やってのけたのだ。彼女を殺すなど、赤子の手をひねるようなものだ。屈辱を感じるべきか、怒るべきか、おもしろがるべきか、ルカは決めかねた。けっきょく、どれもしなかった。単純な欲望がすべてにまさったからだ。

彼女が欲しかった。彼女はおもしろくて――本人は意識してやっているわけではない――その香りは磁石のように彼を惹きつける。彼女の味わいは、人間にとっての上等のスコッチのように、彼を酔わせる。だが、なによりも好きなのは勇ましさだ。なりふりかまわず友人を助けようとする、人間らしい無鉄砲で馬鹿げた勇ましさだ。ヴァンパイアに比べれば自分がいかに脆弱か、彼女はわかっているのだろうか？　人間の男と比べたっていい。家を一歩出たとたん、ソーリンに殺されると知っていながら、がむしゃらにルカを押しのけて外に出ようとした。今夜はもう充分に怖い思いをしたはずなのに、パニックに陥ることもなく、自分を失うこともなかった……まあ、彼を殴ったときを除けば。そういう反抗心を、彼は尊重する。もっとも、この先、それが彼を困らせることになるだろうが。

彼女はいま、彼の肩にもたれかかって眠っていた。ルカはため息をついた。眠ったかと思うと不意に目を覚ます。潜在意識が目を覚ませとつついているかのようだ。彼女のウォリアーが接触を試みているのかもしれない。彼女が疲れ果てていることは馬鹿でもわかるのだから、眠らせてやったらどうだ？　ウォリアーはなにがなんでも接触しようとして、コンデュイットを消耗させ正気を失わせる。彼女を数時間眠らせて元気を回復させたからって、誰が傷つくわけではない。

夜が明けた。カーテンの向こうがあかるくなるのを、ルカは眺めていた。わりあい快適ではあるが、彼自身も眠りが必要だった。ソーリンとの戦いは激しくめまぐるしかったから疲れた。クロエはバスタブを使わせてくれるだろうか。それとも、考えるのも恐ろしいと思うだろうか。借りている部屋で休むことはできるが、ソーリンの登場で事態はあたらしい展開を見せた。ソーリンは日差しに耐えられる。もし彼がクロエを狙ったら、昼間でも安全とは言えなくなる。

ソーリンはいろんな面でパワフルだ。彼が反乱派に加わったとなると、ルカが考えていたよりも事態は深刻だ。ソーリンを味方にするのは、人間の場合なら核兵器を手に入れることに匹敵する。彼は生まれながらの闘士だが、武力にすぐれているばかりか知恵者でもあった。裏切り者の評議員は、よほどうまいことを言ってソーリンを反乱派に引き入れたのだろう。

クロエが喉の奥で小さな音をたて、身じろぎし、楽な姿勢に落ち着いた。ルカは彼女を覗き込み、体をさらにちかづけて香りを吸い込んだ。これがまちがいのもとだった。なんとも心を乱す香りだ。反乱派をどうするか決めなければならない。彼らの大義などどうでもよかったが、理解できないこともなかった。とはいえ、平凡なヴァンパイアが抱えるフラストレーションに、捌《は》け口を与えてやる筋合いはない。来るべき戦争でなにが起きようと、中立の立場をとりつづけることはできる。

だが、傍観者でいつづけるのは、彼の性分に合わない。それは自分自身がいちばんよくわかっていた。そうなると問題は、反乱派の側で戦うか、現状維持派につくか、だ。反乱派の側についたほうが、ヘクター殺害の黒幕を見つけやすい。

決め手となるのはクロエだ。もし彼が反乱派を選べば、彼女は死ぬ。単純明快。

彼は人間だったことはないが、正真正銘の男だ。そして男なら、彼女の甘やかな香りや、胸と尻の膨らみや、唇の形にくらっとなる。もっとも人間の男たちは、青白くてほっそりした首筋にまでくらっとならないだろうが、彼はその美しさや、滑らかな肌の下で脈打つ鼓動に抗えなかった。それを見ることができる。その匂いを嗅ぎ、音を聞くことができる。

片がつく前に、彼女とセックスすることになるだろう。彼女の味わいだけでなく、彼女の体がどんなか知りたかった。彼女の内側の熱さや締まり具合がどんなか知りたかった。どんな反応を示すか、絶頂に達したときどんな声をあげるか知りたかった。想像するだけでは満足できない。彼女を誘惑するためならなんでもやるつもりだ。あくまでも〝誘惑〟であって〝魔法〟ではない。女に魔法をかけてセックスすることは、挑戦でもなんでもない。

この五百年ほどは、人間の女とあまり関わりを持たなかった。彼女たちはあまりにもナイーブで脆弱だ。未完成な感じがしてならない。だいいち、こちらのことを憶えていないから、ほんものの関係を築くこともできない。喜んで相手をしてくれるヴァンパイアの女がいないわけではなかった。しかも彼女たちなら自分の強さや、血に飢えていることを隠す必要もない。

クロエはちがった。どこがどうちがうのかわからないが、彼女は完成された感じがする。精神的に大人な感じだ。彼の正体を知っているから、隠し事をせずにすむ。それに、彼女は憶えていた。

彼女がまた身じろぎした。呼吸が変化し瞼が震えて開く前に、彼女が目覚めたことがわかった。まばたきをしているその無防備な瞬間を、彼は見守った。クロエの目に熱がこもる。心拍があがり、深く息を吸い込むと胸が彼のほうにせりあがってくる。無意識に彼女が唇を舐めた。

ルカも深く息を吸い込んだ。彼女が自由意思でそうする覚悟ができたら、体を交えるつもりだ。そう長く待たずにすむような気がしていた。

彼女は自分がどこにいるのか気づき、上体を起こした。頬に血がのぼる。「ごめんなさい。どうしても起きていられなくて」

「だったらベッドで横になればいい。わたしが見張っている」

彼女はカーテンを引いた窓をちらっと見て、慌てて彼に顔を戻した。眉根を寄せている。

「日が射してる。燃えてカリカリになってしまうんじゃないの？ 柩《ひつぎ》に潜り込まなくていいの？ それはそうと、棺桶はどこに置いてあるの？」

「柩を用意したことはない」彼は言った。つい笑みがこぼれる。

幻滅が彼女の顔をよぎる。「それもまちがいだと言うの？」誤った知識を与えられていたことに腹を立てているようだ。柩説を人間が信じたこと自体、ルカにはわからない。柩は大きくて目立つ。

「そればかりではない。わたしは太陽の下に出ていける。好きではないが、死ぬことはない。ヴァンパイアも人間とおなじでさまざまだ。日差しに耐えられる者もいれば、耐えられない者もいる」

「ニンニクは？」彼女が期待するような口調で尋ねた。

「味は好きではない」

「聖水は？　十字架は？」

「問題ない」

「がっかりだわ」彼女は腕を組み、顔をしかめた。「ヴァンパイアについてわたしたちが知っていることは、すべてまちがいなの？」

「まあそうだな」

「あなたを殺すために、わたしでもできることはあるの？」とんでもないことを言ったと気づき、彼女は笑いだした。「ごめんなさい。あなたを殺すつもりはないわ。ほんとうよ。ソーリンを殺すために、わたしでもできることある？」

彼女の笑い声に、ルカはほほえんだ。やわらかな茶色の目が輝き、顔がぱっとあかるくなるのを眺めるのは、なんて楽しいんだ？「彼の頭を切り落とすか、心臓を破壊すればいい。命あるものはなんでも、それで始末できる」

「彼がそのあいだおとなしくしててくれるならね」皮肉混じりの言い方だ。「文字どおりの意味で、彼にはじっとしててもらわなくちゃ。わたしに彼を捕らえられるわけがないもの」

「ある年齢に達したヴァンパイアは非常に強く、唯一の危険はおなじように強いヴァンパイアだけになる。人間がよほど幸運に恵まれていないと、まず倒せない。人間がなんとか倒せるのは、まだ若く、弱いヴァンパイアだけだ」

「へえ」クロエは探るような視線を彼に向けた。「それで、あなたはいくつなの？」

「年寄りだ」

「年寄りって、どれぐらい？」彼女が指を突き立てる。「さあ、言っちゃいなさいよ。あなたがいくつか教えてくれたら、わたしも自分の歳を教えてあげるわ」

ルカは鼻を鳴らした。「〝あなたが見せてくれたら、わたしも見せてあげる〟ほどにはそそられないな」歳を明かすことが、妙にためらわれた。四百歳、あるいは五百歳と言っても、彼女はまばたきひとつしないだろうが、二千歳となるとまたべつだ。彼はローマ帝国の崩壊を目の当たりにした。住んでいた場所はちがうが、イエスの時代に彼は生きていた。一六〇〇年にロンドンが燃えたのも目にしている。地震や火山噴火を生き抜き、シェイクスピアと言葉を交わしたこともある。痩せこけた好色漢だった。聞けば彼女は怖気《おじけ》づくだろう。彼に比べれば、彼女の人生経験などないにひとしい。彼女には怖気づいてほしくなかった。彼女には……そう、彼女にはカッとなったら殴るぐらい強気でいてほしい。

「もういいわ」彼女が言い返す。「あなたになにも見せてあげるつもりはありませんからね」

手を伸ばし、指で彼女の髪をいじると、やわらかなブロンドの巻き毛が指に絡みついた。

「ほんとうにそうかな？」

彼女はその手を払いのけた。「そうよ」きっぱりと言い、立ちあがった。「眠いからベッドに入るわね。日の光で燃えあがったりしないのなら、ソファーに横になってもいいわよ。休息が必要でしょ。わたしはそう長く眠れないでしょうけど」眠りを妨げる執拗なウォリアーを思い出し、彼女の顔を影がよぎる。「それはそれとして、おやすみなさい。というより、おはようかしら」

彼女は出ていった。ルカは長い脚を伸ばし、しばらく物思いに耽《ふけ》った。彼女が深い眠りに落ちて規則正しい寝息が聞こえてくると、彼は起きあがって小さな家の探索をはじめた。馴染んでおく必要がある。思ったとおり、ヴァレリーは乱雑な客間のベッドで大の字になっていた。彼女に興味はない。餌《えさ》としても、それ以外でも。

クロエのベッドルームのドアをそっと開け、その暗さに驚いた。ヴァンパイアの鋭い視覚で、ものを見分けるのは造作もなかったが、陽光が射し込まないのはほっとする。彼女は遮光カーテンを取りつけていた！　それもそうだ。彼女は夜働いて、昼間眠る生活をしているから、できるかぎり日差しを遮断する必要がある。

ルカの顔に笑みが広がった。ベッドルームに入り、ドアを閉めた。

ベッドルームのドアに短いノックがあり、クロエはハッと目が覚めた。ドアが開き、ヴァレリーが入ってきた。服はしわくちゃで目は充血しているが、ありがたいことに無傷だ。クロエはベッドサイド・テーブルの上の時計を見た。午後の三時！　ベッドに潜り込む前に日は昇っていたけれど、それにしても……

「泊めてくれてありがとう」ヴァレリーが言う。「あたし、帰るから。それで、ちょっと……あら、こんにちは」

ヴァレリーの口調の変化とまん丸な日、それにマットレスの揺れで、クロエはくるっと向きを変え、誰が——なにが——ベッドのなかにいるのか見定めようとした。友人が目をまん丸にして……それに惚《ほ》れぼれしている理由に目をやる。憤慨してはいても、これなら惚れぼれするはずだと思わずにいられなかった。廊下から射す光に照らされているのは、ルカの盛りあがった肩と、長く力強い腕の筋肉、それに胸毛が作る陰だった。片肘を突いて起きあがり、長い黒髪を絡ませ、眠たげで誘うような目は、まさにセックスそのもの。

「お邪魔するつもりなかったのよ」ヴァレリーはおもしろがっている。

「なにも邪魔はしていない」ルカの声は黒いシルクのようだ。「きみはクロエの友人のヴァレリーだね」

ヴァレリーはうなずいた。うろたえてものも言えないようだ。クロエにはその気持ちがわかった。彼女自身、まだひと言も発していなかった。

「わたしはルカだ。会えて嬉しいよ」

「こちらこそ」ヴァレリーは彼の目を意識してショートヘアに手をやった。短すぎて乱れようがないのだが、習い性になった仕草だ。

「これで失礼します」ヴァレリーは後じさりした。「お目にかかれてほんとうによかったわ、ルカ」ほほえみ、ドアを閉める。

クロエに睨まれても、彼はまるで動じない。まったく、いけしゃあしゃあと。ひっぱたいてやりたい。まるでここが自分の寝場所だという顔で、すっかりくつろいでいる。「ここでなにをしているの？」鋭く問い詰める。「ソファーでは眠れないの？」

「ああ」こともなげに彼が言う。「ここには遮光カーテンがついている」

「それは――あら」なにか言うことある？　彼女となにするチャンスとばかりベッドに飛び込んできたのかと思っていたのに、カーテンが気に入ったから、ですって。遮光カーテンはヴァンパイアを幸せにするものらしい。

それに彼女は裸ではない、はず。シーツの下を覗き込む。ええ。ベッドに入る前とまったくおなじ格好だ。Tシャツに退屈な下着――これじゃ、なにする気にもならなかったのだろう。すごく運がよかったと思うべきか、自分にはまったく魅力がないのだと思うべきか。悩みながら顔をあげると、ルカがじっと見つめていた。男そのものの熱い表情は、まるでちっちゃなシルクのスリップを着ているような気分にさせられる。もっと悪くて――よくて？

――素っ裸な気分。

その表情が彼女を酔わせる。官能の極致。呼吸が浅くなる。寝返りを打って彼の腕に飛び込み、どうにでもしてと言いたくなる。でも、そんな衝動を抑えつけた。ヴァンパイアと寝るのは、まったくもって愚かな行為だ。でも、ヴァンパイアが存在するとして、承知のうえでも、知らないうちにでも、多くの人間が彼らと寝ているのだろう。失血による大量死が起きたら、マスコミが放っておくわけはないのだから、ヴァンパイアは犠牲者から血を残らず吸いあげずにセックスができるのだろう。それって喜ばしいこと？

「正確にはいつごろベッドに入ってきたの？」クロエは疑わしげに尋ねた。もっとも、なぜそれが問題なのかはわからない。彼女がベッドに入ったとき、ルカはソファーに座っていた。彼はずっとそこにいると思っていた――いまとなっては、愚かなことだが。

「きみが眠ってからそう時間は経っていなかった。戦って疲れたので休息が必要だった。リビングルームはあかるすぎるので、きみのベッドに入った。きみは気づかなかったし、わたしはきみに指一本触れていない。そうしようと思わないでもなかったが」彼の目がいたずらっぽく光った。

「思うのはあなたの勝手よ」彼女が言い返す。「でも、しないでね」起きてバスルームに行かなければ。でも、ぐずぐずしていた。彼に見られたくないから。もっとも、男の目を奪うような体ではない。Tシャツの下はノーブラだけれど、胸は小さいほうだし、パンティはビキニよりもっと広い面をおおい隠している。公園に出かけてジョガーを眺めたほうがよほど目の保養になる。

だったら、さっさと起きなさい。威勢よく上掛けをはねのけ、ベッドから出た。ブツブツ言いながら。「最初はレストランに姿を見せて、つぎはここ。ヴァレリーは職場のみんなに言いふらすわ。わたしにボーイフレンドができたって」

「いや、言いふらさない」彼はのんびりと言い、起きあがった。シーツが腰まで落ちた。裸の胸はまるで彫刻のようだ。涎が出そうな見事さ。彼女はいままさに涎を垂らしそうになっていた。唾を飲み込む。彼はなにか身につけているの？　服を探して部屋を見まわす。ベッドの向こう側に脱ぎ捨てたのか、それとも、きれい好きなヴァンパイアで、どこかにかけてあるとか。ああ、どうしよう。心臓がマーチング・バンドの太鼓みたいに脈打っていること、彼に知られてしまった？

「あなたは知らないから。この手のゴシップはおいしすぎて、胸にしまっておけないのよ。彼女はみんなに言いふらすわ。みんなとまではいかなくても、それに、秘密にしてって頼めば言わないだろうけど、でも、こういうことって、どこからともなく洩れるものでしょ」むっつりして言う。

「他人がどう思おうとかまわないじゃないか」ルカはいたって暢気だ。「きみがわたしと寝たらどうなると言うんだ？」

「第一に、わたしは誰とでも寝るタイプではない。だから、そんなわたしにもセックスライフがあるとなると、みんな、俄然《がぜん》興味を持つわけ。ヴァレリーはあなたの名前までは出さないでしょうけど。なによりも避けたいのは、うちのコックや給仕係が、ボスと寝た相手はどんな奴だろうって、あなたの名前をグーグルで検索すること。それで、なにが見つかるのかしら？」

「重要なことはなにも」彼がこともなげに言った。「ヴァンパイア、と出てこないことだけはたしかだ。旅行するのに必要な書類はすべて揃えてあるが、たいていの場合、レーダーの下を飛んでいる」

「いろいろな意味でね」彼女はつぶやき、彼のことはほっておくことにした。まるで自分のベッドに寝ているみたい――リラックスしすぎで、くつろぎすぎで、魅力的すぎる。男がらみの面倒には巻き込まれたくないから、ぷりぷりしながらバスルームのドアを閉めた。男が――べつの種であろうと、魔法か呪文かそういうもので現われたのであろうと――女のベッドで朝を迎えたら、遅かれ早かれただ眠る以上のことを期待するようになる。早晩。

シャワーは浴びず、髪にブラシをかけ、急いで歯を磨き、めったに使わないけれど、いざというときのためにドアの裏側にかけてあるバスローブを羽織った。

ヴァレリーはキッチンにいて、淹れたてのコーヒーをカップに注ぐところだった。「勝手に使わせてもらったけど、かまわないわよね」クロエが入っていくと、ヴァレリーが言った。

「カフェインがどうしても必要なの。多ければ多いほど元気になれる。あなたはお休みだけど、あたしは二時間後には働かなきゃならない。頭がガンガンしてるわ。マルガリータを作ろうなんて、なんで思ったりしたんだろう？　それも何杯も」

魔法はほんとうに効いていた。クロエは素知らぬ顔をした。マルガリータは飲んでいない、とヴァレリーに言いたかった。でも、この場合、嘘も方便だ。記憶にあるのがマルガリータのピッチャーと二日酔いのほうが、ヴァンパイアや咬まれた痕よりずっといい。ヴァレリーの青白い顔をじっくり眺める。顔色の悪さは、失血ではなく二日酔いのせいで通るだろう。咬み痕のほうは……消えていた。ソーリンの牙が肉を裂いたところには、赤い点もあざもなにもなかった。

クロエは深く息を吸い込み、ゆっくりと吐き出した。「ねえ、ルカのことだけど——」キッチンに来るまでになにを言うかおさらいしておくべきだった。でも、あまりにもめまぐるしくて、なにから話したらいいのかわからない。

ヴァレリーはコーヒーを飲み、カウンターにもたれかかってクロエの目を見つめ、尋ねた。

「ルカって誰?」

14

ソーリンはポトマックの屋敷の地下におりていった。上の階にいるかわいい魔女は、家族が地下にいることにはまったく気づいていないが、この階は監獄以外の目的でも使われていた。地下の壁と天井は侵入と盗聴に備えた補強がなされている。そのうえ、直接地下に通じる出入り口があり、誰にも見られずに出入りできる。敷地はトンネルが掘れるほどの充分な広さがあった。そうでないと、評議会本部が直面しているのとおなじ問題を抱えることになる。周囲にごたごたと建物が立ち並び、下水道管や地下ケーブルがそこらじゅうに走っている――その昔はそんなものに頭を悩ますこともなかったのに、いまや避けて通れない問題だった。

彼は機嫌がよくなかった。ルカとの戦いでぐったりしていた。くそっ、あの野郎の戦いぶりときたら！　気概を試されるような戦闘からはすっかり遠ざかっていたから、よい運動になったが、ルカは遊び半分だったような気がして頭にきていた。

いま、彼女がここに来ており、それは非常に危険なことだ。ルカがコンデュイットの家にいたということは、パズルのピースを、こちらが不安になるほどたくさん集めたのだろう。反乱派に混乱と恐怖を与える者がいるとしたら、ルカ・アンブラスだ。彼を敵にまわすと知ったら、脱落する者や鞍替《くらが》えする者が出てくるだろう。

ルカは、評議会本部からイーノックの後をつけてコンデュイットの家に辿り着いた。それでイーノックが姿を消したことの説明がつく。ルカの手で塵にされたにちがいない。ルカが殺す前にイーノックを尋問できたかどうか、ソーリンにはわからないが、クロエ・ファロンがコンデュイットだとルカが知っている以上、最悪の事態を想定すべきだ。

レジーナが待つ地下の個室に足を踏み入れる。ありがたいことに彼女はひとりだった。腹を割って話ができる。

「あんたはここに来るべきじゃない。評議会本部にいるほうが安全だ」

彼女は手を振ってソーリンの心配を退けた。「魔女の成長ぶりをこの目で見ておきたかったのよ」彼女はかすかな笑みを浮かべた。「わたしと会うと、彼女は前にもまして頑張るようだから」

それはたしかだった。正体を隠すためにレジーナと呼ばれているヴァンパイアを、ネヴァダは恐れ、嫌悪していた。レジーナの訪問を受けた後は、かならずしゃかりきになって働くが、その一方で生産性は低下するようにソーリンには思えた。レジーナにそう指摘したところでどうにもならない。彼女には残忍なところがあり、ネヴァダを怯えさせて喜んでいた。

「クラブハウスのほかの少年少女たちは、あんたがいなくて淋《さび》しがるんじゃないのか?」彼は皮肉たっぷりに尋ねた。ほかの評議員たちが、昼間、彼女がいないのに気づくことはまずない。彼女の訪問はいつも短く、もっともパワーが漲っている夜中にかぎられていた。必要とあれば、短時間なら日差しのなかに出て行くことはできるが、自然光に曝されると力が弱まる。きょう、ここに来るにあたって、彼女は勇敢にも日差しの下に出た。いずれにしても、彼女にとって好ましい時間帯ではない。

レジーナは冷ややかな笑みをソーリンに向けた。「話し合うべき議題はないし、わたしたちは好きなときに出入りできる。誰にも自分の行動を説明する義務はないわ。彼らはなんでも与えられ、長いあいだ考えもせずに従ってきたので、現実世界がどんなふうに動いているのか忘れてしまっている。彼らの大半は、反乱派の存在を信じようともしないわ。わたしが出掛けたことを、彼らは知らないし、たとえ知ったとしても、それについてなにも考えやしない」笑顔が消え、目が鋭くなる。「DCのコンデュイットは死んだの?」

「いや」

不機嫌そのものの表情になった。口が真一文字に結ばれ、日が暗くなり、それから真っ赤になる。「どうして? ひとりの人間を始末するのに、ふたりとも失敗したわけ! 彼女はウォリアーとの接触で、最終段階までは行っていないけれど、ここに住んでいる。目と鼻の先にね。もし彼女が精神的に強い絆を持っていたら、接触は思っているより早くなる。彼女を始末しなさい。いますぐ」

「彼女を守っている奴がいる」ソーリンは険しい顔で言った。「ルカがいた」

　レジーナは息を呑まなかったが、赤くなった目がいつもの黒っぽい色に戻った。ショックが怒りにまさったのだ。「たしかなの？」

「おれは奴と戦った。奴が彼女を守った。文字どおり、あいだに割って入ってきた」

「あなたが戦った――あなたがその場にいたのなら、どうして彼は死ななかったの？」

「警察の邪魔が入ったんだ」

　彼女がじっとソーリンを見つめる。彼女の頭のなかで歯車が回転しているのが、彼には見えるようだ。彼女は生来の戦略家ではない。少なくとも戦場においては。だが、その才知と直感で生き延びてきたから、機を見るに敏だ。

　レジーナのことは好きではないが、好き嫌いは問題ではない。彼女は必要だ。扱いが難しく、虚栄心が強く、誇り高い――それにパワフルだ。彼女抜きでは反乱は起こせない。彼女は何世紀にもわたり、呪いをかけた魔女を探してたゆまぬ努力をつづけ、ついにネヴァダの居所を突き止めた。ジョナスの能力を造反ヴァンパイア摘発に生かしたのは彼女だ。ジョナスはルカと組んで仕事をしてきた。そして彼女はジョナスの能力を、今度はコンデュイット探しに使った。ジョナスは進んでやっているわけではないが、レジーナはその非情さと残忍さで、彼を思いどおりに動かしていた。

彼女の年を追うごとに強くなる魔法の力をもってすれば、人間を召使いにできる。彼女は評議員だから食糧に困ることはないが、反乱派の立場は厳しい。彼らには血を提供し、太陽が照っているあいだ、雑事を片付けてくれる召使いが必要だ。もっとも、そういう役割に合うのは、弱い心の人間たちだけだが、それでも反乱成功の要《かなめ》であることにまちがいはない。努力の賜物ではあるが、彼女こそが革命だ。

「ルカがコンデュイットの家にいるということは、イーノックを尾行したのね」彼女もソーリンとおなじ結論に辿り着いた。彼女の肌は白いから青ざめているかどうかわからないが、瞳孔は収縮していた。「イーノックが死ぬ前にしゃべっていたら——」

それについて、ソーリンはこの数分で考えを変えていた。話をしながらも、潜在意識が戦略を立てていたのだ。「あんたの正体までは明かしていないと思う」

「どうしてそう言えるの？」彼女が鋭く切り返す。「わたしは明かしたと思うわよ」

「あんたはまだ生きている。ルカがあんたの正体を知っていたら、あんたはすでにこの世にいない。評議会本部の保安措置ではルカを締め出せないことは、あんたも知っているだろう」

彼女は深く息を吸い込んだ。恐怖が彼の論理と戦っていた。ルカ・アンブラスは、知性派ヴァンパイアにとって最悪の悪夢だ。しかし、レジーナはこのうえなく論理的であり、その決断は感情に左右されない冷静なものだ。「あなたの言うとおりね。彼は無理に押し入る必要もない。彼の思惑は誰にもわからないのだから、いつものように玄関から入ればいい。わたしがそれに異を唱えれば、評議員たちに、わたしが反乱の女王だと触れまわるようなもの」

よく言うぜ、とソーリンは思った。たしかに評議員たちは、それで彼女が反逆者だと気づくだろう。だが、〝反乱の女王〟とは……エゴのかたまりの彼女らしい言い方だ。

「わたしは強いけれど、評議員たち全員がかかってきたら……なかのふたりか三人でもかかってきたら……わたしにチャンスはない」

それはたしかだ。評議員は性格で選ばれたのではない。彼らは揃いも揃って最強のヴァンパイアだ。

「あんたが評議員であることで、おれたちは一歩先んじることができる」ソーリンは言った。「彼らの計画がおれたちに筒抜けだからだ。だが、あんたがあっちにいて安全ではなくなる時がかならず来る。その判断はあんたがつけなければならない。おれはその場にいないのだから」

冷たい目がじっと彼を見つめる。「ふと思ったんだけど、ソーリン、あなたもいままでは足手まといだわね。ルカはあなたのことを知っている。あなたの後をつけてここまで来ることができる。すでに来ているかもしれない」

彼女はためらいもなく自分を殺すだろう、とソーリンは思った。だが、そんなことは前からわかっている。ヴァンパイアは、まず第一に自分が生き延びることを考える。その伝でいけば、彼女だって、ソーリンがためらいもなく自分を殺すだろうとわかっているはずだ。相手の命か自分の命か、どちらかの選択を迫られれば。

「来ていない。奴はコンデュイットを守るために留まった。おれは遠くからそのことを確認した」ソーリンはうぬぼれた笑みを浮かべた。「そればかりではない。もしあんたがおれを殺せば、魔女は協力しなくなる」ネヴァダが彼といてくつろいでいるかどうかはわからないが、ほかのヴァンパイアよりも彼を好いていることはたしかだ。ほかのヴァンパイアとは口もきかない。そんなわけだから、彼はネヴァダとレジーナの連絡係というわけだ。

「目の前で、わたしが家族の喉を切り裂こうとすれば、彼女も協力せざるをえない」

その凶暴さで、レジーナはなんでも決着をつけようとする。たいていのことはそれですむが、ときには微妙なさじ加減が必要なときもある。「あんたには彼女がまるでわかっていない。家族のひとりでも傷つけたら、話はそこで終わりだ。彼女はこれまでに身につけたパワーと知識をすべて駆使し、あんたを襲うだろう。魔女のパワーを見くびってはならない。おれたちのひとりが魔女をないがしろにしたために、どんなことが起きたかわかっているはずだ」

「彼女が呪いをかけ終える前に、殺してやる。言うことをきかない奴に用はないもの」

彼はこともなげに言った。「だったら呪いが中途で終わらないことに賭けるんだな。あんたの頭のなかで目の玉が溶けだしたところで、あんたは彼女を殺してしまう。呪いは中途半端なままだから、あんたは目の玉が溶けたままおっぽり出されるってわけだ」馬鹿げた仮説を口にしながら、ソーリンは笑いを堪えきれなかった。彼の知るかぎり、呪いはかけ終わらないかぎり効力を発揮しない。だが、レジーナの弱点は虚栄心だ。ネヴァダを守るためなら、ソーリンはどんな手でも使うつもりだった。彼女を見ると娘を思い出すから、守ってやりたくなるのだろう。ほんとうはそんな気持ちは持ちたくない。人間に責任を感じるなんてまっぴらだが、彼が望もうと望むまいと絆はたしかに存在していた。彼女の匂いを嗅いだとたん、幼子を抱きあげてあやし、楽しげな笑い声を聞いている気分になる。

大昔の記憶を頭から締め出し、レジーナを眺めた。中途半端な魔女の呪いの恐怖をあれこれ想像しているのだろう。「だったら、あなたから彼女に発破をかけておいてよ。接触がまぢかに迫っているコンデュイットがどんどん増えているって、ジョナスが言ってたわ。もう時間がない。せいぜいあと数週間よ」

コンデュイットを追い詰めて殺す仕事をやりながら、ネヴァダにどうやって発破をかけるのか、どうやればふたつの場所に同時に存在できるのか、尋ねてもはじまらない。ネヴァダは頑張っている。よけいなプレッシャーを与えて成果があがるとも思えない。

「ルカを味方に引き入れたいわ」レジーナが頬を指で叩きながら言った。「彼はとんでもなくパワフルよ。彼の力がどういうものか、誰も正確には知らない。彼が評議員に〝ヴォイス〟を使った話、あなたにしたでしょ？　わたしたちみな、すごいショックを受けて、どうしたらいいのかわからなかった。考えてもみてよ。ヴァンパイアの魔法使い、ヴァンパイアの純血種。彼がこっちに寝返れば、成功は確実なものになる。彼に敵う者はいないにひとしいもの」彼女の目に邪《よこしま》な光が躍った。「彼なら立派な王になれる」

彼女の狙いがソーリンを苛立たせることなら、成功だ。新体制で王になりたいと思っているわけではない——制約がありすぎるし、彼女とファックするのはごめんだ。だが、レジーナの目の輝きから判断すると、ソーリンの痛いところを突いたとわかっているのだ。ルカはヴァンパイアの理想形だ。なにが頭にくるって、ソーリンは彼のことが好きだった。多少なりとも。ルカが味方になってくれれば、成功を確信できる。

「すねないでよ」彼女がずばっと言う。「あなたは副司令官の器だもの」

「ルカ・アンブラスが生き方を変えでもしないかぎり」ソーリンは皮肉たっぷりに言った。「そういうことになるわけがない。あんたとやりたかったら、とっくの昔にやってるはずだ」

レジーナが目がまた赤く光り、ソーリンは悦に入った。やられたら、やり返す。彼女は反応がえられるまで攻撃をつづけるタイプだから、ソーリンはかならず反応を見せることにしている。それが彼女の気に入らなければ、攻撃するのをやめることだ。彼女を尊重しているし、忠節を尽くすつもりではいるが、彼女のサンドバッグになるのはごめんだ。

彼女は身につけているお守りを指でもてあそんでいた。外出するときには、目立つローブは脱ぎ捨て、目の玉が飛び出るほど高価で体にぴったり合った黒いスーツとハイヒールに着替えるが、お守りだけは……離したことがない。評議員はみなその地位を示すお守りを持っており、彼女のエゴが、そのパワーと立場と地位を示すものから切り離されることを許さないのだ。彼女がため息をついた。「心配することはなにもないわ。ルカが意思を翻すことはない。人間を守るつもりなら、わたしたちの味方にはならない。残念だけれどね。力と能力の無駄遣いだもの」

「おれに彼を殺してほしいのか?」

「あたりまえでしょ」彼女は、もういい、というように手を振った。「でも、いまはまだいいわ。DCのコンデュイットと馴染むために数日の猶予を与えましょう。彼女をよく知れば、体を張って守る価値がないとわかるわ。ルカは現実主義者よ。今回は傍観者を決め込むかもしれないし、少なくとも多少は緊張を解くでしょう。ルカだってミスをしないわけではない。取り換えのきく兵士をふたりか三人、彼らの見張りにつけなさい。ルカがなんらかの理由で彼女に見切りをつければ、それにこしたことはないわ」

「取り換えのきく?」その言葉にソーリンはカチンときた。彼は兵士だ。部下のひとりとして取り換えはきかない。戦略上、ひとりひとりが大事な役割を担っている。

「ルカに見つかれば、殺されるのよ」レジーナは心配するふりもしない。「精鋭を送らないほうがいいでしょ」

ソーリンは両手を握り締め、開いた。「ルカ・アンブラスがおれの最弱兵士をひとりまたひとりと血祭りにあげているあいだ、おれはなにをすればいい？」たいした理由もなく部下を犠牲にするのは、兵士としての彼の本能に反する。

だが、兵士のひとりやふたり失っても、レジーナは屁でもないのだろう。「べつの獲物が見つかったわ。ルカのペットより進んだ段階にいる」彼女はこの情報に不満なのだろう。「ジョナスが仕事のペースをあげないかぎり、コンデュイットをすべて抹殺する前にウォリアーが現われはじめるわ」

気の毒なジョナス、とソーリンは思った。彼女は欲しいものを手に入れるために、ジョナスを宥めすかし、ときに責め苛《さいな》んできた。なにをやろうがペースはあがらない。それどころか、うるさく催促すればかえってペースがダウンすることに、彼女は気づいてもいない。

「目と鼻の先にいるコンデュイットが守られているのが、わたしには気に入らない。それも、もっともその役割に適した者によって」

彼に言わせれば、コンデュイット全員の抹殺がうまく間に合う可能性はゼロにひとしいが、どんなに手ごわいウォリアーだろうが、はんのひと握りでは、人間を組織化し、勝つチャンスを得ることはできない。それでも、ネヴァダに呪いを解くことができなければ、ヴァンパイアには敗北が運命づけられていた。戦争は人間にとって大きな痛手だろうが、安全な家にこもられてしまったら、ヴァンパイアは寸も足も出せない。

レジーナは肩をすくめ、話題を変えた。「アトランタに行ったことは?」

「何度もある」この六十年ほどはご無沙汰《ぶさた》だが。

「つぎの獲物がいる場所よ。今夜発《た》って。それまで休むといい」

それはそれは。コンデュイット狩りに出ているあいだは、彼女に拝謁しなくていい。最近の彼女とのミーティングにはそういう趣があった。彼女はソーリンのことを、副司令官、それもほぼ同等の副司令官というよりは、家来とみなすようになっていた。もともとまわりの者はすべて自分より劣っていると考える女だが、それが少々鼻につく。

彼女が出ていった後、ソーリンはふたりの兵士に、暗くなったらクロエ・ファロンの家を見張れと命じた。ただし、ルカにはちかづかないように、十分な距離をとって見張り、ふたりがなんらかの理由で決別したらただちに知らせろ、と言い添えた。

それがすむと、ネヴァダの部屋に向かった。いまや彼女は〝ヴァンパイア時間〟に合わせていた。夜に働き、昼間は眠る。夕方のいまは、そろそろ起きて仕事にかかるころだ。


最後にぐっすり眠ったのがいつだったか、ネヴァダは思い出せなかった。この場所に連れてこられてからは、一度もなかった。夜もたいてい——正確には昼間だが、彼女にとっては夜だ——目が冴えて眠れず、家族のことや、失った人生や、彼女を拉致した怪物たちのことを考えた。どうして誰も捜しに来ないのだろう。そもそも、捜そうとしてくれた人がいるのだろうか。おそらくいない。ヴァンパイアは用意周到だ。友人たちはどう考えているのだろう？　彼女は死んだと思っている？　ヨーロッパ旅行に行ったと？　家族も一緒に拉致されたのだから、雑誌のカバーストーリーには家族のことも書かれていた？　おそらく。

きっとみんな、一家全員が死んだと思っているのだ。家の火事か恐ろしい自動車事故で説明がつく。そうでないことを、彼女は願っていた。それなら、警察に死体を提供するため、ほかの誰かが代わりに死んだことになるのだから。もしそうなら、家族は誰も解放されることはないの？

遠隔視の能力があることがわかってから、ネヴァダは家族のもとに到達して、無事をたしかめようと努力してきた。網を広く遠くまで張り、両親やきょうだいのことを念じ、混沌《こんとん》としたこの世の中で彼らを見つけようとしたが、いまだに手掛かりを得られなかった。ソーリンは、短時間だが携帯電話で家族と話をさせてくれた。とはいえ、頭のなかだけのことでも、家族の姿を見ればもっと安心できるし、自分がしていることもなにかの役に立つと実感できる。

壁の向こうを見ることはできず、時間を知る時計もないが、まだ宵の口なのはわかる。ヴァンパイアは夜がもっとも活動的で、動きまわって音をたて、エネルギーで屋敷をいっぱいにする。ネヴァダはそれを感じとれるようになっていた。つまり、まだ外は真っ暗にはなっていない。この時間、ヴァンパイアに邪魔をされることはめったになかった。あと一時間ほどは誰も入ってこないだろうから、楽に集中できる。

行き当たりばったりに家族を捜すよりも、自分がいる場所からはじめて徐々に意識の網を広げていくほうが成功の確率は高い。呪いの本の該当ページに指を広げて置き、深く息を吸い込んでエネルギーを集める。ゆっくり、ゆっくりとそれを広げる。焦りは禁物だ。波を感じるたび、それが馴染みのあるものかどうかを調べ——

いた。家族がいた。ショックのあまり集中が途切れそうになったが、力とエネルギーのすべてを必死で掻き集め、像にしがみついた。家族は下にいたのだ。このおなじ建物の地下に。窓のない部屋は四人で暮らすには狭すぎ、壁は剝き出しの灰色だ。わずかな家具——寝台がふたつと毛布が数枚、暗い電灯——があるばかりで、見たところ洗面所はついていない。

でも、みんな一緒だし、無事だ。ああ、こんなにまぢかにいる。

魂を高く舞いあげる。体の外へ、物質世界の外へと押し出す。一瞬の後、灰色の部屋の真ん中に立ち、家族が発散する愛と恐怖を浴びていた。彼らが見えるし声も聞こえる。それだけでよかった。彼らからこちらが見えなくても、一緒にいることがわからなくてもかまわない。彼らの喉に咬まれた痕がないか、不安に駆られて探した。家族を餌食にはさせないと、ソーリンは約束してくれたが、怪物の言うことが信じられる？ 彼はちがう、と頭のなかでささやく声がしても、ヴァンパイアであることに変わりはない。家族の誰にも傷跡や血痕がないのを、自分の目でたしかめてほっとした。

ネヴァダの頰に流れる涙はほんものだった。魂がほかの場所で苦痛を感じているとき、肉体は涙を流していた。狭い寝台のひとつに並んで座る両親にちかづく。ふたりとも瘦せ細り、老けたように見えた。げっそりしていて、肉体も精神も疲れ果てているのが感じとれる。修復のしようがないほど壊れかけている。赤毛だった母の髪はすっかり白くなり、顔には深いしわが刻まれていた。父は薄くなりかけていた黒髪をすっかり失っていた。手を伸ばして触れようとしたが、手は彼らの体をすり抜けてしまう。ここに存在していないのだから、触れることはできない。

もうひとつの寝台に座っているジャスティンは、背が伸びてほっそりしていた。いまではもう十七歳だ。鳶色《とびいろ》の髪は伸びてもつれ、顔には怒りの表情を浮かべている。こんなところに閉じ込められ人生を奪われたことに、怒っているのだ。ネヴァダは弟に慰めも安心も与えてやれない。

エミリーは狭い部屋の隅の床に、うつむいて膝を抱えて座っていた。髪はネヴァダの髪とおなじあかるい赤で、肌は白く……長いこと太陽を浴びていないので、ますます青白くなっていた。エミリーは十四歳……いいえ、もう夏だから十五歳の誕生日を迎えている。仲良しの姉妹だった。無駄だとは知りながら、ネヴァダは妹の髪に触れようと手を伸ばした。妹が生まれたときからやっている仕草だ。エミリーを慰めることはできなくても、自分への慰めに。

ところが、ネヴァダの手がその体をすり抜けたとたん、エミリーがぱっと顔をあげた。目を見開き、きょろきょろとあたりを見まわす。「ネヴァダ？」

あまりのショックに狭い灰色の部屋から飛び出し、肉体に戻って息をあえがせた。倒れないようにテーブルの端をつかんだ。どうしてあんなことが？　ほかの三人は気づかなかったのに、エミリーにはわかった。どうして？

気持ちを鎮め、鼓動を抑えようとした。ヴァンパイアが聞けば、彼女が動揺しているか、興奮していると思い、様子を見に来るだろう。落ち着きを取り戻し、いまの出来事を考える時間が必要だ。

なるほど、そういうことか。ヴァンパイアがネヴァダのなかに見出《みい》だしたのとおなじパワーを、エミリーも受け継いでいるのだ。ヴァンパイアがそれを知ったら、エミリーも利用するだろう。家族にほかにも魔女がいることを知られてはならない。ネヴァダが壁を通り抜ける術を発見したことに、彼らはまだ気づいていない。なんとかしてエミリーに警告し、自分の力を、姉妹の力を隠すよう伝えなければ。

ドアが開いてソーリンが入ってきた。ネヴァダの動揺に引き寄せられたかのように。ドアに鍵をかけられないのが、かえすがえすも残念だ！　ヴァンパイアが好きに出たり入ったりする。ノックして、歓迎されざる客の到来を事前に告げることはない。まあ、ソーリンはほかのヴァンパイアたちより歓迎できるが、それでもひとりきりのほうがいい。

彼は彼だ。だんだん好きになってはいても、彼らをひそかに探る能力を身につけたことがばれれば、彼はネヴァダと家族をたちどころに殺すだろう。計画に身を捧げているから、彼女が邪魔することは絶対に許さない。

「おれは出掛ける」彼が言った。「戻ってくるまで、ローマンが代わりを務める」

ソーリンを愛しているのではないかと思うときもあった。ねじれた愛ではあるけれど。心底憎いと思うときもある。彼も邪悪な怪物であることに変わりはない。ただ、彼は、邪悪さを表に出さないよう自分を抑えることに長《た》けている。ずっと昔に葬り去った人間の部分を、ネヴァダは彼のなかに見ることができた。ほかの者たちのなかには、憎しみと醜怪さしか見出せなかった。彼がハンサムでときおり親切にしてくれるからといって、眠りに落ちる前にときどき彼の顔を思い浮かべるからといって、彼の正体を忘れたわけではけっしてなかった。

ネヴァダは身震いした。「ローマンは好きじゃない」

「好きな奴がいるのか?」彼が辛辣《しんらつ》に尋ねた。

「いいえ」ぴしゃりと言う。ほんの少し嘘が混じっている。「嫌いなのと、大嫌いなのがいるだけよ」ローマンは〝大嫌い〟の部類だ。ずんぐりして醜くて意地悪で、獣にちかい。ヒトと類人猿のあいだの〝失われた環《わ》〟の上でも、類人猿にちかいところにいく、見るからに女好きだ。

彼女の見張りをする者のうち、ローマンはいちばんいやだった。容姿ばかりでなく、凶暴な目の表情が恐ろしくてたまらない。無理に強がって顎を突き出すところも。彼女に許される限度を超え、家族にそのつけがまわると大変だから、めったに頼み事はしなかった。だが、家族がすぐちかくにいて、比較的元気にしていることがわかったことが、彼女にあらたな強さを与えた。

「ほかの誰かにやらせるわけにはいかないの？」彼女は声を低くして尋ねた。「彼は怖いからいやなの。彼がいつ入ってくるともしれないなかで、集中なんてできない」

ソーリンは鋭い視線を彼女に向けた。「もっと頑張って呪文を解く方法を見つければ、ローマンに煩わされることもなくなる。時間が迫っているんだ、ネヴァダ。なんらかの成果を見せてくれないと」

呪いを解くことに時間のすべてを費やしていたら、すでに成功していたかもしれないが、多くのエネルギーをほかのことに向けていた。ネヴァダは視線を落とした。「もうじきよ」

疾しさを感じまいとした。

「もうじき、もうじきって言いつづけて、一年ちかくになるんだぞ。成果があがっていないなら――」

「あがってます！　これを見て」まだ見せるつもりはなかったが、そこは柔軟に対処しなければ。シッシッと手を振る。「さがってて」

ソーリンはおとなしく数歩さがった。ネヴァダは目を閉じ、両腕を広げた。息を吸って、吐いて――深呼吸を五回――呪文を唱える。本に記された言語だから、彼には理解できないはずだ。

目を閉じていてもわかる。緑色のエネルギーが形成され、彼女のまわりでキラキラと輝いているはずだ。肌の奥深くまであたたまり、チクチクする。それは、彼女が意思と言葉と生まれ持った能力によって創り出した泡、遮蔽物《しゃへいぶつ》、そしてきらめく力が彼女を包み込んだ。泡は、彼女の周囲数メートルまで広がった。目を閉じたままささやく。「ソーリン、ちかづいてみて」

彼がそうしようとするのを感じる。だが、歩みはいまにも止まりそうだ。彼のなかの原始的ななにかが、ちかづくなと警告しているのだろうか。彼は緑色の遮蔽物に達したが、それ以上は彼女にちかづけない。現実に柵《さく》が存在するかのように。彼は遮蔽物を押して入り込もうとしているが、ヴァンパイアの強大な力をもってしても彼女に触れることができなかった。

遮蔽物の輪のなかで、ネヴァダは目を開け、ほほえんだ。「呪いを解くより、呪いのかけ方を学ぶのが先決だとわかったの。これはもともとの呪いの規模を小さくしたものよ」古《いにしえ》の言語で呪文を唱えて手を振ると、遮蔽物が倒れた。緑色のきらめく塵となり、消滅した。

「たいしたものだ」ソーリンは本気でそう思っているようだ。

「もともとの呪いをいま一度かけて、それから解く」

「うまくいくのか？　おまえがかけた呪いと、もともとの奴と、両方を解くことができるのか?」

「わからないわ。こういう小さな呪いでも、かけることは難しい。とても力がいるから。全世界に影響を与えるような強力な呪いをかけるのは……わたしにできるかどうかわからない」ネヴァダはテーブルに目をやった。「ここでこのまま死んで、呪いはそのままにしておいたほうがいいと思うときもあるわ」苦々しげに言った。

「おまえの家族も死ぬんだぞ」

「わかってる。わたしがつづけているのは、家族がいるから」肩を怒らせる。「ローマンのようなほかのヴァンパイアたちは、あなたとはちがう。彼らは邪悪で卑劣だわ。彼らを地上に解き放つのは……」

「おれもヴァンパイアだ、ネヴァダ。そのことを忘れるな」

「忘れてないわ」彼女は即座に言い返した。「でも、ときどき……ときどき、あなたの人間としての部分が見えるの。あなたはいい人だったと、わたしは思う。それがすっかりなくなるわけがない。あなたのなかには、人を思いやる気持ちが残っている。いくらかは」

「いや」取りつく島もない。「誰が思いやるものか」

理屈に合わないが、ネヴァダは傷つき、またうつむいた。ソーリンが彼女の顎に手をやって上を向かせた。「おれはヴァンパイアだ」もう一度言う。「おれにとって、時間などなんの意味もない。おれから見れば、人間が年老いて死ぬまでほんの一瞬だ。この世に長く存在しないものを思いやってなにになる。カボチャを愛するのとどこがちがうんだ」

彼が去ると、ネヴァダは大きく深呼吸して感情を集中しようとした。ソーリンを救いたいけれど、ヴァンパイアであることから彼をどうやって救い出すの？　彼にとって、ほかの選択肢は死だけだ。彼を愛したい気持ちが、ネヴァダのなかにはある。奇妙な愛であっても。でも、彼のことは放っておくしかない。まだ救える人間に関心を向けるべきだ。たとえばクロエ・ファロンのような。

彼女には何度か接触を試みたが、失敗に終わっていた。最初の接触で送った言葉が、はたして伝わったのかどうか。増大しつつあるパワーと能力は、潮の満ち干のようなもので、差しては引くの繰り返し、強まったかと思うと弱くなる。「憶えておいて」そんなこと、言われたほうは困るだけだろう。

でも、クロエと接触できない理由がほかにあるとしたら？　彼女はすでに死んでいるとしたら？

15

クロエは無防備だ。どこをどう考えても、ルカはその結論に舞い戻った。彼がその場にいなければ、あるいは、彼が眠っていたら——彼にも眠りは必要だ——ソーリンでも、ほかのヴァンパイアでも、やるべきことはひとつだけだ。彼女の友だちでも隣人でも、通りすがりの人間でも……子犬だっていいから捕まえる。そうすれば、クロエは助けようと家から飛び出す。いや、そこまでやる必要もない。ソーリンがおとりを使ったのは、たまたまそこにいたからだ。もっと単純に、彼女が仕事に出掛けるところを狙い、ついてくるように魔法をかける。それだけ。クロエはいなくなる。

状況は複雑だった。複雑すぎて、矛盾する思考や感情をすべて検討する気にもなれない。彼には目的がふたつある。クロエを守ることと、ヘクター殺しの黒幕を見つけ出すことだ。そのふたつは、表面的にはまったく相容れない。積極的に裏切り者を追い詰めれば、クロエを無防備なままほっぽらかすことになる。論理的に考えて、ふたつのことを同時には行なえない。

ヘクターの仇《かたき》を討ちたかった。だが、ヘクターはすでに亡くなっており、いま彼がなにをしようと、死んだものは戻らない。クロエを守ることはつまり、ヘクター殺しを命じた首謀者から彼女を守ることだ。やがてはその人物に行きつき、復讐を遂げることができる。まさに、復讐は冷えてから食べるのがいちばんうまい料理だ。そのころにはもっといろいろとわかってきて、冷静に計画を練ることができる。いろいろなことに気を逸らされることもなく……たとえば、クロエに。

ルカはリビングルームのソファーに座り、観てもいないテレビのリモコンを手にチャンネルをつぎからつぎに替えていた。〝ハリケーン・クロエ〟が飛び込んできたときに、なにかしているふりをするためだ。彼女は片時もじっとしていない。洗濯をし、掃除をし、惨状を呈する客間でものを畳んだり詰めたりしていた。その合間合間にコンピュータを覗いているのは、グーグルで彼の名前を検索したり、ほかの人間から辿って彼のことを探り出せないか試したりしているのだろう。そんな手間をかける前に直接質問すればいいのに。もっとも、彼はおしゃべりする気分ではないので、黙って眺めていた。

クロエの安全を守るつもりなら——そのつもりだ——唯一の道は、彼女を連れてどこかに隠れることだ。そうしなければ、彼女は死ぬ。わからないのは、それが〝いつ〟かということだけだ。

彼女と一緒に隠れても、絶対確実ではない。反乱派には独自のハンターがいる——たとえばソーリンのような。ソーリンは優秀だ。おそらくルカのつぎに優秀だ。しかも、数カ月におよぶかもしれない長い期間、二十四時間クロエを護衛することはできない。栄養を補給し、眠る必要がある。そのあいだ、彼女は無防備だ。

たとえそれができたとしても、彼女がおとなしくついてくるとは思えなかった。第一に、期間も決められないまま、いつまでもよその国で隠れて暮らしたくはないだろう。第二に、一緒に逃げる気になれるほどルカを信頼していない。それに、彼女の肉体的弱さが足枷になる。ひよっこヴァンパイアに比べてもはるかに弱いし、魔法をかけられたらそれまでだ。

どの角度から見ても、クロエは無防備だ。唯一の解決策は、彼女と絆を結ぶことだが、そんな思いきった行動に出ることは、なんとしても避けたかった。

それはセックスではない。彼女とのセックスなら喜んでやる。だが、セックスが絆に占める割合はごくわずかだ。ルカはたった一度、人間と絆を結んだ。一度で十分だ。彼女の名前はイーナといった。もう顔も憶えていないが、鋭い刃物で切られたような心の痛みは残っていた。彼女を愛するようになり、絆を結んだ。血の絆を結べば、彼女の記憶に残るだろうと期待してのことだが、だめだった。彼女はかならず肉体的に反応した――絆がそうさせた――が、彼女にとってそれは、毎回、抗うことのできぬ他人と寝るようなものだった。そんな彼女を束縛し、結婚して子どもを産む機会を奪ってしまうのは理不尽だから、彼女の人生から姿を消し、遠くから見守ることにした。

一緒にいないときでも、彼はつねにイーナを意識していた。喜びも悲しみも含めて、彼女の感情が手に取るようにわかった。彼女が二十歳でお産で死んだとき、彼は嘆きと苦痛で正気を失うかと思った。彼女の一部にはなれなかったが、彼女はずっと彼の一部だった。その死で、彼は心の一部をもぎとられた。

心の痛手はすっかり癒えたが、二度と絆を結ぶことはなかった。人間と絆を結ぼうとはけっしてしなかった。人間の命はあまりにも短い。人間の無鉄砲さを考慮しても……だめだ。絶対にだめ。絆は痛みを伴うものだ。人生の教訓を無視していたら、これほど長い年月を生きてこられなかっただろう。永遠の命を耐える秘訣《ひけつ》は単純化であり、人間と絆を結ぶのは混乱のもとだ。

物思いに耽りながら内心で鼻を鳴らした。彼自身が絆を結ぶことをためらっているし、どういうやり方で絆を結ぶかをクロエが知ったら、即座に拒否するにちがいない。

だが、絆はいろいろな意味で彼女を保護する。まずなによりも、ルカも含めヴァンパイアは彼女に魔法をかけることができなくなる。第二に、強さとスピードを手に入れられる。ヴァンパイアの基準からすればたいしたことはないが、それで逃げる余裕が生まれる。たいていの場合、それで充分だ。第三の利点は、たがいを意識できることだ。彼女がどこにいて、なにを感じているか、ルカはつねに知ることができる。彼を警戒させることが起きたとき、いちいち彼女に説明する手間が省ける。彼女にはわかるからだ。

いちおう彼女に申し出てみるつもりだが、拒否されることをルカは願っていた。彼にとって、感情面での代償が大きすぎる。彼女が申し出に応じる可能性はないにひとしい——だが、彼女が応じなければ、守りきれるかどうかわからなかった。

クロエは落ち着かなかった。ヴァンパイアが家のなかにいるのだから当然だ。ソファーに寝そべってテレビを観ているとはいえ、ヴァンパイアはヴァンパイアだ。太陽が西の空に沈んでゆくのを、不安な気持ちで見守った。暗くなったらなにが起きるの？　彼はテレビを見つづけるだけ？　それとも、お腹をすかせる？　お腹がすいたら、夕食に彼女をいただく？　洗濯に食器洗いにと忙しく動きまわり、最後には客間の片付けに着手したが、ついにはルカと並んでソファーに座り、テレビを観ること以外にすることがなくなった。むろん、そんなことはしない。リモコンは彼が握っていた。ヴァンパイアといえども男は機械に愛着を感じるらしい。おもしろい。

さて……家にヴァンパイアの客がいるのなら、ヴァンパイア全般について知識を仕入れておくのが賢明なやり方だろう。キッチンのコンピュータで〝ヴァンパイア〟をグーグル検索してみた。ヴァンパイアを扱った文学作品はたくさんある。〝リビング・デッド〟のようなおぞましいのもあるが、どれも事実に即しておらず、〝ヴァンパイアの世話と食事〟に関して有益な情報はまったくなかった。検索をしているあいだに、彼が様子を見にやってきて、椅子の背もたれに片手を突いて彼女の肩越しに身を乗り出し、彼女が開いた記事を読んだ。そのページを閉じはしなかった。なにを探しているのか、彼に知られてもかまわないからだ。

「すべて誤りだ」口調は穏やかだが、顔には作り笑いが浮かんでいた。

「わかってるわ」声に苛立ちが出るのはどうしようもない。「グーグルであなたの名前も検索したわ。あなたは存在しない」

「なにが見つかると期待していたんだ。『ルカ・アンブラスはこの種族のなかでも稀有な存在の純血種であり――』」彼は言葉を切り、背筋を伸ばした。妙な表情が顔をよぎる。

その表情のなにかが、彼女の〝やったね〟遺伝子を刺激した。クロエは椅子の上で体をひねった。細めた目で彼を見あげる。「あらあら。うっかり口が滑った？」

ルカは返事をせず、よそよそしい目で彼女を見つめるだけだ。地上のなにものともつながっていないというような、よそよそしい目だ。ねじっていた体を戻し、〝純血種（blood born）〟と入力する。すると、『もしかして血液由来（blood borne）？』と尋ねてきた。映画がふたつ――あるいはおなじ映画でエントリーが二件なのか、ヒットしたが、いずれにしても関係はなかった。

「わざわざ調べることはない」彼が言う。「ヴァンパイアの出生証明書なんて存在しないのだから」

「だったら、どうやって暮らしているの？　飛行機に乗ったり、電気やガスや水道料金を払うための銀行口座を開いたりするのに住所が必要よ。まさか、洞窟に逆さにぶらさがっては いないんでしょ。あなたが存在する以上、情報を辿れるはずだわ」

「偽名というものがある」彼はこともなげに言う。「それに、そう、われわれは家に住んでいる。だが、その家の名義は死んだ人間か、存在しない人間か、あるいは企業だ。法律の網をかいくぐる方法は、いつの時代にもあるものだ。参考までに言っておくが、わたしはたしかに洞窟に住んでいたことがある。だが、逆さにぶらさがりはしなかった」

「税金を払っているの？」不本意ながら興味を惹かれた――税金を払わずにすむ方法があるなら、ぜひ知りたいものだ。

またしても、彼はおもしろがっている。「払わねばならないときには。避けられるならそうする」

「だったら、ひとつ助言をしておくわ。グーグル検索に引っかかるようなことを、やっておくべきだと思う。誰かが検索をかけて――かけないわけがないもの――あなたについてなんの情報も得られなかったら、きっと疑いを抱くわ」

「どうしてわたしの名前で検索するのだ？」

「だって、そうしたくなるのが人情だもの」

「検索をした人間は、きみが最初だ」

クロエは鼻を鳴らした。「どうぞご勝手に。信じたければそうすればいいわ」

ルカはじっと彼女を見つめた。淡い色の冷ややかな瞳で見つめられて、彼女は不安になり、つっけんどんに言った。「なに？」それから、答が〝腹がへった〟でないことを願った。

彼はまわりに目をやり、椅子を引き寄せて腰かけ、彼女の椅子をぐるっとまわして自分のほうに向けた。身を乗り出し、彼女の両手を握る。長く硬い指の熱が彼女の手を包み込む。手首の内側を指で前後に撫でた。「腹を割って話がしたい。これからわたしが話すことが、きみは気に入らないだろうが」

「わたしに当てさせて」心臓は倍の速さで脈打ちはじめたが、はきはきした口調で言った。「あなたはお腹がすいた。だから、わたしの血を吸い尽くすつもり」

ルカの口もとに皮肉な笑みが浮かんだ。「いや、腹はへっていない。吸い尽くすほうだが……それはまったくべつの話だ」

鼓動が三倍の速さになる。まるで五キロのジョギングをした後みたいに。彼がちらっと胸を見る。胸のなかで心臓が激しく脈打つのを彼は耳にし、手首の脈も感じているのだろう。体がカッと火照り、頭のてっぺんから爪先まで真っ赤になったみたいだ。火照りと欲望で乳首がツンと立ち、ブラでこすれてヒリヒリした。

彼が不意に彼女の両手を放し、椅子に寄りかかった。これ以上触れてはならないと言いたげに。彼が手で顔をさすると、無精ヒゲがジョリジョリいった。クロエの気がちょっと逸れる。ヴァンパイアもヒゲが伸びるの？　気が紛れてよかったと思ったのに、そうはいかなかった。彼がすぐにクロエの意識を自分に引き戻したからだ。

「きみの置かれた状況をずっと考えていた。けっしてよくはない」

クロエは大きく息を吸った。これからのことは考えていなかった。というより考えないようにして、目先のことに集中していたのだ。ウォリアーだのヴァンパイアの反乱だのって言われても……あまりにも大きな問題で、彼女にどうこうできるわけではない。それでも、置かれた状況がけっしてよくないとルカに言われると、いい気持ちはしなかった。

「わたしがここにいるあいだは、守ってやれる」彼が言う。「だが、栄養を補給するためにはここを離れねばならない。それに、眠る必要もある。わたしがいないあいだに、ヴァンパイアがきみの隣人を引っ張ってきて殺すと脅し、きみは家を一歩も出られないとしたら、どうする？」

クロエは皮肉な、だがちょっと悲しげな笑みを浮かべた。「ずっと隠れて暮らすなんて、生きていることにはならないわ」

「そう言うだろうと思っていた」

「毎日、もしかしたらきょう死ぬかもしれないと思って生きてきたの」彼女が穏やかに言った。「だから、なにもあたらしいことではない」

ルカの視線が鋭くなった。「どういう意味だ？」

「みんなに話しているわけではないの。だって、そんなこと言われたら……相手はきっと居心地の悪い思いをするだろうから。だって、なにか取ってとか、一緒にジョギングしようとか、そういうごくあたりまえのことを、わたしに向かって言いづらくなるもの。そんなふうにはなりたくない。でも、あなたなら、一緒にジョギングしようとは言いださないだろうし――」

「たしかに言わないな」彼がしれっと言う。

「だから、あなたには話せる。わたし、大動脈瘤があるの。十代のころに交通事故にあって、そのときに見つかったのよ。生まれたときからあったものかもしれないし、事故のせいかもしれない。それは誰にもわからない。とても小さいものだから手術の対象にはならなかった。手術そのものがとても危険だから」

彼はほほえみ、それから言った。「人間の肉体的な問題はよくわからない」

「心臓から出ていく血管である大動脈の、心臓のすぐ上のあたりに、泡みたいに弱い部分があるの。わたしの瘤《こぶ》はいまのところ安定しているけれど、突然大きくなりはじめることがある。破裂する可能性もあるの。そうなったら死ぬわ。すでに入院していて、二分以内に手術ができれば助かる可能性もあるけれどね。そうでなければ……助からない」事情を説明する彼女の口調はいたって冷静だった。そういう現実と背中合わせに生きてきたのだから。それでも生きていくか、隅っこに丸くなってじっとしているか、どちらかなのだから。「死ぬまで安定したままで、なにも起きないかもしれない。手術できるぐらいまで大きくなって、それで完治するかもしれない。それは誰にもわからないわ」

　彼は表情を変えることなくクロエを見つめていた。どんな感情も窺い知ることはできない。いま、彼がなんらかの感情を抱いているのかどうかもわからなかった。おそらく、なにも感じていないのだろう。彼女がどうなろうと彼には関係ない、そうでしょ？　それでも、彼の視線の重みを意識せざるをえない。それは探針のように形あるもので、まっすぐ魂に突き刺さってくるようだ。いつ死ぬかもわからないで生きつづけるのはどんな気持ちか、慮《おもんぱか》っているのだろうか？　不死の者にとって、過ぎていった年月に重みはあるのだろうか？　命にかぎりがあったらと願ったことはないのだろうか？　でも、そんなこと誰が願う？　まわりの誰も彼も、少しでも長く、元気に生きていたいと願っている。

　ようやく彼が息を吐き出した。ちょっと引っかかっているように聞こえたのは気のせいだろうか。でも、何事もなかったように、彼は話をつづけた。「べつの選択肢がある。一緒にここを去り、すべてが終わるまできみをどこかに隠す。きみがどこにいようと、ウォリアーはきみに接触できる」

「はたしてそれは望ましいことかしら」

　あまりにも懐疑的なクロエの口調に、彼はついほほえんだ。「きみがなにをしようと止められないことなんだ。それに、なにが起きているかわかって、少しは気が楽になっただろう」

「どれぐらいの期間、隠れていなきゃならないの？　仕事があるし、家族が――」

「わからない。数カ月だろうな」

「だったら……だめよ。そんなことできない」

「きみが喜んでするとは思っていない」彼が大きく息を吸い込む。「残る選択肢はひとつだけだ」

「ヴァンパイアになんて、なりたくないわ」彼女が機先《きせん》を制して言った。

彼は頭を振ると、古代の神のような彫りの深い顔に長い黒髪がはらりと落ちた。彼女が投げつけた不用意な侮蔑の言葉に、顔色ひとつ変えない。「そういうことではない。きみと絆を結ぶことができると言っているんだ」

それはあまりありがたくない。ヴァンパイアにされるよりひどいことに聞こえる。「レンフィールドみたいに？」信じられないという顔で、彼女は尋ねた。

あきらかにまずい質問だったようだ。ルカは感情を害し、鼻梁を揉んだ。「レンフィールドは忘れろ」なんとか堪えているという口調で、彼が言った。「レンフィールドは魔法にかかっていた――まったく、わたしはなんの話をしてるんだ？　レンフィールドはフィクションだ。わかったか？　フィクション！」

「だったら、絆を結ぶというのは、魔法とは関係ないの？」

「ああ。実際には、わたしも含め、ヴァンパイアに魔法をかけられるのを阻止してくれる。

きみはいまより強くなり、すばやく動けるようになる。この先に起きることを考えたら、利点はなんでも利用すべきだ」

彼女が考えながら言う。「それはよい面よね。悪い面は？」

彼は息を吸い込んだ。「生涯にわたる絆だ。わたしたちはつねに結びついている。わたしにはきみの気持ちがわかる。楽しいときも悲しいときも。わたしがちかくにいるかどうか、きみにはわかる。ヴァンパイアと人間が恋に落ちると、たいていは絆を結ぶ」

彼の眼差しがますますよそよそしくなり、声が単調になっていった。クロエはその様子をじっと窺い、そこに隠しきれないためらいを見た。胸がチクリと痛んだ。今度は彼女が気持ちを隠す番だ。それでも、尋ねずにいられなかった。「前に絆を結んだことがあるのね？」

「一度だけ」取りつく島もない言い方に、彼女は言葉の煉瓦塀にぶつかった気がした。これ以上詮索してはいけない。

これまでの話では、絆を結ぶのはそれほど過激なこととも思えなかった。ほかにもなにかあるはずだ。そうでなければ、彼も最後の手段として持ち出さなかったはずだ。彼を見つめながら、待った。

ルカが見つめ返す。「絆を完成させるのに必要なのは」やさしく言う。「セックスと血だ」

「セックスと血」彼女のなかのなにかが冷たくなっていく。

「わたしがきみの血を吸い、きみに自分の血を与える」

「セックスの最中に？」彼女は言った。念のために。

「そうだ」

クロエは椅子を押して立ちあがり、歩み去った。これって、男が女をものにするための常《じょう》套《とう》手段じゃないの。彼女はそう思い、ベッドルームに入ってきっちりとドアを閉めた。彼がこっちの意図を読みとり、邪魔しないでくれることを願った。いま、彼と面と向かっても、どうしていいのかわからない。

ベッドに腰をおろし、震える指を組み合わせる。そう、最初から彼には肉体的に強く惹かれていた。こんな出会い方をしていなければ、ふたりの時間を持てたかもしれない。でも、彼はヴァンパイアだし、彼女のなかで、彼とのセックスは〝ありえない〟カテゴリーに分類される。だからといって、熱く焦がれる思いはなくならない。弱まりもしていない。そのことを否定すべきではない。

だからどうなの。彼がほんとうのことを言っているかどうか、どうしたらわかるの？　欲しいものを手に入れるために、人は年じゅう嘘をつく。男はセックスするためなら、女に夢中なふりをする。女は、男が好きなスポーツや友人たちを大好きなふりをする。嘘をつくのが習い性になっている人だっている。ヴァンパイアの場合はどうなのか、彼女にはわからない。欲しいものを手に入れるための方便が、彼らの場合はセックスと血なの？

少なくともルカは姑息な手段は使わなかった。率直に話してくれた。彼が嘘をついているとも思えない。なんといっても彼は、二度も命を救ってくれた。自分の身を危険に曝してまでも。イーノックに襲われたときは茫然自失だったので、なにが起きたのかよくわからなかったが、ルカが止めに入らなかったら、まちがいなく殺されていただろう。ソーリンのときは……ヴァンパイアのことで頭がいっぱいだったけれど、ふたりの戦いの速さやすさまじさは目にした。あれが芝居のはずがない。

ルカはすべてのことで、事実を話してくれたと思っている。

でも、ヴァンパイアと絆を結びたいと思う？　いいえ。相手が〝歩くセックス〟のルカでもいやだ。彼がヴァンパイアだからではない。丸ごと自分自身でいたいからだ。自立したひとりの人間でいたいからだ。恋はしたい。いつか結婚して子どもを産みたい。家族を持ちたい。それも絆を結ぶということだけれど、あくまでも感情的、精神的絆だ。彼の言う絆は、居所を知るためになにかを植えつける、というような感じだ。

セックスと血。

彼の話によれば、クロエは不死のウォリアーを呼び出すコンデュイットのひとりで、標的にされており、彼女を守りきることが彼にはできない。いずれ追い詰められ、殺される。彼女が自分の人生を捨て去って逃げ出し、どこかに隠れないかぎり、彼に打つ手はない。

逃げ出して、隠れるべき？　それでうまくいくの？　ヴァンパイアは彼女の両親を捕まえて、居所を聞き出そうとするのでは？

じっとしていられず、狭いベッドルームを歩きまわった。彼女がここに留まれば、両親は安全なの？　ルカがなんと言おうと、ヴァンパイアが目の前に母親を引き摺ってきて、おまえが身代わりになれば母親の命は助けてやる、と言ったら、彼女はそうするだろう。ここに留まれば、ヴァンパイアはここで彼女を捕まえることに躍起になり、家族の居所を突き止めることはしないだろうか？　ありがたいことに、家族は数百キロも離れた場所に住んでいる。家族に危害が加わらないよう、ヴァンパイアを自分に引きつけておくドッグレースのウサギに、はたしてなれるのだろうか？

血とセックス。彼とセックスすることより、血を与え合うことのほうがまだ耐えられる。血を交換するだけのことだ。セックスはまったくちがう。認めたくはないけれど、彼に惹かれているのは肉体ばかりではなかった。彼とセックスすれば、感情の鎧《よろい》がズタズタになる。

それからどうなるの？　彼はヴァンパイアだ。反乱がおさまれば、どこかへ行ってしまう。彼から見て、彼女のどこに魅力がある？　彼はとんでもない歳で、彼女のほうは二十にもなっていない。その経験には、文字どおり天と地ほどの差がある。高校時代、歴史は得意ではなかった。彼はその歴史を生きてきたのだ。

だから、ルカは去り、彼女はここに残される。心のどこかでいつも彼に恋い焦がれ、付き合う男性をつい彼と比較して不満を覚えるにちがいない。人間の男が敵うはずないでしょ？　絆を結べば、彼を慕う気持ちはずっとつづくのだろう。

それはつまり、彼もこっちを求めつづけるということ？　少なくとも肉体的に。彼女を救う手段として絆の話を持ち出すことを、彼はひどくためらっていた。一度だけ、人間の女と絆を結んだことがある、と彼は言った。いまと同様に、愛以外の理由があってそうしたのだとしても、絆はとても強く、人間が死ぬまでそれは切れないのだろう。そんな深い結びつきが不意に断ち切られたら、感情的な苦しみはどれほどのものか。

そこまで深い無常を、クロエは経験したことがなかった。彼の人生に比べたら、彼女の人生などミバエのそれとおなじ。あまりにも短くて軽い。

大きく深呼吸する。つらいけれど正直になろう。そう、彼とセックスしたい。いいえ、そうではない。彼と愛を交わしたい。セックスとはちがう。でも、そんな申し出はテーブルに載せられることもない。これまで、これほど誰かに惹かれたことはなかった。これほど魅了されたことはなかったけれど、どんな人生であれ、彼とともにすることはない。なんだか騙された気分だ。感じるのは怒りと苦々しさ。そう、無性に腹が立つ。なにもかもが腹立たしい。

与えられた選択肢は？　逃げ出して隠れるか、絆を結ぶか。どちらにしても、殺されないという保証はない。〝ソーリンと愉快な仲間たち〟が、彼女を狙っていることに変わりはない。いまこの手に握っている人生が、彼女の持てるすべてだ。

だからなんなの？

妙な音がして気が逸れた。音の正体を突き止めようと、小首を傾げて耳を澄ます。水が流れる音……シャワー。彼がもうひとつあるバスルームでシャワーを浴びている。

クロエがどんな答を出すか、彼にはわかっているのだ。苦い思いを噛みしめる。彼女がそう決めた理由のすべてはわからなくても、結論はわかっている。怒りの涙が頬を伝う。彼女もシャワーを浴びるため、ベッドルームに隣接するバスルームへ向かった。


心構えができるとベッドルームのドアの鍵を開け、廊下に出た。彼はまたリビングルームにいる。リモコンを鍛えるためか、テレビのチャンネルをつぎつぎに替える音がする。自分を魅力的に見せる努力はしなかった。髪にブラシを当てただけで、すっぴんのままだ。でも、長袖の白いブラウスとシンプルな黒いスカートに着替えた――職場で来ている流行のペンシルスカートではなく、もっとたっぷりしている。そのほうが条件にかなっている。

ゆっくりと息を吸う。もう一度。大丈夫、落ち着いている。クロエは肩を怒らせ、リビングルームに入っていった。

彼はおなじ服のままだが、濡れた髪を後ろに撫でつけていた。唯一の光源であるテレビ画面のちらつく光が、すっきりと冷たい顔立ちに陰影をつけて際立たせる。クロエはソファーの端で立ち止まり、彼を見つめた。いままで気づかなかった破壊的なものを、そこに見てとる。それは彼女に向けられたものではなく、目や手の形とおなじで、彼の一部にすぎないのだろう。そう思ったらハッとなった。彼の正体は知っていても、彼の性格もなにも知らないことに気づいたからだ。それでいて、取り返しのつかないことをこれからやろうとしているのだ。仲たがいとか離婚によって解消されはしない。それは文字どおり〝死がふたりを分かつまで〟でありながら、結婚とはちがうものだ。

「準備はできたわ」木で鼻をくくったような言い方だった。

「そうなのか？」皮肉には聞こえない。心配しているようにも聞こえない。彼がテレビを消して立ちあがった。部屋は暗くなったが、ドアを開けたままのベッドルームから洩れる灯りで、目の前にそびえる彼の顔を見ることはできた。まぢかにいるから息遣いを感じる。

彼女は答えなかった。

「クロエ……」彼がやさしく名を呼ぶ。吐息ほどのささやき声で。肘から手首まで、やさしく腕を撫でおろす。「怖がらないで」深く豊かな声で、彼がささやいた。「きみを傷つけはしない。最初にきみの血をもらい、それからわたしの血を与える。それほど多くは飲まないし、きみにもそう多くは飲ませない」

「飲みすぎたらどうなるの？」

「きみはヴァンパイアになる」

「どれぐらいの量で？」

彼がため息をついた。悲しみを乗せたため息だ。「人間によっても、ヴァンパイアによっても異なる。人間の体の大きさ、ヴァンパイアの強さとパワー……いろいろなことが関係してくる。セックスの最中に適量の血を交換することで絆は結ばれる。ヴァンパイアの血が人間の血を上まわった時点で、人間はヴァンパイアに転身する」

クロエは黙り込んでじっと考えた。体の大きさはふつうだろう。大動脈瘤があるから血圧をあげないよう節制しているので、どちらかというと細いほうだ。彼は強くパワフルなヴァンパイア？ そうにちがいない。彼女を守るための二度の戦い——どちらも勝った——を見てそう思うだけでなく、彼からは名状しがたいなにかが放出されているのを感じるからだ。さながらブーンとうなる電線のように。「そのためにはセックスも必要なの？ それとも、セックスが必要なのは絆を結ぶ場合だけ？」

「絆を結ぶ場合だけだ。ほかの場合、セックスは付け足しにすぎない」

「付け足し」彼女はつぶやいた。この場合もセックスが付け足しだったらよかったのに。だが、その思いは口には出さなかった。「わかったわ。さっさと片付けてしまいましょう」

踵を返し、ベッドルームに戻った。準備はできている。クロゼットの奥から古い毛布を取り出し、ベッドの上に広げておいた。シーツを汚したくなかったから。愉快じゃない？ いまは、愉快なことを考えたかった。虚しい怒りでいっぱいになることより。

彼が後から入ってきてライトを消したので、クロエは言った。「だめ。ライトをつけて」

ルカはちょっとためらったものの、スイッチを入れ、部屋を光で満たした。クロエは顎を引き締め、スカートの下に手をやって下着をさげ、足を抜いた。「さっさとすませて。服は脱がない。キスはしない。ふりもしない。愛もロマンスも関係ない。ただのセックス。セックスと血」感情を交えずに行なえば、なんとかやり遂げられるだろう。裸にならず、咬むこと以外、肉体的な結びつきは性器だけであることが肝心に思えた。腕を体にまわされたくなかった。片付けてしまうこと以外、なにも望まない。

黙って見つめる彼の淡い色の瞳に、頭上のライトが深い影を落としていた。彼がなにを見ているのかわからない。やがて、彼が言った。「横になって」

内心の震えを彼に悟られませんようにと願った。ちゃんとものを考えられるように、怒りも含めいろんな思いから距離を置こうと必死になっていることを、彼に知られたくなかった。彼とは目を合わさず、ベッドの端に腰かけて靴を脱ぎ、脚を伸ばして横になった。自意識が働き、スカートを押しさげた。どうせ彼にまくりあげられるのに。

ルカはベッドの横に立って見おろしていた。クロエは頑固に頭上のライトを見つめたままだが、彼がズボンのファスナーをおろす音は聞いていた。ベッドに片膝を突き、体でライトを遮りながら彼が体を重ねてきた。

気持ちを切り離そうと必死になっていたにもかかわらず、幾枚もの布地を通して伝わってきた彼の体の熱さに、クロエはショックを受けた。服から肌へと熱は染み込んで彼女をあたためる。冷たさを求めているのに。ずっしりとした重さは男そのもの、体を砕かれそうでいて、包み込んでもくれる。清潔な石鹸《せっけん》の匂いになにかピリッと野性的な匂いが混ざり合い、息を吸うたびに頭がいっぱいになる。満足に呼吸ができないのに、それはすでに体のなかにあって、逃れがたく、でも、まだ彼はなにも——

彼がスカートをまくりあげ、両手を腿に当てて滑らせると、それにつれてスカートがあがってきた。脇に添えた彼女の両手が毛布を握り締める。脚のあいだに膝が割り込んできて、そこに彼が腰を沈めた。

クロエは自分の息遣いを聞いた。あまりにも速く、まるであえいでいるみたい。憤怒の苦い波に乗ったままでいれば、溺れずにすむだろう。ルカの呼吸はいたって穏やかだった。そのことで彼を憎んだ。

彼が手を下にやってズボンを引きさげ、彼自身を自由にした。いま、彼は触れていた。あたたかな手で剥き出しの肌を撫でながら、ペニスをとば口にあてがってやさしく突きはじめた。クロエは不意にこれ以上耐えられなくなって目を閉じた。触らないで、とは言わなかった。触らないわけにはいかないのだから。それでも——ああ、どうしよう。ああ、ああ、もう、どうしたらいいの。踵を毛布に埋め、痛みに備えて歯を食いしばった。うまくいかない。彼女は乾ききっていた。そのことを考えておくべきだった。シャワーを浴びたばかりなのだから。

ルカが引くと、両脚のあいだの圧力が弱まった。彼はなにも言わずに体を滑らせ、両手を彼女の尻にあてがって口もとへと持ちあげた。

喉の奥を鳴らす低い音を止めることはできなかったけれど、湿らせてやわらかくしようと探って突く彼の舌の動きにつられ、全身を駆け巡る熱い歓《よろこ》びはなんとか抑えようとした。腿が震えて、緩み、ぎゅっと引き締まる、その繰り返しだ。彼の頭のまわりで蝶々が羽ばたくような、かすかな腿の動きを意識しても、自分では止められなかった。彼がクリトリスをゆっくりと舐めるのをやめて、深いキスでこのうえなくやさしく彼女の体を貫いたのだからなおさらだ。彼女が暗い崖っぷちをさまよっているのを知って、戻ってこいと説き伏せるかのように。

閉じた睫《まつげ》に涙が滲む。涙に屈したくなかった。認めることすらしたくない。「やって」掠れ声で言った。

ルカがまた体を重ねた。クロエの体は濡れて、開いていた。激しいひと突きで、深くまで貫かれ、衝撃で全身が震えた。さっきまで自己完結していた彼女の肉体は、痛みを覚える寸前まで押し広げられ、彼の熱で内側から焼き尽くされた。何度も繰り返されるうちに内側が充分に濡れて、彼が引いたときに体ごと持っていかれることがなくなった。体が自然と持ちあがって彼を迎え入れる。

あまりにも気持ちがよかった。なにも感じたくなかったのに。丸ごと自分自身でいられる唯一の方法は、彼になにも与えないこと、自分になにも与えないことだ。困ったことに彼はじっくりと時間をかけた。彼女のなかで歓びがどんどん高まってゆき、ついに抵抗しきれなくなった。もう壊れそう、彼に与えてしまいそう……すべてを。頭ではちゃんと理解していなくても、体のどこかで感じていた。自分自身を切り離す必要があることを。

秒が分に変わっても、彼はゆっくりと安定したリズムを刻んでいた。こんなときでなければ、彼の自制に大きな満足を覚えていただろう。引き延ばされる歓びの行為に。でも、いまはだめ。ここで降参して、歓びの波に溺れてしまいたい衝動はあまりに大きかった。歓びを感じたくなかったのに。さっさとすませたかったのに。彼は血の誘いに抵抗できるの？いずれは奪うつもりだろうに、それを先延ばしにしている。彼女とおなじように、最後まで行き着くことをためらっているのだろうか。彼にとってどちらがクライマックスなのだろう？オルガスム、それとも血？ふたつは密接に結びついていて、分かちがたいものなの？彼女が血を与えることが、彼のオルガスムの引き金になるの？

わざと頭を横に逸らし、首を剝き出しにした。彼が掠れたうなり声をあげた。彼女のなかで、ペニスがさらに大きく硬くなってゆく。でも、リズムは変わらない。彼の息が喉に引っかかる音がしても、首筋に口を寄せてくる気配はなかった。血への欲求で彼の集中を途切れさせることはできない。

彼女は喉を鳴らし、毛布のなかでこぶしを握った。だめ。彼に与えるつもりはない。自分を解き放つこともできない……それだけは、できなかった。早くして。体の奥深くで脈動がはじまり、どんどん強くなる。内側の肉がペニスを締めつける。まるで全身の細胞という細胞が、彼をそこに留めようとするかのように。これ以上は持ちこたえられない——
「わたしの血を奪って」言葉は命令調になっていた。あえぎ、張り詰めていた。「わたしを味わって。わたしを飲んで」片方の手の力を抜き、自分の首筋を撫でた。長いこと握り締めていたので、手が痺れていた。血管を流れる血の匂いを、彼は嗅ぎとれるの？　首筋を撫でた指で彼の唇に触れ、誘った。

垂れ落ちた長い髪が天上灯の光を遮り、彼の顔は陰になっていたが、熱い輝きが目の色を暗くし、いまはブルーにちかかった。唇に触れる指を、彼がつかんで軽く舌を這わせた——それから指に指を絡ませておろし、彼女の頭の横に休ませると、体重をさらにかけた。リズムが一変する。動きが激しく、速く、短くなり、興奮の波と波のあいだの休止がなくなった。いまにも砕け落ちそうだ。言葉のない悲鳴をあげながら、内心では、だめ、だめ、だめ、と叫んだけれど、肉体は哀願を無視した。すべてが一気に頂点へと達して、激しい歓びの波がつぎからつぎへと押し寄せて全身を震わせる。視界がぼやけ、まわりのすべてが消えてゆき、彼女のなかにもまわりにも、あるのは彼の肉体だけとなった。その瞬間、彼女に委《ゆだ》ねられたそれがすべてだった。

痛いほどの緊張がゆるみはじめ、歓びが引いてゆくと、ルカが深く掠れた声をあげ、体を震わせながら自らを解き放った。長い数秒が経ち、彼は力強い両腕で上体を支えたまま、頭を垂れて息をあえがせた。クロエは粉々になった感覚を拾い集めようと必死だった。

彼は首筋を咬まなかった。血を奪わなかった。

彼女はこの世でいちばんの大馬鹿者だ。

彼の顔を思いっきり叩いた。手のひらがヒリヒリするほど強く。「よくも騙したわね！」激しい口調に喉が締めつけられ、言葉が引っかかる。「あれだけの御託を並べて、ようするにセックスしたかっただけなの？」彼女はまた叩いた。今度は肩を。「どいてよ。出ていって！」

激怒しながらも、ルカの日の瞳孔がすぼまるのは見えた。彼が歯を剝き出してうなった。獣じみた凶暴さで。牙がきらりと光り、突き刺さった。

まるでボディースラムだ。感覚を叩きのめされ、頭も体もくらくらした。首筋に鋭い痛みを感じたが、遠くの出来事のようだ。痛くないのは体を包み込む熱、全身の細胞を燃やし尽くす瞬間の発熱。彼が長く深く吸った。顔をあげ、また牙を突き刺した。息を吹き返した彼女は、弓なりになる。ようやく体の力を抜くと、彼がまた飲んだ。喉の奥で嬉しそうな音をたてながら。

ぼんやりしていた。すべてがぼうっとかすんでいた。彼が身を乗り出し、鋭く白い牙で自分の手首を切り裂き、開いた傷口を彼女の口にあてがった。「飲め」うなり声でひと言。彼女は飲んだ。世界がまわりはじめた。稲妻が彼女の肉体を、心を、魂を駆け抜ける。全身が痙攣《けいれん》してまた絶頂に達すると、彼が激しくすばやく突いておなじように絶頂に達した。

何度も、何度も。血とセックス。セックスと血。もっと欲しかった。もっと与えたかった。闇に沈み、意識が戻ったときには裸だった。ルカも裸で、また首筋を攻撃していた。ほんの一センチでも離れることが耐えがたくて、彼にしがみついた。オルガスムが果てることはなかった。ひとつが山を迎えたときには、つぎがせりあがってくる。彼が与える血の量のほうが、彼女のそれより多かった。クロエはお腹いっぱい飲んだ。そのあいだも、彼は奪いつづけ、与えつづけた——そうして、また稲妻が彼女の全身を駆け抜けた。

16

満ち足りた疲れの引き潮から身を引き離すようにして、クロエはゆっくりと目覚めた。ルカは頬杖《ほおづえ》をついて彼女を眺めていた。彼女には気づかれたくないが、内心では心配していた。傷やあざはついていない。咬み痕はもちろんほぼ癒えており、彼女が取り込んだ血が、ほかの痕もきれいにぬぐい去ってくれるだろう。誰が見ても、彼女はまったくの無傷だ。

だが、彼の目はごまかせない。肉体の結びつきよりももっと深いところで、彼女はルカのものだった。絆とセックスを分けることはできない。セックスはその一部なのだから。彼女は彼のもので、彼は彼女のもの。思考から心配を消し去ったところで、彼女は気づくだろう。

それでもつねに心配せずにいられない。彼女が死ぬそのときまで。かならずやってくるその日を思うと、心がズキンと痛んだ。いつか彼女を失う。勇猛果敢なこの小さな魂が、いつか彼の人生から消えてしまい、彼の魂の一部が、彼女の不在を永遠に嘆きつづけるのだ。人間は誰しもいつか死ぬ。よほど幼くして死なないかぎり、人間はその日が来ることを知っている。大半の人間にとって、実際にその日を迎えるまで、死は抽象的な概念にすぎないのだろう。だが、大動脈瘤を抱えたクロエは、きょうが最期かもしれないと思いながら日々生きている。ごくあたりまえの顔をして。死を目にしても肩をすくめ、洗濯にいそしむ。

人間のすごいところ、彼には理解できないところを、彼女はすべて持っていた。

以前から、彼女のことが好きだった。以前から、彼女が欲しいと思っていた。でも、大動脈瘤の話を聞いて、下腹に一撃を食らった気がした。あんなに感動したことはなかった。人間は生まれつき脆弱で、彼女はとりわけそうなのに、なんと勇敢なのだろう。彼女が絆を結ぶことを拒否するのではないかと、急に不安になったあのとき——このルカ・アンブラスが不安に駆られるとは——すべてを悟った。気に食わなかったが、逃げるわけにはいかない。いま、ふたりは絆を結んだ。彼女を知り、自分のものにした名誉のために、ほかの人間と比べれば短くて貴重な彼女の人生のために、ルカはどんな犠牲も払うつもりだった——それも喜んで。

彼の血がクロエを救うことになるかもしれない。大動脈瘤が破裂したとき、彼女にさらなる力を与えるかもしれないし、大動脈の弱い部分がこれ以上弱くなるのを防ぐかもしれない。そうなればいい。なぜなら、彼女にこれ以上の血を与えるつもりはないからだ。絆を結ぶあいだに収拾がつかなくなり、彼は意図していた以上に血を奪い、与えてしまった。転身するぎりぎりまでいっていたかもしれない。彼女はそれを望んでいないというのに。

人間をヴァンパイアに変える一線がどのあたりなのか、ルカにはわからなかった。誰にもわからない。人間によってちがうし、いろいろな要素が絡んでくる。彼は純血種であり、そのパワーはほかのヴァンパイアよりも強い。それに加えて、クロエはコンデュイットだ。そのことがどう影響するのかは、神のみぞ知る、だ。

彼女が伸びをしてあくびをして、ようやく目覚めた。艶《なま》めかしく女らしい体つきに、ルカは思わず手を伸ばした。ウェストのくびれからやわらかな腹へと撫であげ、大きな手で小さな乳房を包み込む。親指で乳首を軽く撫でると硬くなってツンと立ち、ローズ色が濃くなる様を、じっと眺めた。

興奮して全身が淡く染まる。やわらかな茶色の瞳を見つめると、彼のなかのなにかがほぐれていった。そこにあった怒りはもう消えていた。「やあ、スウィートハート」それはごく自然に口をついて出た愛情の呼びかけだった。

「ルカ」彼女はつぶやき、彼のほうに寝返りを打って、肩から首へと手を滑らせた。彼女が憶えていることに、いまだにショックを感じるが、いまは彼女に名前を呼ばれると、胸が痛くなるほどやさしい気持ちになる。屹立《きつりつ》したものの重さに引っ張られるように体を重ね、彼女の唇をむさぼる。彼女の反応は、何日も離れていたかのような激しさだった。彼女の体のまとわりつくような熱に身を沈めること以上に自然なことは、ほかになかった。

ひとつになった。絆は結ばれた。最愛の人と。

テキサス東部

ジム・エリオットはこの二カ月間、満足に眠っていなかった。当初は、妻のサラから飲むように勧められたあたらしいビタミン剤のせいかと思った。だから、朝、妻には飲んだと見せかけてカプセルをポケットに忍ばせ、こっそりゴミ箱に捨てていた。

ビタミン剤を飲むのをやめても、やはり眠れなかった。それどころか、事態はますます悪くなっていった。眠りの妨げとなった奇妙な夢が、起きている時間をも侵食してきた。非常に生々しい戦闘の夢から、そこにあるはずのないものが見える段階に移行したのだ。それは、視界の端に光を見ることからはじまり、やがて目の前に光に満ちたなにかの形が浮かびあがる。それは彼にだけ見えるものだった。形は日を追うごとに明確なものとなってゆき、いま彼が見ているのはまちがいなく男だった――それが四六時中つきまとっていた。

見えるはずのないものが見え、現実としか思えない生々しい戦闘の夢を見る。だが、彼は一度も戦ったことはない。ベトナム戦争のときには幼すぎたし、それ以降は軍隊は全志願制軍となったので、湾岸戦争にも従軍していない。それなのに、戦ったことのない戦闘のフラッシュバックのようなものを見るのは、いったいどういうことだ？　しかも、近代戦ではないのだ。いまでは兵士が馬に乗って剣を振りまわすことはない。馬のどっちが頭でどっちが尻尾《しっぽ》かぐらいはわかるが、剣のことはまるでわからない。

誰にも相談できなかった。統合失調症のことを自分で調べてみたが、どうもちがうようだ。たしかに声が聞こえる——実際にはひとりの人間の声だが、おかしなことをやれと命じはしないし、彼が見ているのは幻覚ではなく幻影だから、統合失調症ではない。だったらなんなのだろう。

ビールの酔いでごまかしているうちに酒浸りになり、三週間前に職を失った。酒で問題は解決しないのだ。就業時間中にうとうとし、悲鳴をあげて目覚めるのも充分に顰蹙《ひんしゅく》を買ったが、酔っ払って出勤するにいたり、クビを言い渡された。当然だろう。

失業して一週間後、リラはアラバマの実家を訪ねる決心をした。家を出たときの彼女の涙と表情から、すぐには戻らないつもりだとわかった。たとえ彼女にほんとうのことを話して助けを求めても、おそらく留まってはくれなかっただろう。彼女はいい女房だった。問題は中年の危機《ミッドライフ・クライシス》と飲酒癖だと思っているのだろう。病人を捨てて出ていくような女ではないが、頭のイカレたアル中となると話はべつだ。そんなわけで、彼女は出ていった。

そのほうがいいのだ。ジムは何日も眠っていない。酒も飲んでいない。アルコールは事態を悪くするばかりだからだ。そして、妙なことが起きた。

なぜそうなったのかわからないが、体内でスイッチが入ったような感じだ。夢に見る戦闘や、どこからともなく現われる正体不明の人間……それらが事実であることを、ジムは受け入れた。現実のことだ。頭はおかしくなっていないし、ビールの飲みすぎで頭が鈍くなったり、損傷を受けたりしていなかった。この世とはべつの世界が存在し、彼が見た男が接触を図ろうとしている。なぜだかわからないし、この先なにが起きるかわからないが、変化が起きようとしていることはたしかだ。そして、彼には理解できないなんらかの理由で、その変化の中心に彼はいることになる。

そのことをサラに話そうと思ったが、どう切り出したらいいのかわからなかった。彼女を恋しがる気持ちは想像以上に大きいものだ。夫は完全におかしくなった、とサラは思っている。さしあたり、彼女はなにも知らないほうがいいのかもしれない。いまは遠く離れているほうが、彼女は安全な気がする。

ひとり息子で、オースティンにある大学の四年生、ジミーには話すわけにいかない。勉強に専念させてやらなければ。卒業すれば厳しい現実が待っているのだ。だからいまは、ひとりでこの問題に立ち向かうべきだ。いま起きていることは現実だと受け入れてはいるが、その一部になりたいかどうかはわからない。夢に出てくる戦闘はあまりにも生々しく、血の匂いを嗅ぎ、自分のではない傷口の痛みを感じながら目覚めることもあった。そうして目覚めた直後、口に出かかる名前があった。聞き慣れない名前だから憶えられない。強い〝R〟の音からはじまる名前だ。

幽霊を見たら、どうぞお先にとかなんとか言えば、素通りしてくれる、というような話をなにかで読んだことがある。うろ覚えだから、こっちから声をかけるべきなのか、あるいは無視するだけでいいのか、そのあたりはわからない。それで悪夢に終止符が打てるのだろうか。幽霊のような男を無視しても、事態はいっこうによくならない気がする。そのものを――彼を――怒鳴りつけても解決にはならないだろう。あれが現実だとして――現実だという気がしている――彼には選択肢はないのだろうか？　こんなことには巻き込まれたくないのに。

このところ、眠気を吹き飛ばすためにコーヒーを大量に飲み、テレビばかり観ている。真夜中すぎに玄関のベルが鳴ったのには驚いたが、目は冴えていたし、服も着たままだった。着古したジーンズとTシャツではあるが。靴は履いていなかったが、誰が気にする？　玄関に向かうあいだに鼓動が速くなった。サラかもしれない。気が変わって戻ってきたのではないか。だが、そうでないことを願った。夢と幻影を追い払う方法が見つかるまで、彼女はここにいてはならない。

それに、サラならベルを押したりしない。鍵を持っている。ドアを開けながらそのことに気づいた。玄関先に立っていたブロンドの女が、ジムの頭から妻のことをきれいに消し去った――それを言うなら、あらゆることを。

町で見かけたことのない女だと、すぐに思った。顔に見覚えがない。長身でグラマラスな若い女で、ほとんどなにも身にまとっていなかった。〝ほとんどなにも〟の部分になによりも注意を惹かれた。ヒップハングのデニムのショートパンツはあまりにも小さく、後ろから見たら尻がはみ出しているにちがいない。からだにぴったり合ったピンクのTシャツは途中で切り取られ、固く引き締まったお腹が丸見えだ。長身のうえにハイヒールを履いているので、身長百八十センチの彼と頭が並ぶ。ショートパンツにハイヒールって、ふつう履くか？べつに文句を言うつもりはない。彼女の脚の長さときたら、一キロはありそうだ。爪にマニキュアを塗った手に、ビールの半ダースパックをぶらさげている。私道の彼の車の後ろに駐まっているのは、赤のポルシェだった。

なによりも気晴らしが必要なときに、お誂え向きの女だ。

彼女がほほえんだ。「やーだ」南部訛りがあたたかな蜂蜜《はちみつ》のように心を慰撫《いぶ》する。「まちがえたみたい」

「誰を捜してるんだ？」

おかしなことが起きた。いまでは馴染みとなった光を目の端で捉えた。思いがけなかった。まわりに人がいるときに見えたことはなかったからだ。顔をそちらに向けると、これまたお馴染みの透明な男が、こちらに手のひらを向けて片手をあげていた。全世界共通、〝止まれ〟の合図だ。男の顔が見えたのはこれがはじめてで、どうやら「やめろ」と叫んでいるようだ。

やめろって、なにを？　真夜中に訪ねてきたかわいい女と、おしゃべりするのをやめろ？女が武器を携帯していないことは一目瞭然《りょうぜん》だ。それに、ポルシェのような車を持てるのだから、彼の手もとにあるはした金は必要としないだろう。

「ハーレー・バレットがこのあたりに住んでるって聞いて来たの」女は言い、気だるい笑みを浮かべた。

ジムは近所に住む人間をみな知っている。頭を振った。「その名前に聞き覚えはないな。ごめん」

「もう、やーだ。完全に道に迷った」女はふくよかな唇を尖らせた。「おたくの電話、使わせてもらっていい？　携帯のバッテリーが切れてたの。公衆電話って最近日にしないもんね」

透明人間がまた「やめろ」と叫んだ。口の動きでわかったが、警告を無視した。くそったれ幽霊には迷惑をかけられっぱなしだった。彼の眠りを奪い、正気を奪い、職を奪い、おまけに妻まで奪った。このとおりの順番で。邪魔してくれてありがとう。この数週間、ろくに人と口をきいていないんだ。なにもこの女となにかしようというんじゃなし。いちおう妻帯の身だ。だからといって、彼がおかしくなっていることを知らないかわいい女と、おしゃべりして時間を潰せないわけではない。

「さあ、入って」ジムは言い、ドアをさらに押し開けた。

「ありがと、シュガー」女は言い、なかに入った。

「ところで、おれはジムだ」彼は言った。女は目の前を通り過ぎ、リビングルームを覗き込んだ。

　女がくるっと振り返ってまたほほえむ。「あたしったら、失礼しちゃったわね！　メロディーよ」

「メロディー。かわいい名前だな」

「あなたもキュートだわ」彼女は言い、半ダースパックをソファーの横のテーブルに置いた。人から〝キュートだ〟と言われたのは、はるか昔だ。

「パーティーやらない？　だって、あたしがいて、それに、あなたはキュートで、だから……」

「きみから見たら年寄りだろ」ジムはやんわりと予防線を張った。「おれには女房がいるし」

「あら、あたしのほうが年上よ」メロディーがちかづいてくる。体に腕をまわされ、ジムはさがるにさがれなかった。ハイヒールのせいで、鼻と鼻がくっつきそうだ。もっとも、体重は彼のほうがずっと重いだろう。

　ジムは笑った。メロディーも想像の産物なのではないか、と一瞬思った。睡眠不足と幻影のせいで頭がおかしくなり、現実味を帯びた妄想を抱くようになったのではないか。彼のような平凡な中年男に、こんなことが起きるはずがない。まるでポルノ映画か『ペントハウス』の読者投稿欄だ。

　メロディーも笑った。彼女が首筋に唇を押しつけると、ジムの思考が砕け散った。くそくらえ。サラは出ていった。いずれは離婚ということにならないともかぎらない。これほど満ち足りた気分は久しぶりだ。美しい女を、見ず知らずの美しい女を腕に抱いて、彼は興奮し、驚いていた。メロディーが彼の手をつかんで、大きな乳房に誘導した。触れた感じは生身の女だ。

思わず比較していた。サラは胸がぺちゃんこだった。こういう乳房を愛撫するのははじめてだ。もちろん、彼女とセックスするつもりはない――サラに義理があるし、彼女は若すぎる――が、触るぐらいは許されるだろう。

「楽しんでいけない理由はないでしょ」メロディーが喉もとでささやいた。

首に鋭い痛みが走る。ジムはとっさにあえぎ、女から離れようとした。手をさげる。大きな乳房に陶然《とうぜん》としている場合ではない。メロディーは驚くほど強かった。彼を抱き寄せる。ぎゅっと抱き寄せる。鋭い痛みは一瞬のことで、いまあるのはあたたかな歓びだけだ。ジムは目を閉じた。全身から力が抜けてゆく。また乳房に触れ、愛撫したものの、つづけるだけの力がなく、手はだらんとさがった。

すると、メロディーが彼を抱きあげた。彼の脚は体重を支えきれない。チューチューとするような音が聞こえ、周囲のすべてが灰色になってゆく。

彼女が顔をあげた。薄れゆく視界のなかに、笑っているメロディーの顔が見えた。鋭い牙が突き出し、ぽってりとした唇は血で染まっている。彼の血で。

「ほらね、シュガー?」彼女がやさしく言う。「そう悪くはないでしょ……」

オースティンで、ジミー・エリオットはぎょっとして目覚めた。名前を呼ばれたが、いったい誰――? アパートの暗いベッドルームを見まわし、かたわらで眠る女性を見おろす。ケイトはぐっすり眠っていた。呼吸は深く安定しており、短い黒髪が逆立っている。眠っているときも、起きているときもこうだった。

ケイトを見ていたら、名前を呼ばれたことを忘れた。ただの夢だ。それにひきかえ、ケイトは夢ではない。現実にここにいる。ちかい将来、両親に彼女を紹介するつもりだ。デートするようになって一年ちかく、この人と思い定めて七カ月が過ぎた。彼女を愛している。それはまちがいなかった。彼女しかいない。卒業して就職したら、結婚を申し込むつもりだ。

もうじき、機械工学の学位を取って卒業だ。ケイトは専攻をころころ変えているが、なにに人生を賭けたいかはわかっていた。〝ゴーストハンター〟になりたいのだ。そんなわけだから、ふたりの行く手はけっして平坦《へいたん》な道ではない。でも、うまくいっていた。堅実で論理的な工学の世界から、彼女はジミーを引っ張り出そうとする。ジミーはそれがいやではない。ふたりの関係はうまくバランスがとれていた。彼はなんでもきちんと進めてゆき、彼女は人生を楽しくする。

ケイトを両親に紹介するのを先延ばしにしてきたのには理由があった。彼女は、父が〝奇人変人〞で片付けるタイプの人間だ。なにせ、目に見えないものを信じているのだから。タロットカードや水晶玉まで持っているし、ふたりは前世でも恋人同士だったと信じている。彼はそういうことをただの迷信と片付け、手の内におさまっているかぎりは折り合いをつけられると思ってきた。ところが、この数カ月、奇妙なことが何度か起こり、彼のなかの信じる気持ちが頭をもたげてきた。お金に関して、タロット占いはよく当たるし、数週間前のある晩、彼女は鎖の先にぶらさがる小さなクリスタルを使って霊と交信し、なくしたイヤリングを見つけた。

ソファーのクッションのあいだに入り込んでいたイヤリングが見つかったのは、単なるトリックかもしれないが、ほかにもある——笑いごとではすまされないことが。ケイトのタロット占いと霊によれば、戦争が迫っている。残念ながら、彼女はそれ以上詳しい情報を得ることができなかった。ジミーに言わせれば、戦争はつねに地球のどこかで起きているのだから、大騒ぎするほどのことではない。〝戦争が迫っている〞ぐらいの予言は馬鹿でもできる。ただし、ケイトは馬鹿ではない。

あなたには輝くオーラがあり、ある種の霊媒だ、と彼女から何度も聞かされた。どう受け止めればいいのか、彼にはわからない。輝くオーラって、もしかしてゲイってこと？　あなたが自分の才能を見出し、磨きをかけることに、あたしは喜んで協力する、と彼女から百回は言われ、ジミーは、そのとおりかもしれないと思いながらも、聞き流してきた。たしかに、誰に言われたわけでもないのに、〝わかる〟ことがあった。なんらかの理由でべつの道を通り、いつも通っている道で事故が起きたことが後からわかることがある。空は晴れ渡っているのに、防水ジャケットに思わず手が伸び、午後ににわか雨が降ってジャケットが役立つこともあった。

生まれてからずっと、それにこの一年ほどはとくに、おまえは反応が、ふつうよりもほんの一瞬速い、とよく言われた。名前を呼ばれる直前に振り返りはじめているとか、自転車に乗った子どもや犬が車の前に走り出してくる直前にブレーキを踏んでいるとか。そういった奇妙な現象を無視しつづけてきたが、ケイトはそれを許してくれない。

正直に言えば、人とちがっていることがいやなのだ。変人扱いされるような才能を磨きたいとは思わなかった。

彼女の隣に横たわったまま闇に目を凝らす。頭が冴えて脳みそを眠らせることができない。数週間前から、実家に戻るべきだとわかっていた——様子を見に。なにかが起きている。母からは週に二度は電話がかかってくるのだが、このところ母の声が妙に張り詰めており、しかも自宅の電話ではなく携帯からかけてきている。おかしいと思って探りを入れると、しばらく前から実家に戻っている、と白状した。なにが起きたんだ？　父とはかれこれ一カ月ほど話をしていなかった。おかしい。お父さんなら大丈夫、と母は言うが、息子からの電話に出ないのは変だ。

家で問題が起きているのはたしかだが、どんな問題なのか知りたくなかった。巻き込まれたくなかった。両親は大人だし、結婚して二十五年経つ。問題があっても、自分たちで解決するだろう。どんな夫婦だって、いいときと悪いときがある。しばらくはそっとしておこう。

両親は大丈夫かもしれないが、ジミーのほうに問題が発生していた。ひどい不安感を覚え、夜、静寂のなかで、名前を呼ぶ声を聞くのだ。

起きてくれることを願いながらケイトの髪をやさしく撫でたものの、彼女を起こしたくなかった。とても眠れそうにない。彼のなかのすべてが、本能が、なにかとても悪いことが起きている、と叫んでいるが、それがなんなのかどうしてもわからなかった。

ネヴァダは熱いシャワーを浴びていた。ここなら邪魔される心配をしなくてすむ——しばらくのあいだだけでも。夜通しここにいるわけにはいかない。何事かと調べに来るかもしれない。いえ、来るに決まっている。ソーリンが出掛けてから、女の見張りふたりが食事を運んできて、仕事のはかどり具合をずっと監視していた。ローマンほど恐ろしくはないが、恐ろしいことに変わりはなかった。

呪いの本なしでやらねばならないが、呪いの言葉を憶えているから、本に触れなくても大丈夫だろう。慣れの問題だとわかれば、本が手もとになくてもできるはずだ。目を閉じて集中する。家族が閉じ込められている場所を知っているので、魂はすぐに到達した。息を詰め、あたりを見まわしたが、みんな眠っていた。エミリー以外は、眠ったままでいてほしい。

父とジャスティンは床に敷かれた藁布団《わらぶとん》の上で、薄い毛布一枚をかぶって丸くなっていた。母とエミリーはそれぞれの寝台に寝ていた。いつもこんなふうに寝ているのか、それとも寝台を順番に使っているのだろうか。家族の性格を考えれば、きっと順番に使っているにちがいない。ネヴァダは妹に意識を向けた。いつまでここにいられるか、はたして接触できるかどうかもわからない。

「エミリー」ささやいて、妹の頬に軽く手を触れた。「起きてちょうだい。でも、音をたてちゃだめよ」

エミリーが目を覚ましかけ、ネヴァダが触れた部分を軽く叩き、寝返りを打とうとした。

「ねえ」ネヴァダはささやいた。「聞いてほしいの」

エミリーの瞼が震えて開いた。ネヴァダをまっすぐに見つめる。「夢を見てるの?」

ネヴァダは妹の唇に指を当てた。「シーッ。あたしがここにいること、ほかの人にはわからないんだから」

「姉さんはここにいないわ、実際にはね」エミリーがささやき返す。いまやすっかり目を覚まし、呆れた顔でネヴァダを見つめる。「裸じゃないの!」

「シャワーを浴びているの。いつまでこうしていられるかわからないから、よく聞いて。あたしたちがこんなふうに話せることは、誰にも知られてはならないの」

「でも、ママには……」

「誰にも」ネヴァダは念を押した。「ヴァンパイアは態度の変化を感じとるわ。それに気づく……希望を持ったことに。あなたにも天賦《てんぷ》の能力があることや、あたしがここまで来られることを、彼らに知られてはならない」

「また来てくれるわよね？」

「できるだけ早く来るわ」

「訊きたいことがやまほどある……待って、消えはじめた……」

気がつくと、裸でシャワーを浴びながら、泣いていた。濡れたタイルの壁に両手を突いて体を支える。妹のもとに留まって話し合うのは、思っていた以上に難しかった。うまくコントロールしながらつづけていくには、もっと練習しなければ。

どれぐらいの時間シャワーを浴びていたのかわからないが、お湯はもうそれほど熱くないから、じきに彼らが様子を見に来るだろう。どんどん冷たくなるシャワーを流しっぱなしにしたまま、体に当たらないようにずれた。あまり時間がないが、クロエに接触したかった。ヴァンパイアの標的となっている、それとも、なっていたコンデュイットに。彼女の顔を知っているし、ちかくに住んでいるし、前に一度接触したことがあるから、少しは楽にできるだろう。エネルギーを掻き集め、集中しなおす。

エミリーを訪ねたことでエネルギーを使い果たしたのか、クロエはすでに亡くなっているのか、一瞬の接触も行なえなかった。

栓を締め、シャワー室を出た。疲労困憊だ。眠りたかった。楽しい夢と思い出に浸って、すべてを忘れたい。でも、楽しい夢を見ることはもうなくなった。

ソーリンはときどき安心させるようなことを言うが、将来について彼がなにを言おうと、自由の身になれるとは思っていなかった。それでも、家族が自由になるのを見届けられれば、それが勝利だ。ネヴァダにとって、唯一の勝利になるだろう。

17

「荷造りしろ。日が暮れる前にここを出る」

クロエは冷ややかにルカを一瞥した。「絆を結んだからって、あなたに従うつもりはないから」

ルカはため息をついた。「わかっている。わたしを信じてくれ」

彼がじっと我慢しているのが口調からわかり、クロエはほほえまずにいられなかった。血とセックスで絆を結んだことで、許容範囲がとても広がった気がしていた――十年分のセックスを一度にできるようになったという意味での〝許容範囲〟だ。ヴァンパイアのスタミナときたら想像を絶する……少なくともルカのスタミナは。一方の彼女は人間だから、そのスタミナはそこそこでしかない。

いちばん面食らったのはセックスではなかった。彼をやさしく思いやる気持ちが芽生えたことだ。ルカは自分の面倒ぐらいちゃんと見られるけれど、彼女の感情は理屈では割りきれない。窓を指差して言った。「念のために言っておくけど、日が照っているわよ。あと数時間は照りっぱなしでしょうね。いま表に出たら、あなた、爆発するか溶けてなくなるんじゃないの？」

「いや」彼が我慢強く言う。

「ヴァンパイアの姿は鏡に映らないとか、死んでいて冷たいとかとおなじ、よくある誤解のひとつね」

ルカは死んでもいないし、冷たくもないことはよくわかっていた。「そのとおり」彼が真面目な顔で言う。

彼女はわざとぐずぐずしており、彼はそれを知っている。しかも、彼に見抜かれていることに、クロエは気づいていた。どんなに理に適った理由があろうと、愛する家と愛する仕事を捨てるという事実は変わらない。いつ戻れるかわからない。二度と戻れないかもしれないのだ。この問題をずっと考えていた。ルカに悩みをぶつけたし、ひとりであれこれ考えもした。ボスに電話して休みをとることはできるが、有給休暇は二週間しかなく、それを一度に、しかも急にとればボスを困らせることになる。二週間が過ぎて職場に戻らなければ、仕事を失うだろう。

もっとも、そんなことはどうでもよくなるかもしれないのだ。彼女にとっても、ボスにとっても。ヴァンパイアが勝ちをおさめれば、人間は誰ひとり安全ではいられなくなる。

ソファーの肘掛けに手を添わせ、物思わしげにあたりを見まわす。趣向を凝らした家ではない。家具はスタイルより使い心地で選んだふつうのものだ。それでも自分の家だ。「どこにいようと、いずれは見つかるわ」

「いずれは。だが、時間を稼ぐことはできる。動きまわることが最良の策だ。彼らを右往左往させれば、わたしが栄養補給をしたり眠ったりしているあいだ、きみはそれだけ安全でいられる」

ルカは楽観的なことは言わなかった。どんなに悪い事態であろうと、クロエは立ち向かわねばならない。いまふたりは魂の深いところで結ばれていた。相手の感情の動きをまるで自分のもののように感じとれるこんな結びつきがあることを、クロエはいままで想像すらしていなかったはずだ。彼にとって、こういう感情を経験するのはイーナを失って以来だった。いや、イーナとのあいだにもここまでの感情はなかった。あの哀れな娘は彼を記憶に留められなかったし、その人生はクロエのそれと比べてずっと単純だった。クロエの激しい葛藤《かっとう》が、人間と一度しか絆を結ばなかった理由を彼に思い出させる。人間の感情は複雑で理屈に合わない。そのせいで、単純な論理に則って考えれば避けられる問題をわざわざ抱え込むことになる。

クロエのなかでは、いま感情が絡まり合っている。彼を思いやる一方で、愛憎半ばする思いを抱いていた。強い憎しみと愛が分かちがたく絡まり合っているのだ。彼女は恐怖を覚えながら怒っている。どこかに隠れたい気持ちと、自分をこんな目にあわせた連中、つまり反乱派とソーリンとルカ自身に戦いを挑みたい思いが相半ばしている。絆を結ぶ必要性を理解しながらも、安全面で彼に依存することを嫌悪し、絆に深い満足を覚えながらも、きつく結びついていることを嫌悪していた。絆を結んだヴァンパイアと人間のセックスは……それは激しいものだ。

未来になにが待ち受けているのか、ルカにはわからなかった。クロエが生き延びたとして、ふたりの絆が弱まるのは遠く離れ離れになった場合だけで、たとえそうなっても、おたがいをつねに恋い焦がれつづけるのだ。ちがう種に属するふたりが、ともに過ごす人生を築けるのかどうかわからない。どちらが勝利するにしろ反乱が収束するまでは、その問題は棚上げにするしかないだろう。相手の出方を待つのは彼の流儀に反する。だから、つぎにとるべき行動は、こちらから打って出ることだ。

ルカを呼びつけて尋問すべきだと訴えるベネディクトに、レジーナはほほえみかけた。愚か者。暗殺請負人が行方をくらましたものだから、評議員たちはうろたえていた。手下がすでに彼を見つけ出しているが、レジーナはその情報をみなと分かち合うつもりはなかった。たとえ評議会がルカの居所を突き止めたとしても、誰も彼になにかを強要することはできない。誰を相手にしていると思ってるの？

暗殺請負人が人間の側についたという報告を受ければ、評議員たちはあたふたするだろうが、そのことも言うつもりもなかった。彼が電話に出ないだけでこれだけピリピリしているのだ。彼が仲間より人間を選んだと知れば、どんな騒ぎになることやら。レジーナは笑いを堪えるのがせいいっぱいだった。評議会はかつて彼らが軽蔑していたものになりさがっている。官僚。法律によって自分たちの地位を守ろうとして、すっかり骨抜きになってしまった。

　早い時間から会議が開かれたところに、彼らの不安の大きさが表われている。ふだんはたっぷりと日が暮れるまで、贅沢な環境で静寂に包まれて眠り、休養をとり、栄養を摂取している連中だ。日が射し込まない室内にいても、彼らは日の出や日の入りを感じとることができる。彼らは夜の生き物であり、これからもそれは変わらない。暗くなるとより強く、より鋭く、より優秀になる。いつもなら怠惰に過ごしている午後の時間に、彼らはここに集まり、このところの不穏な動きを理解しようと必死になっていた。

「まずはじめに、反乱の話を引っさげてルカが現われ、ヘクターが殺されたことをうまい具合に発見し、それから姿をくらました。このことをどう受け止めればいいのだ？」ベネディクトは椅子にもたれかかった。「彼は反乱に加担しているのかもしれない。ルカ本人がヘクターを殺し、そのことを知ったイーノックを始末したと考えると理屈に合う」

「だとしたら、ルカはどうして反乱のことをわれわれに告げたのだ？」セオドールが疑問を挟んだ。

「われわれを混乱させるためだ」と、ベネディクト。「煙《けむ》に巻くつもりなのだ」彼は顔をしかめた。「きっとひとり悦に入ってたんだろう」

たしかにみんな混乱している。レジーナはおもしろがっていた。

「イーノックは自分の意思でここを去ったのかもしれない」パブロが言う。「彼はヘクターと親しかった。動揺したとしても無理はない。ルカとイーノックが同時期に姿を消したのは、ただの偶然だ」

レジーナは歯ぎしりした。イーノックは死んだ。それはたしかだが、口が裂けても言えない。

「ジョナスに命じてルカの居所を突き止めさせたらどうなの？」エレノアが甘ったるい声で言った。いやな女。その昔、ジョナスはルカと協力して、造反ヴァンパイアの居所を突き止める仕事をしていた。ルカが裏切ったのなら、ジョナスに居所を突き止めさせればいいと思っても無理はない。

だが、そうは問屋が……

「彼は電話に出ない」ベネディクトがぼやく。

出るわけないでしょ、とレジーナは思った。

「ルカ・アンブラスの居所がわかったら、どういう措置をとるかを話し合ったほうがいいんじゃない？」エレノアが話の矛先を変えようとした。いつもの手だ。つぎつぎと話題を変えて自分の立場を曖昧にしてしまう。「わたしが思うに、ルカがいなくなってくれてかえってよかったのよ。もしもの場合、ルカ・アンブラスを倒せる者がこのなかにいるかしら？ 彼を捜し出す努力はするだけ無駄だわ。人間にわたしたちを捜し出せないのとおなじ。できるわけがない」

レジーナはゆっくり立ちあがった。ベネディクトやセオドールのような堂々たる体躯《たいく》でなくても、評議員たちに一目置かれていた。ほかの女性メンバーたちの視線が集まる。彼女が代表して話すことを認めたのだ。評議会における男女の役割分担に道筋をつけたのは彼女だったし、事あるごとに両者の亀裂《きれつ》を埋めようとしてきた。最後には彼らの何人かが味方につくことになるだろうが、あたらしい秩序のなかで彼女と肩を並べる者はいない。

「エレノアの言うとおりよ」レジーナは穏やかに言った。「ルカを呼び戻すために誰を送り込もうと、殺されるのがおちだわ」

「彼はそれほど強くはない」ベネディクトが言った。

「強いわ」レジーナは彼を睨んだ。「彼には〝ヴォイス〟があることを忘れたの――わたしたちには太刀打ちできない。わたしたちはたしかに強いけれど、彼には特別なパワーがある。ルカはまったくちがうのよ」静かに言い添えたが、その言葉はなによりも力を持っていた。「気に染まなければ彼は電話に出ないし、わたしたちに呼ばれたからって、いそいそとやっては来ない。彼が長いこと評議会に仕えてきたのは、その仕事が彼に合っていたから。わたしたちの意向など彼は気にしない。一度だって気にかけたことはない。気にかけてもらっていたと信じるような愚か者は、ここにいないことを願っているわ。さしあたり、彼のことは放っておきましょう。彼が反乱派に加担していないのなら、そのうち戻ってくるわ」そんなことがあってもらっては困るが、ルカが戻ってきて忠誠を誓う可能性があると、みんなには信じ込ませておく必要があった。

レジーナの強さと穏やかさがみんなの気持ちを惹きつけた。まるでそこに問題の答がすべてあると言いたげに、彼らは期待の眼差しで彼女を見つめた。「この革命とやらに、われわれはどう対処すればいい？」ベネディクトが尋ねる。ミーティングの主導権を握り、権威を振りかざしたい気持ちはあっても、評議会が直面する問題の答を提示することが彼にはできなかった。

「反乱が起きるかどうか、たしかなことはわかっていないんでしょ？」レジーナは理屈に合ったことを言った。「反乱の動きがあるとヘクターがルカに語ったらしいけれど、それだってほんとうかどうかわからない。反逆者をここに連れてこいとルカに言ったけれど、彼は連れてこなかった。つまり、そんなものは存在しないのかもしれない。それがわかったから、彼は姿を消したとも考えられるわ。前にもそういうことはあったもの」レジーナとルカは特別な関係にある、と評議員たちは思っているが、それは彼女が長年にわたってそういう認識を彼らに植えつけてきたからだ。身を乗り出して言う。「そもそもヘクターはルカに電話なんてしていなかったのかもしれない。彼がここに現われたのは、われわれがまだ気づいていない陰謀の一部なのかもしれないわ」ルカがわたしたちの命令に従うことにうんざりしているとしたら？　自分のほうが指導者としてすぐれていると思っているとしたら？　革命が起きるとしたら、首謀者はルカ・アンブラスかもしれない」

　レジーナは落ち着きを保ち、呼吸と心拍を慎重にコントロールしつづけながら、ヘクターの部屋の戸口に潜んだときのことを思い出していた。イーノックが剣を心臓に突き立てると、評議会の長は爆発して細かな灰色の塵になった。あの剣はヘクター自身のものだった。身近に反逆者がいることに彼は気づいていたが、彼女を疑うまでにはいたらなかった。死がちかいことを察知してはいても、イーノックが部屋に入ってくるまで、その死が長年の友人の手によってもたらされるとは思ってもいなかったのだ。

　ヘクターが死ぬのを見て、レジーナは大きな満足感を抱いた。彼は愚かで弱い老人だった。彼女の法には弱者のための場所はない。

　テーブルを囲む者たちのなかには、その気になれば事実を探り出せる者もいるが、彼らの能力はいまやすっかり錆《さ》びついていた。黙っていても食事が提供され、手足となって働く者に囲まれて暮らしているうちに、すっかり怠惰になった。才能は使われなければ衰える。平和と忠節の千年が彼らをだめにした――レジーナだけは例外だ。

　ルカの問題はそれで片づけられ、つぎの議題に移った。あたらしい長の選出だ。争うつもりになれば、その地位が自分のものになることがレジーナにはわかっていた。しかも激しい争いにはならない。ほかの評議員たちは彼女に一目置いている。彼女の強さを知っている。だが、たとえ短期間であろうと、そんな責任を背負い込むだけの時間も忍耐力もなかった。やるべきことは山ほどあった。それに、長ともなればその一挙手一投足にまわりの目が集まる。だからパブロを指名した。彼にはナポレオン・コンプレックス（背の低い人には劣等感の裏返しの攻撃性があるという俗説）があり、ここに囚《とら》われている血液提供者のひとりに夢中だった。そんなわけだから、レジーナにうるさいことを言わないはずだ。パブロの年齢と経験だけを考慮し、彼のこのところの惑溺《わくでき》ぶりに気づいていないほかの評議員たちが、対立候補として自分を推してくれないことに、ベネディクトは腹を立てた。

　ヘクターが抜けた穴埋めとして九人目の評議員を選ぶことは先送りとなった。レジーナにとってはどうでもいいことだ。じきに評議会など必要なくなり……消滅するのだから。

　仕事から戻ったソーリンは、ネヴァダのことが気になったものの、一番にやるべきことはほかにあった。昼間の移動は疲れるが、いまは一分一秒でも無駄にはできない。長いあいだ睡眠をとっておらず、この先もいつとれるかわからない。それで動けないわけではないが、疲労や空腹のせいでミスを犯さないよう慎重にならなければ。ひとつのミスによってすべてが瓦解《がかい》しかねない。それを自分で犯すわけにはいかなかった。

　屋敷に戻るとまずジョナスに会いに行った。彼はノイローゼになりかかっている。コンデユイットがウォリアーを呼び出す確率が高まり、流入する情報をさばききれなくなっているのだ——精神的にも計算上も。レジーナを失望させるのではないかと恐れ、いつ手遅れになるかと怯えている。

ウォリアーがこの世界に出現するときのエネルギーを、ジョナスは感じとることができるから、いまのうちにコンデュイットを始末してしまえば手遅れにはならない。いまならまだ間に合う。

だが、それも長くはつづかないだろう。ジョナスは比較的強いヴァンパイアだが、若いころに転身したにもかかわらず、肉体的パワーより精神的パワーのほうが上まわっていた。小柄な体と茶色の長髪が害のない感じを与え、彼はうまくそれを利用してヴァンパイアの生活に満足していた。いままでは。たまにルカを手伝う以外は評議会のために働き、余暇は美しい娘をたぶらかしては失恋させることに費やしていた——娘たちは弱って青ざめてはいても、血をすっかり抜かれたり脳に損傷を受けたりはしないから、じきに立ちなおる。だが、彼の才能のべつの活《い》かし方が見つかったことで、生活は一変してしまった。エネルギーの位置を特定できる才能を、コンデュイットとウォリアーの居場所特定に使えると、レジーナが気づいてしまったのだ。

なにも力ずくでやらなくても、ジョナスを味方に引き入れられたことが、レジーナにはわかっているのだろうか。おそらく気にもしていないだろう。反乱のリーダーは、力ずくで抑え込むほうを選ぶ。命令は一度きりだ。

レジーナはいなかった。きょうははずせない大事なミーティングがある、と言っていた。彼女が留守のあいだはソーリンが責任者だ。人の上に立つのが、ソーリンは大好きだった。

ジョナスは狭い地下室を飛びまわっていた。ここで仕事をし、硬い簡易ベッドで眠り、レジーナがよこす血液提供者の血を吸う——仕事を果たすのに最低限必要なだけの血を。自分の意思で楽しみながら血を吸う贅沢な日々はもう戻らない。人間があてがわれるときには相当飢えているので、人間のほうもたまったものではない。

ここはいまやジョナスの世界だ。壁の二面には地図が貼《は》られ、もう一面には大きなコルクボードがかかっている。部屋の真ん中に置かれた長いテーブルの上にはノートとペンと鉛筆が載っていた。ジョナスがラップトップのコンピュータを使うことを、レジーナは許しているが、監視役がそばにいるときにかぎられる。彼が丁寧にプログラミングしたそのコンピュータが、いまでは外界とつながる唯一の手段だ。体を休めるための家具ひとつなく、足もとは剥き出しのコンクリートの床だ。レジーナはよくもここまで殺風景な部屋を作れたものだ。まるで独房だ。

そのなかで、痩せたヴァンパイアが手にピンを握り締め、地図から地図へと駆けずりまわっていた。黄色のピンは最近活性化してきたコンデュイットを、赤はウォリアーを呼び出す日がちかいコンデュイットを、黒はすでに抹殺されたものを示す。ジョナスの地図に黒いピンがかなりの数刺さっているのを見て、ソーリンは満足を覚えたものの、赤が十数本あり、黄色も一気に増えたことに困惑した。

「どうやればこれを抑えられるんだ？」ジョナスがひとり言のようにぽつりと言った。「世界じゅうに散らばっている。けさはパリ、それからロンドン。なぜだ？　反乱はここで、この国で起きるのに。ウォリアーは戦場のちかくに現われるんじゃないのか？　世界じゅうを旅してまわる暇なんてないだろう。命も身分証明書もないんだから、飛行機に飛び乗るわけにはいかない……なのになぜ、こんな遠くに現われようとしているんだ？」

ウォリアーはこの世界とはべつの世界で暮らし、監視しながら待っていて、不穏な動きを察知すると、仲間の何人かでもそれを阻止するのに間に合うよう、撹乱《かくらん》作戦をとるのだろう、とソーリンは思った。

「これを見てみろ！」ジョナスが手ぶりで地図を示した。「ニューヨークに八人。八人だぞ！　そんなに大勢、どうやったら阻止できる？」そこで頭を振った。「彼女が知ったら怒るだろう。怒鳴りまくるにちがいない」彼は全身を震わせた。怒ったレジーナほど恐ろしいものはないのだ。無理もない。ヴァンパイアの血のおかげで傷跡は残っていないが、彼女がジョナスに与える苦痛はすさまじいものだった。

ソーリンは事態の推移を憂慮したが、慌てふためきはしない。レジーナは数年を費やして、いずれ自分が支配権を掌握したとき忠実に仕えてくれるであろう廷臣たちをまわりに集めてきた。哀れなジョナスに比べて、彼らをずっと優遇しているからその忠節は揺るがないが、その一方で、いちばん偉いのは誰かを彼らの頭に叩き込んでいた。その数は膨れあがり、大半が特別な才能を開花させていない未熟なヴァンパイアたちだが、もっとも弱い者に対してさえ、人間はとても太刀打ちできない――敵がヴァンパイアであることを知らず、戦い方を知らないうちは。反乱派にはソーリンのような古強者《ふるつわもの》も多くいる。闇に隠れて生きることに飽きた者たちだ。ソーリンは赤いピンのもとには古強者を、黄色いピンのもとにはひよっこを送り込んできた。どちらもじきに黒に変わるだろう。

地図のDC地区で黒に変わっていないピンがひとつだけ残っているが、それほど心配のない黄色だ。レジーナの言うとおり、ルカがじきに人間に飽きることを、ソーリンも願っていた。現存する最強のヴァンパイアのひとりに守られていなければ、反乱のお膝元にいるクロエ・ファロンを始末して、祖先が現われるのを阻止するのは簡単なことだ。

ジョナスには勝手にひとり言を言わせておいて、待機していた者たちに指示を出すと、ソーリンはネヴァダの部屋へと向かった。数時間したらニューヨークに向け出発しなければならない。それまで、彼女に発破をかけておく必要がある。

これまでネヴァダにはやさしく接してきたが――傷つき弱った魔女などなんの役にも立たないからだ――レジーナのやり方のほうが効果的なのではと思うこともあった。だが、あんなに若くて無防備な娘に苦痛を与えるなんて、考えるだけで虫唾《むしず》が走る。やらずにすんでよかったと、本心から思った。ネヴァダはやさしい娘で、感情的なところが弱点だ。家族の安全を守るために仕事をしている。家族のひとりが目の前で殺されたら、ほかの家族を守るためにもっと懸命に仕事をするだろうか？　それとも、なにもやらなくなるだろうか？　ローマンに血を吸わせると彼女を脅したら、最後の力を振り絞ってでも呪いを解こうとするだろうか？

彼女の匂いに惑わされてはならない。あの匂いを懐かしいと思うわけがわかったいま、記憶や記憶がもたらす不必要な弱さを排除できる。ネヴァダは道具だ。それ以上のものではない。

あたらしい監視人のひとりが、退屈しきって戸口に立っていた。自分の任務を軽視しているのだ。コンデュイット殺しに出掛けたいのだろう。ハンターにしてくれと事あるごとに言う。ソーリンはそのダニカに会釈し、部屋に入った。

ネヴァダはぎょっとして顔をあげた。目を見開いている。あるいは思いちがいかもしれないが、彼女は数カ月前と比べてずいぶん痩せたんじゃないか？　そんな思いを頭から追い出す。彼女がやるべきことをやるスタミナを維持するだけ食べているなら、あとはどうだっていい。

ノックせずに入っても睨まれず、拍子抜けした。文句を言われたからといって、どうということはないのだが。「そこで待ってて」彼女が静かに言った。

「待てない」ソーリンは言ったものの、ネヴァダのテーブルから数歩手前で立ち止まった。

ネヴァダは目を閉じて両腕を伸ばした。細い赤毛を肩まで垂らし、ゆったりとしたローブを体にまつわりつかせた姿はこのうえなく優美だ。たしかに、一年前と比べてもずっと痩せている。三年間、太陽に当たっていないので、もともと青白い肌は滑らかで、薄いそばかすがある以外はしみひとつない。おれのせいでこんなに変わってしまったのか、と思う。だったら、もっと青白く、もっと美しく、もっとパワフルになれる。転身後も魔女のパワーを持ちつづけていられるなら、反乱後の世界でも大いに重要視されるだろう。

ネヴァダにはふたつの選択肢しか残っていない。転身するか、死ぬか。古い呪いを解くパワーがあるということは、あらたに呪いをかけられるということで、それは許されない。彼女もヴァンパイアになってしまえば、同類に不利なことをする理由がない——生まれ持った魔力が彼女のなかに残っていたとしても。

彼女がささやきはじめた。いままでにも呪文をいくつか耳にしたことがあるが、これはどれでもなかった。ソーリンが前に見たことのある揺らめく光が息を吹き返し、広がっていった。ネヴァダが創り出す魔法の輪のなかで、閃光《せんこう》が躍った。揺らめく光は泡となって彼女を包み込み、さらに膨らんでソーリンに触れそうなところまで来て止まった。前にも見たことのある魔法だ。

ネヴァダは目を開いた。「あなたをここに迎え入れない。あなたは入ってこられない」

ソーリンはかまわず一歩ちかづき……彼女が創造した防壁にぶつかった。それ以上行けない。透明な泡を肩で押して突入しようとしたが、無駄だった。彼女は完全に守られている。家族を人質にとっていなければ、ネヴァダは自分の身を守れるのだ。誰も彼女に触れられない。どこに行くにも、守ってくれる〝家〟がある。

そのとき、彼女が言った。「入って」

ソーリンは一歩踏み出し、防壁を難なく通り抜けた。泡のなかに、ネヴァダと一緒にいた。

「目あたらしくもない」彼は声に不快感を滲ませた。

ネヴァダはがっかりしたようだ。「この呪いは、最初のよりずっと強力なのよ。わからない？」

「ああ」

「あらそう、あたしにはわかるわ。全世界がブンブンうなっているみたい。魔法が肌の上を這いまわっているみたい。でも、いやな感じではないの。とっても気持ちいい」

「もともとの呪いを解くまで、あとどれぐらいかかる？」ソーリンは尋ねた。ネヴァダは魔法のパワーが起こす快感を経験しているが、彼はなにも感じなかった。彼女が楽しんでいるのはなによりだが、レジーナは我慢しきれなくなっているし、彼の我慢にも限界がある。ネヴァダが課せられた仕事を終わらせるのに、レジーナはどれぐらいの猶予を与えるだろう？

「完成するまであとどれぐらい？」

「数日だと思う」彼女がささやいた。

「よし」彼がちかづいても、ネヴァダは顔をしかめず、目を逸らしもしなかった。彼を怖がらなくなってずいぶんになるが、彼だってその気になれば……

「お願いがあるの」彼女はソーリンの目ではなく胸を見つめながら言った。

彼女の願いが叶えられることはまずないが、呪いを解く日が迫っているいま、そういうことは言わないほうがいい。「今度はなんだ？」知らないふりで言った。

「家族を解放して。家族の無事がわかったら、呪いを解いてあげる」

「その話はさんざん聞かされて……」

「あたしはそのためにやるんだもの。ヴァンパイアをこの世界に解き放つ責任を負うのだから、見返りをもらわなくちゃ」

約束を守らなくても良心の呵責《かしゃく》を覚えることはないが、それでもすぐに返事はできなかった。べつに考えることでもないのに。「おまえがそこまで言うなら」

彼女は顔をあげ、彼の目を覗き込んだ。「証拠を見せて」

ネヴァダはもはや怯える小娘ではない。あたらしい力を身につけていた。彼にとっては癪の種でも、呪いを解くのに必要な力だ。

「おまえの家族を解放する前に、呪いが解ける証拠を見せてくれ」

彼女はうなずき、その瞬間、事実だとソーリンにはわかった。ネヴァダは嘘をついていない。三年の歳月の後、彼女はついに呪いを解けるまでになったのだ。

ヴァンパイアが人間の家に自由に入り込めるようになれば、混沌の時代が幕を開ける。ソーリンはほくそえんだ。このところ、彼の生活はあまりにも平穏無事すぎた。

18

行き先もわからず、なにをしていつまで滞在するか、なにが必要かもわからないのに、荷物を詰められるわけがない。最低限必要なもの。それをまず考えよう。下着、靴下、ジーンズ、Tシャツ。黒のヨガパンツ、薄手のセーター。しわにならない黒のニットドレスに黒のパンプス。ヴァンパイアとの戦争で、ちょっとドレッシーな服が必要にならないともかぎらないでしょ？　なにもかもがなんだか馬鹿らしく感じられる。あの……ゆうべのあの激しいセックスを思い出すと、自分はどうなってしまったんだろうと思う。恐怖と困惑と興奮が一緒くたになった気分。それはそれとして、ドレスが必要になる場合に備え、一着は持っていたほうがいい。ほかに洗面道具やパジャマを詰めてもまだ余裕がある。ゆうべみたいなことがつづくなら、パジャマは必要ないだろうけれど。

荷造りをしていると、ルカがリビングルームを動きまわっているのが聞こえた。いいえ、〝聞こえる〟というのは適切ではない。彼はなんの音もたてないのだから。猫みたいに静かだ。でも、彼がどこにいるかわかる。彼がベッドルームに向かって、こっちに向かって歩きはじめると、期待に胸が躍り、激しい欲望がすべてを押し流してしまう。なんて厄介なんだろう。それでいて、耐えきれないほどセクシー。

彼が戸口にさしかかったのを感じる。彼とつながっていると感じるのは、おなじ空気を吸っているからだ。絆を結んだことがよかったのか悪かったのか。人生で最悪の過ちを犯してしまったのかもしれない。ヴァンパイアと絆を結ぶなんて。ふつうに考えて、それがいいことのわけがない。でも……ルカ。彼の名前を思い浮かべるだけで心臓が跳ねあがる。見つめられると、眼差しに撫でられている気がする。こんなふうに男性に見つめられたことはなかった。

「レストランに電話したのか？」ルカが尋ねた。深い声が彼女を切り裂く。まるで言葉自体が命を持っていて、彼女に触れてくるかのように。

「したわ」カバンのなかを見つめたまま靴下の位置を直す。ルカを見なくてすむように。「体調を崩したって言ったわ――正確に言うと嘔吐《おうと》と下痢《げり》――それで四、五日お休みしますって。ウィルス性胃腸炎に罹《かか》った人間に出てこられたら、レストラン側は困るでしょ。どんなに人手が足りなくても」

「信じてもらえた？」

単純な質問が癇《かん》に障った。神経がピリピリしていた。本気で腹が立ってきた。「どうして信じてもらえないの？」きつい口調になる。「わたしは正直な人間よ。頼りになる。あなたから見ればおもしろくもないだろうし、自慢するほどのことでもないかもしれない。でも、それがわたしなの。仕事をさぼらないし、病気でもないのに、病気で休むと電話しないし、それに……それに……」

不覚にも涙が込みあげ、慌てて目をしばたたいた。「もういやっ。せっかくの仕事を失う羽目になるなんて」声が震えるのを抑えられない。「仕事を失ったら、この家も失うことになる。でも、死んでしまえばそんなことどうでもいいのよね。わたしがなにを言おうと気にしないで」唇を噛んで顔をそむける。取り乱した姿を彼に見られたくなかった。「絆を結べば、逃げ隠れせずにすむと思ってた」

ルカはふーっと息を吐き出した。「絆はふたりを結びつける。きみを強くする。きみにとって有利だ。だが、どうあがいたところで、きみはヴァンパイアと互角に戦えやしない。無防備であることに変わりはないんだ。少しは強くなったとはいえ。ふたりは結びついているから、わたしはきみを置いて栄養補給に出掛けられる。きみが絆を結ぶことに同意しなかったら、きみを誘拐するつもりだった。その場合も、ふだんどおり仕事ができないことに変わりはない」

「いつまで?」自棄《やけ》になって尋ねた。

「きみのウォリアーが現われるまで。そうなれば、きみを殺しても意味がない。ウォリアーはすでにこっちの世界にいるんだからね」彼が不意に口をつぐんだ。クロエには見なくてもわかった。「きみがコンディイットだということが、彼らにはどうしてわかったんだろう」彼がつぶやく。「しまった《ファック》。もっと前に気づくべきだった」

彼の口から〝ファック〟という言葉を聞くのは、セックスとは関係ない意味で使われているのに、まるで乾いた焚《た》きつけにマッチの炎をちかづけるようなものだ。彼女の体に関するかぎり。目を閉じてそっと息を吸い込んだ。全身の細胞がセックスに向かってたなびいていることを、彼に気づかれたくなかったから。

無駄な努力だった。「クロエ」欲望でくぐもる声で名前を呼ばれたとたん、膝がガクンとなり、体が揺れはじめた。

彼がちかづいてくると、その熱で背中が熱くなる。肩に両手が――ヴァンパイアを八つ裂きにできるほど強い手なのよ、それって愉快じゃない？――置かれた。彼の正体を知っていても、触れられると心が慰められる。慰められるだけではない。お腹の底のほうがリズミカルに疼きはじめた。空気が必要なのとおなじように、彼が必要だった。こんなにも激しく、こんなにもすぐに――ちょっと度が過ぎてるんじゃない？　彼がそこにいるから欲しくなるみたいな、まるで依存症だ。彼に吸いついて離れたくないみたいな――〝吸いつく〟というのは、言葉選びがちょっとその……。

首筋に彼が唇を押し当ててやさしく咬んだ。クロエは息を詰めて待った。ほんとうに咬むつもり？　彼を押しのけて、やめてと言うべきだろうけれど、肌に当たる――肌に食い込む

——歯の感触が気持ちよくて、怖いというよりもっとしてほしい感じだ。

息を詰めたまま、彼に咬んでほしいと思いつつ、そうしないでと祈り、彼と交わったときの、これまで知りたいと思ったこともないような感触に恋い焦がれている。どうかしてしまった。悪いことだと頭でわかっていても、求める気持ちは変わらない。でも、喜んで彼と絆を結んだことは、ほんとうに悪いことなの？ 彼もまたおなじ罠にはまってしまったことは、悪いことなの？ どうして彼が様子を見に来たのかわからない。ちゃんと荷造りをしているか見に来たのだろう。でも、お尻に当たる彼のものが硬く張り詰めているのを感じるし、彼の心臓が激しく脈打っているのも感じる。彼女自身の激しい鼓動を、彼も感じとっているにちがいない。彼が両手で乳房を包み込み、彼女の首筋の繊細なカーブを咬む力を強くしていった。全身を駆け巡る興奮につい悲鳴が洩れて、頭をのけぞらせ彼の肩に委ねた。

彼女がなにを欲しがっているのか、彼にはわかる。むろんわかっている。彼もおなじものを欲しがっていることが、彼女にはわかる。彼はなかにいる。頭のなかに、体のなかにいる。彼女を彼女たらしめているもののなかにいる。それは、魂、霊、真髄。彼は守ってくれる。つきつめて考えたくないことだけれど、クロエは彼のものなのだから。誰かのものになることを、彼女は潔しとしないタイプの女だった。でも、彼のものだと感じている。わかっているから、抗ってもしかたがない。セックスが忘れさせてくれる。たとえつかの間でも、いまは忘れていたかった。

ルカはベッドからカバンを取りあげて床に落とした。彼女を抱き寄せて喉に牙を立て、流れ出た一筋の血を舐めた。ゆっくりと。すると、彼女のなかのすべてが溶けた。触れられるとちがう自分になる。内側も外側も——完璧な自分になると同時に、自分で自分を抑えきれなくなってしまう。自制を失ったことのない人間にとって、それは恐ろしい経験だけれど、好きだった。そのあたらしい感覚に溺れた。まるで飛んでいるみたい——そして、彼女は飛びたかった。

仕事や人生のことで悩むのはやめて、彼に体を向けた。「セックスはすべての答にはなりえないわ」彼の力強い首に腕をまわしく、言った。

ルカが頭と頭をくっつけた。「いまは、なりうる」そして、キスした。

古くからの馴染みのように、ずっと体の一部だったように、体が彼を知っていた。彼の匂い、手の重み、唇のあたたかさ。そして、ひとつになる方法も。

クロエは魅了された。いいえ、奪われた。変えられた。それでもいい。

ルカは暗くなる前にここを出るつもりなのだと思っていたのに、その触れ方は急いでいる人のそれではなかった。彼女のブラウスのボタンをはずして腕を滑らせ、カバンの上に放り、ブラをはずしにかかった。今回それは千切られずにすんだ。ゆうべ、彼女の服は原形を留めていなかった。ジーンズとパンティを押しさげると、腿の合わせ目をじっと見つめた。その視線の熱さに、彼女はそれだけでいきそうになり、どぎまぎした。片膝を突いて彼女の裸の尻をつかみ、口もとへと持っていって舌でクリトリスと戯れた。もう充分だった。彼女は体を震わせてあえぎ、絶頂へと向かった。

気がつくとベッドの上に素っ裸で仰向けに寝ていた。めまぐるしいスピードで動かされたような、曖昧な記憶しかなかった。ルカが乱暴に服を脱ぎ捨てた。破れていないといいけれど、と彼女は思った。彼がおおいかぶさってきて、狙いをつけ侵入してきた。ああ、どうしよう。太いもので押し広げられる感覚に体をのけぞらせる。体がとっさに最高の角度とおさまり具合を求めて動こうとしたのに、彼がその隙を与えてくれない。彼はただ尻をつかんで彼女を貫き、けっきょくのところそれが彼女の望むものだった。

いったいどういうことなの？　しばらくしてから思った。人生は混乱をきたし、世界が滅亡の危機に瀕《ひん》しているというのに、彼女はすべてを脇に押しやって、肌と肌を合わせることしか頭にないなんて。彼に触れられると、クロエの世界はベッドのなかだけになる。ルカだけになる。

世界の運命なんて考えたくなかった。ウォリアーもヴァンパイアも、どういうわけだか巻き込まれてしまった戦争も、どうでもよかった。あとほんの少し悩みを忘れていたいから、ルカの体に体を重ね、手首を握って押さえつけた——それで彼を拘束できるとは思っていない。彼は信じられないぐらい強いけれど、喜んで協力してくれた。ほほえみを浮かべて彼女を見あげた。

「咬まれるのはなんだか恐ろしいけど、楽しんでいないふりはできない」

「ああ、そうだろうな」彼がしれっと言う。ごく軽く、何度か咬まれた感覚はいまだに生々しく、血管を稲妻が駆け巡って股間を直撃したようだった。そこも一度だけ咬まれ、オルガスムのあまりの激しさに悲鳴をあげたほどだ。後から、ごく小さな傷口を癒すために舐められ、またおなじ結果となった。

クロエは上体をさげ、顔を彼のほうにちかづけていった。彼はいつでも牙を伸ばすことができる。彼ははるかに強い。彼には血を吸いたいという生来の欲望がある……それがわかっていても、怖いとは思わなかった。理屈に合わない。男性と付き合うことに臆病だった。相手を信用し、ほんの少しでも自由にふるまうことができなかった。病気のことを知ったらきっと離れていく。そう思うと心を委ねることができなかった。こんなに親密なのに、ルカのことはなにも知らない。彼は根っからのヴァンパイアだ——それでも、彼のそばにいると、ほかの誰と一緒にいるときよりも、自分らしくいられた。愛ではない、それはわかっていた。でも、これは……たしかななにかだ。

彼の体が強張った。クロエは不安が押し寄せてくるのを感じた。いやになるほどの不安を感じた。「絆を結んだんだ、クロエ。それだけのこと」

彼はこちらの頭に入り込むことができる。それが癪に障った。

一瞬の後、クロエはベッドの上で手足を伸ばし、裸で満ち足りていた。これで昼寝ができれば言うことない。それにココアを一杯飲めれば。ルカはベッドのかたわらに立っていた。すでに服を着ている。

「ワオッ！」彼のスピードに目をぱちくりさせた。まったく、〝愛〟という言葉を思い浮かべただけなのに、彼はこんなにあたふたするなんて。とてもついていけない。

「遊びの時間は終わりだ」彼が言った。「出掛けなければ」

悔しいことに、彼の言うとおりだった。

保安官から、父の身になにが起きたのか説明を聞くあいだ、ジミー・エリオットは茫然としながらもなんとか意識を集中し、耳を澄まし、聞いているということを示すためにうなずいた。隣にケイトがいて、指関節が白くなるまで彼の手を握り締めていてくれなかったら、彼は持ちこたえられなかっただろう。感情は絶望と怒りと悲しみと憤怒と悲嘆のジェットコースターに乗っていた。なによりも、彼は混乱していた。現実のこととはとても信じられない。

反対隣には母が座っていた。サラ・エリオットは長い里帰りから戻ったばかりで、怒るよりぼうっとしていた。息子とおなじで、彼女もそんなことが起きるとは信じられないようだった。

ジミーが声に起こされ、なにかおかしいと思ったあの夜、父は殺されていたのだ。知らせを聞いてからずっと、自分を責めつづけていた。あのときすぐに電話するなりなんなりして、父の安否をたしかめていたら、父を救うことができたかもしれない。保安官の話によると、ジミーが声を聞いて飛び起きたとき、父はすでに死んでいたのだ。夢なのか虫の知らせなのか、なんであれあのことは、保安官にも、ケイト以外の誰にも話していない。

父の死を知ったあの晩、ケイトは言った。あなたの名を呼びかけたのは、きっとお父さんの魂だ、と。死んだばかりの人の魂が、世の中がおかしくなっていることをジミーの第六感に訴えかけたのだ、と。一年前なら、そんな馬鹿な、と彼女の話を一蹴《いっしゅう》していただろう、でも、いまは……彼女の言うとおりだと思わざるをえない。それ以外に説明のしようがないだろう？　だいいち、ケイトは馬鹿ではない。彼女の考えに偏りはない。岩のように安定している。肩の上に優秀な頭をのっけている。

やるべきことがたくさんあるから、あれこれ考えてはいられなかった——葬儀の手配、遺品の整理、焼け残った家の後片付け。これだけあるのだから、茫然としていられるか？　母にやらせるわけにはいかない。彼よりはるかに精神的打撃を受けている。

なぜこうも急速に悪化していったのだろう？　両親は多少ぎくしゃくしている程度だろうと思っていた。だが、現実ははるかに悪かった。父は仕事を失い、母は父を捨てた。父が正気を失っていたからだ。母は詳しいことを話そうとしないが、ひどいショックを受けているのだから無理強いはできない。父の人生に起きたいろいろなことが、その死と関係あるのだろうか。人生をめちゃめちゃにしかねないことに、父はどうして巻き込まれてしまったのだろう。

母がトイレに行くと言って席を立つと——トイレは口実で、この場にいたたまれなかったのだろう——保安官がはじめてジミーとちゃんと向き合った。

最後に会ったときに比べると、保安官の顔にはしわが増えていた。しかも体重が落ち、豊かな白髪は短く刈りそろえられているので、しわがよけいに目立つ。顔の真ん中に寄っている茶色の目のあいだの、ゆがんだ深いしわを、ジミーは見つめた。保安官は昔からオポッサムにそっくりだったが、いまは白髪のしわだらけのオポッサムだ。

「お母さんの前では言えなかったんだがね」保安官が声をひそめた。「お父さんの事件にはとても奇妙なところがあるんだ」

こんな小さな町でも、ふつうの殺人事件は日常茶飯事だと言いたげな口調だ。「どういうことですか？」ジミーはできるだけ冷静に尋ねた。

保安官は戸口をちらっと見た。「お母さんを動揺させたくないんだが、発見されたとき、お父さんの体には一滴の血も残っていなかった。現場にも血痕は見当たらなかった。一滴も。べつの場所で殺されて血を抜かれ、それから家に放置されたのかとも思ったが、それでは理屈に合わない」彼は鼻にしわを寄せた。「なにもかも理屈に合わない。近所の人が煙に気づいて消防団に通報していなかったら、家ごと焼けてなにもわからなかっただろうが、火がそれほどまわらないうちに消し止められたんで、お父さんの遺体に損傷はなかった。彼がどうしてこういう状態になっていたのか、わたしにはわからない」

ケイトがジミーの手をぎゅっと握り、身を乗り出した。「保安官、遺体には傷がありましたか？」

あんたがそこにいることをすっかり忘れていたという顔で、保安官はケイトを見た。もっと大きな町や市だったら、未解決の殺人事件の遺族には、詳しいことはなにも伝えられないのがふつうだが、父と保安官は長年の釣り仲間だった。保安官は二年ほど、ジミーが所属するリトルリーグのチームのコーチをやっていたこともある。このテキサスの小さな町の住人は家族同然で、よほどの理由がないかぎり隠し事はできない。

「とりたてて言うほどのものはなかった」保安官は考えた末、答えることに決めた。「喉にふたつ、小さな刺し傷があっただけだ。犯人がジムの血を吸い取るのに使った、とんでもない器具の痕じゃないかと思う。あるいは動物の咬み痕か。だが、これは動物の仕業とは思えない。血をすべて吸い取って、しかも――」不意に口をつぐんだ。頭に浮かんだ光景のむごたらしさに気持ちが萎《な》えたのだろう。「検死官は凶器の特定ができなかった。なぜそういう傷ができたのかわからない」片手をあげてふたりに警告した。「この情報はオフレコで頼む。町じゅうがパニックになったらかなわんし、レポーター連中に追いかけまわされるのも困るからな」

ジミーはうなずいた。ケイトがまた彼の手をぎゅっと握り締めた。そこへ母親が戻ってきて、保安官は椅子にもたれかかった。言うべきことはすべて伝えたということだろう。

それからの二時間は、ただ機械的に動いた。母を乗せて葬儀の手配に走りまわり、隣家――親切にもサラのために家を開放してくれた――を訪ね、そこで食事をふるまわれ、友人や隣人たちの弔問を受けた。それがすむと、保安官助手に付き添われて焼け残った家に入り、短時間のうちに必要なものを掻き集めた。捜査官たちが現場をたんねんに調べたが、事件の真相を語るような証拠はなにひとつ見つけられなかった。捜査はいまもつづいているので、家のなかの掃除や荷造りができるのは数日先だろう。

葬儀が終わるまでの数日は、近所のレッサー家に泊めてもらうことになった。家族ぐるみの付き合いのある家で、成長して家を出た子どもたちの部屋が空いていた。ジミーもケイトも夏期クラスがあるので長居はできない。父を埋葬し、母が落ち着いたら、オースティンに戻るつもりだった。

周囲で起きていることすべてから切り離されている感覚は、日が経っても消えてはいなかったが、やるべきことはちゃんとやった。母はとても使い物にならない。父の死に方や、それにまつわる奇妙な事実について、なるべく考えないようにしていた。ケイトがそばにいて、いつもどおりの彼女でいてくれることが助けになった。弔問客には自分から名前を名乗り、レッサー家のキッチンの掃除をし、食事の後片付けをし、事あるごとに彼をハグしてくれた。

彼女はときおり、意味ありげな目で彼を見る。事件のことを話したいのだと、ジミーにはわかっていた。だが、ふたりきりになれる時間はなかった。

きっと父はケイトを気に入ってくれただろう。ケイトも父を好きになっていただろう。でも、ふたりが会うことはない。すべてはジミーのせいだ。ふつうとはちがう女性に、父がどういう反応を示すかわからなかったので、週末に彼女を連れて実家に帰ろうとしなかった。そんなふうに尻込みしていなければ、父は亡くなる前にケイトと知り合うことができたのに。

ケイトに協力してもらい、疲れてぼうっとしている母を説得して早めに寝かせた。弔問客もみな引きあげた後で、ケイトがジミーの手を握った。握り方から切迫感が伝わってきたので、ジミーは彼女について玄関ポーチに出た。日は沈んだばかりで夕焼けが美しい。大変な一日だっただけに、その美しさがなおさら心に沁みた。

ケイトが真正面から彼を見つめた。手は握ったままだ。彼女のことはよく知っているから、勇気を振り絞ってなにかを言おうとしているのがわかった。すでに決心を固めている。彼女はジミーの手をぎゅっと握り、目を見つめ、唇を嚙んだ。それから、彼の世界を揺るがすようなひと言を口にした。

「ヴァンパイアの仕業よ」

19

三人仕留めて残りはひとり。

DCを出る前に、ニューヨークの獲物についてジョナスから報告を受けたが、ソーリンはいつものように自分でも情報収集を怠らなかった。ヴァンパイアにははた迷惑なインターネットが、人間を追い詰めるには大いに重宝するというのは皮肉な話だ。人生がじきに終わるとは知りもせずに日常生活を送るコンデュイットを、前夜、彼は仕留めた。三人とも精神的、肉体的疲労の兆候を色濃く見せていたことから、彼らのウォリアーが充分に強くなり、その存在を知らしめる日もちかかったことがわかった。そしてコンデュイットたちは、必死の抵抗を試みてきて——負けた。

そのことを天の恵みと言えるのだろうか？　ウォリアー伝説によれば、コンデュイットは選ばれし者、特別な存在だ。ソーリンに言わせれば、悲惨な日々に終止符を打ってやったのだ。もっとも彼らにとって、死は恵みではないだろうが。まあそれは彼らの問題で、ソーリンのではない。

リストに残っているのはあとひとりで、それが片付けばＤＣに戻れる。夜は明けていたが、ここでやめるつもりはなかった。勝ち運に乗っている。日差しから身を守る準備もしてきた。サングラスに帽子、長袖の服に手袋。日中は力も弱まるとはいえ、たいていのヴァンパイアよりは強いし、人間よりははるかに強い。

最後の獲物は昼間は学校に行っている生徒だが、ジョナスは通っている学校まで特定できなかった。学校は夏休みの時期だから、このコンデュイットは夏期クラスを受講している大学生か、人生の後半にさしかかって勉強しなおそうと決心した中年男だろう。それとも高校生？　夏期講習に通っているとすると、できが悪いのだろう。どうでもいいことだ。フィリップ・スタージェルの勉学の日々はじきに終わるのだから。

ジョナスはインターネット検索をしたが、スタージェルのことはたいしてわからなかった。それでも住所は突き止めた。ソーリンにはそれで充分だ。顔写真があればもっとよかったが。

始末したのがその獲物だったかたしかめられる。時間があれば下調べを充分にするのだが、今回はウォリアーが出現まぢかだった。ほかの獲物たちがかんたんに片付いたのは運がよかった。三人のうちのふたりは追い詰めるのに数時間を要したが、もうひとりは楽勝だった。フェイスブック上に、これから友人とどこそこのバーに繰り出す、とアップしておいて、そのバーに会いたくない誰かが待ちかまえていたからって、驚くことはないじゃないか。

フィリップ・スタージェルは、ほかの三人ほど社交的ではないらしい。フェイスブックをはじめ、どんな類のサイトもインターネット上に持っていなかった。住所以外、彼の写真も個人データも見つからなかった——だが、住所はもっとも重要な情報、死神を家の戸口に呼び寄せる情報だ。

スタージェルの家があるのは、ニューヨークの市内ではなく、通勤電車網からはずれた北部地方で不便なことこのうえない。どうせならもっと田舎か、大都会のほうがよかった。田舎なら、人に見られる恐れはないし、大都会なら、誰も気にかけない。小さな町は最悪だ。世話焼きがいて、なににでも目を光らせている。

フィリップ・スタージェルはそういう厄介な町の、中流の下の連中が暮らすこじんまりとした住宅街に住んでいた。家は黄色の下見板張りで、道に面した窓にはカーテンがかかり、裏手の窓には地味なビニールのブラインドがさがっていた。まわりの家々も裕福ではないが、手入れが行き届いている。平凡で控えめで、いまのところ守られている。家に入り込んでスタージェルを連れ出すことはできないから、出てくるのを待つしかなかった。

ソーリンは隣家のガレージの陰に隠れ、スタージェル家の玄関を見張った。住人たちは目覚めはじめている。耳を澄ませば音が聞こえるはずだ。ちかくの家に住む人間の鼓動、コーヒーメーカーのポコポコいう音、やさしい寝息、赤ん坊の泣き声。生活の音。

スタージェル家に意識を集中するため、そういった音はすべて締め出す。私道の入り口には配達されたばかりの新聞が転がっている。そのうち郵便物も届くだろうから、誰か取りに出てくるはずだ。きょうは授業がある日かもしれない。大学の時間割はあてにならない。だが、べつにかまわない。身の危険を感じていない人間が、一日じゅう家に閉じこもっていることはまずない。早く出てこい。さっさと片付けてDCに帰りたかった。

さしあたりやることもないので、考える時間がある――ありすぎるのも困りものだが。複雑な状況になってきたことに、これ以上目を瞑っているわけにはいかない。レジーナ。女王、評議員、権力に飢えた反乱の指導者。呼び方はいろいろあるが、このところ、その彼女の甲冑《かっちゅう》に亀裂が生じていた。ヴァンパイアが闇から抜け出して世界を支配することに、ソーリンは全面的に賛成だ。強さや優越感を封じ込めることなく、ありのままの自分を受け入れることにも。その点では、レジーナと完全な合意ができていた。

だが、彼女のなかでは、あらゆる者が消耗品だった。ほかの評議員も、人間も、自分に従わぬヴァンパイアたちも。彼女の計画の邪魔をする者は危険だから排除しなければならない。ジョナスに対する彼女の態度が、そのことを端的に表わしている。ジョナスがいなければ、計画は進まない。ジョナスがいなければ、すでに数十人のウォリアーが出現していただろう。だが、レジーナの最初の申し出を断わったために、彼はいまだに囚人《しゅうじん》の身であり、力ずくで彼女の命令に従わされていた。

冷酷非情さが、彼女を必要不可欠な者にしている。彼女は反乱を成功させるための炎であり、原動力だ。そういう資質が、彼女をまわりの者たちにとって危険な存在にしていた。

ソーリンも消耗品になるまでに、あとどれぐらいだろう？　綱渡りをしていることは、自分でもわかっていた。レジーナの地位とパワーを妨げない範囲で、反乱にとって必要不可欠な存在にならねばならない。必要でありながら脅威にはならない存在に。彼女から見てその境界線が曖昧になるまでに、あとどれぐらいだ？　彼女は怒らされるとまずやり返し、それから状況を評価する。必要不可欠な存在になるだけで充分だとは、彼には思えなかった。

平日の朝がはじまった。じきに住人たちは家を出て、車に乗り込む。通りすがりの人間がこっちを見るたび、ソーリンはその頭のなかをちょっといじくって、彼を見たことを忘れさせた。こういうときに、ルカの能力が羨《うらや》ましくなる。ソーリンはおなじことを繰り返さねばならず、だんだん退屈になってくる。

ついに裏手のドアがバタンと開いて、ソーリンの視線を引きつけた。ここからではなにも見えないが、鋭い聴覚がスタージェル家の裏手から聞こえた音だと告げている。背筋を伸ばし、手もとの仕事に意識を向ける。

女の声がした。「フィリップ、ママから見えるとこにいるのよ」

少年の声が応える。「わかったよ、ママ」

背筋がゾクッとした。フィリップ・スタージェルが子どもだとわかっていたら、ジョナスは警告していたはずだ。コンデュイットに関して、ジョナスがどこまで見たり感じたりできるのか、ソーリンにはわからない。ハンターが与えられる情報は、コンデュイットによってさまざまだった。詳細なのもあれば、そうではないのもある。いままでコンデュイットのなかに子どもはいなかったが、だからといって可能性がないわけではない。

スタージェルが子どもだとしたら、インターネットでその情報を拾えなかったことの説明がつく。「卑劣なウォリアーめ」ソーリンはつぶやき、家と家とのあいだを通ってよく片付いた裏庭を囲むフェンスへと向かった。奴らはなにが起きるか知っている。コンデュイットの命を危険に曝すとわかったうえで、子どもを通じてこの世に出現しようとしているのだ。子どもを危険に曝すほど、奴らは切羽詰まっているのか？

ソーリンと部下のハンターたちが大暴れしているのだから、そりゃ切羽詰まるだろう。

それでも、サッカーボールで遊ぶ十歳ぐらいの少年を眺めながら、ソーリンは思わずにいられなかった。ウォリアーどもは、自分たちの戦闘と自分たちの勝利以外、なにも考えていないにちがいない、と。この世に出現する力を与えてくれる者のことなど、これっぽっちも考えてはいない。

ソーリンはしばらく少年を眺めていた。運動神経はよくない。手足は短く、走り方がぎこちない。目の前に転がっているボールを蹴ることも、ときに覚束《おぼつか》なかった。でも、楽しんでいるようだから、下手でも気にならないのだろう。

ふと思った。もしかすると、フィリップ・スタージェル・ジュニアなのではないか。父親はまだ家のなかにいて、眠っているか、朝のニュースを観ているか、あるいはウォリアーが接触を図ることで生じる混乱と闘っているのかもしれない。そいつが標的なんだ。まいった。父親が出てくるのを待たなければならない。それでも……ほっとした。

ソーリンは音もなくフェンスを乗り越え、やわらかな草の上に音もなく優雅に着地した。ここから見るかぎり、ほかの家の裏庭に人気はなかった。朝のこの時間だ。手早く片付ければ、詮索好きの隣人の相手をする必要はない。フィリップの母親がいるが、まあ問題ないだろう。

フィリップ・ジュニアに話しかけて、家のなかに招き入れてもらうという手もある。ワクワクしてこないか？

足もとのサッカーボールに夢中の少年に、背後からそっとすばやくちかづいた。「フィリップ」やさしく呼びかけると、少年は振り向いて見あげた。

少年の顔は扁平《へんぺい》で丸く、間隔の開いた吊りあがり気味の目に素直な好奇心を浮かべて、ソーリンをじっと見つめた。ソーリンは息を呑み、それからゆっくりと吐き出した。いまではダウン症候群と呼ばれている。いつごろからそう呼ばれるようになったかは憶えていない。こういう子どもと接したことがないので、この子がどれぐらいこちらの言うことを理解できるのかわからなかった。

「ハロー」少年が言った。「あなた、だあれ？」言葉は詰まり気味だが理解できる。裏庭に知らない人が入ってきたら、警戒してしかるべきなのに。

「名前はソーリンだよ」

「おもしろい名前」

「それは――」ソーリンは、ルーマニアの名前だ、と言おうとしてやめた。「ああ、おもしろいだろ。みんなにからかわれる」

「ぼくの名前はね、フィリップ・アンソニー・スタージェル。ここはぼくの裏庭なんだよ。もうじき学校に行くんだよ。特別な学校に行くの。あなたはどこの学校に行くの？」

「おじさんは学校に行くには歳をとりすぎてるんだよ」ソーリンの声はあくまでも穏やかだったが、内心はとてもそうはいかなかった。あまりにもひどすぎる……「お父さんの名前もフィリップなの？」

「フィリップ・アンソニー・スタージェル」少年が訂正する。「それはぼくの名前だよ。お父さんの名前はスティーヴン・ハリソン・スタージェルだよ。もうここには住んでいないの。イエスさまやラヴァーンおばあちゃんと一緒に天国に住んでるの」

腹のなかに大岩が居座った感じだ。この子がコンデュイットだ。この住所にフィリップ・スタージェルはひとりしかいない。この世界に出現しようとしゃかりきになっているウォリアーの、ただひとりの血縁なのだろう。ウォリアーなんてクソ食らえ。奴らには節度がないのか？　このウォリアーには良心がないのか？

「どうして冬みたいな格好をしてるの？」フィリップが尋ねた。「夏なのに。ぼくはね、夏が好き。雪は好きじゃない。夏に帽子や手袋はいらないんだよ。寒くないのに、どうして手袋してるの？　汗かかない？」

　裏口のドアが勢いよく開き、フィリップの母親が携帯電話を手に、慌てて出てきた。その目に恐怖と怒りを浮かべている。まだ助けを呼んではいないが、必要ならそうするつもりにちがいない。

　ソーリンは女に顔を向けた。この距離からでも楽に魔法をかけられる。彼女は生活に疲れ、孤独で、かばってくれる人もいない。ソーリンは彼女の視線を捉え、安らぎで心を満たしてやり、静かにしていろと命じた。彼女は立ち止まって体の力を抜き、かすかな笑みさえ浮かべた。携帯電話を握った手がだらりとさがった。

　ソーリンはフィリップ・スタージェルに向きなおった。彼が殺すべきコンデュイットに。

「あなたはちがうんだね？」少年は尋ね、サッカーボールを蹴った。いままでで最高のキックだった。歓声をあげてボールを追いかける。慎重にかまえ、今度はソーリンに向けてボールを蹴った。「ぼくのあたらしいお友だちに似てるけど、すごく似てるわけじゃない。顔のまわりにおかしな光があるね。彼とおなじだよ」

　サッカーボールが転がってきてソーリンのブーツにぶつかった。彼は視線をボールに落とし、フィリップに向かってごく軽く蹴り返した。「あたらしい友だちがいるの？」

「うん」フィリップはボールを足で受け止めようとして失敗し、草の上に尻餅をついた。すぐさま立ちあがって、またボールを蹴る。すっかり夢中だ。ボールは大きく右にそれ、ソーリンは横に動いてボールをとめた。「ときどき来るの。でも、あまり長くはいないんだ」フィリップが言う。「ぼくはずっといてほしいんだけど、彼はほんとうはここにいないの。いるふりをしてるの。あなたは、ほんとうはいない場所に、いるふりできる？　それっておもしろいと思うな」

「いや、おれにはできない」ソーリンは言い、フィリップめがけてボールを蹴った。少年は正面でボールを受け止め、満面に笑みを浮かべた。

「ぼくが名前を見つけ出すまで、彼はほんとうにここにいることはできないの。あなたみたいに、彼も名前を教えてくれればいいのにね。でも、これはゲームだからね。ぼくたちふりだけの。ママにも言っちゃいけないんだよ。でも、ときどき忘れちゃう。彼は空想のお友だちだと、ママは思ってるけど、ほんとうは空想じゃないの。彼はね、剣を持ってるの、海賊みたいに」

ソーリンもかつては剣を携えていたが、いま、彼の唯一の武器はポケットに入っている。刃渡り十五センチの鋭いナイフだ。それでフィリップ・スタージェルの喉を掻き切るつもりだった。十二時間以内に四人目の獲物を倒し、大成功のうちに旅を終える。単純でよい計画だった。単純なのがいちばん。失敗する率が低い。

母親を見たフィリップの顔から笑顔が消えた。「ママは大丈夫なの？　なんだか変だよ」

「休んでいるだけさ」ソーリンは言った。「大丈夫」

子どもにはそれだけで安心だったようだ。「よかった。ぼく、ママのこと大好きだよ。ママ、きれいでしょ？」彼は笑顔に戻ってボールを蹴った。

いや、彼女はきれいではない。やつれているし、平凡な顔立ちだ。それでも、フィリップにとって、愛する母は美しいのだ。「ああ」ソーリンは言った。「きみのママはずっときれいなままだよ」

ソーリンは屈んでサッカーボールを拾い、フィリップを手招きした。少年は大きな笑みを浮かべて飛んできた。目の位置がおなじになるよう、ソーリンは片膝を突いてしゃがんだ。フィリップはなにかに耳を澄ますように首を傾げ、顔をしかめたが、その場を動かなかった。

「お友だちはあなたのこと、あまり好きじゃないって」

「ああ、そうだろうな。おたがいさまだ」これからもそうだ。もしチャンスがあれば、ろくでなしウォリアーの腸《はらわた》を抉り出してやる。

「おたがいに好きにならなきゃいけないんだよ。彼がここに来たら、みんなでサッカーやろうね。そしたら、あなたたちふたり、友だちになれるよ。友だちって多すぎても困るよね。ママに頼んでクッキー作ってもらおうね。ぼくはチョコレートチップが好きなの」フィリップはぽっちゃりしたやわらかな手で、ソーリンの頰に触れた。「友だちたくさんいないんでしょ？　あなたが友だち作るの、ぼくが手助けしてあげるよ。ぼくね、友だち作るの上手なんだよ。みんなぼくのこと好きなの」少年は喜びに満ちたあけっぴろげな笑みを浮かべた。

ソーリンは顔を逸らした。最後に子どもに愛情のこもった手で触れられてから、どれぐらいの年月が経っただろう？　ポケットのなかのナイフが重い。心に大岩がのしかかる。くそっ。もう勝手にしやがれ。目の前にぽっかりと黒い穴が開いた。長い人生で黒い穴をどれだけまたいだだろう。だが、今度ばかりは、この穴ばかりはまたげない。

そっとするように注意して、少年の腕をつかんだ。「フィリップ、約束してほしいんだ」

「いいよ」フィリップが素直に言う。どんな約束かわかりもしないうちから。

「あたらしいお友だちがここにずっといられるようになるまで、ずっと家のなかにいてほしいんだ」このことがレジーナにばれたら、この子を殺そうとするにちがいない。ニューヨークのコンデュイットのひとりがまだ生きていて、活発化していると知って、ジョナスがどうするか。レジーナに告げるかどうか……そのときになってみないとわからない。だが、ソーリンにも限界がある。いまのいままで、その限界がどこにあるのかわからなかった。決心するのはたやすかった。考える前にすでに決まっていた。「学校に行くな。裏庭で遊ぶのもだめだ。これはとても大事なことだからね。あたらしいお友だちがやってくるまで、外に出ちゃだめだよ」

「サッカーするのもだめ？」フィリップは困って尋ねた。

「ああ、だめだ」

「でも、学校に行かなきゃ……」

「ママだって、きみがうちにいるほうがいいと思ってるよ。きみがうちにいれば、友だちだって遊びに来やすいからね」母親に魔法をかけるのはかんたんだ。あと数日は家にいて、フィリップを外に出すなと命じておけばいい。ウォリアーがこれだけちかづいているのだから、数日もあれば充分だろう。フィリップにも魔法をかけられるが、その必要はない。ごく単純な魔法でも、フィリップの脳に取り返しのつかぬ損傷を与えてしまうかもしれない。

彼が始末すべきコンデュイットがまだ生きていることをレジーナが知ったら、ほかの誰かを、良心のかけらもない奴をよこすだろう。だが、ウォリアーが出現してしまえば、フィリップを殺しても意味がない。そうなればフィリップは安全だ。世の中が変わっても、ほかの人間たちとおなじ程度には安全だ。それまで、フィリップは家から一歩も外に出てはならない……母親もだ。ハンターには良心のかけらもないから、母親を捕まえてフィリップをおびき出すぐらい平気でやるだろう。

少年の目に浮かぶのは、信頼と純真さと愛――それは母親と自分の命に向けられたもの、そしてあたらしい友だちにも向けられるものだ。たとえそのひとりが、彼を殺そうとやってきたのであっても。

「とても大事なことなんだ、フィリップ・スタージェル」ソーリンは言った。「きみときみのママにとってね」この子の安全を守るためなら、立ち向かうウォリアーの数がひとり増えてもかまわない。「あたらしい友だちがやってくるまで、ふたりとも家のなかにいるんだよ」

「彼の名前を知ってるの？」フィリップが期待を込めて尋ねた。

ソーリンは頭を振った。「いや、知らない。でも、じきにやってくるからね。彼がここに来たら、おれからの伝言を伝えてくれるかい？」

少年はにわかに自信なさそうな顔になった。「やってみるよ」

「彼にこう伝えてくれ――」くそったれの臆病者の腑抜け野郎。いや、そんなことをフィリップには言えない。「おれが待っている、と伝えてくれ」

ソーリンはサッカーボールをフィリップに手渡し、母親に魔法をかけた。数日間、買い物に出なくてすむだけの食料が家にあるか、と尋ねることも忘れなかった。少年と母親が家に戻るのを見届け、ソーリンは歩み去った。フェンスを飛び越えるとき振り返ると、窓に顔をくっつけて笑っているフィリップの姿が見えた。さよならと、所懸命手を振っていた。

レンタカーに戻るあいだ、ソーリンは歯を食いしばっていた。ここで起きたことがばれれば、レジーナの右腕としての時代は終わる。反乱派は彼を追放するだろう。いや、なんとか彼を殺そうと躍起になる。上等じゃないか。そうかんたんにやられてたまるか。欲しいものを手に入れるためならなんだってやる、ヴァンパイアのためになると思ったらなんだってやる、ずっとそう思ってきた。

だが、そうではなかった。

20

翌日も、ジミーはケイトとふたりきりの時間を満足に持てなかった。葬儀には時間をとられるし、いつも誰かしらそばにいた。友人たちはいるだけで慰めを与えられるだろうとそばを離れず、レッサー家の冷蔵庫も冷凍庫も満杯なのに、差し入れがつぎつぎに運び込まれた。少しでも減らそうと食べつづけ、お腹がはち切れそうなのに、弔問に訪れる人はかならずなにか持参する。ケーキにパイ、ポットロースト（焼き目をつけてから蒸し焼きにした牛肉）、ポテトサラダ、ほかにも考えつくかぎりの料理の数々を。なかでも特異だったのは、刻んだブロッコリー入りのオレンジのゼリーだ。これを持ってきた女性には極力ちかづかないことにしよう、とジミーは頭のなかにメモした。

話をする時間が持てたのは、この家の人たちがベッドに入った後だったが、壁が薄いので声をひそめなければならない。ジミーは疲労とストレスでぐったりしており、長いこと起きていられる自信はなかったが、彼女にいくつか質問し、気に入らないながらも答を得ることができた。ヴァンパイアがジム・エリオットを殺したと、ケイトは確信していたが、ジミーてもいられなかった。霊媒や幽霊や精神的パワーはまだしも、ヴァンパイアだって？　ヴァンパイアは人間の想像力が生み出した怪物だ。ケイトが関心を持っている幽霊と同じで、この世には存在しないもののはずだ。そのヴァンパイアが現実に存在するなんて話、とうてい受け入れられない。あるいは受け入れたくないだけなのか。受け入れたい人間なんているか？

ありがたいことに、ケイトは自分の考えを吹聴《ふいちょう》したりはしなかった。父親が殺されただけでも耐えがたいのに、ヴァンパイアに殺されたって？　恋人が最初の訪問でまわりから変人扱いされるなんて、勘弁してほしい。

でも、もし彼女が正しかったら……。

ジミーはひとりの時間が持てたときに、ホームオフィス兼プレイルームとして使われている地下室におりていった。そこにあるコンピュータでヴァンパイアについて調べてみた。血を抜かれた遺体や、父の事件と符号しそうな奇妙な殺人事件についても調べた。得られた情報はクズばかりだったが、所詮インターネットなのだからと驚きもしなかった。ニックネーム〝ヴァン・ヘルシング〟という想像力の片鱗《へんりん》も感じられない人間が開いている、とりとめのないブログが見つかった。このヴァン・ヘルシングは、ヴァンパイアがわれわれに混じって生活している、と繰り返し述べていた。眉唾《まゆつば》ものの話ばかりがだらだらとつづいていて、ひと言も信じる気にはなれない。

コンピュータの画面を睨みながら意識を集中し、ケイトが疑惑を胸にしまっておいてくれればよかったのに——本人に向かってはとても言えないが——と思いながら、事件のことを理解しようとしていたとき、耳もとでささやく声がした。

父が亡くなった夜に聞いた声だ。声色でわかる。だが、声がささやくのは言葉ではなかった。ジミーが理解できる言葉ではなかった。〝ローア〟のように聞こえ、最後に強い〝K〟の音がつく。

肉体を持たぬ声に驚きもしない自分に呆れた。だから、そこにあるはずのない光源から光が射してきたときにも、顔をそちらに向けもしなかった。

「ヴァンパイアはまったくのフィクションだと、どうか言ってくれ」ジミーはささやいた。

一瞬の間があり、それからまた幽霊の声が言った。「言えない」

ジミーはため息をついた。「そりゃたまげた」

ふたりはウィラードに泊まった。目の玉が飛び出るほどの超高級ホテルだ。しかも、ホワイトハウスからほんの一ブロック！　ワシントン記念碑は玄関を出た正面だ。ルカが選んだラグジュアリー・スイートはクロエの家より広く、家具や装飾もはるかに上等だった。血を吸うのがこんなに儲《もう》かる商売だなんて、誰が知ってた？　もっとも、ここはワシントンＤＣだ。一泊千ドルのスイートに泊れる〝人の血と汗を吸って儲ける人間〟には事欠かない。ヴァンパイアにとってこれ以上ふさわしい場所がある？

従業員はとても感じがいいけれど、かなり変だ。もっとも、ルカがそばにいると、人は変になる傾向があることは認めないわけにいかない。彼は偽の身分証明書とほんもののクレジットカードでチェックインし、キーカードを受け取り、ぱりっとした服装の夜勤のフロント係に何事かささやいた。フロント係は急いでコンピュータになにか打ち込み、顔を逸らし、つぎにこちらを向いたときには、ルカを見て驚いた顔をした。「あっ、ミス・スミス、お連れさまがおありだったのですね。キーカードをもう一枚ご入り用ですか？」

「ミス・スミス」エレベーターに向かいながら、クロエはつぶやいた。「なんとまあ……ありきたりの発想」

ルカはウィンクし、彼女の尻をつねった。

エレベーターのなかはふたりきりではなかった。つぎの階で年配の男性が乗り込んできて、クロエとルカににこやかに会釈し、扉の前に立った。扉が開いたら真っ先に飛び出すかまえだ。自分ではまだ若いつもりなのだろう。エレベーターが三階で止まり、ルカとクロエが横をすり抜けようとすると、年配の男性はぎょっとし、笑って言った。ルカがエレベーターに乗り込んだことに気づかなかった、というようなことを。

耄碌《もうろく》しているのね、とクロエは思った。

広々とした長円形のリビングルームに、クロエは息を呑んだ。ドレスを持ってきてよかった。Tシャツが許される場所ではないだろう。目を丸くしてスイートのなかを探検した。

「わたしたちにベッドルームはふたつ必要ないんじゃない？」彼女はそう言ってから、ゾッとして立ち止まった。ルカはもうわたしに飽きたの？　もっとも、絆を結んだからといって、〝末永く幸せに暮らしました〟は約束されない。〝永遠に結びつけられる〟だけだ。

「べつの出口を確保できる」ルカが言った。「全部で三つだ。正面のドアと、それぞれのベッドルームから廊下に通じるドアがあるだろ。つまり、出口は一カ所ではない。逃げ出すとき便利だからな」

まあ、すばらしい。彼女は女の考え方をした。すべてを感情的に捉えた。彼は男の考え方をし、逃亡ルートを確保した。種がちがっても、変わらないものはある。

ルカに、お腹へってない、と尋ねそうになった。クロエ自身はお腹がぺこぺこだったから、〝スー・スミス〟の名でルームサービスを頼み、食事が運ばれてくるのを待つあいだ、荷物をほどいた。

一度抽斗《ひきだし》に入れたものを出したりして、どうも落ち着かない。ルカの服も片づけた。注意が散漫になり、考えがあちこちに飛ぶ。ルカ。ヴァンパイア。ウォリアー。仕事のことやらなんやら、ふつうの心配。脚の無駄毛の手入れ。そう、ふつうの心配事を抱えるふつうの人間として生活すべきだ。

お腹がすいていたから、ドアベルが鳴ると大急ぎで応対に出た。制服姿の貫禄《かんろく》のある中年男性がカートを押してリビングルームに入ってきた。バーガーの匂いのおいしそうなこと。自分の世界が崩壊しかかっているときには、栄養たっぷりの食事ほど元気の出るものはない。母お手製のミートローフとマッシュポテトが食べられないなら、チーズバーガーとフライドポテトで代用するしかない。

ルカはソファーに座り、物思いに耽っていた。ヴァンパイアほど物静かな者はいない。ルームサービス係はふたりに会釈し、ご注文の品は揃っておりますでしょうか、と尋ねた。料理はひとり分だった。ひと皿と水。ルカはほほえんだ。「ああ、揃っている」

彼女が請求書にサインし、法外なサービス料が加算されているうえにチップをたんまりはずみ、革製のフォルダーを返した。ルームサービス係はうなずいて礼を言い、ドアに向かっていく途中で振り返り、彼女にもう一度礼を言ってから、こう言い添えた。「サー、そこにおられることに気づきませんでした。注文はそれでよろしいのですか？　ひとり分ですが、取り分けられるのでしたら、お皿をもう一枚と水をお持ちしましょうか？」

クロエはハッとなった。

「注文はこれでいい」ルカは言い、礼儀正しくほほえんだ。「ありがとう」

ルームサービス係は出ていき、ドアが閉まる音がした。悠然とソファーに座るヴァンパイアに、クロエは顔を向けた。頭のなかでいろんな思いが渦巻いていた。「彼はあなたを憶えていなかったわ」

「ああ、そうだな」

「エレベーターに乗り合わせた男の人も、フロント係も。ヴァレリーもよ！　彼女には魔法をかけたんだと思っていたけど、そうじゃないんでしょ？」

「ああ、ちがう」

一瞬、空腹を忘れた。ほかのことを思い出し、ひやりとした。名前を呼びかけたとき、彼の顔に浮かんだ啞然とした表情、警戒した様子。「誰もあなたを憶えていないのね」彼女はささやいた。

「いや。きみ以外の誰も、だ」

クロエは気持ちをぐっと抑えた。「わたしはどうして憶えているの？　コンデュイットだから？」

射すようなグレーの目に不可解な表情を浮かべて、彼はクロエを見つめた。「わからない。ほかのコンデュイットはわたしを憶えていなかった。出会ったコンデュイットの数はそう多くはないが、いずれにしても、誰も憶えていなかった」

この人は理解しがたいことに遭遇し慣れていないのでは、と彼女は感じた。顔の表情から読みとったのではない、彼の内面の思いを感じとることができるからだ。

つぎに、クロエは理解できるものに注意を向けた。ハンバーガーに。カートに向かって座り、チーズバーガーにかぶりつき、ポテトフライにケチャップをつけて食べた。ルカに見られていることはわかっていた。ケチャップが気になるのかもしれない。血を連想させるから。不意に彼が立ちあがった。「ベッドルームで用事をすませるから、邪魔しないでくれ」「なにをするつもり？」眠るの？　まさか。マスタベーション？　まさかまさか。あんな夜を——昼も——過ごした後だもの。すぐにその気になる彼女がここにいるというのに。「ヴァンパイアに特有のことね、知りたいとも思わないけど」気持ちとは裏腹に無頓着《むとんじゃく》に言い、思わずほほえんだ。

「ソーリンの居所を知るために瞑想《めいそう》するんだ」

クロエは食べていたハンバーガーで喉が詰まりそうになった。無頓着を装うことも忘れた。「彼の居所を知る？　わたしたち、殺人鬼から隠れているんじゃないの！」

ルカはやさしくほほえんだ。「こっちが向こうを見つけるか、向こうがこっちを見つけるか。わたしはただつくねんと待っているタイプではない。相手の不意をつく」

「すてき」クロエはまたハンバーガーにかぶりついた。おそらくこれが最後のチーズバーガーになるだろう。上等なのでよかった。ヴァンパイア狩りに出掛けるぐらいなら、しばらくここに隠れているほうがずっと楽しい。仕事は忘れて。無職になって、長円形のリビングルームのある美しいスイートで暮らすのはらっともかまわない。生まれてから一度も喧嘩をしたことがなかった。級友たちのあいだで勃発するくだらない喧嘩の仲裁役に徹していた。臆病だとは思わないが、争い事は苦手なのだ。それでも、ルカが戦いに赴くというのなら、自分も一緒に行くことに微塵の疑いも抱いていない……馬鹿じゃないの。

すぐにDCに戻るつもりだったが、ソーリンはその日、ニューヨークに一泊した。疲れていたし、ニューヨークという大都会が好きだった。不思議なことにしっくりくる。彼は農家に生まれ、人間としての人生の大半を生まれ故郷で過ごした。あの時代の人間はたいていそうだった。それなのに、都会で生まれたような気がする。エネルギーを読みとるのは能力のうちに含まれないが、この街のエネルギーは感じる。ここなら溶け込むことができる。

しばらくは、こういう場所で大勢の人に紛れていたかった。考える時間が必要だった。

フィリップ・スタージェルを殺さなかったのは反逆だが、反逆者に反逆するというのもおかしな話だ。ジョナスに霊力はないから、なにがあったのか正確に知ることはできないが、スタージェルがまだ生きていて活性化しているのはわかる。ジョナスが事実をレジーナに告げていて、ソーリンからは任務を遂行したと報告したら、ジョナスが嘘をついたと彼女は思って、さっさと彼を始末する——しようとするだろう。いや、自分の手は汚さない。手下の二、三人も送り込んで始末させる。ジョナスがよほど運がよくて、手下がよほどへなちょこでないかぎり、ジョナスが勝てる見込みはない。

もっとも、求められてもいないのに、自分から情報を提供する理由がジョナスにはない。レジーナからああいう仕打ちを受けている彼が、わざわざするか？　もっと高い地位につけてやればいいのに、彼女はジョナスを利用し虐《いじ》めるだけ、囚われの身の人間たちとおなじ扱いだ。

長い一日の終わりをマンハッタンのホテルで過ごし、いくらか眠り、いやになるほど考えた結果、コンデュイットを生かしておいた決断を悔やまないことにした。人間に価値がないと思ったことはない――つまるところ、彼もかつては人間だったわけだし、ヴァンパイアは血の供給源である人間なしには生きられない。それに、人間を奴隷として使いたいと思ったこともなかった。人間に思いきり虚仮《こけ》にされれば、そうしてやりたいと思わないでもないが。長い一日の終わりに望むことはただひとつ、ありのままの自分を受け入れられたいということだった。つねに身を潜め、名前と居所を定期的に変え、こそこそと隠れて生きることは……もう終わりにしたかった。

夜の帳《とばり》がおりると落ち着かなくなり、人間には血を提供させる以外にも使い道があるという考えが頭をもたげた。

街を歩きまわって、混んでいるナイトクラブを見つけた。入店を待つ人の列がくねくねと一ブロック先までつづいている。列に並ぶ人たちに魔法をかけながら先頭に立ち、高級クラブにすんなり入った。店内は美しい女たちと、騒々しい音楽、下心のある男たち、ふんだんな酒で溢《あふ》れていた。ソーリン自身は酒に酔えないが、上等のウイスキーの味わいと、それが呼び覚ます記憶を楽しむことはあった。

混み合うバーに向かってゆくと、客たちは反射的に道を空けた。スコッチを注文する。バーテンダーがグラスを置くのと前後して、かわいいブルネット——まわりの人たちとはちがって、防衛本能が欠如している人間——がちかづいてきた。ソーリンが、濃い茶色の目を覗き込むと、女は身をすくめた。彼のなかにある獣性に本能的に気づいたのだろう。それでも離れていかない。

女は酔っていない。そうすべきなのに。ほかの目的でやって来たのはあきらかだ。

「このあたりじゃ見かけない顔ね」

「ここに来るのははじめてだからな」

女はとってつけたような、やや強張った笑みを浮かべた。「そういうことね」

ソーリンはウイスキーに口をつけた。愛人にするなら人間よりヴァンパイアのほうがいい。人間は感情的にややこしいし、未経験で無知だった子どもたちを思い出させる。だが、この女はセックスが目当てだし、ソーリンも今夜はセックスで慰められるならそれでよかった。

「名前は？」女が尋ねた。

「ライアン」フィリップ・スタージェルに向けたような誠意を、この女に向けることはない。もっとも、ライアンは偽の運転免許証とほんもののクレジットカードに記された名前だった。

「名字は？」

「どうでもいいだろう？」

「そうね」彼女は正直だ。「あたし、ジェイニー」そう言って手を差し出す。

女と握手することになんの意味もないが、差し出された手を握ってゆっくりと持ちあげ、指関節にキスしてしばらく余韻を楽しんだ。女が震えた。鼓動が速くなるのが聞こえる。気に入ったようだ。現代の人間の男は女の扱いを知らない馬鹿野郎だ。口説き方も知らない。だが、女のほうも夕食をおごってくれるならセックスしてもいいぐらいに思っているのだから、おたがいさまだ。男性用トイレか店の裏手の路地でやることもできるが、それでは挑戦のしがいもへったくれもない。得られる満足は一瞬で消える。今夜はとくにたっぷりと満足したかった。

女に酒をおごり、自分の酒を飲み干す。女は踊りたがったが、こちらにその気のないことをはっきりさせた。いま流行《はや》りのダンスは踊る気になれない。ワルツもタンゴも踊れる。ジルバだって踊れる。ジェイニーみたいな女たちが聞いたこともない踊りだって得意だが、人前で制御不能になった車みたいにクルクルまわってみせる気はなかった。

女の目を覗き込む。駆け引きはこれでおしまいだ。セックスするのに魔法は不要だ。自由意思をなくした相手を誘惑して、どこがおもしろい？「ちかくのホテルに部屋を取ってある」

ジェイニーは恥ずかしそうにためらうふりをしたが、いまさら遅い。見え透いている。

「どうしようかな」彼女は言ったが、笑顔の裏の悲しみをソーリンは聞きとった。彼女は孤独だ。胸が張り裂ける思いをして、男への腹いせにやってきたのかもしれない。あるいは、ソーリンとおなじように、今夜はひとりでいたくなかっただけかもしれない。

思いやりをかけてやりたいが、そんな暇も忍耐力もなかった。「おれとやりたいならついてこい。そうでないなら、ほかを見つける」ソーリンは彼女に背を向け、ドアへと向かった。混み合っているから場所を空けるのは大変なのに、ふたたび人垣が左右に分かれた。出口で振り返ると、小さなバッグを脇に挟んだジェイニーがそこにいた。

どうしていままで感じとれなかったんだ？　ベッドルームの床に座り、隣の部屋にいるクロエを強く意識しながら、ルカは壁をすり抜けてソーリンのエネルギーを探した。瞑想とそれがもたらすパワーは、長い年月を費やして身につけたものだ。いま現在、ソーリンはちかくにいないが、彼が残したエッセンスとほかにも見つかったものがあった。

興奮。暴力、数字、血。怒り、魔法。それらはすべて一カ所に集まっていた。反乱と凶暴な希望の拠点に。

このパワーの拠点は、それ自体が鼓動を、命を持っていた。その場所を見つけるのは苦もないはずだ。一カ所に、思いをひとつにしたヴァンパイアが多数集まれば、並みはずれたパワーが放出されるから、自然とそこへ引き寄せられるだろう。桁はずれのパワーに、なぜもっと前に気づかなかったのか。飛行機からおり立ったとたん、あるいは、評議会本部でヘクターのエッセンスに触れたときに、パワーのすさまじさに圧倒されていてしかるべきだった。だが、そうはならなかった。それが、いまになって感じるのはなぜだ？　なにが変わったのだ？　エネルギーはずっとそこにあったのだから、変わったのはルカのほうだ。瞑想から覚めると心が乱れた。クロエと絆を結んだことで、エネルギーと注意が分散されて弱くなるのではと心配していたのだが、かえって強くなったのだろうか？　いまの瞑想が以前のそれより収穫があった理由は、ほかに考えられない。クロエのような人間が、セックスと血以外になにを提供できるのだろう？

「生命力」女の掠れ声が答えた。

ルカは力強く優雅な身のこなしで立ちあがり、振り返った。リビングルームに通じる閉じたドアのあたりで、霧のような人影が形をとりつつあった。長いブロンドの髪を三つ編みにし、革のシフトドレスを着た女だった。裸足で長い剣をさげている。何者か直感的にわかった。クロエのウォリアーだ。

「どうしてここに？」ルカは尋ねた。

「ここがわたしの居場所だから。あなたの居場所はここではない。わたしのコンデュイットと接触する権利がわたしにはある」

「それで、きみは？」

「インディカイヤ」女はからかうように小さくお辞儀した。「わたしはそっちの世界に出現しなければならない。それにはあなたの存在が邪魔なのよ、ヴァンパイア」

「べつのコンデュイットを探せ」ルカは語気鋭く言った。

「時間がないの」インディカイヤの影が揺らいだが、消えはしなかった。「わたしの子孫のなかでは彼女がいちばん強い。わたしの声を聞くパワーを持っている」

「きみは彼女を危険に曝した」

「コンデュイットはみな危険に曝される。死ぬ者も大勢いる。われわれが復讐を遂げずにすますと思っているの、ヴァンパイア？」

　野蛮なウォリアーに理を説くのは、時間の無駄という気がしないでもない。ごくまれにだが、ウォリアーとヴァンパイアがともに戦うこともあった。「きみが阻止しようとしている反乱に、すべてのヴァンパイアが加わっているわけではない。現状維持を望む者もなかにはいる」

「どうして？　権力を握りたがらないヴァンパイアって、いったいどういう連中？」

「人類は保護されるべきだと信じている連中だ」

　影は揺らいでいて表情まではわからなくても、インディカイヤが疑っているのはあきらかだ。「食糧確保のために保護するの？」

「それだけではない。人類が保護されるべき理由をきみに説明するいわれはない。人間は脆弱で短命で、最大の敵は人間自身であるとしても、保護されるべきだ」

彼女はルカをしげしげと眺めた。「だったら、わたしを助けてくれてもいいでしょ」ウォリアーが言う。「あなたの強さとクロエのそれを結び合わせ、これからどうなるか、なにをすべきかを彼女に教えてやって。彼女を導いてやってよ。わたしの名前を呼べと、彼女に言ってほしいの。彼女はわたしに怯えている。耳を貸そうとせず、わたしのことを切り捨てようとしている。わたしの名前を彼女に教えるのがいやなら、ほかのやり方で協力してちょうだい」

「彼女は理解しようとしないだろう。怖さが先に立っているからな」

「理解する必要はないのよ」インディカイヤがやさしく言った。「わたしに向かって彼女自身を大きく開けばいいの。力を抜いて心の扉を開き、名前を呼ぶだけでいい」

「人間はそうかんたんに心を開かない」ルカは言った。「自分を守ろうとするからな。このごろでは、目に見えて手で触れられるもの以外、なにも信じようとしない。ウォリアーにとって、出てきにくい時代だ。人間がきみたちをもはや信じていないのだから。それはそうと、きみが最後にこっちに来たのはいつのことだ？」

「最後に呼ばれたのは一七七七年。でも、ほかの連中はそれ以来ずっとこっちにいつづけている」

「なるほど。きみが戦った戦はいくつぐらいある？」

「数えきれないほどよ」

それでも、彼女は繰り返し現われ、人間のために戦い、そのたびに死ぬのだろう。ルカにとって、ウォリアーとじっくり話をするのははじめてだった――これまでに会ったウォリアーたちは戦いの真っ最中だったから、ろくに話もできなかった――ので、彼女をこのまま行かせることに、妙なためらいがあった。「いつか終わりが来るのか、それとも、先のことは誰にもわからないのか？」

彼女の表情が答になっていた。決然として……悲しげで……つねに油断を怠らない。

インディカイヤはべつの世界に住んでいるが、こちらの世界でなにが起きているのか知っている。ルカが知っている以上のことを、おそらく知っているのだろう。それにしても、いちばん大事な質問を、どうして後まわしにしたんだ？「クロエがわたしを憶えていたわけを、きみは知っているのか？」

「ええ、知っている」

ルカは答を待ったが、得られなかった。

「でも、言うつもりはない」彼女の顔に浮かんでいるのは、ほほえみなのか？「わたしが出てこられるよう協力してくれないかぎりはね。あなたの頭を斬り落とす前に話してあげる、約束する」

ルカは舌打ちし、問題の頭を振った。「きみはまったく人との接し方を知らないな」

「あなたは人じゃないでしょ、ルカ・アンブラス」

一本取られた。「ああ、わたしは人ではない。だが、クロエはわたしと結びついているし、きみにもわかっているだろうが、彼女を守るためならわたしはなんでもやる。つまり、われわれは味方同士なんだよ、インディカイヤ。そのことを忘れるな」

インディカイヤは偉そうに彼を睨んだ。まさにウォリアーのプリンセスだ。それから姿を消した。ルカはエネルギーの残滓が肌を撫でるのを感じた。荒っぽい女だ。彼がクロエを守っていることを知っていても、ウォリアーの彼女のことだから、顔を合わせたとたんに彼の頭を斬り落とそうとするのではないか。ルカはそんな疑念をぬぐえなかった。厄介なことになったものだ。

リビングルームに戻ると、クロエはソファーで眠っていた。クッションに頭を乗せ、脚を畳んで。彼の気配で目を覚まし、慌てて起きあがり、髪を掻きあげ目をしばたたいた。「おかしな夢」彼女は言い、立ちあがった。疲れているようだ。「いなくなってくれることを願っていたのに。ゆうべ、夢を見なかったのは絆のおかげだと思っていたけど、そうじゃないみたい」皮肉な笑みを浮かべる。「夢を見るほど長く眠らなかったから、そのせいかも。それはそれとして、あなたとウォリアーがおしゃべりしている夢を見たの。しかも、ウォリアーは女だった！　三つ編みもそれで説明がつくわ。インディ……インディ……もう、インディってことにしておきましょう。その先は聞きとれなかったから」

「どうして夢だとわかるんだ？」ルカは尋ねた。

クロエは肩をすくめた。「だって、眠っていたんだもの。そんなこともわからないの。でも、ほかの夢とはちがう感じだったわ。わたしはその場にいないで、遠くから眺めているみたいな。それほど恐ろしくもなかったし。すべてがとっても……あたりまえだった。でも、夢にはちがいないわ」

ルカは彼女をじっと見つめた。頭のなかで形をとりつつあるアイディアは、あまりにも法外なものだった。事態の変化は彼の想像をはるかに超えていた。ウォリアーをこの世界に出現させようとしているコンデュイットと、彼は絆を結んだ。はたして前例があったかどうか、彼は知らない。そうして、三人は離れがたく結びついた。パワーの三つ揃いだ。不死のウォリアー、名うてのヴァンパイア、選ばれし人間。なんてこった。インディカイヤはいまやクロエのウォリアーではない。彼らふたりのウォリアーだ。

ジェイニーはホテルのスイートルームに目を瞠った。「ワオ、かなり高いんじゃない。あなたってお金持ちとかなの？」

「そんなところだ」金持ちだったこともあるし、貧乏だったこともある。その中間あたりのこともあった。金はあるにこしたことはないが、中間あたりでも満足はできる。まともな考えを持った者なら、貧乏が好きなわけはない。

ジェイニーは恥じらったりしなかった。自分の欲しいものがわかっているし、このホテルには前にも来たことがあった。シャツのボタンをはずしてくれる彼女に、ソーリンは体を寄せて匂いを吸い込んだ。ネヴァダのような甘い匂いはしないし、前に付き合いのあった人間の女のような麝香《じゃこう》の香りもしないが、とてもいい匂い、健康な体が発する匂いだ。人間の病気に感染する恐れはないにしても、相手の女は清潔で健康なほうがいい。

「避妊はしているのか?」人間の男が尋ねそうなことを、ソーリンは口にした。ヴァンパイアは、ごくまれにだが人間の女を妊娠させられる。だが、たとえ彼女が身ごもっても、流産する可能性は高い。混血児はめったに誕生しないのだ。彼の知るかぎり、混血児で数日以上生き延びた者はいなかった。

ジェイニーはうなずき、彼のシャツを肩から滑り落とし、ブルージーンズのボタンとファスナーに移った。彼女がとても小柄だから、こうやって向かい合って立っていると、身長と体格のちがいが歴然だ。「ええ。あなたは健康なんでしょ?」

「ああ」彼女が思っているよりはるかに健康だ。「おまえは?」

「ええ。注意してるもん」

彼女がここにいること自体、不注意のあらわれだが、ソーリンはあえて指摘しなかった。彼の言うことを鵜呑みにするとは、愚かなのか捨て鉢なのか、そんなことはどうでもいいと思えるほど孤独なのか。

ジェイニーを抱えあげてベッドルームへと運んだ。ソーリンは服を脱ぎかけており、彼女の服は前がはだけていた。大きなベッドの脇でふたりとも素っ裸になり、マットレスに倒れ込んだ。にわかに恥ずかしくなったのか、彼女が上掛けを引っ張りあげてふたりの体をおおった。

ソーリンはゆっくりと上掛けをはいだ。「隠すな。おまえは美しい」

彼女は赤くなった。皮膚のすぐ下までのぼってくる血の匂いがした。「ライトを消して。お願い」

「わかった」ソーリンは言った。彼女は不安に駆られたようだ。闇のなかでも、彼はよく見えるのだから、ライトを消そうがつけようがおなじことだ。

それでもライトを消した。ジェイニーは小さな手を彼のうなじにあてがい、キスをねだった。彼が期待していた以上に甘いキスだった。じきにキスが変わった。ジェイニーのボディランゲージも変化した。彼が欲望に火をつけてやると、彼女は恥じらいをすべて脱ぎ捨てた。肉体的快楽にわれを忘れて悪いことはなにもない。男と女がちがうように形作られたのには理由がある——とてもよい理由が。

ジェイニーが彼にちかづいてきた原因がなんであれ、それを克服して快楽に溺れた瞬間が、ソーリンにはわかった。彼女をほかの男のベッドへと送り込んだ男のことを、彼女は忘れ去ったのだ。いまは心も体もそっくりソーリンのものだ。

彼女のなかに沈み込むことによって、ソーリンの心配事も消えた。逃げ場を必要とし、頭を空っぽにしたかったのはジェイニーひとりではない。彼女はあたたかくてやわらかく、その気になっている。彼女に包み込まれたそのひととき、世界にはふたりきりしか存在しなかった。

ソーリンにとって、セックスはもっともパワフルな行為だ。血を吸うことよりも、暴力よりも、セックスは彼の根源的な部分に強く訴えかけてくる。人間だったときにも、ヴァンパイアになってからも、その歓びは褪せることなく、そのパワーが失われることはなかった——人間のころよりもいまのほうが、多くのテクニックを身につけている。七百年間の経験がテクニックに磨きをかけた。ヴァンパイアのなかにも絵を描く者やピアノを弾く者がいる。富やものや人間までもせっせと溜め込む者がいる。ソーリンの興味はべつの方向に向かったというだけだ。

ジェイニーはじきに絶頂に達したが、ソーリンは後を追わなかった。手軽なセックスをするために彼女を連れてきたわけではない。そんなものは、満足を得られないという点で、路地でさっさとすますセックスと変わらない。動きをゆっくりにして、彼女の喉にキスをする。喉もそこを流れる血も魅力的だが、咬みつきはしない。いまはまだ。

彼女は目を閉じ、彼の動きに合わせて腰をやさしく動かした。彼女が二度目の絶頂を迎えようとした刹那《せつな》——人間は安易で困る——彼は完全に撤退した。彼女はあえいで彼を引き戻そうとしたが、彼がその体をキス攻めにすると抗うのをやめ、その感触を楽しんだ。彼にとってはお手の物だ。彼女は息を荒らげ、全身を朱に染めて震えた。

じきにまた押し込むと、ジェイニーはため息をついて受け入れ、あえいだ。彼女をいたぶる。ぎりぎりまで駆り立てておいて、さっと引き、また深く押し込み、そうして一緒に絶頂を迎えた。息抜きとしては完璧な終わり方だった。

なおいっそう完璧にするために喉を咬み、血管に牙を立ててたっぷりと吸い込んだ。彼女のすべてを味わう。満足感、悲しみ、怒り、幸せ、愛。

彼への愛ではむろんないが、彼女は愛でいっぱいだった。自分を傷つけるだけの愛で。

ジェイニーは咬まれたことに気づいていないが、手当てをしておかなければ咬み痕は残る。だから舐めた。とても感じやすい首筋に、彼がなぜ舌を這わせるのかわからないまま、彼女は笑った。

「すばらしかったわ。ほんとうよ。知らなかった。セックスがこんなに……すばらしいってこと」彼女は笑った。〝すばらしい〟以外に言葉が見つからなかったからだ。

ソーリンはライトをつけた。ジェイニーがシーツを引っ張りあげて体を隠そうとするのを、ソーリンはやめさせて顎に手をやり、目と目を合わせた。「男のことは忘れてしまえ。おまえが受けた心の傷に値しない奴だ」

「男なんていない……」彼女は嘘をつこうとしたが、光る涙に本心が透けて見えた。「くだらない男だった。どうしてあんなに入れ込んだのか、自分でもわからないの。彼はあたしを騙した。あたしがどんなに頑張っても、彼は満足しなかったわ」

「おれがそいつを殺してやろうか？」ソーリンから持ちかけた。彼女がうんと言うことを願っていた。誰かを殺さないことには、この気持ちのやり場がなかった。

彼女は笑って頭を振った。冗談だと思ったのだ。そうではないのに。

「彼を愛しているんだな」

「代わりにあなたを愛せればいいのに」彼女は言い、手を伸ばしてソーリンの顔に触れた。

「そいつはどうかな」

ジェイニーはうなずき、彼の首筋に手をあてがい、引き寄せた。「そうね。でも、愛しているふりはできるんじゃない？」

「ああ、できる」魔法の力がどれほど強かろうが、ヴァンパイアの能力がどれほどすばらしいものであろうが、最強のヴァンパイアですら、愛を創り出すことも奪い取ることもできない。たとえ紛い物であろうと、今夜、愛が得られるならそれでよかった……今夜のことを忘れさせる魔法をかけずにおいたら、彼女を傷つけたろくでなしは、つぎに彼女に会ったときさぞ慌てふためくだろう。

そう思ったら、ソーリンは満足を覚えた。

21

ソーリンは眠っているジェイニーを残してホテルの部屋を出た。覚悟を決め、わが家へと向かった。つまり、DCへと。いまではそこがわが家だった。ずっと一匹狼でやってきた彼にとって、反乱派の仲間たちがいまや家族だった。共通の目的が彼らを結束させ、強い絆を生み出した。それに彼は、厄介な問題から逃げることはしない。反対におもしろがって向かっていくほうだ。今度だっておなじことだ。

それに、うまくしらを切りとおせるかもしれない。彼が始末を任された四人のコンデュイットのうち三人は死んだ。ほかのハンターたちは、ニューヨークに住む残りの獲物を狩るために送り出され、聞くところによれば首尾よく任務を果たしたらしい。やり損ねたという話は耳に入っていない。フィリップ・スタージェルがまだ生きている、いったいどうなっているんだ、と血相を変えて電話してきた者もいない。

彼はいまクロエ・ファロンの家の前に立ち、闇に包まれた空っぽの家を睨んでいた。ルカを見張るために送り込まれた兵士たちは、到着が遅すぎたのだ。獲物はすでに去った後だった。ふたりは難を逃れた。玄関ポーチの灯りも含め、家じゅうの灯りが消えていた。家が空っぽなことを彼に告げるのは、それだけではなかった。

家のなかに入れなくても、なかにいる命を、この場合は命がないことを感じとれる。心臓の鼓動ややさしく息を吸い込む音といった、命のささやきが聞こえない。ルカはコンデュイットを連れ去り、おそらく安全な場所に隠すつもりなのだろう。もっとも、ルカがなぜこうまで肩入れするのか、ソーリンには謎だった。ルカが彼女を隠すことにどんなに懸命になろうと関係ない。ジョナスがまたコンデュイットを見つけてくれる。だが、ジョナスが反乱派のために働いていることを、ルカは知らない。

もううんざりだ。コンデュイット殺しは必要だが、彼が望んでいるのは戦争がはじまることだ。そうすれば表立って戦える。事態に気づけば人間たちは傲然と抵抗するだろう。よい戦いになることを期待している。だが、レジーナには計画があり、それに沿って動くことを主張している。攻撃に打って出る日もまぢかだ。全軍を挙げて戦う日もちかい。まずウォリアーの出現を阻止し、呪いを解く。永遠に世界を変える全面戦争はそれからだ。いいだろう。彼には覚悟ができている。

「ベルを鳴らしたの？」

ソーリンはわずかに首をめぐらし、ここに呼び出したハンターを見おろした。メロディーは彼の子どもだ。五十年前に彼の手で転身させた。彼女を選んだのは、意志の強い美人だったからだ。人間として生きられる時間よりも長く、彼女を手もとに置いておきたかった。彼の読みどおり、メロディーは強く美しいヴァンパイアになったが、いまだに慎重さに欠けていた。強情でわがままで、怒りっぽい。彼女を気に入ってはいる……ある意味で。多少は。

子どもが人形の服を着せ替えるように、彼女は服やヘアスタイルを頻繁に変える。べつの人間になった気分がするのだろう。狩りに出掛けるときだろうがなんだろうが、ドレスアップすることを楽しむ。今夜は長いブロンドを高い位置でポニーテールにしていた。色褪せたブルージーンズはピチピチで、この季節にそぐわない黒いブーツと革のジャケットも体にぴったり合っている。口紅は血の赤だ。転身前はミシシッピ州サンフラワー郡のピッグ・クイーンだったのに、その面影はもうない。赤い水着に白い襷《たすき》をかけ、あの時代の流行だった逆毛を立ててスプレーで固めた髪型で、輝くような笑みを浮かべていた。ほんとうに魅力的だった。一時期は。

「計画が変更になった」ソーリンは言った。「数日のあいだ、おまえにはDCのコンデュイットの監視をしてもらうつもりだった。それでここに呼び出したんだが、ジョナスから連絡が入り、テキサスのコンデュイットが急速に活性化しているそうだ。名前はジム・エリオット」

「ハニー、ジョナスったら調子悪いんじゃないの」メロディーが甘ったるい声で言った。

「ジム・エリオットならちょっと前に始末したわよ」

「いちばんあたらしいこのコンデュイットは、彼の息子だ。ウォリアーがさっさと鞍替えしたか、あるいは……」

「あるいは、なんなの、シュガー？」

「あるいは、ウォリアーたちがやり方を変えたか」何人かのコンデュイットと同時に接触を図ることにしたのだろう。フィリップ・スタージェルのことがある。子どもを使おうとしているくらいだから、ウォリアーたちはよほど切羽詰まっているのだ。ハンターたちを混乱させるつもりか、ウォリアーが出現する場所をいくつか確保しておくつもりか、いずれにしても、ヴァンパイアがコンデュイットをすべて始末する前に時間切れになることを、ウォリアーは狙っているのだ。残念ながら、向こうの狙いどおりになりそうだった。

だが、そうかんたんにはいかない。時間がすべてを変えてしまう。それはヴァンパイア以上にウォリアーにとって切実だ。親から子へ孫へと受け継がれたウォリアーの物語は、いまやすたれてしまった。ウォリアーは忘れ去られた。人間をうまく説得して自分たちを呼び出してもらうために、彼らはさぞ苦労しているのだろう。

「もうひとりのジム・エリオットをさっさと始末してこい」彼は言い、歩きだした。並んで歩くメロディーはしばらく無言だった。考え事でもしているのか。

「やけにピリピリしてるのね。最後にやったのはいつ？」

セックスライフは他人に話すものではない。相手がメロディーならなおのこと。「志願するつもりか？」

「あなたのためなら、シュガー、どんなときでも」

「そんな時間、おれたちにはない。おれには仕事があるし、おまえもおなじだ」

メロディーは腰を振って歩く。しごく女らしい振り方は、むろん男心をそそる。「かえってありがたいわ。あなたは屋敷に戻りたいんだろうけど、馬鹿たれのヴァンパイア・クイーンがいたら、あたしの首を刎《は》ねるわね、きっと。あたしのほうがきれいだから、腹いせに。嫉妬のかたまりだわ」最後は声に出さずに言う。

ソーリンは鼻で笑いそうになった。メロディーとレジーナがうまくいくわけがない。メロディーがいまのところ無事なのは、レジーナから見れば雑魚《ざこ》だからだ。「口に気をつけろよ。彼女の耳に入らないともかぎらない」

そのまま歩きつづけた。ここで別れて走ることもできるし、そうすべきだ。休むのは勝利した後のこと。だが、今夜は涼しくて静かで、ソーリンはこのところいやというほど走っていた。「おまえはどうして加わったんだ？　レジーナのためでないことはたしかだ。おまえは人間が好きなんだし、どうしてここにいるんだ？」反乱派に加わらないヴァンパイアも、どちらの側にもつかないヴァンパイアも大勢いた。臆病者は事の成り行きを見守っている。反乱派が勝てば、その恩恵に浴す。負ければ、いままでどおり暗闇で生きつづける。

「知ってると思ってた」メロディーがいつになく真面目な口調で言った。「あなたのためよ。

隠れて暮らす必要がなくなるというアイディアは気に入ってるし、コンデュイット狩りはすごくおもしろいけど、ほんとうのところは、あなたのため」

「そんな必要はないのに。そこまで忠義を尽くさなくていい」ヴァンパイアは長いあいだ、転身させてくれたヴァンパイアに恩義を感じ、言いなりになる。セックスが絡んでいる場合はなおさらで、それに乗じてやりたい放題のヴァンパイアは多い。だが、ソーリンはそうではなかった。

「わかってる」メロディーの声にいつもの元気が戻った。「そうするのが正しい気がするから。だって、あなたが与えてくれた人生が気に入ってるもの。ヴァンパイアであるあたしは、あたしがずっとなりたかったあたしなの。ねえ、聞いて。もしあたしたちが勝ったら――」

「おれたちが勝ったときには、だろ」

「そうね。あたしたちが勝ったときには、一週間でも一カ月でも一年でも、ふたりで休みを取ってお祝いしましょう。おたがいに飽き飽きするまで。それで、もし負けたら、むろんそんなことは絶対にないって思ってるけど、世の中なにが起きるかわからないし、計画を立てるのは自由なんだし、そうなったら、ふかふかのベッドでふたりして不幸を嘆きましょう」

「悪くないな」ソーリンは言った。たとえレジーナの配偶者になったとしても、ベッドはともにしないだろう。いま現在、彼は副官であり、彼女には背後に目を光らせてくれる者が必要だから、配偶者になる可能性はある。だが、つねにいちばんでいたい男と女が、ベッドをともにしてうまくいくはずがない。

「だったら、デートね」メロディーがあかるく言った。「できるだけ早くエリオット・ジュニアを始末するわ。DCのコンデュイットのことはそれから相談しましょ。あたしが戻ってくるまでに二日はかかるわ。あなたほどすばやく、上手に旅をできないもの。いまはまだね。もう少し日差しに慣れればいいんだけど、いまはまだ無理だから。昔はあんなにきれいに日焼けしてたのにね」懐かしがる口調で彼女は言った。

「そう焦るな」百年、あるいは二、三百年。個々によって慣れるまでの時間はそれぞれだ。

「片がついたら、しばらくここで暮らしたいわ」メロディーの南部訛りが勢いを盛り返した。「田舎町で仕事をするのはもううんざり」

「おれたちが勝てば、二度と田舎に行くことはない。おまえがいやならな」ソーリンは言い、ポニーテールを引っ張った。

「いやに決まってるでしょ。大都会で、あなたとベッドでやってやってやりまくりたい」彼女は笑った。通りがかりの家のなかで、人間が目覚めた。すぐにカーテンが動き、表の様子を窺っているのがわかった。

ソーリンはそっちに顔を向けてうなり、街灯の光を受けて牙を剝き出した。

カーテンが閉じた。家を守ろうとしたあの人間は、夢を見ていると思ったにちがいない。あるいは、街灯の光のいたずらだと。いまはそれでかまわない。じきに、みんなが事実を知ることになり、彼は二度と正体を隠す必要がなくなる。

「誰か来る」

ルカの声に、クロエは頭をあげた。「〝いく〟なら、わたしじゃない」不機嫌に言う。ふたりが愛し合う頻度を考えたら、いつ〝いっ〟てもおかしくないわけだが、いまはセックスのことは考えたくもなかった。くたびれ果てていた。うんざりだった。セックスにも、混乱した時間にも、消えたと思った瞬間に甦った夢にも。睡眠をとらなければならないのに、正直に言って、ぐっすり眠れる日がはたして来るのだろうか？

「ヴァンパイアだ。パリフルなヴァンパイア」彼の目が虚ろになり、彼女が見ることも聞くこともできないなにかに意識を集中しているのがわかる。

「ソーリン？」鼓動が速まり、胸に大岩が居座った感じだ。大柄のブロンドは二度と見たくない。彼がヴァレリーの首筋を食い千切る様を思い出すと全身が震えた。ルカがいなかったら、彼は目の前でヴァレリーを殺していただろう。クロエがヴァレリーを助けようとしていたら、彼女も殺されていた。ヴァンパイアに命を狙われているとわかっているだけでも、充分にひどいことだ。血に飢えた生身のソーリンの姿を見ることは、悪夢以外のなにものでもなかった。

「いや」

　安堵も一瞬のことだった。ルカは椅子から立ちあがり、背筋を伸ばしてドアと向き合った。広い肩もパワフルな体も、ドアを抜けてやってくるだろう脅威を受けて立つかまえだ。

「ここにいれば安全なんでしょ？」クロエは尋ねた。

「ある程度は」

「そんなの慰めにもなりゃしない！　正確にはどの程度なの？」

　ルカは振り向いて彼女の目を捉えた。「彼らはわたしたちを捜している。だが、居所を正確には知らない。朝になったらべつのホテルに移ろう。そのほうが安全だ。ヴァンパイアの多くが、昼間は動きが鈍い」

　でも、そうでないのもいる。ルカがそうだ。しばらくはここにいるつもりで、荷物をほどいて抽斗にしまった。あれはなんだったの――それに、心配したからってどうなるの。そんな思いを頭から締め出す。「彼らにここがばれたのなら、どこへ行ったって見つかるんじゃないの？　彼らはどうやってここがわかったの？」

「ヴァンパイアのなかには……エネルギーを識別し、居所を特定できる者がいる。実際、わたしにはできるし、ほかにもできる者を知っている。だが、捜索には時間がかかる。正直に言うと、彼らは思ったより早く嗅ぎつけた。これからずっと動きつづける必要がある。毎日、居所を変える」

「いつまで？」

「どういう形にせよ、決着がつくまで」

どういう形にせよというのは、彼女のウォリアーがさっさと出てきてくれるか、彼女が殺されるかだ。すごい。ウォリアーを急がせる術がわかっていたら、前者の可能性がぐんと高くなるのに。パワフルなヴァンパイアが表にいて、ふたりを、彼女を追い詰めようとしていると思うと、とてつもなく無防備な気がする。ルカはどうなの？　彼女を守るために、自分の命を危険に曝している。ハッとなった。彼になにかあったらいやだと思った。どんなことがあろうと、彼には無事でいてほしい。生きていてほしい――

ルカが振り返って彼女を見つめた。その目には冷たく厳しい表情が浮かんでいた。気がつくと彼女は立ちあがっていた。恐怖が全身を駆け巡り、やがて気づいた。その表情がこちらに向けられたものではないことに。彼女が思ったのとおなじことを、彼も思っていたのだ。

「そうだ。きみに無事でいてほしい。生きていてほしい。わたしがきみを守る」険しい顔で言い添える。「彼女にきみを傷つけさせはしない」

クロエは目をしばたたいた。「彼女？」

彼の顔の表情がわずかに変化した。「彼ら、と言うべきだったな。いるのは三人だが、いちばんパワフルなのは女だ」

三人ですって。すごい。多いほうが賑やかでいい――ドアベルが鳴り、クロエは飛びあがった。なんてことよ！　ヴァンパイアがやってくる、とルカは言ったけれど、まさかいますぐだとは思わなかった。ドアベルを鳴らしたんじゃ奇襲攻撃にならないじゃないの。

ルカはドアに向かった。クロエはさっと前に出て彼の腕をつかんだ。「こういうときにこそ、べつの出口を使うべきなんじゃない？」

「いや。彼らの言い分を聞くつもりだ」

「彼らは話をしに来たの？」

「そうだと思う」

彼はクロエの手をはずし、ドアから離れたリビングルームの入り口へと誘導した。ドアベルがまた鳴った。「そこにいろ」彼が言った。

「まあ！」彼女は目を細め、命令なんてされたくない、という気持ちを伝えた。

ルカは横目でじろっと彼女を見たが、眼差しの鋭さは口もとをよぎる小さな笑みで帳消しになった。それでも、事態の深刻さは伝わってきた。

「わかったわ」クロエは低い声で言った。「ここにいます」

ルカはドアを開いた。廊下に立つ三人のヴァンパイアの姿が、クロエにも見えた。ルカの体が遮っているのは視界の一部だけだ。三人ともふつうの感じだ。いいえ、ちがう。ひとりは美しい彫刻のような赤毛の女で、二千ドルはしそうなシンプルな黒のドレスにキラーハイヒール（ヒールの高さが十センチ以上ある靴）を履いている。男ふたりも高価なスーツ姿だ。イタリアの仕立てなのは見ればわかる。三人とも人間と見分けがつかないけれど、考えてみればルカだってそうだ。

ルカはクロエを守るために戦うだろうが、三対一だ。ヴァンパイアがどれほど強いか、彼女は知っていた。ここで戦いがはじまったら、自分でもなにかの役に立つなんていう幻想はまったく抱かない。ルカは彼女を守ろうとするから、かえってお荷物になるだろう。でも、クロエを始末するために来たのなら、あんな格好をする？　ホワイトハウスで開かれる祝典にそのまま出掛けられそうだ。

これほど怯えていなければ、ヴァンパイアに殺しのためのドレスコードがあるのかしら、なんて考えて笑っているところだ。でも、女は女。すてきなシルクのドレスが血で汚れる危険を、赤毛が犯すとは思えなかった。

「これはこれは、評議員の方々」ルカはあくまでも礼儀正しかったが、歓迎していないのは声でわかる。「さあ、お入りください」

クロエは身をすくめた。どうしよう。ルカは三人を招き入れた。それはつまり――ええと、それがなにを意味するのかわからない。どんなにすてきだろうと、ここはホテルの部屋であって、自宅ではない。つまり、ヴァンパイアはその気になれば、いつだって侵入してこられるのだ。ルカとよく話し合い、そういう細かいところまで詰めておかなければ。

女ヴァンパイアがクロエを一瞥し、そのとたん、人間とは似ても似つかぬものになった。その目には凶暴な色が浮かび、筋肉の張り詰め方からして、いまにも鉤爪《かぎづめ》を剝き出して飛びかかってきそうだ。

「アルマ」ルカがぶっきらぼうに言い、彼女の注意を引き寄せた。「きみに見つかるとは思っていなかった」

アルマはクロエからルカへと視線を移し、物憂げに手を振って男のひとりを指した。「ベネディクトには特別なエネルギーの位置を特定できるのよ。努力すればね。もう何十年もやっていなかったけど、わたしたちのためにやってくれたの」

「それで、セオドール?」ルカはもうひとりの男に尋ねた。「あんたはどうしてここに?」

セオドールはずんぐりとした体つきで、重たげな濃い眉毛をしていた。顔にへばりついたような渋面が気難しそうだ。ルカを冷ややかな目でじっと見つめた。その目つきがクロエになにかを……なにか理解しがたくて、なにかちがうものを連想させた。なにがどうちがうのかはわからない。「きみが評議会の仕事をすっぽかす理由を、この目でたしかめておきたいと思ってね」

ルカはためらうことなく言った。「クロエを守ることが、さしあたってわたしの唯一の仕事だ」

アルマがまたクロエを見つめた。その目は石のように硬く、ヘビの目のように狡猾だ。

「彼女に魔法をかけようとして時間を無駄にするな」ルカが悪意を込めて言った。「わたしたちは絆で結ばれた。彼女に魔法はかからない。それに、彼女はわたしのものだ」言わずもがなのことだが、〝わたしのもの〟という言葉に込めたのは暗い約束だった。彼女になにかあればかならず復讐するという約束。

アルマはヘビの目をルカに向けた。あきらかにショックを受けている。「でも……あなたは純血種でしょ。いったいどうして彼女なんかと絆を結んだの？」

ルカは冷ややかな笑みを浮かべた。「きみには関係のないことだ。きみが知っておくべきなのは、反乱が起きるというヘクターの警告が事実だったということだ。評議員のなかに裏切り者がいる。クロエはコンデュイットだ。反乱派は彼女の死を願っている。わたしは願っていない」

ベネディクトと呼ばれた男が一歩さがった。その知らせから肉体的に距離をとろうとするかのように。憂い顔をしている。「反乱派だと！　いったいなにを考えているんだ？　どうして二百年ごとにおなじことを繰り返す？　けっきょく大失敗に終わることが、どうしてわからんのだ？　現状を維持することが、誰にとっても最善の策なのに。理解力のあるヴァンパイアなら、それぐらいわかりそうなものだ」

「それがそうではないらしい」ルカが冷然と言う。「わたしの感じでは、反乱派に加わる者たちの数は多く、このすぐちかくに集まっている。そのエネルギーを、あんたは感じないのか？」

ベネディクトはぎょっとしたようだ。「あ、いや」口ごもる。「感じなかった。たしかなのか？」

「ああ、たしかだ。彼らはあんたたちを恐れていない。恐れていたら、べつの場所に集まっていただろう。カリフォルニアとかシアトルとかロンドンとか。だが、彼らはここにいる。あんたたちは決断を迫られている。わたしとともに戦うもよし、反乱派に乗っ取られるまで待つもよし、あるいはどこかに隠れて、戦争が味方の勝利で終わることを願うもよし」

セオドールが言った。「戦争をはじめることが答にはならない。どんな戦争も、われわれの存在を公にするという結果を招き、その先にあるのは絶え間のない戦いだ。けっして終わることはない。どんな馬鹿でもそれぐらいわかるだろう。人間のことを多少なりともわかっていれば」

「どっちにしたって戦争は起きるのよ」アルマが言った。「ウォリアーがわたしたちのために戦うのを、高みの見物というわけにはいかないでしょ」そこでためらう。「もしかしたら、反乱派の言うとおりかもしれない。わたしたちにとって、よりよい人生が約束されるのかも」

「まるでいまの人生がよくないみたいな言い方」クロエは皮肉たっぷりに言ってから、手で口を押さえておくべきだったと思った。四組のヴァンパイアの目がいっせいにこちらを向いたからだ。そこに浮かぶ表情は警告から激怒までさまざまだった。

ルカは意識を訪問者たちに戻したが、クロエは彼を身近に感じた。まるで彼がまわりのいたるところにいるような感じ。彼との絆を通して、セオドールだけがほかのふたりとちがうことがわかった。どこがどうちがうのかわからないが、らがうことはたしかだ。

「ウォリアーがひとりでも多く出現してくれたら幸いなのだが」セオドールが言う。「反乱派の第一の目標は、できるだけ多くのコンデュイットを殺すことだろう」

「おなじ文脈のなかで、〝幸い〟と〝ウォリアー〟が一緒に使われるとは思ってもみなかった」ベネディクトが低くうなるように言った。「だが、反乱派を抑えるのに、ウォリアーに頼らざるをえないのはたしかだ」

ルカの怒りが大きくなるのを、クロエは重みとして感じた。色も形も見える気がする。

「それがあんたたちの立場なのか。ウォリアーが戦うのを黙って見ているだけなら、評議会などいらない。そこらへんにいる政治家どもとなんの変わりもないじゃないか」

クロエには、三人ともむっとしたように見えた。むっとしない人がいる？

「反乱派が評議会を襲うようなことがあれば、きみが守ってくれるのだろう？」セオドールが言った。

「いや」ルカの口調はやわらかかったが、確信がこもっているようにクロエには聞こえた。この口調で、「いや」と言われたら、尋ね返そうとは思わない。

「あなたは評議会に仕える身でしょ」アルマの声も表情も冷たく、尊大だった。

ルカは鼻を鳴らした。「評議会の仕事をしてはいても、評議会のために働いているわけではない。あんたたちにその違いはわからないだろうが。いまここで、正式に辞表を提出する。評議会がどうなろうと、もうわたしには関係ない」その声の冷たさに、クロエは身震いした。

ベネディクトが抗議の声をあげようとしたが、無駄だった。ルカが三人に退室を促したからだ。話し合いは終わった。暴力沙汰にはならなかった。でも、クロエには、ルカに尋ねたいことが山ほどあった。

ヴァンパイアたちが出ていくと、ルカが振り返ってクロエを見つめた。とても怒っている。それに、よくわからないが、ほかにもなにか、絆を結んでいなければ気づかなかったなにかがある。後悔？　そう、後悔だ。いま彼がやったことを後悔しているのではない。もっと前にどうにかできていたのではないかという後悔だ。どれぐらい昔からか知らないが、彼の人生で大きな部分を占めていたにちがいない組織と、彼は決別したのだ。

それもクロエのために。

「セオドールとどんな取引をしたの？」

ルカがわずかに眉を吊りあげた。「気づいたのか？」

彼女は目をくるっとまわした。「絆を結んだでしょ、忘れたの？　双方向なのよ」

「彼は……おそらく味方だ」

「あなたは気乗り薄な感じだった。納得していないような」

「セオドールの決断は、つねに自分にとってなにが最善かに基づいている。彼は協力を申し出た。警告をよこした。そういうことをする理由が、わたしにはわからない」

「彼は口に出してなにも言わなかったし、あなたは彼を知っていて、わたしは知らない。でも、理由はわかるわ。自分の身を案じているのよ。わたしがヴァンパイアで、不思議なパワーをいろいろ持っていたとしても、あなたを味方にしたいと思うわ」クロエは正直に言った。

「わたしはきみの味方だ」ルカは視線をやわらげ、手を差し伸べた。彼女にひとつの迷いもないことをたしかめるかのように。


ネヴァダはベッドに横になり、上掛けを頭の上まで引っ張りあげた。男の見張りほど恐ろしくない女の見張りたちが、いつ入ってくるかわからなかった。紅茶を持ってくることもあれば、仕事をとっとと片付けなければ家族を傷めつけるとか、おまえの血を一滴残らず吸ってやるとか脅すためにやってくることもある。物陰から不意に飛び出して「ワッ！」と叫ぶ子どもみたいに、彼女たちは人を怖がらせて喜んでいる。ただし、彼女たちは子どもではないし、彼女になにをしても許されるとしたら、「ワッ！」だけではすまないだろう。

ソーリンだってノックして入ってくるわけではない。ここにはプライバシーがなかった。

ヴァンパイアをスパイするため――それに家族の無事をたしかめるため――魂を旅だたせるには、身を隠す必要があった。シャワーのひとときは役に立ったが、一日に二度以上シャワーを浴びれば疑いを招く。それに、呪いをかけているあいだに足を滑らせて、頭蓋骨にひびが入ったらどうするの？　いままでそういうことはなかったが、トランス状態はどんどん深くなっており、なにが起きるかわからなかった。ベッドに潜っていたら、入ってきた見張りも昼寝をしていると思って邪魔をしないだろう。少なくとも、なにをしているのか疑問に思うことはないはずだ。

思考と魂がよそへ行っているときに邪魔が入ったら、気づくのかどうかわからなかった。旅をしているあいだ、彼女の一部は体のなかに留まっているのだろうか？　わからないし、知る術はなかった。

上掛けの下は息苦しいし、あたたかすぎるし暗すぎる。ネヴァダは目を閉じて深く息を吸い込み、エネルギーをまわりに集めて集中し、魂を飛ばした。

まるで夢のなかで飛んでいるようなものだ。肉体は上掛けの下で微動だにしないのに、魂は空気のように軽くなって部屋を離れる。その瞬間、彼女は体のなかと空中の二カ所に同時に存在し、それから肉体とのつながりが完全に断たれる。廊下に立つ見張りの横をすり抜けたが、彼女たちはまったく気づかない。階段をおりて壁をいくつか通り抜け、また階段をおり、広くて窓のない地下室に辿り着いた。

上の階に関して言えば、ごくふつうの屋敷だ。ベッドルームにバスルーム、書斎、来客を通すためのリビングルーム、ヴァンパイアたちが実際に使っている、大きなフラットスクリーンのテレビとビデオゲーム機を備えた広いファミリールーム。ほかにも部屋はあるが、彼女は見たことがないし、見てみたいとも思わない。彼女の部屋の上の階には召使いたちの部屋と、図書室、キッチンがあった。

地下は倉庫のようだ。縦横に走る廊下で区切られ、ドアは閉まっていた。ざっと見たところ、この階は牢獄と作戦室、兵舎、それに兵器庫として使われているようだ。ここでヴァンパイアたちは作戦を立て、戦いを進めていくのだ。ネヴァダの家族や、ほかにもいるであろう囚人たちが閉じ込められているのもこの階だった。ここには美しい絵も花瓶の花も、上品な家具もない。シャベルとおなじで実用一点張りだ。

今夜、彼女はここにいる。計画を実行に移してきた女ヴァンパイア、自称〝女王〟の有毒なエネルギーを、ネヴァダは感じた。ネヴァダは彼女を強烈に憎んでいた。ローマンよりも、この三年間に彼女を虐めてきた見張りたちすべてよりも、彼女が憎かった。ソーリンよりも憎い。ソーリンはほかの誰よりもネヴァダを傷つけた。彼をいま憎いと思っても、つぎの瞬間には親しみを覚えるからだ。彼だけはほかのヴァンパイアたちとちがうと、ずっと思ってきた。ほかのヴァンパイアたちよりもましだと思ってきた。だからこそ、誰よりも彼が恐ろしいし、憎かった。

でも、レジーナは……あまりにもひどい。彼女を包むエネルギーは、想像を絶するほど冷たく、残忍で非情だ。パズルの最後のピースを見つけたことをまだ誰にも言っていないのは、レジーナのせいだ。家のなかにいる人間を守る呪いの解き方がわかった。ソーリンには、もうじきと言ってあったが、すでに解けていたのだ。ここに連れてこられた目的である仕事を終えたが、誰にも話す気はなかった。

ネヴァダは家族を愛していた。生きていたいし、家族にも生きていてほしい。でも、どんな代償を払おうと、怪物どもを解き放つことはできない。家族を自由にする方法がわかれば、レジーナに、とっととうせろ、と言って、満足して死ぬことができるだろう。死は免れない。ずっと前に覚悟はできていた。はじめてレジーナの目を見たとき、生き延びられる希望はないとわかった。大学に戻ることも、あたらしいボーイフレンドと付き合うことも、結婚して子どもを産むことも、夜更かししてダンスして、バースデーケーキを食べることもできない……自分にはけっしてできないことがたくさんあり、そのことを考えると気力が萎えてしまうから、自分にできることだけを考えることにしよう。

大事なのはエミリーとジャスティンが学校に戻り、バースデーケーキを食べること。ネヴァダができなかったことを、ふたりにやらせてやることだ。

命じられたことをやると約束したら、ソーリンはほんとうに家族を解放してくれるだろうか？　彼は、イエス、と言ったが、彼の約束だけで充分なの？　ソーリンには困惑させられることが多いから、いま、やるべきことをやるためには、彼を頭から追い出さなければ。

ネヴァダはコンクリートの床と灰色の壁の長い廊下を、誰にも気づかれることなく進んだ。閉じたドアの向こうから男の悲鳴がした。恐ろしさに体が震える。悲鳴をあげる男は食糧なのだろう。怪物たちにとって、人間は食糧にすぎない。それから突然の静寂。悲鳴よりもそっちのほうが何倍も恐ろしい。

彼女が協力するかぎり、家族には指一本触れさせない、食糧にはさせない、とソーリンは約束した。その言葉を信じられる？　いいえ。でも、この計画における自分の重要性を理解するようになったし、さしあたりヴァンパイアたちは約束を守ると信じられるようにもなった。彼らの食欲を満たす血の提供者が不足しているわけではないから、ネヴァダの家族を餌食にする必要はない。それに、いまではそれを確認する手段があった。

家族が閉じ込められている部屋の前まで来た。なかに家族がいるのを感じる。哀れな男の悲鳴とおなじぐらい鮮明に、感じとることができる。家族はここにいる。ソーリンに拉致される前は、知りもしなかったパワーが、文字どおり日増しに強くなっていた。木のドアに触れても、押し戻される感覚はない。前にここを訪れたときには、まるで虚空から飛び出すみたいにポンと出現した。今回は鍵のかかったドアを通り抜けた。

エミリーがパッと顔をあげた。目を丸くしてネヴァダをまっすぐに見つめた。ネヴァダは口に指を当てて、なにも言うなと制した。

おもむろに部屋を見渡す。増えているものがあった。クーラーボックス、山積みにされた本、ボードゲーム、ビデオゲーム、それに食事の残り。いまのところ、ソーリンは約束を守ってくれているようだ。

母は本を読んでいた。ジャスティンはビデオゲームをしている。父はぼんやりと宙を見つめていた。みんな黙っている。自分の殻に閉じこもっている。賑やかな家族だったのに。冗談を言い合い、笑い合い、人生を謳歌していたのに。薬でも呑まされたのかと思ったが、そうではない、ただ諦めてしまっただけだ。ここにいることに忍従しているだけだ。

ネヴァダはエミリーにちかづいた。腕と腕が触れるほどどちかくまで。「あたしが見える？」

エミリーはうなずいた。唾を飲み込み、うつむいて両親をちらっと見た。「あたしには理解できない」エミリーがささやく。「ほんとうに姉さんなの？　どうやったらこんなことができるの？　ヴァンパイアのトリックでないと、どうしたらわかるの？」

ネヴァダはほほえんだ。「あなたの名前は平凡」ふたりだけに通じるやりとりだ。

「あなたの名前はおもしろい」エミリーが返し、目にあらたな光が、希望の光がともった。

そのとき、ネヴァダは引っ張られるのを感じた。ぐいっと引っ張られてドアを抜け、廊下を通り、ドスンと音がして、ウッと息が詰まり、心臓がドキドキして、気がつくとベッドに戻っていた。

でも、上掛けの下に潜っているのではない。目の先数センチのところに、ソーリンのブルーの目があった。

22

ネヴァダの表情は、クッキーの缶に手を突っ込んだところを見つかった子どものそれだった。顔は紅潮し、目は大きく見開かれ輝いていた。

「昼寝してたのか？」ソーリンが信じられないという顔で尋ねた。自分の仕事の重要性も、家族の安全のためには協力が必要だということも知っていて、昼の日中からよくも眠ることができたな、というように。昼夜が逆転しているから、正確に言えば夜なのだが。

「あたし……あの……」

「吐き出してしまえ」

「睡眠不足がつづいてたから」ネヴァダは言った。起きあがりたかったが、彼が覗き込んでいるので、動くに動けなかった。彼は上体を起こそうとしない。脅かすつもりのようだが、そうはいかない。びっくりした顔で見あげてやった。

「ゆうべ……というか、昼間……つまり、睡眠のサイクルにあたっている時間に、ほとんど眠れなかったのよ。もうぐったり。眠れないのも無理はないわ。いまが昼だか夜だかわからないし、八時間眠ったのか、二時間だったのかもわからない。この部屋に時計があったら、ずっとましになると思うでしょ。時計をねだるのはそんなに大それたこと？　ただの時計よ」

　彼女は話題を変えようと必死だったが、ソーリンはまったく意に介さない。「そろそろ時間切れだ」彼がささやいた。鼻と鼻がくっつきそうだ。

「わかってるわよ。さんざん聞かされたもの」鋭く切り返す。「でも、目を開けてられないんだもの、どうやって仕事しろっていうの？　疲れすぎて満足に考えられない」

「コーヒーは？　レッドブル（栄養飲料水）は？　クスリは？　人間に知られているものも、知られていないものもいろいろあるぞ。ひと言、お願いと言えばいい。おまえはパワフルな魔女なんだろ、ネヴァダ。自分で治療薬ぐらい創ったらどうだ」

　ソーリンは顔を離し、上体を起こした。ネヴァダはほっとため息をつき、起きあがって足をベッドの脇におろした。「コーヒーをいただこうかしら。クスリには頼りたくない。呪いに影響するかもしれないから。覚えたてだものね。あたしの魔法はあたらしいから、あなたが想像する以上に脆いのよ」

「おまえの妹も脆い」間髪をいれずにソーリンが言う。彼女にとっていちばんグサリとくる脅し文句が、本能的にわかっているのだ。「エミリー」まるで甘さを味わうように、名前を舌の上で転がした。

ネヴァダはパッと立ちあがった。恐怖と怒りに目を見開く。「あの子にかまわないで」

「おまえが言われたとおりにすればな」彼の脅しにこういう反応を示すところに、彼女の弱さが出ていた。なにを恐れているか、なにを大事に思っているか、敵に悟られてはならない。

「おまえがそうしなければ、最初に死ぬのは彼女だ。おまえの目の前で。見ている前で彼らは死ぬ。それもかんたんには死なせない」

「そんなことできるわけない」

「おれを試すな」

彼女は青ざめた。正直な人間にとって、人を欺くのは厄介だ。ほっそりした指がひくつき、おもむろに寝乱れた髪を掻きあげた。ネヴァダが落ち着きを取り戻し、家族のために恐怖を抑え込んだことが、ソーリンにはわかった。愛が自分の弱みだと気づいたからだ。

「ヴァンパイアにも来世があるの？」いくぶん鋭い口調で彼女は尋ねた。「あなたには魂があるの？　それとも、かぶっている皮膚と吸い込んだ血しか持たない怪物なの？」

「わからない」ソーリンは答えた。それからにやりとした。誘導質問を平然と受け流すことが、なによりも雄弁だとわかっているのだ。「気にしたこともない」

クロエとルカは、その朝、太陽が夏空に昇るとすぐ、ウィラード・ホテルをチェックアウトした。ルカは行き先を告げなかった。彼にあてがあるわけではないと、クロエにはわかった。第六感に従って動くつもりなのだ。

彼女は家に帰りたかった。陸の孤島にでも住んでいるなら、それもいいだろう。こちらが招き入れないかぎり、誰も入ってこられない。家が聖域なら、火をつけることも、窓越しに撃つこともできないだろう。でも、彼女は陸の孤島に住んではいない。彼女の友人や隣人や、はては迷子の子犬まで巻き添えになることを、ルカは心配している。ヴァレリーの一件で、彼女が大切に思う人のためなら身の危険を顧みないことは実証済みだ——ルカだって、目の前で友人が殺されそうになったら、おなじことをするだろう。

「行き先のあてはあるの？」クロエは尋ねた。彼は動きながら考えるタイプだという自分の直感をたしかめるために、尋ねたにすぎない。彼はすぐには返事をしなかった。ほんとうにわからないのかも。決断力のない男にはとうてい見えないけれど。

ほんとうにあてがなければいいのに、と彼女は願いそうになった。どっちつかずなところが、人間と変わらないと思えるから。でも、彼は自分が人間ではないことを、人間から転身したのではないことを、明確にしていた。客観的に見れば、自分の正気を疑ってかかって当然だ。知り合って数日で、命を彼の手に委ねてしまったのだから。なに言ってるの？　出会ったとたん、自分から進んで命を彼の手に委ねたくせに。

かもしれない……かもしれない、が多すぎる。訊きたいことは山ほどあるのに、充分な答は得られていなかった。でも、きわだって重要な質問がひとつある。「こんなこと持ち出したくないけど、でも、お腹すいていないの？」

「いまはまだ。充分に歳を重ねているから、数日ぐらい血を吸わなくても大丈夫だ。よほどエネルギーを燃やすようなことをしないかぎりは」渋滞を巧みに縫って車を進めながら、ルカは横目でちらっと彼女を見た。目を保護するため濃いサングラスをかけていても、その視線に触れられるのを彼女は感じた。「おとといの夜にきみからもらった分で充分だ」

思い出すと体が熱くなった。彼の唇に吸われる感触、ほとばしる興奮。彼はと見ると、ハンドルを握る両手が強張っている。オーケー、彼の気をほかに逸らさなければ。さもないと、つぎの信号で停まったら、行くところまで行ってしまいそうだ。咳払いする。「エネルギーを燃やすようなこと、していないんでしょ？」しまった。自分を蹴ってやりたい。これじゃ話題を変えたことにはならない。

「ヴァンパイアのエネルギーはね」

「それはよかったわ。それはそうと、訊きたいことがあるの」安全な話題をいくつか思い浮かべる。「純血種のこと……」

「いずれ訊かれると思っていた」

「だったら、いま説明してくれない？　悪いことじゃないのは、アルマの口調からわかった。まるでこう言ってるみたいだったもの。『こんな卑しい農民と交わって御身を汚されるとは何事ですか、王子さま』」

「ヴァンパイアに王族は存在しない。代々つづく血筋がないし、パワーは個人のもので、譲り受けることも受け継ぐこともできないからね」

「つまり、あなたは王子さまじゃないのね？　だったら、純血種にどんな意味があるの？」

「わたしはヴァンパイアに作り変えられたのではなく、ヴァンパイアに生まれたのだ。めったにあることではない。いまも生きている純血種は、わたしの知るかぎり六人で、うちひとりは評議員だ」

「それじゃ……ヴァンパイアは妊娠できるのね？」頭がくらくらしてきた。

「ごくまれに。調べてみたわけじゃないが、可能性は……二百年に一度ぐらいだ」

「たしかに〝ごくまれ〟だわ」

「純血種はもっともパワフルなヴァンパイアだ。ヴァンパイアに転身した者は、生来のパワーしか持っていないのに比べ、われわれはふたりのヴァンパイアからパワーを受け継いでいる」

「賭け金が二倍ってことね」

「そういう言い方もできるな。だが、純血種だからといって、みんなおなじわけではない。人間にそれぞれ個性があるように」

　異なる能力。彼は前にそういう言い方をした。彼のパワーのひとつが、人間の記憶に残らないことだ。それがどういうことか想像してみる。なにもいいことはなさそうだ。存在しないのとおなじだから、パワーというよりも呪いだろう。コンデュイットだという以外に、自分だけがちがう理由はわからないけれど、残りの人生を感謝しながら過ごせそうだ。彼と出会えたこと、彼と知り合えたこと、彼に触れられること、その顔を記憶に留められることが嬉しかった。

ルカがハンドルを指で叩いた。考え込んでいる。「人生の大半を戦場で過ごしてきた。戦うことを楽しんだし、自分を活かせる場だ。最近ではよい戦いを見つけるのが難しいから、もっぱら、その……評議会の用心棒みたいなことをしてきた。われわれの存在を秘密にしておくことが誰にとっても最善なのに、ときおり造反者が現われるので始末しなければならない。エネルギーを辿ってヴァンパイアの居所を突き止める能力が、わたしにはある。だが、それができるのはわたしひとりではない」

「ベネディクトとか」

「ああ、ベネディクトとか。だが、もっとすぐれた者たちだ。おそらくこの才能を持つ誰かがそのパワーを発展させ、コンデュイットを見つけられるようになったのだろう。そうでなければ、誰がコンデュイットで誰がそうでないか、彼らにわかるはずがない、そうだろう？」

クロエはなるほどと思った。「つまり……わたしがどこにいようと、彼らは見つけ出せるってことね」GPSを内蔵しているようなものだ。

「だから動きつづけるんだ。きみの居所がわかったとしても、その五分後にきみがどこにいるかわかるわけではない。それに、昼間動けるという強みがある。われわれを追跡できるヴァンパイアの数がかぎられるということだからね」

彼はそこで顔をしかめた。「きみの居所を突き止められる〝猟犬〟が誰かわかればな。それができるのはごく少数で、みなベネディクトより優秀だ」

「それでも、彼はわたしたちを見つけたわ」

「ああ。きみがウォリアーを呼び出さないかぎり、彼らは追跡を諦めない」

すべてはクロエにかかっている。問題なのは、どうすれば呼び出せるかわからないことだ。夢を見ているあいだに、ウォリアーに出てらっしゃいと言う？

「スピードアップできる方法ってないのかしら？」期待を込めて尋ねた。

「彼女の名前を呼んで、出てきてくれと言う。それだけだ」

「でも、彼女の名前を知らないもの！『ちょっと、そこのあなた』じゃだめなんでしょ？」

ルカが口もとを歪めた。「ああ、名前を呼ばなければだめだ」

「インディなんとか。よく聞きとれなかった」自分が不甲斐なく、窓外に目をやった。なにか方法があるはずだ。できることがなにかあるはずだ。

「きみは事情を呑み込んでいるから、彼女が全面的な接触を図る日もまぢかだ。抗ってはならない。夢を見たら、その夢を持続させることだ」

「夢を見るには眠らないと」彼女は言った。「このところ、眠りが不足していたわ」でも、疲れている。とても疲れているから、安全に休める場所が見つかれば、すぐにも夢を見られそうだ。変な話だ。二日前まで、夢を見ないですむなら、なんでもするつもりだったのに、いまや夢を見られるなら、それこそなんでもする、になっている。

ルカがどんな計画を立てているのかわからないが、ひとつだけたしかなことがあった。その計画表に〝撤退〟の文字はないということ。うかうかしてはいられない。

クロエはバッグから携帯電話を取り出し、実家の番号を押した。もっと前にやるべきだったが、ほかのことに気をとられて後まわしになっていた。これからなにが起きるかわかっているし、逃げ出すことはできず、逃げ出すつもりもないとなったら、連絡を入れておかねばならない。

母が電話に出た。

「ハイ」クロエは元気な声で言った。

「まあ、どうしよう。なにかあったのれ?」

こんな状況なのに、ほほえまずにいられなかった。仕事時間の関係で、早朝に電話したことはめったになかった。「たまたま昼前に目が覚めただけよ」そう言うと、電話口から母の安堵のため息が聞こえた。「ところで、知らせておかないとって思ったの。休暇をとることにしたから。大学のグループでキャンプに出掛けるつもり」

「キャンプ?」いろんな思いのこもった母のひと言だった。クロエはけっしてアウトドア派ではない。

「ええ、わかってるわよ。でも、おもしろいって友だちが言うから。つまらなかったら、友だちは虫と泥に任せて、ひとりで先に帰ってくるつもりよ。だから、うちに電話してわたしがつかまらなくても、心配しないでね。キャンプする場所は携帯がつながりにくいんですって。それで、数日は連絡がとれないかもしれない」

「お友だちのなかに男性はいるの?」この質問には非難の気持ちではなく、期待が込められていた。〝男性〟という言葉がちょっとうわずっていたから。

「ふたりほど」たまには母に期待を持たせてあげてもいいんじゃない?

「お目当ての人がいるの?」まるで歌うような言い方だ。

「ひとり、いるわよ」クロエは言い、ルカの横顔をちらっと見た。彼をその範疇《はんちゅう》に入れるのはかんたんだ。特別な人。お目当ての人がひとりいる。

根掘り葉掘り訊かない分別が母にはあった。

「気をつけるのよ、いいわね」ごくあたりまえの忠告だ。キャンプ旅行の最中に大動脈瘤が破裂したら、一巻の終わりだ。それは本人も、ほかの誰も防ぎようのないことで、だからふつうに生きることに決めたのだ。母ももう大騒ぎしない。

母に言いたかった。お父さんとふたり、夜は家にいるようにして、ドアに鍵をかけ、誰も入れないようにしてね、と。でも、言えない。もっとも、よほどのことがないかぎり、父は暗くなってから車で出掛けない。暗くなると、ものが見えにくくなってきた、と父は言っていた。それがどれほどありがたいことか、誰にわかるだろう？　いまのところ、両親は安全だ。まだ希望はある。悪夢が世界に解き放たれる前に反乱が阻止される可能性は、わずかだが残っている。もしも阻止できなかったら、これまでとおなじ気持ちで夜を迎えることは二度とないだろう。できれば、両親にはそんな思いをさせたくなかった。

電話を切り、あたりを見渡して気づいた。ルカは車を北に進めていたのだ。右側から、つまり助手席側の窓から朝日が射している。自分が朝日を浴びないように、ルカはわざと北を選んだのだろうか？　日差しに耐えられるほど強くても、浴びたいわけではない。日光を避けて暮らすのはさぞしんどいだろう。日差しに耐えられなければ、一日の半分が無駄になる。彼はヴァンパイアに生まれたのだから、顔に当たる太陽のあたたかさを楽しんだことはないが、ほかのヴァンパイアは日差しが懐かしいのでは？

見返りに永遠の命を得られるのなら、かまわないのだろうか。でも、正直に言って、ひとりぼっちで永遠に生きたいと誰が願うだろう？　口に出さないだけで、ルカには友だちがいるのかもしれない。過去に結婚したことがあるのかも。彼が何歳か知らないが、ずっとひとりで生きてきたわけではないはずだ。

「どんな感じ？」尋ねてみた。

「なにが？」

「永遠に生きること。世界が繰り返し変わってゆくのを、ずっと見ていること」

「おもしろくて、腹立たしくて、退屈で、魅力的で、悲しくて、わくわくする。きみが生きていて感じることとおなじだと思う。ただ……桁が大きい」彼が顔をこちらに向けた。交通量は少なかったので、運転に集中する必要はなかった。「それに、無敵な者などいない。ヴァンパイアであっても。わたしも死ぬ可能性はある。実際、両親ともに亡くなった。正確に言えば、ヴァンパイアは死なない、殺されるのだ。不死の身にとっても、世界は安全ではない」

「ヴァンパイアは死んだら、その、天国に行くの？」彼女は知りたかった。でも、口に出したとたん、もっとべつの言い方をすればよかったと後悔した。死と隣り合わせに生きてきたので、天国とか死後の世界がいつも身近にあった。信じていた。死んだらそれで終わりではないと、信じずにいられなかった。「来世があると信じている？」

「この世界以外にも世界がある。べつの形で存在することを、わたしは知っている」ルカは肩をすくめた。「ヴァンパイアが死んだらそこに行くのかどうか、なんとも言えない」

彼はそのことに心を痛めてはいないようだ。死んだらどうなるかわからなくても、困らないようだ。それだけ長いこと生きていると、死んでからべつの場所に行こうがたいしたことではないのだろう。

「ウォリアーが住む世界ってどんなかしら？　一度だけ、見たことがあると思うの、夢でね。でも、わたしが見たのがほんものなのか、ただの夢なのかわからない」

「聞いたところによれば、自然の様子はここと変わらないらしい。緑の野原に青い空、澄んだ水。つぎの戦争が起きるまで、ウォリアーたちはふつうの生活を営んでいる。彼らにできる範囲でね」

「その世界が理想的なものなら、どうして彼らはそこから離れるの？」

「きみたちの世界に残った善なるものを守るためだ」彼がまたこっちをちらっと見た。目を見て話ができればいいのに、とクロエは思った。「きみを守るために」彼が唐突に話題を変えた。ウォリアーも来世も、この世界以外の世界も、いまは話題にしたくないのだろう。

「これからわたしの古い友人を訪ねる。彼が滞在場所を提供してくれるので、しばらく休めると思う」

どれだけ長く生きてきたかわからかないヴァンパイアにとって、〝古い友人〟とはどういうのを指すのだろう。

クロエは何件か電話をかけた。まず職場に電話して病気の経過報告をし、心配しているかもしれないのでヴァレリーと、ほかにふたりほどの友人に電話をした。彼女たちにも警告したかったが、できないし、しなかった。いまはルカのそばに張りついて、ヴァンパイアの反乱を阻止するためにできることをするだけだ。嘘がすらすら出てくることに驚いた。もう絶不調よ、とヴァレリーに言った。病原菌をばらまいたら大変だから、しばらくは家でじっとしているわ、と。

電話をかけ終え、シートにもたれて目を閉じたが、眠気は襲ってこなかった。頭のなかでいろんな思いが渦巻いていた。

怪物の軍隊相手の戦いで、彼女になにができるだろう?

試してみる以外に選択肢がある?

アーロンを訪ねるのは最後の手段だった。あの老人と話ができるかどうかわからない。眠らされるか、おかしな呪文をかけられるかもしれない。運がよければ、頭が冴えた状態の彼に会えるかもしれない。いま必要なのは、明晰《めいせき》な頭脳だ。

アーロンがDCから車で一時間ほどのところに住んでいるのは、偶然の一致ではない。評議会が彼に家をあてがい、食糧を供給しているのだ。自分で狩りができなくなるときがあるので、彼にとってはありがたい措置だ。楽に狩りができる元気なときでも、アーロンは人前に姿を曝すことができない。アーロンが人間で通らなくなってから、もう何百年も経っていた。

ほんとうの不死がもたらす影響がそれであるなら、自分がそうなる前に頭を刎ねてほしいとルカは思っていた。アーロンはルカよりも長く生きている。どれぐらい長いのかはアーロン本人ですらわからなかった。

アーロンの顔は若いままだが、髪は雪のように白く、歳相応に弱々しかった。目は淡い色合いだが、輝き出すと鮮やかなグリーンになる。肌は磁器のように白く、爪の先で叩いたらひびが入ってしまいそうなほど脆い感じだ。血を吸うのはせいぜい月に一度なのに、牙は伸びたままだった。

評議員たちも彼を恐れていたから、本部に住まわせようとはしなかった。アーロンがその強さと能力のすべてを発揮するようなことがあれば、評議員の誰もそばにちかづこうとはしないだろう。彼は転身する前から霊能者であり、あまりにも多くのことを見てきた。頭が冴えているときには、なんでも見ることができる。彼にかかればどんな秘密も、どんな宝も、どんな罠も、かならず暴かれる。彼がしばしば正気を失うのも無理はない。彼をここまで変えてしまったのは年齢ではなく彼の能力だと、ルカは信じたかったが、たしかなことは誰にもわからなかった。

アーロンは廃屋となった倉庫の地下に住んでいる。その昔、評議会はそこに見張りを置こうとしたが、長つづきする者はいなかった。ヴァンパイアはめったなことでは恐がらないが、アーロンには最強の者でも逃げ出させる力があった。だから困ることもなかった。老ヴァンパイアにボディガードは必要ない。地上で狩りをすることはできないとしても、招かれざる客を始末することはできる。夜、不運にも迷い込んだ不法侵入者は、地下に住む妖怪《ようかい》のことを生きて語れない。

だが、手ごろな不法侵入者がいつも手に入るわけではなかった。毎月、アーロンの家に食事——間の悪いときに間の悪い場所に居合わせ、魔法をかけられた人間——が届けられるよう、評議会が手配していた。

細い階段をおり、鉄のドアをノックする。がらんとした駐車場にルカが車を乗り入れた瞬間に、アーロンは気づいていたはずだ。ノックしたのは礼儀上——それに安全のためだ。

アーロンがほほえみを浮かべて、ドアを開けた。クロエはハッとして、ルカのシャツをつかんだ。たしかな支えが欲しかったのだろう。それほどアーロンの笑顔は恐ろしかった。

「ルカ・アンブラス！」アーロンはあかるく言ったが、歓迎の気持ちを込めるには声があまりにも弱々しかった。「よく訪ねてきてくれたね。おやつを持ってきてくれたのかい？」彼の貪欲《どんよく》な視線がルカの肩越しにクロエへと向かった。「こないだ血を吸ったのは一週間ほど前だったか、いや三週間前だったかな？　どうでもいいことだが。彼女はうまそうなおやつに見える。デザートにしてもいい！」

「こちらはクロエ」ルカが言った。「わたしたちは絆で結ばれている。だから、彼女はわたしのものだ。クロエ、こちらはアーロン」

「そりゃ残念だ」若い顔をした老人は快活に言い、ドアを大きく開いた。「さあ、三人とも入って」

アーロンはぼけたのか、とルカは思ったが、すぐにそうではないとわかった。古代の予言者には、ルカとクロエだけでなく、クロエのウォリアーも見えている。インディカイヤの存在は感知されるほどはっきりしているのだ。

クロエは困惑の表情を浮かべ、ためらいがちに言った。「お日にかかれて嬉しいです」

「そうなのかい？」アーロンは足を止め、驚いた顔をした。「これは意外なこと」

ルカがここを訪れるのは十年ぶりだが、なにも変わっていなかった。十年など一瞬にすぎない。アーロンにとってはさらに短い。コンピュータはあたらしくなり、テレビはフラットスクリーンになっていたが、革張りのソファーとリクライニングチェアはおなじものだし、壁にかかる絵画もおなじだ。ミケランジェロのような巨匠の作品だ。人間世界はこういう絵画が存在することすら知らないのではないか？　その価値ははかりしれない。

アーロンはコンピュータを消し、リクフイニングチェアに腰をおろした。ドスンと座って骨が折れることを心配してか、ゆっくりとした動きだ。「革命のことで来たのだろう。わくわくするじゃないか？」

「そういう言い方もできますね」ルカは言った。彼はクロエと並んでソファーに座った。彼女は目を丸くし、アーロンと挨拶をしてからはずっと口を固く閉ざしていた。アーロンを驚かせたことが――彼はいまだにショックから立ち直っていない――よほど堪えたのだろう。

「何百年も前に、ヴァンパイアは天下を取るべきだった」アーロンがミルクのように白くほっそりした手を振りながら言う。「もっとも理に適っている。われわれのほうが強いし、賢い。人間は食糧にすぎない」

「ホテルのほうがよかった」クロエは声に出さずに言った。ルカにだけ聞こえるように言ったのだろう。アーロンの聴覚がどれほど鋭いか、あらゆる刺激にどれほど敏感に反応するか、彼女は知らない。

アーロンは大きな笑みで応え、視線をクロエに当てた。「おやおや。きみが口をきくのは二度目だな」ルカに顔を戻す。「彼女にしゃべらせるとは、きみもずいぶん懐が深い。だが、そういう自由を与えるのはまちがいだ。きみもわかっているとは思うが。彼女にはふたつの使い道があり、どちらにも適しているようだが、きみに対しあんな口のきき方を許すとは、まるで対等のような……」目をグリーンに輝かせて、アーロンは直接クロエに言った。「ヴァンパイアに転身してから、わたしはきみのような女たちが現われては消えるのを繰り返し見てきた。きみはとても美しく、きみなりに使い道があるが、それでも一時の命にすぎない。気を悪くしないでくれ。それがきみの性《さが》なのだから。花が一時のものであるように」彼の笑みが消えた。「命の儚さにも程度はあるが。わたしが憶えているのは……やめやめ。なにを憶えていたのか忘れてしまった。わたしはきみを怯えさせる。そうしないようにすべきなんだろうが。子どもをわざと怯えさせるようなものだからね。だが、それがわたしの性なのだからしょうがない」

まるでスイッチを切り替えるように、アーロンは意識をルカに戻した。「きみを反乱派に紹介してもいい。なかに立ってくれる者がいる。だが、きみは反乱派に加わる気がない。というより動きを阻止しようと思っているのだろう。わたしが口出しすることではないが。公平な立場をとるべきだと思っているからね。まあ、少なくとも表向きは。この衝突の結果はわからない。いままでにわかったことはごくわずかだ。見えるものはたくさんあるのに、その意味するところも、どれがたんなる可能性にすぎないのかもわからないというのは、まったくもって腹立たしいかぎりだ。頭のなかは可能性と、起こりうる結果でいっぱいだ。そのすべてが剣のひと振りや、矢が描く軌跡から見てとれる」

とりとめのないおしゃべりはアーロンの専売特許だが、よく耳を澄ませば彼の言わんとすることが理解できる。「反乱派を率いているのは誰ですか?」ルカは尋ねた。「人数はどれぐらい?」

「率いている者の名を明かすわけにはいかない。きみはその情報を、反乱派を潰すために使うのだろうから。それに、わたしがばらせば、彼女はおもしろくないだろうし、わたしは話し相手を失うことになる。もっとも、彼女も昔ほど訪ねては来なくなったがね」ふっと考え込む。「革命が成功して彼女が女王になったら、またやってくるだろう。わたしにもっといい住まいを提供してくれるかもしれない。気分がよいときに太陽を拝めるような住まいを。わたしはすばらしく優秀な大臣になれるだろうにな……なんらかの省のね。彼女のことだから、すべて自分で独占するだろうが」

なるほど。リーダーは女だ。驚くことではない。女の評議員のほうがはるかに危険なことは、前からわかっていた。

「人数はどれぐらいかって？」アーロンが話をつづけた。「非常に多い。それでも足りない。日々増えている。ありのままの自分を受け入れてほしいと願わない者がいるかね？　自分の権利を主張したいと願わない者がいるか？」彼の目がまた輝いた。まるであちこちから引っ張られているかのように、彼は話題をころころ変える。「きみの母親は信じられないほど美しかった。わたしが彼女を転身させたのだ。ずっと美しいままだった。きみを身ごもったときも、健康が思わしくなくなった後も、彼女は美しかった。わたしは彼女に子を授けたかった。パワフルな純血種を自分で創りたかった。だが、そうしたのはきみの父親だった。恩知らずのろくでなしめが、彼女を身ごもらせた」一瞬、彼の表情が憎しみに変わった。「あのころにはもう、彼女との仲は終わっていた。彼女が誰に身をまかせようとどうでもよかったが、きみはこの世に生まれたとき、もう少しで彼女を殺すところだった。あれから彼女は変わってしまった。美しい女がよい母親になるとは限らない、そうだろう？」

「反乱派ですが」ルカは予言者の関心を目の前の話題に引き戻そうとした。

「そうだった、きみの質問。率いている者が誰なのか？　わたしには言えない。知っているが、言わない。人数は、ああ、誰にわかる？　本格的な攻撃はいつはじめるか？」またアーロンの目が輝いた。クロエがたじろいだ。無理もない、とルカは思った。「ウォリアーの出現を食い止め、呪いを解き、都市を占拠する。よい計画だ。政府を乗っ取り、軍隊を支配し、政治を支配し、人民を支配する。そこから広がってゆく。ひとつの都市、ひとつの国へと」

「なんの呪い？」

「じきに、招き入れられなくてもすむようになる」アーロンが言った。喜びを隠しきれない。「世界はわれわれのものとなる。すべての家がわたしに向かって開かれる。わたしを締め出す呪いは不自然だ、正しくない。呪いが解ければ、なにものもわたしを止められない」

ルカは背筋が寒くなった。聖域の呪いにちがいない。反乱派は魔女を拉致したか、雇ったかしたのだ。呪いを解く力のある魔女を。聖域の呪いが解ければ、クロエは自分の家にいても安全ではなくなる。人間に隠れる場所はなくなる。

ルカにくっついていなければならないわけではないが、アーロンの地下の住まいにいるあいだ、クロエはずっとそうしていた。

ルカもソーリンも、ホテルに現われた気味悪い三人組も、充分に人間で通るが、アーロンは無理だ。クリプトナイト（スーパーマンの能力を無力化し、死に至らしめる物質）みたいな目はごまかしようがないし、肌は乳白ガラスのようで、牙は突き出したままだ。かつてはハンサムだったのだろう。顔は二十歳そこそこの男のそれだが、果てしもない年月のあいだに、どれぐらい変わったのかはわからない。慎重な身のこなしと白髪に歳が表われているのに、顔だけ若いからなんともちぐはぐだ。

だが、老人のように慎重に動いてはいても、その気になればすばやい動きができそうな気がして、クロエはよけいルカにくっつかずにいられなかった。

アーロンのような者たちが、世界じゅうにいるのだろうか？　反乱派が勝ったら、世界はこういう怪物で溢れるのだろうか？　つねに死を意識しているとはいえ、その死がすぐに訪れないことを願っていた。その点は、なにも変わっていない。死因は変わるかもしれないが。

アーロンはおしゃべり好きだった。口にするのはナンセンスなことばかりにしても。話題はテレビ番組だったり、映画だったり、彼のブログだったり——望めば誰でもネットに登場できることの証拠——かつての知り合いだったり。それも有名人の名前を並べたりして！　アレクサンダー、シーザー、モーツァルト、ヘンリー王……むろん、クロエの知らない名前もたくさん出てきた。歴史書に名前が出てこないというだけで、その時代の有名人だったらしい。

石ころのなかにルビーが隠れているように、くだらないおしゃべりのなかに有用な情報がちりばめられていた。名前、数字、場所……意味のある情報が口にされると、クロエにはわかった。ルカからエネルギーがどっと押し寄せてくるからだ。とくにある名前——ジョナス——を耳にして、ルカはぎょっとなった。

時間がのろのろと過ぎる。アーロンはときおり彼女にほほえみかけたが、にこやかな笑みとは程遠く、「なかなか、うまそうだ」と言われているような気がした。空腹でお腹がグーいいだしたから、何時間も経ったのだろう。胃の抗議の声を抑えようと手で押してみる。

アーロンに空腹を意識させるような真似はしたくなかったのだが。

アーロンは、客がいることを忘れてしまったようだ。リクライニングチェアを離れ、コンピュータの前に座ってひとり言をつぶやきながら、ブログの書き込みをはじめた。

ルカがクロエの腕をつかみ、ドアへと誘導した。「きみをここに残していってもかまわなければ――」

「かまうわ」彼が言い終える前にぴしゃりと言った。「そんなことできないはずでしょ」

「ああ、そうだね。アーロンはどうやら反乱派と手を組んでいるようだし」

「それもだけど、彼がわたしを食べる可能性だってあるのよ」

ルカは笑おうとしたようだが、少しもおもしろがってはいない。「反乱派を狩るあいだ、きみを残しておける安全な場所が思い当たらない。アーロンはジョナスの名を挙げた。困ったことに、ジョナスは追跡者のなかでいちばん才能がある」ルカは髪を掻きあげた。「ジョナスとは仕事を一緒にしたことがある。彼が反乱派に加わるとは信じられない。彼らしくないからな。だが、アーロンが言うのだから信じざるをえない」

クロエは気に入らなかった。まったく気に入らない。ほかに目あたらしいことはないの？このヴァンパイアとウォリアーと人間の戦争、人間がいちばん馬鹿を見る戦争に、巻き込まれたくなかった。でも、彼女はすでにそのど真ん中にいる。解決策はたったひとつ、それが理に適った選択肢だった。

「わたしを連れていって」

23

アーロンの隠れ家を出るころには、日がとっぷり暮れていた。クロエにとって、誰かから、というよりなにかから、逃れられてこれほど嬉しかったことはない。アーロンを置き去りにするのはそういう感じだった。幸いなる逃亡。最寄りの空港へと車を飛ばすあいだ、ルカはあまりしゃべらなかった。長期間用の駐車場に車を駐め、ミニバンを借りた。どこのレンタカー会社でも、ミニバンならその場で借りられる。ルカにミニバンは似合わないが、文句は言わなかった。偽の身分証明書を見せて鍵を受け取り、荷物を後部座席に載せ、州間高速《インターステート》自動車道まで最短のルートを取った。

「クレジットカードから居場所を突き止められない？」彼女は尋ねた。疲れてふらふらだった。

ルカはにっこりしたが、ほんものの笑顔ではなかった。アーロンと話をして、かえって機嫌が悪くなっていた。「評議会でもほかの誰でも、わたしの偽の身元をすべて知っていると思っているようだな」

すべて？「いったいいくつあるの？」

「十二分に」

「誰もあなたのことを憶えていないなら、どうしてたくさんの身元を……」

「念のためだ」彼がうわの空で言った。「この時代、運転免許証がなければくしゃみもできない。身元がいくつかあれば……物事はかんたんに運ぶ。これからはホテルを変えるだけでなく、クレジットカードも変えていく」

車はDCに向かっていた。中心部にちかづくにつれ道は混んできた。ルカには行き先がわかっているようだ。アーロンの話からヒントを得たのか、自分の能力で見つけ出したのかわからないが、特定の場所を念頭に置いているのだろう。彼が口に出さないので、彼女も尋ねなかった。ふたりとも言葉少なだった。

車が高級住宅街に入ったとき、ダッシュボードの時計は三時二十分を示していた。広い庭に囲まれた大きな屋敷が並んでいる。クロエは助手席の窓越しに、警戒しながらもうっとりと眺めた。彼女の車で来なくてよかった。さぞ目立っただろう。ミニバンも目立つのはおなじだが、バスンバスンいったり、ガタガタ揺れたり、おかしな音を発したりしないだけましだ。どこも立派な門構えで防犯カメラを備え、小さな町を照らすのに充分なほどのライトがついている大邸宅だ。彼女が通った高校より広い屋敷もあった。

「ソーリンとその仲間は、アーロンのところみたいな倉庫に住んでいて、窓もライトもないところに鎖で囚人をつないでいるんだと、なんとなく思っていた」囚人とはつまり食糧。もっとも、彼女も何度かルカの食糧になっていた。べつにかまわなかったし、楽しめた。鎖はかならずしも必要ないかも。

きれいに刈られた広大な芝生の庭に囲まれた、三階建ての煉瓦造りの屋敷の前を通った。長い私道があって、玄関前には立派な大型車が二台駐まっていた。激しい衝撃に全身が震え、彼女にはここだとわかった。息がうまく吸えない。ルカが捉えたエネルギーが、彼女に伝わったのだ。ミニバンはスピードを落とし、ゆっくりと通り過ぎた。

「彼があそこにいるのね？」

「ああ。どうしてわかった？」

「感じたの。あなたの反応を感じた。あの屋敷はほかの屋敷より明るいし。それに、見たとたん、背筋がゾクッとしたわ。感覚でわかった」

「きみの言うとおりだ」少しも嬉しそうではない口ぶりだった。

「絆のせいなのね。あの屋敷がそうだとあなたが気づけば、わたしも気づく」高い鋳鉄《ちゅうてつ》の門に目をやった。開いたままだ。ヴァンパイアが頻繁に出入りするからか、彼らが侵入者を恐れていないからだろうか。あの屋敷に入った泥棒はびっくり仰天するだろう。

ルカは手で顔をこすった。動揺を隠せない。「絆はわれわれを結びつけているから、ああ、わたしが動揺しても、幸せでも、むらむらしても、きみに筒抜けだ。なんでも筒抜けというのも困るが」

「あら、どうして困るのかしら」少しきつい言い方になっていた。彼が釈明する気がないなら、こっちも問い詰めない。

ルカはそのまま車を進めた。まさかヴァンパイアの隠れ家に車を乗りつけ、玄関のベルを鳴らすわけにはいかない。八百メートルほど離れた横道に車を駐めた。そのあたりの屋敷は多少小さく、荘厳さで劣るとはいえ、それでも立派だった。彼はおもむろにミニバンをおりた。

「あなた、正気なの？」ドアを閉める彼に、クロエは尋ねた。車のなかから見張るのはいい。でも、いまの時点でそれ以上のことをやるのは常軌を逸している。ルカはなにも言わずに車の前をまわり、助手席のドアを開けてくれた。紳士のように、というより血迷った男のように。なにしろ、彼女はどこにも行く気はないのだから。強情を張ってその場から動かなかった。「様子を窺うだけだと思っていたわ。建物の配置を調べるとか。まさか、訪ねていって自己紹介するつもりじゃないわよね！」

「なかを見てみる必要がある。それに、きみをひとりで残しておくわけにはいかない」彼が手を差し出す。

彼女はちょっとためらったものの、シートベルトをはずし、差し出された手を取った。

「もう、いやになる」つぶやく。「言っときますけど、わたし、こういうのいやなんだから」

「わかってる」そりゃわかっているでしょう。

「武器かなにか持っていくべきじゃない？」

「きみにはわたしがいる」

まあそうだけれど。

「だから、銃とかそういうもの」

「今夜は偵察するだけだ。襲撃するときには、きみにもちゃんと武装してもらう」

襲撃？　ふたりで襲撃するの？　クロエは喉を詰まらせた。たしかに自分の意思でここまでついてきたわけだけれど、ヴァンパイアでいっぱいの家を襲撃するのは、さすがに二の足を踏む。覚悟を決めていても、馬鹿ではない。

歩道を歩いていった。この時間だから人通りはなかった。日が昇るまでに数時間ある。住民たちはみな眠っており、ヴァンパイアはいちばん元気なころだ。まわりの人びとは、自分たちとちがう者たちがあそこに住んでいることに、本能的に気づいているのだろうか？　ただちがうだけでなく、危険な者たちが。壁に止まる蠅になって、自治会のミーティングをぜひ覗いてみたいものだ。

ルカの歩みは速かったが、追いつけないほどではない。彼の気持ちがよそに行っているのがわかる。彼から放出されるエネルギーが、ブンブンうなっているのが聞こえるようだ。闇のなかで彼が輝きだしたとしてもそれほど驚かないだろう――アーロンの目のように。思い出すと体が震えた。いつかあの顔を頭から締め出すことができるだろうか？

「どうしてここに来たの？」闇に敬意を表し、声をひそめた。

「ソーリンがまた襲ってくるのを、ただ待つのはいやだったからだ」

「わたしが言いたいのはそういうことではない。わかってるでしょ」ルカにはいろいろな面があるが、愚鈍はそこに含まれない。「わたしの動機はいたって単純だわ。彼らはわたしを殺したがっている。彼らはわたしの世界を脅かし、そこにいるすべての人を脅かしている。でも、あなたは……なぜ？」

彼はため息をついた。「ヴァンパイアの勝利は、果てしのない戦争のはじまりだ。人間はそうかんたんにへこたれない。たとえ戦いが死を意味していても。ヴァンパイアが表に出たら、たくさんの人間が転身させられ、もっとたくさんの人間が死ぬ。文字どおり血の海だ。結果は誰にとってもよいものではない。ヴァンパイアにとっても、人間にとっても。あまりにも多くの人間が死ぬんだ。食糧源を断つなんて愚かなことだ」

クロエは顔をしかめた。〝食糧源〟だなんて、冗談じゃない。「わたしを助けることにしたのは、もっぱら理に適った決断だったというわけね」

ルカは口ごもり、それから言った。「理に適っているとは言えない。もうしゃべるな。屋敷にちかい」

まだ一ブロックもある。屋敷にいる誰にも聞こえるはずがない、と言おうとして思い留まった。こっそりちかづこうとしている相手はヴァンパイアだ。視覚も聴覚もスピードも人間よりはるかにまさっている——なにもかもけたはずれだ。それでもルカにまさる者はいない。そのことはよくわかっていた。クロエはうなずき、ほかの質問は後まわしにした。

夜明け前の静寂のなかを歩くのは、とても不気味だった。数日前までは、地下鉄の駅から家まで、静かな夜中の散歩を楽しんでいたのに。イーノックに襲われてから、夜中の奇妙な音にびくびくするようになった。左手でなにかがガサゴソいい、彼女はルカに身を寄せた。彼が心配していないから、きっと猫かなにかだろう。おなじ夜行性の生き物でも、彼女を殺して血を吸い尽くそうとしないならかまわない。それとも逆なの？　血を吸い尽くしてから殺すの？

一歩ごとに不安が募った。まわれ右して走れ、と本能が警告を発していた。そうする代わりにルカの手を握った。彼が指を絡めて引き寄せてくれた。手の熱と強さが慰めと安心を与えてくれる。

屋敷のだいぶ手前で、彼が立ち止まり、耳を澄まして様子を窺った。ここからだと、屋敷の屋根の一部が見えるだけだ。高い古木が屋敷をぐるりと取り囲んで、詮索好きな人の目から守っていた。この屋敷が選ばれた理由のひとつがそれだろう。

彼女の手を引っ張り、ルカは隣家の鋳鉄の門へと向かった。門には鍵がかかっていたが、彼が手を振っただけで門はパッと開いた。

後で言わなくちゃ。鞍替えする気があるなら、大泥棒になれるわよ、って。そういえば、彼はこれまでどんな仕事をしてきたのだろう。きっと遠い昔、泥棒だったことがあるのだろう。可能性はかぎりなくある。ここから無事に出られたら、彼から歳を聞き出そう。もうごまかされない。わかったからってどうなるものでもないけれど、あれこれ推測するより知っているほうがいい。

隣家の庭は――というより、かつて庭だったところは――暗かった。ほったらかしの庭には、枯れた植物が散らばり、草が生い茂っていた。ヴァンパイアの住み処《か》にちかいせいで、植物が枯れてしまったのか、住む人に庭師を雇うだけの余裕がないからか。周囲の高い木立が日差しを遮るから、庭作りに適していない場所だ。クロエにもそれぐらいわかる。手入れ不足の芝地を、自治会でなんとかすればいいのに。

家は暗かった。住人はまだ眠っているのだろうか。それとも、逃げろ、逃げろ、と叫ぶ本能に促され、とっくの昔に逃げ出してしまったのか。

ルカが手を離した。クロエは触れ合っていたかったが、文句は言わなかった。高い鋳鉄のフェンスへと、彼は黙ってちかづいていった。フェンスの向こうに煌々と灯りのともった屋敷がある。どこまでちかづくつもり？　何人いるか知れないヴァンパイアに、ふたりでどう立ち向かうつもりなの？

彼が物陰に入ったので姿が見えなくなった。不意に恐ろしくなり、クロエは立ち止まった。

すると、彼の思いが寄り添ってくるのを感じ、どうすればいいのかわかった。目を閉じて彼に意識を向けると、彼を感じることができた。まるでかたわらに立っているかのように、彼の姿が見えた。もっとも、それほど離れた場所にいるわけではなかった。フェンス沿いにいて、彼女が大丈夫だとわかると立ち止まり、目を閉じてゆっくりと安定した呼吸をし、微動だにしなくなった。

あたたかな夜なのに不意に寒気を感じ、クロエは腕を体に巻きつけた。ルカにちかづいていけば、いろんな音を発してしまう。彼のそばにいると、人間である自分がとてもがさつに思える。考えることもやめなければ。余計なことを考えれば、彼の集中を乱すからだ。

心を落ち着かせ、頭を空っぽにし、つながりを彼に無事を伝えるためだけの細い糸一本にした。なぜそういうことができるのか説明がつかないが、気がつくとそうしていた。すると五感が開かれ、これまでに聞いたことのない夜のさまざまな音が聞こえた。自分のなかのなにかが静止してゆくのを感じた。その静寂のなかで、夢の声が叫んだ。

「逃げろ!」

遅かった。逃げずにいると、彼らがやってくるのを感じた。彼女をルカから引き離そうとしている。彼に向かって跳んだ。思いがけずすばやい動きでふたりを隔てる距離を詰めた。わかっていても不意の出現には驚かされる。ヴァンパイア三人が空から降ってきて、彼女とルカを取り囲んだ。後ろにはフェンスが、前には三人のヴァンパイアがいる——男がふたり、とても背の高い女がひとり。逃げ場はない。少なくともクロエにはなかった。ルカは飛べるのだろう。ここから出られる。彼は純血種だから、この三人よりすばやく動けるし、強いはずだ。「行って」彼女は頭のなかでささやきかけた。絆を通して言葉が彼に伝わるかどうかわからないが、彼が逃げることを必死で願った。彼女のために戦えば、一対三だ、彼が殺される——そうなれば彼女も殺されるのだから、まったくの無駄死にだ。ふたりとも死ぬよりは、ルカだけでも生きていてほしい。

ルカはびくともしなかった。怒りが伝わってくる。彼を逃がそうとしたクロエへの怒りだ。ヴァンパイア三人の出現に、彼は驚いていないようだ。穏やかに言った。「ソーリンに会いに来た。わたしを待っているはずだ」

長身の女はルカの言葉を無視し、大柄で不細工で、巨大な牙を剝き出したヴァンパイアに向かってうなずいた。とてもルカとおなじ種とは思えない。男というより獣だ。「コンデュイットを殺せ」女が言うと、醜い怪物は飛び出した。鈍重な獣にしか見えない者にしては、驚くほどすばやい動きだった。

ルカはさっとクロエの前に出ると、飛びかかってくるヴァンパイアに体当たりを食らわせた。ぶつかった衝撃でふたりとも吹っ飛んだ。驚いている間もなく残りふたりが動いたので、ルカは一瞬も無駄にしなかった。醜いヴァンパイアの頭をつかんでもぎ取り、かたわらに投げ捨てた。ふたりとも宙を飛んでいるあいだの出来事だった。ヴァンパイアの頭と胴体は塵と化し、夜風に散った。

ルカは着地し、振り返った。女ヴァンパイアがクロエを挟んでルカと向き合う位置へと移動した。女はゲルマン系だった。ヴァンパイアでも人間でも、女には珍しい力強さを表情にも体にも漲らせている。男のほうは若く、経験不足なのがわかる。臆病風に吹かれ、後じさりをはじめた。こんなはずじゃなかった、とその表情が言っている。それでも、男はクロエを頂点にして自分と女とで二角形を形作る位置まで動き、女の指示を待った。

女は彼を無視し、べつの接近方法をとった。ほほえんでクロエの目を見つめ、ささやいたのだ。「じっとして、いいわね」手を伸ばす。

クロエは後じさり、恐怖の眼差しをルカに向けた。脅威を与えるかどうかはべつにして、若いヴァンパイアがクロエの退路を塞ぐ位置にいた。もっともルカも、彼女が逃げ出すとは思っていないだろう。彼がクロエを絶対に見捨てないように、クロエも彼を見捨てて逃げるつもりはなかった。

だから、大柄な女ヴァンパイアに視線を戻し、言った。「くそくらえ」

ヴァンパイアはぎょっとし、気を取りなおしてクロエに飛びかかった。唇をめくりあげて牙を突き出し、腕を振りかぶった。爪は長く湾曲し、爪というより鉤爪だ。獲物からざっくりと肉を抉り、たっぷりと血を吸うかまえだ。

だが、ぎょっとしたことで貴重な時間を無駄にした。ルカが宙で女を迎え撃った。女は強く、すぐれた闘士で、ルカを相手に善戦した。頭をつかもうと伸ばした手の爪が、ルカの頬をざっくり切る。闇のなかで、その目は真っ赤に輝いていた。女は歳も経験も重ねていたが、ルカほどではなかった。所詮ルカにはかなわない。ルカはその手を振り払い、頭上を飛んで背後にまわり頭をもぎ取った。それは血みどろの不快な光景だった。もぎ取られた頭から最期の悲鳴を発すると、女は塵となった。

ルカはくるっとまわって残りのヴァンパイアに対峙《たいじ》し、その場に凍りついた。彼が女ヴァンパイアを始末しているあいだに、若いヴァンパイアはクロエを捕らえていた。背後から腕でクロエの首を締めあげ、怯えた視線をルカに向けた。

「あんたはわかっていない」若いヴァンパイアは声をうわずらせた。「彼女はコンデュイットだ。こいつらを始末しないと、すべてがぶち壊しになる。べつの人間を手に入れればいいじゃないか。こいつよりかわいいのはいくらでもいるだろ」

「わたしたちが来ることを、どうして知った？」

若いヴァンパイアはびっくりして口を滑らした。「ジョナスだ。彼にはあんたたちの居場所がわかっていた」

ジョナスか。くそっ！　ジョナスがここにいるから驚いたのではない——アーロンが無駄話の合間にジョナスの名を口にしただけでなく、ルカ自身、頭のなかで屋敷内を偵察したときジョナスのエッセンスを見つけていた。ルカが驚いたのは、ジョナスが彼に猟犬をけしかけたことだ。かつて一緒に仕事をした仲だ。友だちと呼べるほどではなかったにしても、友好的な関係を保っていた。ルカが知るかぎり、ジョナスはもっとも優秀な追跡者だ。彼がソーリンに逐一報告していたのなら、ホテルや車を変えても無駄だったわけだ。

「ジョナスを知ってるのか？」若者が尋ねた。「彼は……すごくいい奴だ。働きづめに働いている。コンデュイットがすぐそばにいると彼が言ったので、阻止しようと出てきたってわけさ。ぼくたちがここにいるのはそのためだもの、そうだろ？　だって、本部のそばまでやってきたコンデュイットをおれたちで始末すれば、ソーリンはぼくたちをほんもののハンターにしてくれる。歩兵や見張りは卒業さ」声が震えていた。「いい考えだと思ったんだけどね」

そのいい考えがうまくいかなくて残念だったな、とルカは思った。「わたしがもっと早くに気づかなかったのはなぜだ？」彼が察知する前に、ヴァンパイア三人は襲いかかってきた。

若者は話すのをためらった。ルカは怯えたその目の奥を覗き込んだ。ルカの影響力がおよぶのは、ごくあたらしいか、ごく弱いヴァンパイアにかぎられる。この若者はどちらにも当てはまる。厳密に言えば魔法ではないが、結果はおなじだ。質問を繰り返す。「おまえたち三人がやってくることに、わたしが気づかなかったのはなぜだ？」

「彼女のおかげさ」若いヴァンパイアは女ヴァンパイアのなれのはての塵の山を顎でしゃく

ったが、視線はルカから離さなかった。もし目を離したら、ルカがそこにいることを忘れてしまう。「彼女はそれこそなににでも膜を張ることができるのさ。あんたに頭をもぎ取られるまでは、そういうことができたんだ」彼は震えた。「あんたがここに来ているなんて、ぼくたち知らなかった。でも、ローマンが注意しなくちゃならないって言ったんで、彼女が膜を張って、それで――」

「わたしたちが来たことを、ほかに知っている者は？ ソーリンは？ 反乱派のほかのメンバーはどうなんだ？」

若者は頭を振った。「誰も知らない。時間がなかったからね。ジョナスが叫んだとき、ぼくたち三人がたまたまそばにいて、それで、急がなければってジョナスが言った。さっきも言ったように、ぼくたち、いいところを見せたかったんだ」彼が動き、その両手が見えた。片手はクロエの首にまわされ、もう一方の手には長い剣が握られていた。

「剣か？」ルカは信じられない思いで言った。「おまえはヴァンパイアだろ。武器は必要ない」視線を若者に据えたまま、話を促した。クロエの怯えた眼差しがこちらに向いているのを感じたが、彼女の恐怖に気をとられてはならない。さもないと、やるべきことができなくなる。彼女を失うかもしれないと思うことを、自分に許さなかった。

「ハンターがコンデュイットを殺すときには、証拠を残しちゃいけないんだ。だって、準備が整う前に、人間に感づかれたら大変でしょ」若いヴァンパイアは不安そうに言った。「剣はいい考えだと思ったんだ。ぼくは不死の身になってから日が浅いから、それほど強くないし。まだ能力を身につけてないからね」いまにも泣きだしそうだ。

「厳密な意味で不死ではないことは、もうわかりそうなものだろう。わたしがおまえの首をもいだら、そこのふたりとおなじで不死ではなくなる」

若者を殺すこともできる。意のままに彼を操れるので、クロエにかすり傷ひとつ負わせることなく若者を始末できるが、ルカは思い留まった。若者の心のさらに奥へと入ってゆく。若者の両腕がだらんとさがり、クロエはよろよろっと地面に倒れた。すぐに立ちあがってルカに飛びつく。絆を結ぶ前よりも動きは機敏だった。彼はやわらかな体を抱きとめて片腕で抱えたが、ちらっと見ることもしなかった。視線は若者の潤んだ目に合わせたままだ。

「ぼくを殺すつもり？」

ルカはほほえみ、言った。「いや、今夜のところは」


メロディーはやきもきしていた。命令に反してジム・エリオットの血を吸い取ってしまったことをソーリンが知ったら、窮地に陥る。最大で究極の窮地に。思いがけずパニックに襲われ、身震いした。転身してから恐怖を覚えることはめったになくなったが、この状況は恐怖を覚えるに値する。彼女はソーリンの〝子〟だし、彼はいまも少しは好きでいてくれるかもしれないが、彼女が空腹のせいで反乱派の計画を危険に曝したことが彼にばれたら、言い訳をする間もなく塵になるだろう。

彼女の言い訳とは、空腹だったこと、お誂え向きに人間がそこにいたこと。まともなヴァンパイアなら、彼女がおいしい血に背を向けて歩み去るとは考えもしないだろう。だが、たしかに不注意だった。とんでもないことをしたと気づいて、メロディーは火をつけて証拠を隠ぺいしようとした。人間が死んでしまうと、牙がつけた傷跡をなくすことはできなくなる。死体は死体だ。死体についた傷は癒えない。前にも火事で事なきをえた。彼女が立ち去った後で、炎が証拠をすべて焼き尽くしてくれた。だから、二度目がうまくいかないわけはないと思った。現場に留まって見届けるべきだった。おせっかいな隣人がすぐに消防署に通報するとは思ってもいなかった。こんなまちがいは二度と犯してはならない。

コンデュイットをありきたりの武器で殺すなんて、彼女の強さと空腹の無駄遣いだが、これからは言われたとおりにするしかない。若いエリオットにはナイフを使うか、首の骨を折るか、高いところから突き落とすか。すぐに始末をつけなければ、メロディーがジム・エリオットにした失敗をソーリンとクレイジーなあの女に知られてしまう。やきもきするのはいやだった。

背筋を伸ばし、胸を突き出し、自分が何者かを自分に思い出させた。歳をとらず、しわだらけにもならない美しい女王、わざわざ魔法に頼らなくても男を魅了できる女、もうじき世界を、せめて自分の世界を、支配できるようになるパワフルなヴァンパイア。

その世界の一部でいたいのなら、二度とまちがいを犯すことはできない。

前の晩、なかなか寝つけなかったのに、ジミーは起きるべき時間よりずっと前に目が覚めた。たった二時間の睡眠で、喪主としての務めを果たせるだろうか？

しかもベッドで寝ていなかった。レッサー家の地下室の、エアホッケーの横に置かれたソファーで寝てしまったのだ。ケイトは二階で眠っているが、彼は眠れず地下におりてきて、しばらくしたら二階に戻るつもりでいつのまにか眠ってしまった。神経がピリピリして鳥肌が立っていた。気温のせいではない。

フラットスクリーンのテレビを観るためのリクライニングチェアに、ドスンと腰をおろす。上の階にいる人たちが音で起きないとわかっていれば、ビデオゲームをするか、DVDを観るか、テレビで深夜に——というより早朝に——やっている映画を観るかするのだが、それができないので静かに座って、ケイトが言ったことを考えた。はんとうかもしれない。

ヴァンパイアの仕業かも。

そんなことありえない、と良識は告げている。もっとも、このところ良識が失われつつあった。だからといって、ヴァン・ヘルシングのブログを真に受けたわけではない。だが、無視できないことがいろいろあった。父の死体から血がなくなっていたこと、首筋の傷跡、ケイトのタロット占いの警告、なにかとても悪いことが起きる夢を見たこと……もしほんとうだったら？　ヴァンパイアがジム・エリオットを殺したのだとしたら？

　そのことを受け入れるとして――とても受け入れられるとは思えないが、捨てきることもできなかった――つぎの疑問は、〝どうして？　どうしていまここでなのか？〟だ。毎日のように人があああいう死に方をしていたら、それが常識になっているだろう。そのことがわかったのは、火災がすぐに消し止められたからだ。一流の科学捜査班《CSI》と検死局のある町なら、ごく微量の残留物を調べて死因を特定できるだろうが、小さな町では、科学捜査はヴァンパイアとおなじ夢物語だ。だが、ヴァンパイアはほんとうに夢物語だろうか……

　テレビが明滅してつき、消えた。ジミーはぎょっとして飛びあがった。なんなんだ？　リモコンの上に座っていたのではないかと、立ちあがってリクライニングチェアを見る。携帯電話の上に座ってどこかに電話をかけてしまうことがあるなら、テレビだってつけられるだろう。だが、リモコンはなかった。リモコンはすべてコーヒーテーブルの上に並んでいた。座りなおしてもたれかかり、リラックスしようとした。目を閉じる。寝不足のせいで錯覚したのかもしれない。うとうとしていて、光と音の夢を見たのだろう。

　目を閉じているのに、光が明滅した。パッと目を開ける。テレビが明滅してつき、消えた。またついた。ショッピングチャンネルで、男が台所用品の宣伝をしている。「一家にこれ一台……」テレビがまたおかしくなり、チャンネルがつぎつぎに替わって古い映画に落ち着いた。「今夜、きみがどう思おうと、今夜、すべてが起きる。信じてくれ……」またチャンネルが替わり、今度は一瞬だが戦争映画が映し出された。「……降伏……」

なんなんだよ！　いったいどうなってるんだ？　ジミーは総毛立ち、きょろきょろとあたりを見まわしたが、誰もいなかった。このテレビがあるだけだ。なにかにとり憑かれたテレビが。

画面はショッピングチャンネルに戻り、おなじ言葉を繰り返した。「一家にこれ一台……」それから古い映画。「今夜、きみがどう思おうと、今夜……」それから戦争映画。まるで暗号を繰り返しているようだ。

暗号。刺激的なエネルギーの放出を全身で感じた。こんなこと、ありか？　起きるはずがないという思いは忘れ、身を乗り出して言葉に集中した。これはメッセージなのか？　父からの？　ケイトが言う、つねにまわりにいて導いてくれる霊なのか？　ほかの誰か——なにか——なのか？

「おまえが必要……」「……受け入れて……」「その時が……」「いまだ」「……いま……」

「……いま」

ジミーは立ちあがっていた。明滅するテレビから離れた場所で、奇怪に輝くものがあった。説明のつかない確信を持って、これがそれだとわかった。戦争映画とショッピングチャンネルと古い映画を使って彼に語りかけている人間やら、ものやらと戦うか、それとも受け入れるか。ケイトがいなかったら、どうしていいかわからなかっただろう。でも、彼女の存在がジミーに光に立ち向かう勇気を与えた。

「あなたは誰?」彼は尋ねた。恐ろしかったが、腹は据わっていた。

テレビがまたおかしくなり、戦争映画が映り男がひと言発した。「兵士!」

「あなたが父を殺したの?」

三つのチャンネルから答が出された。「いや」「……けっして……」「おれがそんなこと……」

これはいままでに見たうちでもっとも現実的で、もっとも奇怪な夢なのか、それとも彼の世界がまたひっくり返ってしまったのか。

ケイトが話してくれたことを思い出した。彼女が信じていること、経験、べつの世界と接触を試みるとき彼女がとる予防措置。「あなたはいい人なの?」ジミーは尋ねた。「聖者?」間髪をいれず騒々しい答えが返ってきた。「……おれは」「そうだ、馬鹿野郎!」それから録音された笑い声。「ああ、そういうこと……」「……永遠に」

「わかった、だったら」彼はつぶやいた。「ぼくはどうすればいい?」どういうことなのか誰かに説明してほしかった。ああだこうだ推測するのはうんざりだ。具体的な答が欲しかった。このところ、そういうものにお目にかかっていない。

今度の返事はいままでのほど簡単には出てこなかった。チャンネルがめまぐるしく替わって、ようやく止まったかと思ったら、ひと言だけ聞こえた。「……おまえ……」またチャンネルが替わって、一瞬止まった。「信じ……」彼に話しかけているものが日当ての言葉を見つけ出すのを、ジミーはじっと待った。「……なければ」「……受け入れて……」ついに、いままでよりも大きな声で言葉が発せられた。それは彼のなかで共鳴して体の芯《しん》に達した。「頼め！」

テレビの音が消え、画面が暗くなった。ジミーを悩ませつづけた奇妙な光はまだ見えていたが、いまはそれが平和で力強いものに感じられる。なんとなく自分の光のようにも感じられた。あと少し手を伸ばせば届きそうだった言葉——これまで聞いたことのない名前——が、パッと頭に浮かび、その名前が謎の重要な一部だとわかった。

深く息を吸い、正しい判断ができますようにと祈った。「どうか」そっと言った。「助けてください。あなたが誰であれ、どこから来たのであれ、ぼくはあなたをぼくの世界に招き入れます」まちがっているのか？　これでいいのか？　暗がりでパズルをやっているみたいに手探りしていた。いけないものを、この世界のものではないものを招き入れたのではないか？　いや、いまやってくるものには意味がある。ある意味で彼の一部なのだ。ジミーは肩を怒らせた。「あなたがよい霊で、誰かがぼくを助けるためによこしたのなら、どうか来てください。来てくれ、リューリク」

光はあかるさを増し、色彩が渦巻いた。青、赤、緑、それにくすんだ茶色。それから、光が爆発した。ジミーは目を腕でおおったが、遅かった。一瞬、目がくらんだ。

また見えるようになると激しく目をしばたたいた。なんなんだ！　うまく息ができない。光があった場所に、いま男がいた。片膝を突き、うつむいて。大柄な生身の男だ。茶色の簡素な服を着て、背中に大きな剣を背負っている。長く黒い髪が前に垂れて顔を隠していた。ジミーの心臓が激しく脈打ち、その音が実際に聞こえたし感じられた。血が全身を駆け巡っている。まさかこういうことになるとは、夢にも思っていなかった。

男が顔をあげた。その顔がジミーに祖父の若いころの写真を思い出させた。鼻も口も、黒い目も。その黒い目がジミーをじっと見つめている。男——兵士のリューリク——がすっと立ちあがった。上背はゆうに百九十センチはある。

男の声にはロシア訛りがあった。「時間がなくなりつつある。もっと必要だ」

ソーリンはいま聞いた話が信じられず、若いヴァンパイアを睨みつけた。彼らはジョナスの部屋にいたが、地図から地図へ、メモからラップトップへ、また地図へと駆けずりまわるジョナスは無視した。哀れなジョナスは限界ぎりぎりまできていた。

「もう一度言ってみろ」ソーリンは若いヴァンパイアに命じた。どいつもこいつも馬鹿ばかりなのか？　レジーナはこんな馬鹿と一緒に仕事をしろと言うのか？　反乱派のなかで、こいつがましなほうなら、失敗は目に見えている。

「ローマンとフリーダが言いました。もううんざりだって。こんなんじゃ負けるに決まってるから、出ていきました。ふたりは——」そこでごくりと唾を飲み込んだ「——離脱しました。フランスがどうのって、フリーダは言ってました。そのことをあなたに伝えろって。ぼくはそんなことあなたに言いたくなかったんだけど、でも……でも……ぼくは離脱しません」

いちばん聞きたくなかったのが〝離脱〟という言葉だ、とソーリンは思った。フリーダとローマンは反乱派の最初からのメンバーだった。精鋭ではないが、反乱に身を捧げていると思っていた。彼らが離脱したことをほかの者たちが知ったら、士気に関わる。

「おまえたち三人はそのときどこにいたんだ？」若いヴァンパイアが話していないことがあるはずだ……あるいは知らないことが。

「コンデュイットがちかくにいる、とジョナスが言いました。すごくちかいって。彼が叫んで、それを聞いたぼくたちは玄関を出て、それで……」

ソーリンはジョナスに顔を向けた。いつも以上に逆上している。「ほんとうなのか？」

「わたしの思い違いかもしれない」ジョナスは仕事をつづけながら言った。「なにかがごくちかくにいた。わたしにはよく読みとれないエネルギーを感じたんだ。コンデュイットだと思ったんだが、彼らを呼び戻す間もなく消えてしまった。わたしは囚われの身で、追跡者六人分の仕事をひとりでやらされているのだからね、わたしにできることはどうしてもかぎられる」彼は苦々しげに言った。

　そうなるのも無理はない。ソーリンとしては、ジョナスの言葉を信じる以外になかった。口に出して言ったことはなかったが、フィリップ・スタージェルが生きていることを、ジョナスは黙っていてくれた。ソーリンが頼んだわけではないのに、そうなっていた。わかった、とジョナスは視線で伝えてくれた……わたしはしゃべらない、と。レジーナが知ったら、ソーリンはよくて追放の身、最悪の場合は塵になる。そんなわけで、地図にはフィリップの〝死〟を示す黒いピンが刺してあった。ジョナスが秘密を守ってくれたので、ふたりのあいだにはぎこちないながらも信頼の絆が結ばれた。少なくともいまは。

　ソーリンは若いヴァンパイアに顔を戻した。「つまり、おまえたち三人は、いもしないコンデュイットを捜しに出たんだな」その話を信じたものかどうかわからないが、さしあたりそういうことにしておこう。

「はい。しばらく捜しまわっていたら、ローマンが退屈だって言いだして。そしたらフリーダが、この革命は自分が思っていたのとちがう方向に向かっているって言ったんです。それからふたりでフランスがどうのって話して……それだけです」

「それで、おまえは一緒に行かなかったんだな」ソーリンは言った。

　若いヴァンパイアは耳たぶをいじくった。「誘われなかったから」まずいことを言ったと思ったらしく、すぐに言いなおした。「いまも言ったけど、ぼくは離脱しません」

　悪い知らせに気が向いていたものの、ジョナスが不意に静かになったことには気づいた。

ひと晩じゅう、ぶつぶつ言いながら歩りまわり、せわしなくメモを取っていたジョナスが、狭い部屋の真ん中でじっとしている。

「どうかしたのか?」ソーリンが尋ねた。「血が必要か?」スタミナ切れで補給する必要があるのだろう。

ジョナスは頭を振り、ピンの箱のある場所へと歩いた。箱から一本を選び出し、ゆっくりと合衆国の地図の前に立った。ためらうことなく、テキサス州に白いピンを刺した。地図にはじめて現われた白いピンだ。

「はじまった」と、ジョナス。「ウォリアーが出現した」

24

クロエは体の震えを止められなかった。努力はしたのに。全身の震えをなんとか抑えようとしたが、できなかった。

自分がやろうとしていることを考えれば、三人のヴァンパイアが飛びかかってきたぐらいで驚くことはないのだが、戦いがはじまることを受け入れるのと、牙を剝き出しにしたヴァンパイアたちが闇から飛び出してくるのを目の当たりにすることは、天と地ほどの開きがあった。たしかに、ルカが守ってくれた。たしかに、襲ってきたヴァンパイアたちは塵となった。言葉だけ聞くときれいな感じだが、聞くと見るとは大違いだ。残念ながら、頭をもがれた死体が塵と化すまでには時間がかかった。

血みどろの時間はあまりにも長く、もがれた頭はものを見つづけ、しゃべりつづけようとする。ほんの一秒が百万年ほどにも感じられた。ヴァンパイアの血が死体と一緒に消えてゆく魔法だか生物反応は、彼らの頭をもいだときルカが浴びた血にまではおよばない。彼のシャツも顔も髪も、ジーンズすらも血でぐっしょり濡れていた。おびただしい量の血……一日の締めがそれとは。ベッドをともにし、命を預けるほど信頼している男が、彼女を殺そうとしたヴァンパイアの血でぐしょぐしょなのだ。

ミニバンに着替えが入っていたので、高級住宅街を出て人目につかぬ場所を見つけると、ルカは車を駐めて着替え、顔と手についた血をぬぐった。豪邸が並ぶ高級住宅街が夢に出てくるたび、クロエはうなされることだろう。

夜明けまぢかにホテルにチェックインした。地下の駐車場があり、二本の幹線道路が交差する場所という立地のよさで選んだホテルだ。ロビーの灯りの下だと、ルカが拭き残した血が見えたが、フロント係は気づかなかったようだ。魔法のおかげだろう。ホテルの従業員には、彼が見られて困るものはなにも見えない。

でも、クロエには見える。ルカを見るたび、黒髪についた血の筋やあごの下の血のしみに目がいった。

前とちがってスイートルームではなかった。大きなベッドとテレビと座り心地の悪そうな椅子が一脚あるだけだ。窓をすっかりおおう厚いカーテンがあるだけいい。どうせ長居はしないのだから。あすにはべつのホテルに移らなければならない。あさっても……おなじことの繰り返し。だから荷物は解かなかった。

一時的にせよ、周囲に壁があるのはありがたい。仮のわが家でも安心できる。

その連想で疑問が湧いた。「彼らはここに入ってこられるの？　招待なしで」

「わたしがきみを守る」

つまり、〝入れる〟ということだ。

「たとえ嘘でも、ここにいればしばらくは安全だ、ぐらい言ってくれてもいいのに」

「安全なわけがない」ルカは心ここにあらずだった。驚くことではないけれど、クロエは拒絶された気がして、わけもなく傷ついた。

ふたりはおなじ思いに突き動かされ、小さなバスルームに向かった。ルカは肌や髪に残った血を洗い流すため。クロエは、アーロンの風通しの悪い家の臭いを肌から、襲撃の記憶を頭から洗い流すために。

クロエは手早く服を脱ぎ、勇気を掻き集めて尋ねた。「きょうのことを忘れさせてくれない？」お願い。きのうなら、いいえ、一時間前だって、そんなことは頼まなかっただろう。ただルカの胸に飛び込んでいただろう。でもいまは、彼のなかに感じるよそよそしさが恐ろしかった。まるで他人の屋敷に不法侵入したみたいだった。

彼女よりずっとすばやく服を脱いだルカは、彼女を見ようとしなかった。「だめだ」彼はそっけなく言い、シャワーの栓をひねった。

「どうして？」

「リラックスしている場合ではないからだ。自分は安全ではないことを、記憶に留めておくべきだ」

「あなたといれば安全だわ」そうじゃないの？　彼女を救うために、ルカは三人のヴァンパイアを片付けた。ふたりを殺し、ひとりは屋敷に帰した。そのヴァンパイアは頭のなかがぐちゃぐちゃのまま、尻尾を巻いて帰っていった。

「そんなことはない」

クロエは叫びだしたい衝動を呑みくだし、意志の力を総動員して自分を抑えた。なにかいけないことした？　彼はそんなに飽きっぽかったの？　それにしても早すぎない？　襲撃の前まで、彼は手を握っていてくれた。いまは、彼女を見るのも耐えられないと言いたげだ。なにがあったの？

シャワーに入った。ルカは背後にいる。彼に背中を向けたままお湯に顔を向けた。なにも考えてはだめ、と自分に言い聞かせる。熱くほとばしる湯を分かち合うすばらしいひとときなのだから。きょうの出来事の一部が流れ落ちてゆく。血、汗、塵……でも、記憶はだめだ。下に目をやり、こびりついた血が洗い流され、ピンク色になったお湯が渦巻くのを眺めた。彼女を殺そうとしたヴァンパイアの残滓が排水口に消えてゆく。

もとに戻ることができたら、すべてを忘れ去ることができたら！　ほんの数日のあいだに、クロエの世界は根底からくつがえってしまった。ヴァンパイア、コンデュイット、ウォリアー……なにも知らなかったあのころに戻りたい。家を買う頭金を捻出《ねんしゅつ》することや、訪ねてくる両親のために部屋を片付けること以外、悩みがなかったあのころに。自分から望んだことではなかった。スーパー・ヴァンパイアと絆を結びたいと頼んだわけではない。でも、ルカもそれを頼んではいない。それでも、彼女のために命を危険に曝し、彼女を脅かすすべてのものから彼女を守ろうとしている。反乱派のヴァンパイアと不死のウォリアーがいなければ、ふたりは出会わなかった。あのころに戻れば、彼と出会うことはない。ルカを知り、彼の人生の一部になれたのだから、危険な目にあうぐらいしかたのないことだ。

現実的に考えれば、タイムトラベルという選択肢はない……彼女の知るかぎり。でも、ほんとうにそうなの？　知らないことがこの世にはまだまだあるんじゃない？　ヴァンパイアがいて、べつの世界にはウォリアーがいて、こっちの世界に出てくる機会を狙っているのだから、ほかにも知らないことはいろいろあるのかもしれない。でも、いまは知りたいと思わない。ルカとのあいだにどんなわだかまりがあるにしても、それを解消したかった。

振り返ってルカの顔に触れた。女ヴァンパイアの鉤爪で抉られた頬の傷はすでに消えている。傷口が閉じて、もとの完璧な肌に戻ってゆくのを、彼女は目の当たりにしていた。ほんの短時間のうちに、傷は消え去り、もとの滑らかな肌に戻った。

「すべてが終わって、ふたりとも生き延びていたら、わたしにあなたを忘れさせてくれる？　ほかの人間たちにやっているように」尋ねた先から悲しくなった。

「できるものならそうしたい」

彼の答に驚かなかった。恐怖を忘れたいとは思うけれど、彼を忘れたいとは思っていなかった。また安心感を抱くことと、ルカを憶えていることのどちらを選ぶだろう？　良識に反するかもしれないけれど、選べるならルカを選ぶ。ルカがずっとそばにいて、最期を看取ってくれるとは思っていなかった。ただせめて彼を憶えていたかった。心と頭の両方に、彼の記憶を留めておきたかった。

「きみはわたしの人生の一部にはなれないし、わたしもきみの人生の一部にはなれない」

「だったら、すべてが終わって、ふたりとも生き延びていて、ヴァンパイアがなにも変えなかったとしたら、わたしはあなたのことをすっかり忘れようとして、あなたもわたしのことを忘れようとするのね……」

「わたしはきみを忘れない」彼の口調は必要以上に鋭かった。「けっして」

「絆のせいね」ルカが絆を結ぶことをためらったのはわかっていた。でも、それが彼にどれほどの代償を強いるかは、わかっていなかった。

「人間を好きになってもしかたがない」彼がうなるように言った。彼を失うなんて、考えるのも耐えられない。くっきりとした美しい唇から滴り落ちる。血はすっかり洗い流されたようだ。お湯がその顔を伝い、湯はピンク色にならない。すべてが排水口に吸い込まれてしまった。でも、忘れることはできない。けっして忘れられない。「その気持ちに応えられるだけ、きみは長生きできないのだから」

なんて冷たいんだろう。ルカの声から怒りと動揺を聞きとっていなければ、心が砕け散っていただろう。絆を結ぼうと言いだしたのは彼だった。そういうものが存在することすら、クロエは知らなかった。

「あなたったら」爪先立って、彼にキスした。あんな思いをしてきたのだから、これぐらい望んでもいいでしょ。キス、体の触れ合い、これまでに起きたことも、これから起きるであろうこともすべて忘れさせてくれる。とっても不愉快な一日……一週間……一生のうちで、ルカはただひとつの歓び。ひっくり返ってしまった彼女の世界のなかで、彼は唯一の慰めだ。

この戦争が終わるのを見届けられないかもしれないことを、このときはじめて受け入れた。これまでの人生と、いったいどこがちがうの？　大動脈瘤が見つかって、自分の命の儚さを知った。でもいまは、この命がある。ルカがいる。

どんな代償を払おうとも、ルカを諦めたくなかった。

ためらいも懸念もあっさりと捨て去ってしまえるのは、絆のせいかもしれない。ルカと触れ合えば、心も体もひとつになれる。彼の鼓動を感じ、呼吸がひとつになり、欲望がひとつになる。彼に触れると、彼のわだかまりがすっと解けていった。彼の腰に腕をまわし、体を押しつける仕草に、ぎこちなさもためらいもなかった。キスを深くしてゆくと、彼が抱き返してくれた。彼がいて、ふたりはひとつになる。唇が飢えたように求め合い、熱いお湯に打たれて肌と肌が出合った。

恍惚としてわれを忘れる刹那、頭に浮かんだ思いがあった。これまでに経験したすべての恐怖は、ルカを見つけ出すためにあったのだ。彼のためなら苦痛も不安も引き受ける。命を投げ出しても悔いはない。

彼はクロエを抱えあげ、シャワー室の壁に押しつけた。喉を咬み、乳房を咬んで、流れ出た血を舐め取った。咬まれても、彼女は苦痛を感じなかった。歓びがほとばしり、深い疼きが全身を駆け巡るばかりだ。すべてがまちがっていると思えるときに、ここでこうしていることだけは正しく感じられる。

ずっと常識的に生きてきたクロエ・ファロンが、現実を見据えて生きてきたクロエ・ファロンが、石橋を叩いて渡ってきたクロエ・ファロンが、自分のすべてをルカに与えることに、なんのためらいも覚えなかった。


ルカは疲れていたが、眠りに落ちる前に片肘を突いて体を支え、しばらくクロエを見つめていた。厚いカーテンが日光をほぼ遮断しているので部屋は暗く、眠るのに支障はなかった。〝入室ご遠慮ください〟の札をドアノブにかけておいたから、メイドに邪魔される心配もない。まったく安全だという保証はないが、眠っておく必要があった。クロエをひとり残していくわけにはいかない。

彼はものすごく怒っていた。絆のことばかりではなかった。それだけでも充分に悪いが、彼女に絆を結ぼうと提案したこと自体を警戒してしかるべきだった。だが、いまとなっては後の祭りだ。

　彼女は人間だ。脆弱で死を免れず、繊細で、充分な年月を生きることができない。前にも愛したことはある。愛はいずれ消え去る。だんだんに形を変え、死に絶える。これまで、人間と関係を築くことは不可能だったが、いまはそうではない。もう逃げられない。いまさら遅い。愛は理屈ではない。ときに愛は選択であり、ときにそうではない。ときに愛は一トンの煉瓦となって頭上に落ちてくる。望もうと望むまいと。彼女は人間だから、いずれ彼女を失うことになる……そして、ルカは彼女を愛していた。

　なんてことだ。


　ネヴァダはベッドに潜り込んだ。これ以上目を開けていられなかった。窓には板が打ちつけてあるので、ここに閉じ込められてから正確な時間の感覚を持てなくなった。ソーリンに時計が欲しいと言ったのは、冗談ではなかった。もっとも、彼は持ってきてくれなかったが。それでも、昼と夜はなんとなくわかった。疲れたら眠り、ヴァンパイアが活動するあいだ、自分も仕事をした。おそらく日暮れから夜明けまでのあいだだ。少し前から、屋敷のなかは静かになっていたので、朝が来たのだろう。どうでもいいことだ。魔法を使い、つかの間でも家族の姿を見た興奮で疲労困憊だった。

　それに怯えていた。彼女がなにか企んでいることに、ソーリンはなんとなく気づいている。

壁の向こうへ旅ができることを彼が知ったら、家族の様子を見たり、エミリーと話ができることを知ったら――ヴァンパイアたちをスパイできることを彼が知ったら、彼女は床に倒れる前に息絶えているだろう。

いずれ死ぬ。そのことはずっと前に受け入れた。でも、家族の無事を見届けるまでは、絶対に死ねない！　それに、ソーリンやローマンやほかのヴァンパイアたちを世の中に解き放たないための方法を、見つけなければならない。彼女がすることが、ヴァンパイアたちの気に入るわけがない。つかめるチャンスはごくわずかだ。ハッピーエンドを望んではいけない。疲れていて、目が重くチクチクする。ベッドに横になったものの眠れなかった。心臓は激しく脈打ち、頭のなかをいろんな思いが駆け巡る。もう一度家族の様子を覗きたい。魂をうろつきまわらせ、家族を解放するための手掛かりを集めたかった。でも、魔法を使うには疲れすぎていた。いまできるのはベッドに横たわり、眠りが訪れることを願い、まばたきして涙を振り払うことだけだった。

真っ暗ななか、自分の部屋で、なににも邪魔されないとわかっていて、安心して眠れたのはずっと前のことだ。拉致される前、自分が何者でなにができるか知る前のこと……怪物はほんとうに存在すると知る前のことだ。いままでは、バスルームの灯りをつけてドアを大きく開き、テーブルランプもつけて眠る――どちらかの灯りが切れる場合に備え、かならず両方をつけておく。真っ暗な部屋はご免だ。まったく音をたてないヴァンパイアに忍び寄られるのはご免だ。それがソーリンであっても。いや、とりわけソーリンはいやだった。ヴァンパイアがやってくるのが見えたからといって、なにかが変わるわけではない。終わりはちかかった。それが感じとれた。受け入れてさえいた。それは、彼女ひとりの終わりなのか、それとも、愛するものや愛する人すべてにもたらされるのだろうか?

この目で見たのでなければ、信じられなかっただろう。ジミーは剣を背負った男の後から階段をのぼり、玄関から表に出た。空は白みはじめたばかりだ。

表に出ると、男は立ち止まって顔をあげ、深く息を吸い、ゆっくりと吐き出した。まるで空気の匂いを堪能《たんのう》するかのように。それから、硬く真剣な表情をジミーに向けた。「軍隊が必要だ」

「はあ、あいにく持ちあわせがなくて。あなたはいったい何者?」前にも尋ねたが、答は得られなかった。

「おれはリューリク」

「ああ、それはぼくにもわかっている。でも、それじゃ質問の答になっていない」男は質問に答えようとしない。「ところで、ぼくはジミー。ジミー・エリオット」

「知っている」リューリクが苛立たしげに応えた。「おまえはおれの――」口ごもり、眉根を寄せた。「おまえはおれのものだ」そう言いきった。

わかった。それはそれとして。「どうしてここに？」

「ヴァンパイアを阻止するためだ。形勢を一変させるため。おれたちがいなければ、彼らが勝つだろう」

ジミーは顎を掻いた。驚くことはない。ケイトもそう言っていた。ヴァンパイアだなんて……彼女がまちがっていると思いたかった。「誰がいなければ？」

空が色づきはじめた。夜が明ける。空の光が男の顔の力強い線を際立たせる。「人間に仕えるウォリアーだ。未来永劫《えいごう》」

「でも……」

「質問はそのぐらいに」リューリクは昇る朝日に顔を向けた。「おれをワシントンDCに連れていけ」

「父の葬儀が――」

「父親を弔うのは戦闘が終わってからだ」リューリクはジミーを睨んだ。「父親の命を奪った者たちを打ち負かすことによって、その死を弔うのだ。武器はあるか？」

「まさか！」ジミーは言い、ウォリアーの剣の柄をちらっと見た。

「武器が必要だ」

「ぼくはちがうから……なんかの……まちがいなんじゃないかな。ぼくはウォリアーじゃない」

リューリクはほほえんだ。白い歯を剝き出しにした、恐ろしい笑顔だ。「いずれそうなる。おれとともに命を終えるまでには」

メロディーはホテルの硬いベッドに横たわり、昼間の時間が過ぎてゆくのを待っていた。眠りが訪れるのを待っていた。どうやってジミー・エリオットを始末しようか考えていると、携帯電話が鳴った。血を吸い尽くしちゃだめよ、と自分に言い聞かせる。コンデュイットの血を吸うのはおしまいにする。二度ばかり呪文のように唱えた。これからは決まりを守る。命が惜しければ、そうすべきだ。コンデュイットの血を吸いさえしなければ、調子に乗りすぎることもない。

携帯電話がまた鳴ったので、ベッドサイド・テーブルから取りあげた。ソーリンの番号が表示されたのでにっこりする。彼が恋しかった。彼は気難しい男――気難しいヴァンパイアが多いなかでもとくに気難しいヴァンパイア――だが、とても熱い。ベッドの彼はすごかった。それにパワフルだし。来《きた》るべき新体制のなかで、最初から上に立っていた者とねんごろにしていて損はない。

「あたしがいなくて淋しいの？」開口一番言った。

「遅すぎた」ソーリンが切り返す。

「遅すぎたってなにが？」

「おまえが殺すはずだったコンデュイットが、ウォリアーを呼び出した」

メロディーはパッと起きあがった。くたびれたなんて言っていられない。昼間だろうがなんだろうが、完全に目が覚めた。「くそったれ。それで、あたしはどうすりゃいい?」

「彼はこっちにやってくる。来ようとしている。そうさせないのがおまえの仕事だ」

部屋の窓は二重のカーテンでおおわれていたが、布地を通してわずかな光が見える。日がカンカンと照っているのだ。

「昼間、外に出られるほどあたしは強くない」

「だったら強くなることだ」ソーリンの声は低く、よく聞き取れなかった。「ウォリアーに十二時間も遅れをとってはならない」

「IDとかなけりゃ飛行機に乗れないでしょ。まさか飛行機を持ってるわけないし。すでにそっちに向かってるなら、偽のIDを調達する時間はなかったろうし」メロディーはベッドから足をおろして立ちあがった。「車で移動するはずよね。コンデュイットと一緒か、自分で運転できればひとりで。ジョナスには彼の居所がわかってるの?」

「ああ」

「よかった」メロディーは小さなスーツケースをベッドに放り、開いた。詰め込んできた服のなかに、昼間、外に出るのに適した服はなかった。彼女の服の大半が肌を露出するようデザインされている。でも、なんとかしなければ。フロントに電話して、チップをたっぷりはずむか、ちょちょっと魔法をかければ、ウォルマートに誰かをやって、足首までかくすパンツとつば広の帽子、それにスカーフと手袋を買ってこさせることができるだろう。いつも履いているヒールの高いサンダルも役に立たない。爪先を太陽に曝すわけにはいかない。ペディキュアが台無しじゃない！「絶好調とはいかないけど、なんとか出掛けられる」ほかに選択肢はなかった。「今夜、片をつけるわ」

「そうしたほうがいい。しくじったら帰ってこようと思うな」

メロディーは笑わなかったが、声にユーモアを滲ませようとした。「なに言ってるの、シュガー、あたしを痛めつける気なんてないんでしょ。だって、あたしはあなたの子なのよ」

「そのとおり。おまえを殺せない」

メロディーはなんとかほほえんだ。

「だが、レジーナがそうするのを止めるつもりはない」

ソーリンはさよならも言わずに電話を切った。上等じゃないのさ。人間だったときも、ヴァンパイアになってからも、メロディーは女より男のほうに受けがよかった。女には好かれないが、男には好かれる。彼女が阻止するはずのウォリアーがDCに到着したら、レジーナはためらうことなくメロディーを殺すだろう。

それはつまり、今夜じゅうに仕事をやり遂げられなければ、ワシントンからできるだけ遠くに逃げたほうがいいということだ。命じられたことは、むろんやるつもりだ。努力もしないで諦めるには、ソーリンと過ごす時間は魅力的すぎた。

メロディーは携帯電話をベッドサイド・テーブルに置き、ホテルの電話からフロントにかけた。歳を重ねたヴァンパイアが持っている〝ヴォイス〟のパワーがあればいいのに。彼女の場合、魔法をかけるのに相手の目を見つめなければならない。もっとも、男を思いどおりに動かすのに、特別なパワーは必要なかった。男を部屋に引っ張り込みさえすれば、望みのものを手に入れられる。

「ハイ、ハニー」彼女は親しげな口調で言い、応答に出た男は、チェックインしたときにフロントにいたのとおなじ男だろうか、と思った。そうであってほしい。こっちの胸をじろじろ見ていたから、もっとじっくり見られるなら部屋にすっ飛んでくるだろう。「ちょっとお願いがあるんだけど……」

25

ルカは早くに目覚めた。腕のなかで眠るクロエのやわらかな寝息が、胸を慰撫する。彼女の甘い香りが五感を満たす。こうして彼女と並んで横たわっていると、危険なほどの安らぎを感じる。だが、戦場に安らぎは無用だ。彼を生かしてきた鋭敏な感覚を鈍らせる。それでも、彼女と過ごすいま、ルカは安らいでいた。

少しのあいだ、安らぎに浸ることを自分に許し、それから意識をジョナスに向けた。ジョナスが反乱派に加担していることに不安を覚えた。驚くことではないのかもしれないが、驚いていた。驚いただけでなく心配になった。無理もない。ジョナスは誰であれ、いつであれ、居所を突き止めることができる。そこで疑問がひとつ。反乱派の拠点にちかづいたクロエのエネルギーをジョナスが感知したのなら、彼女がひとりでないことにどうして気づかなかったのだろう？　ルカのエネルギーの特徴を、ジョナスはよく知っているはずだから、気づいて当然だ。

ジョナスは気づいており、ルカを討たせるために三人のヴァンパイアを送り出したとも考えられる。ただし、相手は人間ひとりではないことを、三人に事前に警告しなかった。ジョナスは反乱派のために働いているのか、それとも反乱派に背いているのか？　ルカは強いヴァンパイアふたりを始末し、弱いヴァンパイアを無力化した。その代わりになるメンバーがそう多くいるとは思えない。

不意をつかれたことをべつにすれば、偵察は成果があった。目当てのものが見つかったからだ。反乱派の集結場所がわかったし、その人数も突き止めた。ジョナスが関わっていることもたしかだ。正確な人数はわからなくても、屋敷のなかには充分なエネルギーが充満していた。彼の鍛え抜いた能力をもってしても、たったひとりで多くのヴァンパイアを倒すことはできない。

評議会に訴えるのは問題外だ。評議員は信用できない。訪ねてきたアルマたち三人を追い返したぐらいだ。評議会本部にはちかよるな、と警告してくれたセオドールさえ、全面的に信用してはいなかった。評議員のおおかたは反乱を断固阻止するつもりでおり、いまの秩序を維持することに身を捧げている。それが誰と誰なのかがわからないのが問題だ。充分に警戒はしていても、彼らのようなパワフルなヴァンパイアといつ敵対することになるのかわからない。一対一ならなんとかなっても、ふたりいっぺんにかかってこられたらどうしようもなかった。

数時間眠ったので、元気を回復していた。ホテルの部屋は真っ暗ではなかったが、午前中は雲が多く、カーテンは充分に厚かったから、たっぷり休養がとれた。バスルームで眠ることもできたが、それではすり寄ってくるクロエの体の感触を楽しめない。多少の光を我慢するぐらいなんでもなかった。

彼女は熟睡していた。恐ろしい目にあったし、長い一日だったから疲れているのだろう。興奮とセックスと命の危険にもみくちゃにされて、神経も体力もすり減っているのだ。寝顔を見ていたら強い絆を感じ、心が熱くなった。彼女がいなかったら、後は勝手にやってくれと、スコットランドに戻っていただろう。

ほんとうにそうか?

いや。彼の性分として、戦いがいのある戦いを傍観できるはずがない。それに、ヘクターを殺した裏切り者を生かしてはおけない。クロエがいようといまいと、ルカはどちらの側に立つか決めていたはずだ。

午後もなかばを過ぎても、クロエはまだ眠っていた。夏の夕暮れまでまだ何時間もあるが、ルカはときおり目を閉じて集中し、ホテルのまわりにヴァンパイアのエネルギーがないか調べた。二度ばかりエネルギーを感じたが、それほどちかくはなく、すぐに消えた。まだこの場所は突き止められていないのだろう。できるだけ長く、彼女を休ませてやりたかった。

部屋にひとつだけの椅子に腰かけ、携帯電話を片手に考え込んだ。ルカはヴァンパイア社会の一員だ。付き合いはいいほうではないが、それでも困ったときに頼れる友人はいる。いまがその困ったときだ。時間を無駄にはできなかった。時間が経てば経つほど、いくらクロエを隠そうとしても、ジョナスが居所を突き止めハンターを送り込んでくる可能性は高くなる。反乱派に準備をする暇を与えないため、すぐにも攻撃に出る必要があった。

そうはいっても、慌てて戦いに突入するのは愚かだ。作戦が稚拙すぎる。幾度となく戦いを潜り抜けてきたから、そんな愚かなまねはしない。クロエが狙われていることにいくら怒りを覚えても、冷静さは保たねば。クロエを守ることが最優先事項だった。動きつづけながら、信頼できる助っ人を呼び寄せることだ。いくらそう自分に言い聞かせても、いますぐ戦いたいと気持ちが逸《はや》る。攻撃は焦眉《しょうび》の急だ。そうするのは今夜以外なかった。

彼が頼りにしているヴァンパイアの何人かは、おそらく反乱派の計画に異を唱えないだろう。すでに反乱派に加わった者もいるかもしれない。現状にうんざりして、存在をおおっぴらにし、持てる力とパワーを思いきり揮いたいと思っているはずだ。クロエの命がかかっているのだから、電話をする相手は慎重に選ばねばならない。

ついに番号を押した。たしかなことはひとつもなく、絶対的に信頼できる者はひとりもいない――クロエをのぞいて――のだから、一か八《ばち》かの賭けだった。

「メンフィスははじめてなんだ」ジミーは言った。夜が明けるとすぐに車で出発したのに、まだ不安でたまらなかった。助手席に座るウォリアーがしっかりと握る剣のせいかもしれない。鋭い切っ先を床のマットに突き立て、精巧なデザインの柄を大きな荒れた両手で握っている。後部座席に横たわるショットガンのせいかもしれない。リューリクによれば、それがジミーの武器だそうだ。インターステートをおりてすぐに目に入った蚤《のみ》の市で買ったものだ。町を出て三時間ほどが経っていた。ジミーは銃を持ったことがなかった。何年か前に、父とハンティングに出掛けたことはあったが、彼の性に合わずつまらなそうにしていたら、父も誘わなくなった。

「このあたりはバーベキューが有名だそうだよ」ジミーはつづけた。「テキサスのバーベキューほどうまくはないかもしれないけど、試してみてもいいかも。ほら、比べられるから」

すでに二度、食事休憩を取っていた。リューリクの胃袋は底なしだった。

「腹が減ってるなら休憩してもいいが、ぐずぐずしてはいられない」リューリクは剣の柄を指でトントンと叩いていた。剣を振るいたくてうずうずしているのだろうか。断じておしゃべりではない。命令を出し、質問を無視し、剣をいじくっている。車内に満ちる陽光が剣を捉えてキラリと光らせるたび、ジミーはこのところ目にしてきた奇妙な光を思い出した。あれはこの光だったのだろうか？　磨き抜かれた剣に照り返す太陽の光だったのだろうか？　もっと早くにそれがわかっていたら、リューリクを呼び出したりしなかったのに。

トイレにも行きたかったので、つぎの出口でインターステートをおりた。風雨に曝されたバーベキュー料理店の看板を見つけ、ちかづいてみたらガソリンスタンドとコンビニが隣接していた。好都合だ。ガソリンを入れて、トイレに行って、食べ物を買える。リューリクが助手席にいるので、車を駐める回数は少ないにこしたことはない。

リューリクはレストランでちゃんと食事するより、車のなかで食べることを望むだろう。ジミーにとってもそのほうがよかった。ホームスパンのような布地をまとい、先の尖った剣を持ち歩く大男がすんなり受け入れられるとは思えないし、リューリクは剣を車に置いて出ることを拒否した。だったら、車の外にいる時間を短くしてもらわなければ。

ジミーがガソリンを入れているあいだ、リューリクは助手席に座ったままだった。給油がすむと、ジミーは車を建物の玄関に寄せてギアを〝パーキング〟に入れ、リューリクに顔を向けた。もう一度言ってみる。「ねえ、これまで車を駐めたところではなにも起きなかったでしょ。そいつは車に置いておくべきだと思うな」

ジミーが剣のことを言っているのは、リューリクもわかっている。おなじやり取りをさっきもしたのだから。「丸腰になれって？　だめだ。おまえも武器を携帯していけ」

そいつはいいや。男ふたり、剣とショットガン、コンビニ。まるで夜のニュース番組のトップニュースだ。「遠慮しとくよ。なにも起きないほうに賭ける」

ケイトに電話をして事情を説明したかったが、コーヒーポットの横に置いてきた手紙に書いたこと以外、なにをどう話せばいい？『緊急事態。出掛けることになった。後で電話する。

愛してる』一度、ケイトと母が電話をよこしてからは、携帯電話の電源も切っていた。ふたりの不安を和らげるようなことは、なにも言えないからだ。

ちょうど父が墓に入るころだろう。立ち会えなかったことで心が痛んだ。くよくよ考えながら、リューリクと一緒にトイレをすませ、隣接するレストランに行ってバーベキューサンドを注文した。葬儀は無事に終わっただろうか……ケイトと母は葬儀に欠席したことを許してくれるだろうか。そんなことを考えると頭がおかしくなりそうだった。

ジミーはアイスティーも一緒に注文した。リューリクはコンビニで半ダースパックのビールを買いたがった。ビールの好きな男だ。すでに六缶空にしているのに、まるで酔っていない。

当然ながらじろじろ見られた。ジミーがではなく、リューリクが。ガソリン代を払い、ビールを買ったコンビニでは、店員が不安そうにリューリクをちらちら見ていた。いまにも警察に通報しそうだったので、ジミーはわずかに身を乗り出し、言い訳を試みた。

「ぼくのいとこ、今夜、ビデオゲームのモデルをやることになってて、いまから役になりきろうとしてるんだ。まわりの人が驚かないでくれるといいんだけどね」

「剣を持って店に入ってきて、驚くなと言うほうが無理でしょ」店員はけっしてにこやかとは言えない笑みを浮かべた。それから言った。「なんのビデオゲーム?」

「それが言えないんだ」ジミーは声をひそめた。「いまのところ秘密だからね。でも、コマーシャルが放送されるようになったらわかるよ。いとこのコスチュームを見たんだからね」

店員は話を信じ、少し安心したようだ。「ねえ、あんた」ジミーの肩越しに呼びかける。

「名前は？　ほら、あんたが有名になったときのために、訊いておこうと思って」

「おれはリューリクだ」ウォリアーはいつものきつい訛りで言った。

店員の笑顔が消えた。「そこまで役に徹しなくたってさ」

ジミーはＩＤを提示して金を払い、リューリクに半ダースパックを渡して店を出た。ほっと息をつく。つぎに車を駐めるときには、リューリクは車内に残しておこう。ＤＣに着くまで、彼には道端で用を足してもらうか、ビールの空き缶を使わせるかだ。いままではなんとか切り抜けてきたが、役者でもないし大嘘つきでもない。このへんで勘弁してほしかった。心臓がばくばくいっている。

彼は急に立ち止まった。足首までかくすパンツと長袖のＴシャツに手袋、つばの広い帽子にスカーフという格好の女が、車の助手席のドアに寄りかかっていた。南部の夏の午後にそぐわないったらない。あれだけいろいろ着ていても、人目を引く美人だとわかった。美人のうえにすごい曲線美なので、彼女がもたれかかっているのが自分の車だとわかるまでに、時間がかかった。まるでジミーたちを待っていたみたいだ。知らない女なのでぎくりとした。きょうはまったく、驚かされてばかりだ。

女が顔をわずかにあげたので、色っぽい口もとがあらわになり、それが笑みを形作るのが見えた。彼女の視線は彼を通り越してリューリクに向かった。「ねえ、ちょっと、シュガー」喉を鳴らさんばかりだ。

リューリクは半ダースパックを落とした。缶が二本破裂して、ビールが吹きこぼれる。ウォリアーは剣を抜いた。彼がなにをするつもりか、ジミーにはわからなかった。そのとき、女がウォリアーに飛びかかった。文字どおり宙を飛んだ。その動きは常人ならざるものだった。それに、あれは牙じゃないか。

ジミーはサンドイッチの袋とアイスティーが入っている発泡スチロールのカップを落とし、走った。キーホルダーについているリモコンのボタンを押して車のドアロックを解除し、助手席側の後部座席のドアを開いて飛び込んだ。ショットガンをつかみ、両手で抱えて車をおりる。ほとんどなにも考えていなかった。くそっ、くそっ。脳みそはそれだけ考えるのでせいいっぱいだった。両手が震え、心臓は激しく脈打ち、肋骨を叩くのが感じられるほどだ。

ほんの一瞬、ショットガンは必要ないかも、と思った。リューリクがためらうことなく、剣をヴァンパイアに突き刺した。ジミーがついた安堵のため息が、喉に引っかかる悲鳴となった。剣は彼女の動きを鈍らせもしなかった。彼女は血のついた剣から体を引き抜いて横に飛び、こぶしを繰り出した。すさまじくパワフルな一撃を顎に受け、リューリクは仰向けに倒れ、コンクリートに頭を強打した。剣が手から落ち、カタカタいいながら駐車場を滑っていく。

ヴァンパイアが獣みたいにうなる。帽子のつばの影に、ジミーはまたそれを見た。牙を。ヴァンパイアは白いテニスシューズを履いた小さな足で、リューリクの胸を踏みつけた。「ウォリアーの血は味わったことないの。楽しませてもらうわね、シュガー」

リューリクの目はまだ虚ろだったが、それでも顔をジミーに向けた。「彼女がおまえの父親を殺したんだ。心臓か頭を狙え」

ヴァンパイアはほほえんだ。「暗かったら、ふたりまとめて始末してるのに。昼間は絶好調とはいかないからね。でも、ほら、どうよ」彼女に見つめられ、すべてが消し飛んだ。額の真ん中がチクチクして、背筋がゾクゾクした。一秒か二秒のあいだ、わけがわからなくなった。ヴァンパイアはうずくまり、片手でリューリクの髪をつかんで引っ張りあげると、口を開いて牙を剝き出しにし、喉を引き裂こうとした。

ジミーはショットガンのフォアエンドをスライドさせ、引き金を引いた。この角度からだと、彼女の心臓を狙えばリューリクに当たる可能性があったので頭を狙い、はずした。武器と言えるようなものを扱うのは久しぶりだった。弾はヴァンパイアの帽子をかすめて落とした。

太陽が顔に当たると彼女は泣きわめき、とっさに腕をあげて日差しから顔をかばおうとした。「そこにじっとしてろと言ったでしょ」彼女は怒鳴った。「くそったれの太陽。魔法もうまくかけられない」

ジミーはまたフォアエンドをスライドさせ、前に出た。ショットガンを買った後、リューリクは弾を装塡《そうてん》しておけとしつこく言ったが、ジミーはこんなに使うことになるとは思ってもいなかったので、弾倉に装弾を一発しか入れておかなかった。つまり、チャンスはあと一度だ。最大であと三発撃てたのに、この一発に運命を賭けなければならない。車から装弾を二発持ってきて装塡するあいだ、ヴァンパイアが待ってくれるとは思えない。異常なほどすばやい動きで彼女は立ちあがった。

リューリクは頭を強打したショックから立ちなおっていた。彼女が髪をつかんでいた手を離したとたん、さっと動いて彼女の脚をつかみ、高く抱えあげた。背中を反《そ》らし胸を突き出したその姿は、旧式の車のボンネットの飾りか、海賊船の舳先《へさき》の木彫りの女の像だ。こんなチャンスは二度とないと、ジミーにはわかっていた。ためらうことなく心臓を狙い撃ちした。

今度ははずさなかった。弾は胸の真ん中に命中した。リューリクが腕を離すと、ヴァンパイアは岩のように落下してジミーの足もとから数十センチの舗道に激突した。深く息を吸い込んで怒りの叫びを発し、頭をあげた。頰は陥没し、服は己の血でぐっしょりと濡れていたが、それでも生きている。なんと、彼女は起きあがった。

「心臓か頭を破壊しなくちゃだめだ。損傷を与えるだけじゃなく」リューリクは言い、立ちあがると無駄のない動きで剣に手を伸ばした。「よく憶えておけ」穏やかに言う。損傷を受けたヴァンパイアが起きあがる。さっきより動きはゆっくりでぎこちなかった。リューリクは剣を振りかぶり、すさまじい勢いで横に払い、ヴァンパイアの首をきれいに刎ねた。首はくるくるとまわりながら、断末魔の叫びをあげた。かつては美しかった顔が火膨れになり、全身が——首も胴体も——塵と化した。

リューリクは屈んでヴァンパイアのスカーフを拾いあげ、剣をそれでぬぐって鞘《さや》におさめた。「助っ人、ありがとよ」彼が淡々と言った。

さて、これからどうする？　ジミーがコンビニに目をやると、ガラスにいくつもの顔が押しつけられていた。店員はフルスピードで携帯電話のボタンを押している。「まいった」ジミーはコンビニに向かって歩きだし、店の前まで来て、弾倉は空でもショットガンを持って店に入るのはまずいと思いなおした。踵を返すと、リューリクが顔の血をぬぐい、サンドイッチの袋と破裂していないビールの缶を拾いあげるのが目に入った。

こんなときにものを食べたいと思えることが信じられない。一度とバーベキューサンドを見たくなかった。刻んだ肉が、胸をぶち抜かれたヴァンパイアを思い出させる。

「車に乗って」ジミーはリューリクに言い、ショットガンを後部座席にしまってからコンビニに引き返した。ドアを開け、笑みを張りつけた顔を店内に突っ込む。「カメラが見えたなんて言わないでくれよ。ほんものの表情が欲しかったんだからね。みんなを恐怖のどん底に落としてなければいいんだけど。すごかったでしょ？　プロデューサーがもうじき来るから。自分の姿がビデオゲームに使われてもいいと思う人がいたら、彼が承諾書を持ってるからサインして」嘘を見破られなければいいのだが。ちかくにいる客には心臓の鼓動が聞こえているんじゃないか。

「女の死体はどこ?」女性客がヒステリックに叫んだ。「ねえ、見たでしょ、破裂したのよ!」

「最新の特殊技術はすごいからね」ジミーは馬鹿丸出しの笑顔を崩さずに言った。

「おれは見たぞ……」男が言いかけてやめた。なにを見たんだ? 死体はない。服の切れ端とわずかな塵が残っているだけだ。まともな頭の持ち主が、いまのは現実だと一瞬でも信じるか? 自分でも信じられないのに。

店員は携帯に向かって言った。「なんでもないです」通話を切り、ジミーに顔を向けた。

「許可を与える前に現金をもらわなくちゃ」

「そうだよね」すたこら逃げ出したいと思いながら、ジミーは真面目な口調で言った。DCに着くまでに心臓発作を起こさなかったら奇跡だ。「ぼくの一存では決められないけど、プロデューサーが十分もしたらやってくるから。いとことぼくはつぎの撮影場所に移動しなきゃならないんだ。あかるいうちにね。だいぶ先だから急がないと」手を振り、まわれ右をして、ヴァンパイアの残骸をまたいだ。たいして残っていない。血のついた布切れに一部がズタズタになった帽子、それに塵。その塵も風に吹かれて散り散りになった。

なにか金属のようなものに日光が反射し、ジミーの目を捉えた。血のついたポケットから携帯電話が覗いていた。考える前に屈んで、塵をかぶった血のついた携帯電話をそっと引き出した。それを指二本でつまんで運転席に乗り込み、助手席とのあいだのコンソールに落とした。

リューリクがそれを顎でしゃくる。「なんだって持ってきた?」

「これは戦争なんでしょ? 戦争に情報収集はつきもの。あの怪物が誰と話をしていたのか知りたくない? これでわかる」これに触れる勇気が出ればの話だが。

ジミーは助手席をちらっと見た。リューリクは無傷だったわけではない。顎が赤い。そのうちあざになるだろう。ヴァンパイアは彼の喉をつかんだときに爪で引っ掻いたが、思ったほどの深手は負わせられなかった。地味な茶色のシャツには血が点々とついていた。ヴァンパイアの服のように血でぐっしょりではないし、シャツの色が茶色なのでそれほど目立ちはしない。それでも……恐ろしい眺めだ。ショットガンで撃たれて首を刎ねられたら、出血は相当なものだろう。おそらく。

ジミーがエンジンをかけると、リューリクはそっけなくうなずいた。「おまえは頭がいいが、ショットガンの扱いはからっきしだな。ヴァンパイアとの戦いでは使い物にならない」

命あっての物種。ジミーの頭に浮かんだのはこれだった。

リューリクがつづけて言った。「おまえにふさわしい剣を手に入れよう」

ホテルをチェックアウトするころには、日もとっぷり暮れていた。チェックインしたのが早朝だったから、二日分の料金をとられた。滞在時間は二十四時間に満たなかったのに。クロエはぼられた気がしたが、いまはそんなことを気にしている場合ではなかった。

ルカはまっすぐレンタカー会社に向かい、ミニバンを返してグレーのセダンを借りた。どこにでもある車だから人目につかず、記憶に残らない。ルカがこの車を選んだ理由はそれだ。たったひと晩でどこも悪くないミニバンを返却するのだから、ルカは係の女に魔法をかけたか、上手に言いくるめたのだろう。あらやだ、とクロエは思った。相手は彼のことを憶えていないのだから、言い訳もヴァンパイアの魔法も必要ない。

「これからどこに行くの？」彼女は尋ね、車がヴァンパイアの本拠地とは逆方向に進んでいることに気づいて、安堵のため息をついた。

彼女が目覚めたとき、ルカはすでに身支度を終えていたが、ずっと無口だった。シャワーを浴びる時間はあったが、彼が急いでいるのはあきらかだった。彼はなにかに駆り立てられていた。絆のおかげで、激しく駆り立てられていることが彼女にはわかった。いま、彼はこっちをちらっと見て、言った。「攻撃を仕掛ける前に寄るところがある」

ほっとして損をした。「攻撃？　ふたりきりで？」

「そうでないことを願っている。きみが眠っているあいだに、何本か電話をかけて友人を呼んだ。信頼できる連中だ」

クロエは息を呑んだ。すごい。彼女の命は――それに世界の運命も――〝信頼できる〟ヴァンパイアの手に握られているのだ。「攻撃をしかけるのはそれからでも……そのお友だちが現われてからでも。考える時間が必要だし、戦闘計画を立てたほうがいいんじゃない？」

「いや、いまやらねばならない」ルカは感情のこもらぬ声で言ったが、クロエは動揺を感じ取った。いつも冷静な彼らしくない。

「どうして？」

彼は逡巡《しゅんじゅん》し、歯を食いしばった。「わからない。だが、直感を信じることが身についていて、彼らを待ってはいられない、と直感が告げている」

オーケー。戦う時がきた。事態ががらっと変わる。彼と離れたくはなかったが、いざ戦いとなったら、自分がお荷物になることぐらいはわかる。ルカの気持ちを敵から逸らしてしまう。彼女を守ることに必死になるあまり、ミスを犯すかもしれない――それが彼にとって命取りになる。そんなことになったら生きていけない。

「わたしを家に連れて帰って」思いのほか小さな声だった。

「だめだ」

「考えてみて。家のなかにいればわたしは安全よ。ヴァンパイアは入ってこられない。わたしが馬鹿なことをするんじゃないかと、あなたが心配するのはわかるけれど、彼らがたとえ母親を連れてきたとしても、絶対に外に出ないし、彼らを招き入れない」

「ああ、それが信じられればな」ルカは目をくるっとまわした。

クロエは腕を組んだ。「皮肉は言わないで」

彼はできるところではスピードをあげた。運転しているのが彼でなければ、クロエはパニックに陥っただろうが、彼ほど自制のきく者はいない。諸手《もろて》を挙げて信頼していた。

「きみに言っておくことがある」

いやな予感がする。彼の真剣な口調に、背筋が寒くなった。ルカが不安なら、彼女も不安になる。

「きみを家に連れて帰らない理由はほかにもある。反乱派は呪いを解こうとしている、とアーロンは言っていた。きみは気づかなかったかもしれないが、その呪いとは、人間の家をヴァンパイアから守る聖域の呪いだ」

事態がこれ以上悪くなるとは思っていなかった……でも、そうなるのだ。悪くなる。「そんなことができるの？」

「アーロンもできると思っているようだ。それだけでもわたしを不安にするに充分だ。彼らは魔女を味方につけている」

魔女？　それで、つぎは？　狼男と悪鬼？　でも、納得した。家に帰りたいとはもう思わない。

車はヴァージニア州との境を越えた。

武器庫はどこにでもある金属製の物置だった。ルカが十二年前から借りているもので、それ以前はもっと小さな物置を借りていたが、年々収集物が増えたので大きなのに借り換えたのだ。

彼は物置の鍵を開け、クロエをなかに入れてライトをつけた。なかもごくふつうの物置だったが、壁際に並ぶ木箱も金属製のロッカーも武器でいっぱいだった。仕事で――あるいは戦争で――必要な武器なのだろう。

ルカは木箱のひとつを開き、広刃の剣を取り出した。刃が錆びないようオイルクロスで包んである。彼が丁寧に包みをほどくと、クロエは息を呑んだ。

「すごい。見た目のとおり鋭いの?」

「ああ、そうだ」彼は丸腰のヴァンパイア三人を素手で始末した。でも、今夜相手にする反乱派の人数を考えると、使えるものはなんでも使おうという気になるのだろう。

彼はもうひと振り、軽めの剣と、クロエのために短い刃の剣を取り出した。反乱派から彼女を守るため最善を尽くすつもりではいるが、彼女に武器を持たせないのは馬鹿な話だ。その剣を自分のと並べて置き、つぎにロッカーに向かった。ロッカーからロッカーへ、棚から棚へと動きまわって、半絞りのショットガンと口径の大きな拳銃二丁、それにひとつの軍隊を倒せるほどの弾薬を選び出した。

クロエを武装させるのはもっと面倒だ。

「銃を扱ったことはあるか？」

「いいえ。ごめんなさい」彼女は力なく言った。彼の足手まといになるとわかっているのだ。まいった。破壊力のある銃で心臓か頭に二、三発ぶちこめば、たいていのヴァンパイアは死ぬが、標的は小さいし、ほんの二、三センチでも的をはずせば、怒った手負いのヴァンパイアに襲いかかられることになる。射撃練習をしている時間はなかった。彼女が身を守るために、べつの武器を持たせなければ。

彼女がそれを使わずにすめばそれにこしたことはない。ヴァンパイアが彼女に襲いかかるとすれば、それはルカが死んだときだ。


テキサスからDCまで車を飛ばすのは長い道中だ。武装してまだ少し血のついたウォリアーが、助手席で苛立ちを募らせているとなるとなおさらだった。

無茶をしない程度にスピードをあげたが、自分たちがなにに向かっているのか、ジミーにはよくわからなかった。いまわかっている以上のことを、知りたいと思っているのかどうかもわからない。

ヴァンパイアの携帯電話が、エルヴィスの『ハウンド・ドッグ』を奏で、彼をぎょっとさせた。思わずハンドルを左に切ると、背後のピックアップ・トラックがけたたましくクラクションを鳴らした。

リューリクはコンソールに置かれた携帯電話をじっと見つめるだけだ。テネシー州を通過するあいだに、ウォリアーは携帯電話の使い方を学び、サンドイッチについてきたナプキンで血と塵をぬぐいさえした。ジミーは携帯電話を取りあげ、画面に浮かんだ名前と番号をちらっと見た。

ソーリン。ヴァンパイアがアドレスブックに登録していた名前のひとつだ。市外局番から見て、電話はDCからだ。着信音をこれ以上聞きたくなかったが、父を殺したヴァンパイアがアドレスブックに登録した人物と話すなんてまっぴらだ。〝着信拒否〟ボタンを押し、携帯電話をコンソールに戻した。電源を切ることも考えたが、死んだ女に誰から電話がかかってくるのか知っておいても損はない。

「おれはこの世界が好きだ、とっても」リューリクが物思わしげに言った。

「ああ、ぼくもだ」

「救う価値がある」

ジミーの背筋が冷たくなった。大きな問題は曖昧にぼかしたまま、自分の小さな世界に、ささやかな人生に閉じこもるのはかんたんだ。世界を全体として捉え、気にかけたことはなかった。だが、ケイトはそうしていた。彼女がいまここにいてくれたら。だが、これから挑んでゆくものから、彼女が遠く離れていることをありがたいとも思った。

「あなたがやってきた場所は……ここおなじじゃないの？」世間話ぐらいしてもいいだろう。

「まったくおなじじゃないな。おれの家は、おまえの家よりずっと質素だ。あっちにはないものが、ここにはある」

「ビールとか？」ジミーは言い、床に散らばる缶に目をやった。

リューリクはにやりとした。「エールはあるさ、たんまりな。だが、バドワイザーはない」

ジミーは笑った。笑うのはずいぶん久しぶりな気がした。好みの銘柄があるとは、リューリクが身近に感じられる……多少は。「ほかに好きなものは？」

「こっちの女。彼女たちは……やわらかい。おれの世界の女たちとはちがう」

「そっちの女はやわらかくない？」つまり、彼女たちは硬いってこと？　文字どおり？

「おれとおなじ、ウォリアーだからな。勇猛果敢な戦士だ。みんなよい女たちだし、なかには美人もいる。だが、こっちの女はちがう。なんて言うか……」

「ずっとやわらかい」リューリクが口ごもったので、ジミーは助け船を出した。

「そうだ。あと、フレンチフライも好きだ。それから……」口をつぐみ、言葉を探した。

「クラシック・ロック、それにチェリーパイ」

「女、音楽、ビール、パイ。リューリク、あなたはまさにアメリカの男だ」ふと思った。好きなものがあるということは、リューリクは前にもこっちに来たことがあるのだ。「最後にこっちに……現われたのはいつのこと？」

「一九六八年」

ジミーはまた背筋が冷たくなるのを感じだ。ベトナム。彼の大伯父はベトナムで死んだ。

「だけど、そんな歳には見えない」

「ずいぶん長く生きてきたものさ」リューリクが言う。「それにむろん、あっちにいるときも、見張ってるからな。あっちから、すべてを見ている」

「すごい。だったらひとりきりの内緒の時間もおちおちしてられないな」

リューリクがまた笑った。「おまえの内緒の時間に関心がある奴が、自分以外にいると思ってるのか」

たしかに。でも、これからは、気になってしかたがないだろう……いつも見られている気がして。

「わかった、だったらほんとうのことを話して」ジミーは言った。「素直に受け入れるから」

少なくとも、そうできたらと思っている。「あなたはウォリアーで、べつの世界からやってきた。ずいぶん長生きで、というか永遠に生きつづけて、戦争で戦って……」

「呼び出されたときにはな。それが必要なときは。おれたちの多くが呼び出されるときも、ほんのひと握りだけが呼ばれることもある」

「それで、今回は？」

リューリクは顎を引き締め、ため息をつき、答えた。「おれたちの多くが呼ばれた。つまり、由々しき事態だということだ。悲しいことだが、それほど多くがこっちに来られたわけじゃないんだ。そう多くはない。もっともおれは来られたし、ほかにも来られた者はいるがね。おまえの父親のように、コンデュイットの多くが、ウォリアーを呼び出す前に殺されてしまったせいだ」

こんなひどい話ってあるだろうか。彼らはヴァンパイアと戦うためにやってきたばかりか、その数を大幅に減らしている。降参したい。リューリクを車からおろし、尻尾《しっぽ》を巻いて逃げ出したい——テキサスに、ケイトのもとに戻りたい。ヴァンパイアと戦争するとしても、ジミーが加わらねばならない理由はない。〝ヴァンパイア配達人〟の務めはもう果たしたのだから、それで充分なのでは？

尋ねる必要はないが、知らねばならなかった。「あなたはどうしていまここにいるの？　相手はヴァンパイアなんでしょ？」状況を読みそこなっていて、ヴァンパイアはほんの数人いるだけで、リューリクひとりで始末できるのかもしれない。

「そうだ、ヴァンパイアだ。おまえの父親を殺した怪物。彼女はひとりだけじゃない。彼女みたいなのがたくさんいる。奴らは人間を奴隷にし、おまえが知っているこの世界を終わりにする気だ。奴らが勝って権力を握れば、おまえの世界の美は輝きを失い、じきに消滅する。音楽はなくなる。人間の魂が歌うことをやめてしまうからな。女たちはやわらかさも無邪気さも失う。人間は家畜になる。奴隷になる……人間以下の存在に貶《おとし》められる」

スピードはすでに出していたが、ジミーの足はさらにアクセルを強く踏み込んでいた。しばらくして、リューリクがまた笑った。だが、その笑顔に喜びはなかった。

「おれはスピードも好きだ」


ジョナスの地図に刺さる白いピンを眺めながら、ソーリンは怒りを堪えていた。ほとんどが合衆国内で、ニューヨークの一本もそこに含まれる。ほかにも白いピンはヨーロッパやアジア、アフリカにまで散らばっていた。コンデュイットの身に起きていることに気づいて、ウォリアーは世界じゅうに散らばったのだろう。あるいは、能力のある子孫が住む場所がそこなので、数千キロも離れた場所で出現せざるをえなかったのか。いずれにしても、革命は最初の一歩でつまずいた。ウォリアーの出現をすべて阻止することはできなかった。

だが、遅らせることはできたし、何人かは完全に足止めを食わせた。ウォリアーが少なければ、勝利はそれだけ確実になる。白いピンより黒いピンの数のほうが多かった。それでも、ソーリンの気は晴れなかった。

ウォリアーはテキサスに現われ、メロディーは電話に出ない。ジョナスによれば、そのウォリアーはいまも生きている。彼女はウォリアーに殺されたのか、しくじって逃げ出したのか。レジーナに殺されるぐらいならと、姿をくらました可能性はある。そうしろと彼が言ったのだから。

レジーナは激怒していた。ジョナスに怒りをぶつけ、いまにもネヴァダの首を刎ねそうな剣幕だった。完璧に遂行されるはずの計画が、そうではなくなっていた。

「なんでわたしがすべてやらなきゃならないの？」レジーナはジョナスに言った。全身が怒りで染まっていた。その物腰からも、いつもは美しい顔からも、こぶしを握った両手からも、いまにも殴りかかりそうな気配が漂っていた。突き出した牙が飢えを表わしている。「ウォリアーが出現する前に、すべてのコンデュイットの居所を突き止めるはずでしょ。哀れなあんたの息の根を、いまここで止めちゃいけない理由があったら言ってごらんよ」

「わたしはまだ役に立つ」ジョナスは言った。その口調から疲労困憊なのがわかる。それに、恐れていないことも。死ぬ覚悟ができているのだろう。レジーナに虐められることにうんざりなのだろう。彼女の機嫌が悪いとき――機嫌が悪くないときにも――蹴られる子犬でいることにうんざりなのだ。「ウォリアーの居所を突き止められる。彼らがやってきたら、わかる」

べつの世界からすべてを見ていたウォリアーは、反乱派がどこに集結し、リーダーは誰なのか知っており……その殺し方も知っている。しかも、彼らのコンデュイットたちがあんな目にあって、激怒しているのだ。そのウォリアーたちの居所がわかれば、たしかに好都合だ。

レジーナの怒りは消えた。ジョナスから離れた。とりあえず、彼は無事だ。

ネヴァダはそうはいかない。レジーナには怒りの捌け口が必要だった。つぎの標的は憎たらしい魔女だ。ジョナスの部屋を飛び出し、使命を帯びているかのように階段をのぼっていく。驚く見張りふたりを突きとばし、ネヴァダの部屋のドアを開けて威張って入っていった。ソーリンも後につづいた。

「もう充分すぎるぐらい待った」レジーナは氷のように冷たい声で言った。「呪いをいま解けないなら、もうこれまでと思うことね」

ネヴァダは立ちあがり、平然と相対した。ソーリンが見たことのある光の泡に、彼女は包まれていた。こうなることを予期していたのか、ちょうど練習していたのか。聖域の呪いで身を守っていた。ソーリンは防壁が消えるのを待った。集中の邪魔をされたら仕事がはかどらない、と繰り返し言われていたからだ……だが、なにも起こらなかった。防壁はそのままで、輝きを増したようだ。ネヴァダはなにをしているんだ？　彼女の反抗のつけを家族が払わされるとわかっていないのか？

「家族が解放されたら、呪いを解く」ネヴァダは冷静な声で言った。「あとはこのガラス瓶を割るだけ」彼女は小さなガラス瓶を掲げた。彼女の魔法の光がガラス瓶に当たって跳ね返ると、あかるくて暗い瓶の中身が脈動をはじめた。

レジーナは戸口にいる見張りに命じた。「妹を連れてきなさい。エミリーを」

ソーリンはネヴァダの顔を見ていた。恐れおののいて当然だ。以前は、妹の名前を出しただけで、彼女の目に恐怖が浮かんだ。だが、今夜はちがう。今夜の彼女は自信に満ちていた。ソーリンは不満だった。もう勘弁してくれ。

とてつもなく長く感じる数分間、女ふたりは黙って顔を見合わせていた。どっちが強いかと問われたら、ソーリンはためらいなく言うだろう。レジーナだ、と。だが、この瞬間、ネヴァダはヴァンパイアの女王とまったく互角に見えた。拉致されてから、彼女はいろんな意味で成長した。彼女がこれほど強くなるとは、誰が想像しただろう。

ネヴァダは目を閉じ、いくつかの言葉をささやいた。ここで、この部屋で学んだ言語のひとつだ。彼女がこれほど強くなるとわかっていたら、ここに連れてくる危険を冒しただろうか？　これほど強い人間を生み出してまで、呪いを解く価値はあるのだろうか？

ある。どんな犠牲を払おうと、呪いは解かねばならない。だが、こういう結果になるとわかっていたら、彼女のそばに誰かをつけて一緒に学ばせていただろう。そうすれば、彼女が呪いの言語を使えるようになっても理解できた。

だが、その誰かは魔女でなければだめだったろう。

見張りのひとり、黒髪のダニカが戻ってきた。紅潮した顔をしかめている。ヴァンパイアにとっても不機嫌さの表われだ。「陛下、囚人の部屋に入ることができません」

レジーナは若いヴァンパイアを睨んだ。「どういうこと？」

「まるで彼らの家にいるみたいで」

レジーナはネヴァダに向き直った。「あなたの仕業ね」

「ええ」ネヴァダはほほえんだ。

レジーナはカッとなったが、なんとか自分を抑えた。「家族をいつまであそこにいさせるつもり？　飢え死にしたって知らないからね。わたしの部下たちが入れないからって、彼らを解放するつもりはない。いいわね。絶対に解放しない」

「それなら、欲しいものを手に入れられないわよ」レジーナとちがって、ネヴァダはまったく動じていなかった。それだけでも、彼女のほうが強く、堂々として見える。「呪いをすぐに解かないと、いままでやってきたことが無駄になる。最初からやりなおしよ。それには時間がかかる。あたしの家族を解放して。無事がわかれば、あなたの望みどおりにしてあげるわ。家族にかけた保護の呪いは、むろん彼らとともにある。あなたを信用しないわけじゃないけど……念のためにね。わかった？」

「あなたにそれほどの力があるとは思わない」レジーナは言い、歯を剥き出しにした。

「疑うの？」ネヴァダが切り返す。「やってみたらどう。あたしに触れてみなさいよ」

ソーリンは一歩前に出た。ネヴァダは死ぬつもりか？　レジーナがどれほど強いかわからないのか？

ネヴァダの反抗に驚いたものの、レジーナは挑発に乗らなかった。戸口にいる見張りに言った。「しょうがないわね。ネヴァダの家族を解放しなさい。全員を外に出すの」彼女は口の動きだけでダニカになにか伝えたが、ソーリンからは見えなかった。レジーナがなにを言ったにせよ、人間たちにとってよいことのはずがない。自分のものをそう簡単に諦めるような女ではなかった。

ダニカが去ると、レジーナはネヴァダに背中を向け、ソーリンにささやいた。「その気になれば、彼らの居所は突き止められる。魔女がかけた保護の呪いは永遠につづくわけじゃないでしょ」さらに顔をちかづける。「彼女にこんなことができるって、知ってたの?」

ソーリンは頭を振った。彼らはネヴァダを拉致し、訓練し、欲しいものを彼女から引き出そうとしてきた。その途中で、彼のかわいい魔女はとても強くなった。レジーナがその生存を許さないほど強く。ネヴァダは墓穴を掘ったのだ。

「それで?」レジーナはネヴァダに顔を向け、尋ねた。

ネヴァダのまわりの防壁が輝きを増し、鮮やかになった。火花が飛び散る。ネヴァダは言った。「待つだけよ」

26

クロエが二度と訪れたくない場所のなかでも、ここは特別だ。こんなことなら逃げ出せばよかった。ここにだけは来たくなかった――ほかに選択肢があるわけではないけれど。

彼女とルカがいまうずくまっている場所からほんの数メートル先で、ゆうべ、ヴァンパイアに殺されかけた。記憶はあまりにも生々しく、ささやき声や、なにかがきしる音、ぶつかる音が聞こえるような気がする――激しい鼓動以外の音が聞こえればの話だけれど。なぜ自分が狙われるのかわかっている。コンデュイット、ウォリアー、戦争。こうしなければならないことも、わかっている。だからといって、二度とここに来たくない気持ちが変わるわけではない。

この手のドキドキは経験したくなかった。自分から望んだわけではないが、隠れることは選択肢になかったのだからしかたがない。人間の家をヴァンパイアの入れない安息所にする呪いが解かれたら、誰も安全ではいられないのだ。この期におよんでも、闘争・逃走反応の針は逃走のほうに傾いている。でも、ルカをひとりで行かせるつもりはなかった。彼は誰にも守ってもらう必要はないし、クロエは助けというより妨げになるとしても、ウォリアーの夢を見るようになったときから、これは彼女の戦争だった。だから、隠れることはできない。

そう覚悟を決めたら気持ちが少し落ち着いた。これまでだってつらいことはあったけれど、なんとか生き延びてきた。失恋。DCの渋滞。金曜の夜に海老《えび》を切らしたこと。ソーリンがヴァレリーを脅したこと。薄気味悪いアーロン。ヴァンパイア三人に狙われたこと。だから今度だって、きっと切り抜けられる。

ふたりとも全身黒ずくめだった。黒いパンツ、シャツ、靴。まるで俗受けを狙った映画のスパイみたいだ。でも、映画のスパイは、恐怖のあまりちびりそうになることはない。

少なくとも今夜は武装していた。ルカが彼女に持たせたのは、切っ先の鋭い短剣と、太陽光にちかい波長を出すフルスペクトラム・ライトの大きくて重たい懐中電灯だった。太陽とちがって、その光を浴びてもヴァンパイアは死なないが、痛手は負う。目を狙え、と彼は言った。たいていのヴァンパイアは光を当てられると目がくらむ。少なくとも一時的に、かなり長い時間――ソーリンみたいにサングラスをしていなければ。

それでだめならつぎの手は剣だ。心臓を破壊するまで三度か四度突き刺せ、とルカは言った。首を刎ねるのがいちばんだが、とも言った。でも、それには力がいる。ヴァンパイアの首筋に剣を突き刺して横に払うなんて真似が、彼女にできるわけなかった。

ゆうべ見た刎ねられた首とおびただしい血を思い出しただけで、胃袋がでんぐり返るほどだ。心臓に与える数度の刺し傷もさぞおぞましいだろう。そんなことができる？

ええ、できる。

懐中電灯と短剣に加えて、ポケットには頼もしい唐辛子スプレーが入っていた。もっとも、懐中電灯と短剣で両手が塞がっているときに、ヴァンパイアが襲いかかってきたら、唐辛子スプレーは宝の持ち腐れだ。

彼女が武装しているとするなら、ルカは〝歩く武器庫〟だ。単銃身のショットガン一丁と拳銃二丁を革紐《かわひも》で体にくくりつけ、ショットガンの弾帯を襷がけして、腰からは剣の革鞘をさげている。両方の足首と腰にナイフを紐で巻きつけていた。素手でヴァンパイアを殺せるのだから、武器を使うのは過剰殺戮《さつりく》ではないか。でも、彼がこれだけの武器を必要とするのだから、事態はよほど深刻だとも言える。

クロエはなんとか気を紛らわせようとし、気合いを入れ――精神的に――今夜もほかの夜と変わらないと自分を納得させながら時間を潰していた。正直に言うと、不満を言う客と足りない海老に対処し、帳簿をつけて、個人的な問題でいがみ合う従業員の仲を取り持つことができるのなら、なんでもする。どうせなら銀行口座と学校と両親の来訪のことでやきもきしたかった。そういうことを、一度でも厄介だと思ったことがあった？　このところ、彼女が抱える問題は日に日に難しくなっている。その傾向に歯止めをかけなければ。そうでしょ？

屋敷を覗き込む。なかの灯りはすべてついているようだ——おまけに外の灯りもひとつ。まるでカジノみたいにライトアップされていた。室内にいたら、昼なのか夜なのかわからないだろう。

しばらく様子を見てから屋敷にちかづき、物陰に隠れた。クロエはルカの後にぴたりとついていった。忍び歩きは得意ではないし、ルカほど静かにはできない。自分の足音は聞こえるのに、ルカはいっさい音をたてなかった。息遣いも彼女は荒すぎるが、彼はスーとも言わない。彼女の足が触れるものはことごとく音をたて、彼は幽霊みたいに動く。屋敷にちかづくと、ルカは生垣の陰にしゃがみ込んだ。クロエも真似をして横にしゃがんだ。脇にさげた短剣を手で押さえて音をたてないようにし、もう一方の手で重たい懐中電灯を握り締めた。

ルカは煌々と灯りのともった屋敷を見守っている。表情も体も緊張で張り詰め、これから起きることに意識を集中していた。連絡をしたものの、実際に誰がやってくるかわからない——というより、誰か来てくれるのだろうか。ふたりきりで戦うことになるかもしれない。ヴァンパイアがひとりと人間がひとりで、数もわからぬヴァンパイアと戦うのだ。世界を支配しようと企むヴァンパイアと。ルカは並みのヴァンパイアではない——〝並みの〟と〝ヴァンパイア〟をおなじセンテンスのなかで使っていいものかどうか。多勢に無勢で、はたして生き残れるのだろうか。

彼には考えがあった。ヘビは頭を切り落とされたら死ぬ。反乱派のリーダーが誰であれ、その女を仕留めればいい。今夜ここに彼女がいれば、ルカが狙うのは彼女の首だ。

ソーリンも首を失うことになるだろう。クロエもそれには異存がなかった。

屋敷の様子を窺うちに、クロエの恐怖は消えていった。強い恐怖を抱えていてもいいことはなにもないし、今夜の攻撃は正しいことだと思えるようになってきた。ぐずぐず待ってもしょうがないし、逃げて隠れることはできない。怪物の企てを阻止しなければならない。彼女がもたもたしていたら、ルカの邪魔になるだけだ。なにをすればいいのかわかっていた。懐中電灯でヴァンパイアの目をくらまし、心臓を刺す。それでも死ななければ唐辛子スプレーを吹きかけ、さらに刺す。まずまずの計画だ。運よく生き延びられたら、それから思う存分恐怖に浸ればいい。

見張りをはじめてからほどなくして、玄関から家族と思われる一団が出てきた。男と女、十代の少年と少女がひとかたまりになって出てきたのだ。ほんの少しでも離れるのが怖いといった様子だ。服はぼろぼろで、男と少年は無精ひげを生やし、髪は伸び放題でぼさぼさだった。一刻も早く屋敷から離れようとしているのか、全力疾走しだした。女が倒れそうになると、男、おそらく夫が支えて起こしたが歩調を遅らせることはなく、しばらくは妻を引き摺るようにして走った。

「人間みたいね」クロエはささやいた。とはいえ、彼女が見たことのあるヴァンパイアはみな人間で通るから、たしかなことは言えない。

「そうだ」ルカが応えた。

「ここでなにをしてるのかしら?」

「本人の意思に反した血液提供者だろう」

「でも、玄関から逃げ出してくる? ヴァンパイアはどうしてあっさり行かせたのかしら?」

「そうではないようだな」ルカが屋敷の角を顎でしゃくった。背の高い細身の男――ヴァンパイアにちがいない――が、家族の様子を窺っている。四人と距離をとり、後をつけはじめた。

「ヴァンパイアは彼らをいたぶるつもり?」クロエはささやいた。「胸糞悪いゲームなんじゃない?」囚人に逃げ出せたと思わせておいて、追い詰め、それから……どうなるか考えたくなかった。

「かもしれない」ルカが目を細めた。「わからない。人間たちには魔法がかけられているようだ。それが防護壁の役目を果たしている。それで彼らを解放したのだろう。だが、魔法は長つづきしない。すでに揺らぎだしている」

クロエにはなにも見えなかったが、ルカの言葉を信じた。

「魔法が消えたら、後をつけるヴァンパイアが動きだし、皆殺しにするのだろう。運がよければ即死だ」彼はあたりまえのように言った。長い人生であらゆる死を目にしてきたのだ。

自然死も不自然な死も、覚悟の死も突然の死も、あっけない死も、じわじわと迫ってくる死も。

クロエの鼓動がまた速くなり、口が乾いてきた。今夜、ここでやるべきことはたくさんある。一大事が待っていることはわかっている。でも、四人を見殺しにするのは悪いことだ。ルカのように、彼らの死を受け入れることはできない。「なにかすべきなんじゃない？」四人はみな怯えており、少女の怯え方はとくにひどかった。後をつけているヴァンパイアがたったひとりでも、家族が生き延びられる可能性はないにひとしい。

ルカがこっちを見た。じっと見つめる彼の目に浮かぶ表情は、興奮と恐れがない交ぜになった、いままでにないものだった。絆のせいで一緒にいる時間は濃厚なものとなり、彼女は愛を抱きはじめていて……だから、ただ彼を見つめることが、かけがえのない経験になる。「ここにいて」彼女が言い返す前に、ルカはいなくなった。動きが速すぎて闇のなかのにじみにしか見えない。いままでそばにいたのに、つぎの瞬間には姿を消していた。飛んでいったような気がする。ルカに意識を集中できないので、逃げる家族の後をつけるヴァンパイアに視線を向けた。自分ひとりでないことにヴァンパイアが気づいたときには、後の祭りだった。

ルカはヴァンパイアの頭をもがなかった。剣は沈黙の武器だ。動きが速すぎて目で追えなかったが、ルカは輝く剣のひと振りで、ヴァンパイアの首を刎ねた。

クロエは目を閉じた。耳の奥で、声がささやいた。久しぶりに聞く声は前よりはっきりしていた。夢に出てきたウォリアーだ。「あなたのヴァンパイアは人間を救った」

「彼は味方よ」クロエは頭のなかで応えた。脳裏に霧が立ち込め稲妻が光り、ウォリアーが形を取りはじめる。力強くすっきりとした顔立ちで、豊かな髪を三つ編みにした女だった。

「だったら、彼を殺さないでおくわ。たぶん」少しの間を置き、ウォリアー——インディなんとか——が言った。「時間よ、クロエ。わたしを呼び出して。心を開き、わたしの助けを求めなさい。あなたのもとにわたしを呼ぶのよ」

「あなたがルカを殺すつもりなら、呼ばない。約束してくれるなら——」

ルカが不意に戻ってきて、ウォリアーの姿は消えた。「彼らはもう安全だ」彼は言い、かたわらにしゃがんだ。「ほかに殺してほしい奴は？」

ほんとうに久しぶりに心が安らかだった。ネヴァダはいま、自分の運命をその手に握っていた。まとっている防壁は強いままだ。目を閉じて魂をエミリーのもとへ飛ばす。ヴァンパイアは嘘をつかなかった。家族は長いこと牢獄だった屋敷から出て、安全な場所へと走っている。それはネヴァダから離れることであり、彼らの逃亡はネヴァダの死によって終止符が打たれることに、彼らは気づいていない。

ネヴァダの魂は家族に寄り添い、エミリーと歩調を合わせた。するとすぐさま、エミリーは彼女の存在に気づいた。少し鍛えれば、エミリーはパワフルな魔女になれるが、そんなことは知らずにいてほしかった。秘密の言語や、黴臭《かびくさ》い魔法の本や、人生をがらりと変えてしまう隠れた能力など、妹は知らないままでいい。

「いつになったら会えるの？　つまり、ほんものの姉さんといつ会えるの？」エミリーが歩調をゆるめずに尋ねた。「どこで会えるの？」

「誰と話してるんだ？」父が言う。

「ネヴァダよ」エミリーは息せききって言った。「姉さんはここにいる。でも、ほんとうはここにはいない。あたしには見えるけど……どう説明すればいいのかわからない」

「みんなを愛している」ネヴァダは言った。「走りつづけるのよ。夜が明けるまで止まってはだめ。今夜は安全な場所などどこにもない。わが家も安全ではないの」

「だったら、どこへ行けばいいの？」エミリーが尋ねた。ほかの家族の邪魔は入らなかった。

「遠くへ。ここから遠いどこかへ」

「なにが起きるの？」

「悪いことがはじまろうとしている」ヴァンパイアが彼女の家族のことなど忘れてくれたらと思うが、いまできるのは、少しでも遠くへ逃がすことだけだ。その先の運命は、家族自身に委ねるしかなかった。

「彼らはいたるところにいるのよ、エミリー。ヴァンパイアはどこにでもいる。ほかの人たちにもそのことを伝えて。どうか無事で、それから……愛してるわ」

「姉さんはどこにいるの？　どこへ行けば会えるの――」

ネヴァダは肉体に戻った。魂は飛び出していけても、肉体は囚われの身のままだ。エミリーに嘘はつきたくなかったが、真実を告げることもできなかった。ソーリンとヴァンパイアの女王がじっとこちらを見ている。彼らは気づいているのだろうか？　彼女が何週間も前から彼らをスパイしていたことに。

そんなことはどうでもよかった。

「気づいていると思うけど、取引を終わりにするのを先延ばしにしてやってたのよ」レジーナは冷たく不機嫌な声で言った。「そろそろ約束を果たしてもらおうじゃないの。呪いを解きなさい」

女王に要求を突きつける前に、家族をできるだけ遠くへ逃がしたかった。「まだだめよ」穏やかな気分だ。死を覚悟したら恐怖は消えた。できるかぎり自制していた。

この数日で、これまでに修得した魔法のすべてを駆使した。魔法の網を張り巡らせて助けを求め――要求し――考えうるかぎりの方法を使って、一緒に……さもなくば、彼女が死んだ後で……ヴァンパイアと戦ってくれる人を求めた。魔法が効いたかどうかはわからない。それでこの世界が終わるのを阻止するために、誰かやってきてくれるかどうかもわからない。さもなくても魔法をかけた。いまがそのときだ。ヴァンパイアをいま止めなければならない。

いと、ネヴァダがしたことはすべて無駄になる。

もともと運のないほうだから、彼女の魔法を感知できる者たちの数はたかが知れているのだろう。警官がひとりかふたり、消防士が数人、わけもわからずこの場所に惹きつけられてやってくるかもしれない……せいぜい兵士がひとり。人に仕え、人を守るために生まれてきた人たちが、彼女の魔法に反応するかもしれない。よほどの大人数がやってこないかぎり、彼らを道連れにして死ぬことになるだろう。

ソーリンに目をやった。ネヴァダをここに閉じ込め、苦しめたのは彼だったが、ときとして友だちのような存在でもあった。どうして彼をそんなふうに見たのだろう？　なんとか症候群とかいうもの？　生き延びるためには希望が必要だったから？　理由はなんであれ、彼に好意を抱いたこともあった。

「あなたは悪いこともいっぱいしてきたけど、彼女とはちがう」レジーナを無視して、ソーリンに語りかけた。女王を怒らせるためだ。どうせ殺されるなら、相手が逆上しているほうがいい。一瞬の死がもたらされるだろうから。いま望むのはそれだけだ。「あなたは卑劣な悪鬼ではない。あなたの心の奥底には、いまのあなたとはちがうものが隠れている。あなたには見えなくても、あたしには見える」

彼はなにも言わなかったが、顔の表情からネヴァダの言葉に動かされなかったことがわかった。

口を開いたのはレジーナだった。「ソーリン、あなたは魔女のよいお友だちのようだから、あなたにあげるわよ。これまでよく仕えてくれたご褒美。ネヴァダが言われたことをやったら、好きにしていいわ」

「インディがやってこようとしたわ」クロエがささやいた。ふたりは煌々と灯りがともった屋敷に忍び寄るところだった。

ルカは立ち止まり、彼女を見た。ほかにどうしようもないとはいえ、彼女はここにいるべき人間でないことに、はたと気づいた。ここは彼女にとってあまりにも危険だ。しかし、世界そのものが今夜は危険に陥っている。彼にはわかっていたが、自分を抑えられなかった。襲撃はいま行なわねばならない。

「インディ？」ルカは尋ねた。彼女が誰のことを言っているのかわかっていたが。

「インディなんとか。ウォリアー。でも、来させなかった」ほんの数日のあいだでこれが二度目だ。彼をショックで口がきけない状態にするのに、クロエ・ファアロンが成功したのは。最初は彼女がこっちを憶えていたときだ。二度目がいま。ルカは口を開き、閉じて、また開いた。「彼女を来させなかった？」

「だって、その前に、あなたを殺さないと約束してもらわないと。約束しないなら、彼女にはいまいる場所に留まってもらう」クロエは強情に言った。

言い返そうにも言葉が見つからない。二千年以上も思うままに生きてきた彼が、人間の女に向かって言うべき言葉を考えつかないとは。「クロエ……ほかのウォリアーたちはやってきている。彼女ひとりではないんだ。きみは、彼ら全員からわたしを守るつもりなのか？」誰かに守ってもらうということに……面食らう。

「たぶんね」

「彼女の助けが必要だ。ウォリアーはひとりでも多いほうがいい」

「彼女にあなたを殺させない」彼女は強情一点張りだ。

「きみに彼女を止められると、本気で思っているのか？」

「彼女はわたしのもの、そうでしょ？」

そんな単純な話ではない。「この世界に現われるまでは、彼女はきみのものだ。そして、彼女はヴァンパイアを殺すためにやってくるんだ」

「ヴァンパイアの反乱派を、でしょ。あなたは正しいほうの味方だもの」

「それで、彼女に区別しろと言うつもりか？」

「反乱派を阻止しようとしているヴァンパイアには制服を着てもらうとか、腕章をしてもらうとか」ルカの肩に肩をぶつけて、冗談だとわからせる。

「いい考えだ」彼がそっけなく言った。「いまのところ制服は一着あればいい」

理屈では評議会は現状維持を図っているが、評議員は兵士ではない。かつてはそうだったかもしれないが、いまや政治家だ。なかにはどこかに隠れて事態を静観する者もいるだろう。テーブルをこぶしで叩いて憤りを表現する者もいるだろうが、戦いはしない。ルカは六人の兵士に召集をかけたが、まだひとりも現われない。いまいる場所が遠すぎて物理的に無理な者もいるが、それ以外はもう来てもいいころだ。ルカひとりで反乱は止められないが、クロエのためにやってみるつもりだった。彼女の世界は守られるべきだ。反乱が成功すれば、その世界が破壊されてしまう。

ルカはため息をついた。「念のために言っておくが、彼女がやってくればきみは安全だ。奴らがきみを狙うことはなくなるんだ。忘れたのか？」

クロエは悲しげな笑みを浮かべた。「忘れてないわ」意地を張りすぎたと思ったのか、彼女はふっと口をつぐんだ。「それはそうと、安全ってなに？　なにかの冗談？　わたしはヴァンパイアの巣の真ん中に置かれたおいしそうな人間なのよ。インディがいようがいまいが、反乱派がわたしに〝出入り自由のチケット〟を与えてくれるとは思えない」

彼女は軽い口調で言おうとした。冗談のネタがなにもないのに冗談めかして言おうとした。だが、その目は笑っていない。彼女と深く結びついているから、微妙なニュアンスを彼が見落とすはずがなかった――だからといって、彼女がいつも捉えどころがないわけではない。

どうしてこんな立場に自分を追いやったのだろう、とルカは一瞬思った。でも、クロエがいる。そういう感情を長いこと否定してきたから、それがハリケーンに匹敵する威力でぶつかってきても、そうだと気づかなかった。彼女を好ましく思うことにもっともな理由はなかった。今夜、彼がなにをしようと、いずれは死んでしまう人間のために命を懸けることに、理由はなかった。愛に理由はいらない。愛は厄介で不可解で、しかも避けることができない。彼女のためにここにいる。愛のために、彼はここにいるのだ。

そんな思いがちゃんと言葉になったとたん、背後にエネルギーを感じた。ヴァンパイアがやってきたしるしだ。くるっと振り向き、クロエを背後に押しやり、ショットガンをかまえた。クロエが横に動いて彼と並んだ。片手に短剣を、もう一方の手に懐中電灯を握っている。その表情はどんなウォリアーにも負けないくらい猛々しいものだった。

やってきたのが誰だかわかり、ルカは「待て」と言い、クロエが短剣を振るったり懐中電灯をつけたりしないように手で制した。反乱派に感づかれてしまう。もっとも、ジョナスはすでに感づいているかもしれないが。

アイザックとダンカンがちかづいてきた。どちらも大きな笑みを浮かべ、彼と同様に重装備でいつでも戦えるかまえだ。ルカは安堵のため息をついた。彼の軍隊はなんとも小規模だが、クロエとふたりきりで戦わずにすんだ。

ソーリンはレジーナの申し出を理解した。ネヴァダが呪いを解いたらもう必要ないから、犯して血を吸いとってしまえ。

そんなことを考えるだけで胃がむかついた。

幼いころに捨てた娘を思い出させる彼女を相手に、どうしてそんなことができるだろう？　赤毛に青白い肌、華奢《きやしや》な体、繊細な顔立ち――そして匂い。なによりも彼女の匂い。望まれる革命の邪魔になる人間の女。新体制の頂点に君臨するための妨げになる女。レジーナの命令に異議を唱えるなどもってのほかだ。殺すならすばやく殺す。それが親切というものだ。だが、レジーナの望みどおりにはできない。

ネヴァダが彼のほうを見た。じっと彼の目を見つめた。彼女は劣った存在、脆い存在だが、最近になって身につけた魔法はとてもパワフルだ。外見の弱々しさがいろんな意味で人を欺く。彼女を生かしておいたら、なにをしでかすだろう？　ここに連れてこられる前のような生活は望めない。誰も以前とおなじ生活は送れないのだ。

ネヴァダを殺すか、そばに置いておくか、レジーナには嘘を言って彼女を解放するか。はじまったばかりのこの戦争の兵士として、かつて父親だった男として、納得のゆく選択肢はひとつだけだった。

「さあ」レジーナが命じた。その視線はネヴァダに釘付《くぎづ》けだ。「わたしは約束を守った。つぎはあなたが守る番よ」

ネヴァダは深く息を吸い、顎を突き出し、持っていたガラス瓶を割った。ガラスの破片が彼女の指を切り、血の匂いが立ち込めた。彼女を取り巻いていた魔法の泡が、塵となって四散する。創造主である魔女の周囲に、それは地吹雪のように積もっていった。一瞬、彼女は魔法の残滓をまとっているかのように美しく輝いた。やがてそれも消えた。

そうやってネヴァダのパワーも消えてゆくようだ。大仕事を終えて力尽きたのだろう。

レジーナは、まとっている長いガウンのポケットから携帯電話を取り出し、電話をかけた。ひと言、言った。「やれ」おもむろにはほえんだ。世界のどこかで、彼女の兵士のひとりが、人間の家に押し入った。

レジーナは満足してソーリンを見た。「彼女を殺しなさい」それから平然とネヴァダに視線を向けた。「ところで、あなたの家族には尾行をつけたから。わたしがひと言命じれば、彼らは飢えた兵士の夕食になるのよ。彼にはわかってるの。わたしを怒らせた者はひどい罰を受けて当然だって」そんな捨て台詞《ぜりふ》を吐くと、彼女は出ていった。後にはソーリンとネヴァダだけが残った。それに、彼に課せられた命令も。

ネヴァダは逃げようとしなかった。めそめそ泣きもしなかった。それどころか、いっそう毅然《きぜん》としていた。「あたしを殺した後で、家族を救ってとあなたにお願いしても無駄ね」

「おれがどうしてそんなことをしなきゃならない？」

ついにネヴァダの目に涙が溢れた。自分のための涙ではない。愛する者たちのために泣いているのだ。「どうしてって、あなたは彼らとはちがうから。彼女とはちがうから」

「まったくおなじだ」

「いいえ、おなじじゃない！」彼女の声も頬も、絶望と怒りで染まった。鮮やかなピンク色に染まり、どうにもならない怒りで目がカッと輝いた。「いくらでもあたしを傷めつけられたのに、しなかった。あたしを殺すにしても、彼女が望むようなやり方はしないだろうと思う。あなたは残酷ではないもの」

怒りとくすぐったい思いで、ソーリンはネヴァダにのしかかるように立った。「おまえは自分がなにを言っているのかわかっていない。おれはヴァンパイアになってから、何千人と殺してきた。おれは残酷で凶暴で痛いほど飢えている。おれの行くところには血が筋を引いて残る。人間なんか屁でもない。おまえなんか屁でもない」

彼女は怯むことなくソーリンを見つめた。

まぢかにいるから、彼女につかみかかろうと思えばできた。なんでもできた。だが……そうしなかった。おれはどうしちまったんだ？　彼女が手を伸ばし、ソーリンに触れた。やさしく頬に手をあてがった。フィリップ・スタージェルがやさしく叩いたのとおなじところに。彼女の指がやさしく動く。「思い出して」彼女がささやいた。「思い出して。人間だったころのことを。家族を愛していたころのこと。わたしが自分の家族を守ろうとするように、あなたも自分の家族を守ろうとしたころのことを」

彼はそうした。忘れかけていた感情に呑み込まれ、ガクリと膝を突きそうになった。

「死ぬ覚悟はできているわ、ソーリン」ネヴァダが言った。「死を受け入れたわ。でも、家族は……彼らは助けて。わたしの最期の願いよ。それぐらいしてくれてもいいでしょ」

「そんな義理はない」彼の声は低く、掠れていた。

その言葉をネヴァダは無視した。恐れも悲しみも見せなかった。澄みきった心で、わずかに震えながら、彼女は目を閉じて頭を後ろに倒し、わずかに傾げ、彼に喉を差し出した。彼女の匂いが、その肌と吐息と指先の血の匂いが立ちのぼって彼をなじる。飢えを掻き立てる――それに、記憶を。葬り去ったままにしておくべき記憶を。

子どもたちの笑い声、愛《いと》しい妻、長い一日を終え炉辺で憩う幸せ。満足感……ああ、そうだった、あのころは満ち足りていた。

それがいまでは、呪われている。

くそくらえ。レジーナは昔から気に食わなかった。「さあ、行こう」ソーリンは言い、ネヴァダの腕をつかんでドアへと引き摺った。彼女は驚いてつまずいた。その顔の表情から、ソーリンが困惑しているのが彼女にはわかった。


この三年で、ネヴァダは部屋の外の廊下を垣間見たことはあったし、いくつかの部屋と廊下に魂を飛ばして覗いたことはあったが、広い屋敷の大部分は未知のゾーンだった。魂をさまよわせたときも、細部まで注視したわけではなかった。ソーリンに促されて階段をおりるいまも、じっくり見まわすことはできない。通りがかりのヴァンパイアたちは、ソーリンが彼女をひとり占めすることに文句は言わなかった。

ヴァンパイアのねぐらにするにはもったいないほどの屋敷だ。

彼が案内したキッチンは使われた形跡がなかった。食べ残しの料理が出しっぱなしだ――これが最後の食事になると思ったら食べる気になれなかったあの料理だ。

「どこに連れていくつもり？」ネヴァダは尋ねた。彼がひと思いに殺してくれることを願っていた。苦痛は最小限にとどめてほしい。死ぬ覚悟はできているが、痛い思いはしたくなかった。

「ここから出してやる」ソーリンがそっけなく言った。「裏口から出たら西に向かって走れ。全速力で走るんだ。振り返るな」

彼女は急に立ち止まった。不意をつかれた彼は、思わず握っていた手を放した。「あなたにそんなことできない！」

気はたしかか、という顔でソーリンは彼女を見つめた。「わけがわからない。おれは危険を冒してまでおまえを逃がそうとしてるんだ。それなのに、口答えするのか？」

彼にどう説明すればいいのか。死を覚悟したから、呪いを解くときに細工を施した。自分の心臓が脈打つあいだだけ呪いが解けるように。呪いが解ける前に、レジーナが家族を解放してくれる保証はなかったから、そうせざるをえなかった。死を覚悟していたから、いっさいがっさいを心臓の鼓動に結びつけるのは、理に適っていると思った。世界が無防備になるのはほんの数分間だけだ。彼女が死ねば呪いは甦り、人間の家はまた安全な場所に戻る。

ソーリンが逃がしてくれるとは思っていなかった。そんなことできるはずがない！　せいぜい家族を助けてくれるぐらいだろう。こんなことって……残酷だ。ずっと昔に失った希望を、また抱いてしまう。ほんとうに生きたかった。でも、彼女が生きつづければ、世界は無防備なままだ。家をヴァンパイアから人間を守る聖域とする呪いを、もう一度かけることはできるの？　むろんできる。でも、どれぐらいの時間がかかる？　そのあいだに、何人の人間が死んでしまうの？

彼女が今夜死ねば、世界は安全な場所になるだろうが、思っていた以上に彼女は弱い人間だ。生きたいと思う。家族を見つけ出して守ってあげたいと思う。もう一度太陽を見たい。恋をして、笑って、くだらない映画や泣ける本に夢中になりたい。

「口答えなんてしないわ。行くわね。ありがとう。西はどっち？　指差すだけでいいわ」

ソーリンが目を細め、さっと動いて彼女の行く手を塞いだ。「なにを企んでるんだ？」

「ほんとうに知りたい？」ネヴァダの思ったとおりだった。彼にネヴァダは殺せない。そうしろと命令されても、できないだろうと思った。彼の皮膚の下に、その目の奥に、もっとなにかあるはずだと思った彼女の判断は正しかった。

これ以上驚くことはなにもないと思ったそのとき、その場所で、彼はネヴァダを驚かせた。彼女を拉致して閉じ込め、彼女と家族を脅してきて、最後の最後で彼女を救ってくれたソーリンが、彼女の顔を両手で挟み、屈み込んで額に唇を押し当てたのだ。それから、彼は深く息を吸い込んだ。

ネヴァダは息を止めた。それもほんの一瞬のことだった。屋敷の玄関のほうから、ガラスが吹き飛ぶ音とすさまじい悲鳴がして、やさしいキスを邪魔した。あまりにもすばやい動きだったので、彼女は宙を飛んでいるのかと思った。ソーリンが彼女を抱えて左へ数歩動き、裏手の階段の下の狭い物置に投げ込んだのだ。彼女はうめき、木の壁に腕をしたたかぶつけた。ドアがバタンと閉じ、ネヴァダは真っ暗な狭い場所に閉じ込められた。外から聞こえるのは、戦争でも起きたのかというほどの騒音だった。

深く息を吸い込み、目を閉じる。なにかが起きている。彼女が広げた網に、ヒーローがひとりかふたり、引っかかったのだろうか？

27

ヴァンパイア三人と人間ひとりで、何人いるかもわからない反乱派の拠点を攻撃するのは、まったくもって馬鹿げている。だが、そうする以外になかった。彼らにできるのは奇襲攻撃だけだ。ルカにとって、負け戦に赴くのはこれがはじめてではなかった。

クロエを隠す安全な場所があれば、どんな犠牲を払っても手に入れていただろう。だが、彼女にとってもっとも安全な場所はルカのかたわらだ。それがどこであろうと、たとえそれが戦場であろうと。

ダンカンは派手なことが好きだ。大きな出窓のガラスを蹴破って屋敷に躍り込み、悪魔も真っ青の雄叫《おたけ》びをあげた。アイザックのほうは少し地味だから、玄関のドアを蹴破ることで満足した。

ルカはふたりの背後に控えていた。エネルギーが充満する屋敷に踏み込むと、五感がフル稼働した。権力への渇望が足もとで脈打っていた。馴染みのそのエネルギーに全身を洗われた瞬間、パズルのピースがぴたりとはまった。どうしてもっと前に気づかなかったのか。自分のため、ヴァンパイアのため、彼女はつねにより多くを望んでいた。

屋敷にいるヴァンパイアたちは、攻撃に対する準備ができていなかった。彼らにとって、全面戦争を仕掛けるときはいまではなかったのだ。それに、同胞の抵抗にあうとは思っていなかったのだろう。彼らの多くは革命に慣れていないし、ヴァンパイアであることに慣れていなかった。全員が丸腰だった――ここにいれば安全だと思い、自分たちが攻撃を仕掛けるまでにはまだ間があると思っていた。三人のヴァンパイアと人間ひとりを見て、混乱したようだ。しかもその人間の女は、懐中電灯と短剣の扱いに不慣れだというのに。

反乱派が気を取りなおして反撃に転じる前に、ルカは剣を振りまわした。四方八方からの攻撃に対し、使い慣れた剣ほど有効な武器はない。並はずれた力を最大限に発揮することができる。いずれショットガンや拳銃の出番がくるだろうが、弾が発射されるスピードは人間に合わせてあるので、それほど速くない。その点、剣は体の一部だ。十歳になる前から剣で戦ってきた。

広い玄関ホールも、きちんと整えられた客間も、四方に伸びる廊下も、ヴァンパイアたちが入り乱れ、大混乱だった。運のいいことに、向かってくるヴァンパイアたちはみな若くて経験不足で、準備不足だった。若いヴァンパイアたちはまだ光に敏感だから、クロエの懐中電灯が威力を発揮した。彼らを遠ざけておけるだけでも充分だ。

反乱派は事態に気づいて守りについたが、うまくいかなかった。戦闘訓練など受けていない連中だ。イスラム教の修道者のように激しく旋舞《せんぶ》しながら戦っているが、つねにクロエを真ん中に置く三人のヴァンパイアたちとは天と地ほどの開きがある。

アイザックとダンカンも、ルカに負けないほどの戦闘経験があり、ルカと同様、ハンターとして、あるいはボディガードとして評議会に仕えたことがあった。ルカと同様、自分たちの存在を秘密にしておくことに価値を見出している。そのうえ、戦うことが大好きだ。現代社会では、おもしろい戦いはめったにあるものではない。

剣がキラッと光って血が噴出し、またひとり、反乱派が塵と化す。彼らは相手に傷を負わせない。ひと太刀で殺すのだ。

血と塵の向こうに、見慣れたブロンドの髪が見えた。ソーリンが屋敷の奥から駆けだしてきて、頑丈な木のドアの向こうに消えた。足もとから湧きあがるパワーの強さを考えると、あのドアの向こうには地下室におりる階段があるのだろう。逃げ出すのはソーリンらしくない。ルカとおなじで戦うことが大好きだ。ソーリンが戦いに背を向けるとは、よほどの理由があるにちがいない。

ルカがドアのほうに向かうと、あらゆる意味で若いヴァンパイアが右手の階段を駆けおりてきて、ルカに襲いかかった。牙を剝き出し、殴りかかるつもりで両手を鉤爪のようにしている。ルカは苦もなくその首を刎ね、剣を振るいながらソーリンが消えたドアへと向かった。クロエはちかくにいたが、ぴたりとくっついてきてはいないので、剣の先で彼女を引っかけてしまわないかと心配だ。彼が振るう剣の動きに無駄はなかった。

奇襲を仕掛けたとき一階にいた者たちはほぼ片付けたが、つぎつぎに湧いてくる。叫び声とテレパシー、さらには携帯電話も駆使して援軍を呼んだのだろう。ちかくにいた者たちが駆けつけてきたのだ。最強とは言えなくても、戦う覚悟のできている兵士たちだ。彼らの扱いは優秀な兵士である味方ふたりに任せることにした。

ダンカンに向かってルカは言った。「入り口を固めてくれ。誰も出入りさせるな」ドアを開く。思ったとおり、ドアの先は急な階段になっていた。クロエがぴたりとついてくる。まるで彼の体の一部のように。彼女がどこにいるのか、誰かに狙われていないか、ルカには正確にわかった。そうなるように運命づけられていたのだと、彼はそのとき確信した。ドアが閉まる直前に、戸口を守るダンカンとアイザックの姿がちらっと見えた。彼が狙っている女以外に、地下室になにがいるのかわからない。地下室にはほかにいくつの出入り口があるのかもわからないが、ダンカンとアイザックが生きているかぎり、この階段から援軍がやってくることはない。

ふたりとはこれまでに何度も一緒に戦ってきた。

「どうしよう、どうしよう」クロエはつぶやきながら階段を駆けおりていたが、躊躇はしていない。しゃがみ込んで両手に顔を埋め、おいおい泣くことはなさそうだ。ルカは笑いたかった。立ち止まり、彼女にキスしたかった。息をすべて奪い尽くすほどのキスを。自分がどれほど勇敢か、彼女は気づいていない。この戦いが終わったら、彼女にそう言ってやろう。
階段をおりきった。物が散らばった実用一点張りの地下室ではなかった。廊下と部屋とに区切られており、ふつうの家の地下室よりずっと広い。ソーリンやほかのヴァンパイアたちが待ちかまえてはいなかったが、ちかくにいるのはわかる。その存在を感じた。それに、彼らの何人かはこちらの存在を感知しただろう。じきに気づかれてしまうのだから、わざわざ隠れることもない。

剣を振りかぶる。リーダーの首を取るつもりだった。反逆者には正々堂々と戦う機会を与えるつもりはなかった。恐水病に罹った狼を始末するように始末してやる。反乱は彼女に拠《よ》っている。彼女が死ねば反乱も一気に終結だ。ウォリアーが出てくる理由はなくなり、クロエが狙われることもなくなる。それだけでも戦う甲斐はある。

ソーリンは怒っていた。レジーナに、ネヴァダに、自分自身に怒っていた。大義を信じ、そのために戦い、そのために人を殺してきた。だが、最近になって疑いを抱くようになり、説明のつかない弱さを露呈する瞬間があった。最初がフィリップ・スタージェルで、今度がネヴァダだ。ちくしょう、おれにどうしろって言うんだ。人間はすべて平等には創られていない。守られてしかるべき人間がいる。栄養源として仕える以外になんの価値もない人間もいる。少数の人間を救うため、全員を守るべきなのか？

ネヴァダは彼の顔に触れて「思い出して」と言った。すると思い出した。彼女が魔法をかけたせいか、娘のとそっくりの匂いのせいなのかわからないが、記憶が甦った。愛しい子どもの顔ばかりではなかった。よくも悪くも人間らしい生活を送っていたころのことばかりではなかった。ソーリンは愛を思い出していた。それがどんな感じのものか、ありありと思い出した。愛は彼の存在を呑み込み、ほかのことはどうでもよいと思わせる。

これからどうすればいいのかわからないが、このままつづけることはできない。ネヴァダを安全な場所に移して、姿をくらますか。レジーナにもこの戦争にもうんざりだった。だが、彼は戦線離脱をするような兵士ではない。

思ったとおりレジーナはジョナスの部屋にいた。ウォリアーはつぎつぎに現われ、さらに多くのコンデュイットが活性化していた。ジョナスの仕事はよりいっそう重要性を増していた。

「ウォリアーが襲ってきたのね?」ソーリンの顔を見ると、彼女が吐き捨てるように言った。

「ルカだ」ソーリンは言う。「ほかにも何人か。彼が夢中になってるコンデュイットも含めて」

レジーナはくるっと振り返ってジョナスを睨んだ。「わたしの屋敷にコンデュイットがいるなんて言わなかったじゃない!」

「わたしはもういっぱいいいっぱいだ」ジョナスは言い、肩をすくめた。その声から深い疲労が感じとれる。今夜はとくにそれが顕著だ。ジョナスには与えられるものがあまりない。消耗し尽くされてしまった。

レジーナは地図を見まわした。ソーリンもそれに倣《なら》った。始末したコンデュイットと出現したウォリアーを表わす白と黒のピンのなかに、ただ一本だけ緑色のピンがあった。この地図では正確な場所はわからないが、DCに突き刺してあるその緑色のピンは、この屋敷のなかにいるコンデュイットを示している。

彼女の顔が怒りに歪んだ。目にも留まらぬすばやい動きで細身のナイフを抜き、ジョナスの心臓に突き立てた。抜いては突く動作を繰り返す。

「こんなことになってるのに気づかないなんて、あなたはもう使い物にならない」彼女が嫌味たっぷりに言う。「裏切り者がやってきたことをわたしに教えられないんだから、用なしよ！」

ジョナスはしばらく持ちこたえた。ソーリンを見つめる目は虚ろだ――助けを求めているのではない、もう手遅れだ――が、深い悲しみをたたえ、懇願していた。彼女を止めろ、と。そうして塵になった。

がらんどうの服の哀れな山を、ソーリンは見おろした。彼にとっても我慢の限界だった。誠実に仕えてきてまだ使い道がある者を、レジーナはこうも易々と殺すのだから、安全な者などいないということだ。彼を含め誰も安全ではない。彼女は目を真っ赤に光らせて、服と塵だけになったジョナスの残骸を蹴った。彼女の魔手から逃れられる者はいない。

レジーナをここまでつけあがらせたのは、ソーリンの責任でもある。彼女の軍隊を率いてコンデュイットを殺し、彼女の片腕となって、これからはじまる攻撃の作戦を練った。ネヴァダと家族を拉致し、宥めすかし脅して必要なことをやらせた。遠くから見守るだけだった娘とネヴァダがよく似ており、おなじ匂いがすることは無視しつづけた。

人間のなかには——フィリップ・スタージェルやネヴァダや……それに娘のディエラのように——保護されるに値する者たちがいる。だが、自らを女王と名乗るレジーナが権力を握れば、誰も保護されない。それがいまわかった。彼女にとって、自分以外はすべて消耗品だ。「戦いに加わらないと」ソーリンは言った。口から出たとたん、その言葉はあたらしい意味を持った。レジーナをいまここで討てるか？　彼女はナイフを握ったままだし、見た目以上に強い。ソーリンより長く生きているし、純血種だ。危険を冒す価値はあるだろうが、無謀にも丸腰で彼女に立ち向かって殺されたら、誰がネヴァダをここから連れ出すんだ？　ディエラは守ってくれる父を知らずに成長した。ネヴァダをおなじ立場に立たせるわけにはいかない。

反乱派を敵にまわして戦う必要はない。ここから立ち去るだけでいいのだ。ルカかウォリアーが、いずれ女王の始末をつけてくれるだろう。

ソーリンはレジーナにお辞儀して部屋を出た。短い廊下を進んで立ち止まり、耳を澄ました。前方で戦いが繰り広げられている。階段に通じる廊下が塞がれているのだ。ためらい、肩をすくめた。どうとでもなれ。

廊下の角を曲がって立ち止まり、状況を見定めた。ルカ・アンブラスが三人のヴァンパイア相手に戦っていた。完全武装だが、ヴァンパイアを片付けるのに武器など必要ないだろう。返り血と塵を全身に浴びていた。短時間のあいだに大勢殺した証拠だ。

コンデュイットのクロエ・ファロンも武器を持っているが、扱い慣れていないのは見ればわかる。ヴァンパイアの血で服が汚れているが、ルカが危険と彼女のあいだに立ち塞がってきたのはあきらかだ。

ルカはどうして彼女をここに連れてきた？　彼女を殺させたいのか？　いまはなんとか彼女を守っているが、廊下の先には大勢の兵士が待っており、いつまでも彼女を守りきれるものではない。いまのところ、彼女は壁を背に戦っているが、いずれ隙をつかれるにちがいなかった。

兵士がうまくルカをまわり込むと、クロエは懐中電灯を兵士の顔に向けスイッチを押した。兵士は悲鳴をあげてナイフを落とし、両手で目をおおって体をまわした。しばらくは戦えない。つまりふつうの懐中電灯ではないのだ。かなり有効な防御手段だ。

ネヴァダにもああいうのを持たせれば……

目がくらんだ兵士が急に横に動いたので、べつの兵士が闇雲に振りまわしていたナイフでざっくりやられた。のたうちまわる兵士の首を、ルカがすかさず刎ねた。

　息をつく間もなく、敵の援軍がやってきて、ルカは四人を相手にすることとなった。しかも、さらにやってくる気配だ。練達のひと振りにルカはひらりと身をかわしたものの、べつの兵士がここぞとばかりクロエに接近し、急所を狙って剣を突き出した。クロエは兵士を見てもいない。ルカに注意を向けたままだ。

　ソーリンはとっさに前に出た。反乱派の兵士たちは彼を見ても警戒しない。指揮官が加勢にやってきたと思ったのだ。たしかにそうだが、加勢する側がちがう。ソーリンは鋭い爪を兵士の胸に打ち込んで心臓を抉り出し、肉から塵へと変化しつつある手から剣を奪い取った。ルカが振り返った。コンデュイットも振り返り、その光景を見てとった。ふたりの目が合った。ソーリンは彼女の目に恐怖と安堵をふたつながら見た。彼女がこちらの目のなかになにを見たか、想像している暇はなかった。

　奪い取った剣でつぎつぎに首を落とした。ルカとふたりで彼女を守る位置へと体の向きを変えると、形勢が一気に変わった。指揮官が敵方についたことに気づくと、生き残った兵士はいっせいに逃げ出した。

　ルカがソーリンに向き合い、剣をかまえた。

「だめ！」クロエが叫び、ルカに体ごとぶつかった。「彼は――なぜだか知らないけど、彼はわたしたちと一緒に戦っているのよ」

「わかっている」ルカが言った。「ただ、理由がわからない」

ソーリンは剣をさげ、ほかの者たちとおなじように塵の山と化さないほうに賭けた。「あ、ルカ、おれにもわからない」


アイザックとダンカンは持ちこたえており――誰も階段をおりてこない――地下にいたヴァンパイアたちは逃げ出した。だが、これで終わりではない。戦闘訓練をまったく受けていないクロエでも、それぐらいわかる。

地下はまるで迷路だ。廊下が縦横に走り、閉じたままのドアが並び、どこからか音が聞こえた。ルカとソーリンに両側を守られているから、とりあえず安全だ。ソーリンを信用する日が来るとは思っていなかったが、今夜、彼は一度ならず彼女を救ってくれた。

「どうして彼女を連れてきたんだ？」三人で廊下を進んでいるとき、ソーリンが尋ねた。男ふたりは、両側に並ぶ部屋のドアをいちいち開いて安全をたしかめてから、クロエを通した。レジーナを捜して地下の奥へと進んでゆく。

「どこに彼女を残してくればいいんだ？　ジョナスには彼女の居所がわかる。むちゃな反乱を阻止しないかぎり、彼女には安全な場所などない」

「ジョナスは死んだ。レジーナが殺した」

ルカの目が霜のように冷たくなった。

「聖域の呪いは解かれた」ソーリンがつづけて言う。

「ほんとうか？」ルカが尋ねた。

「ああ」

クロエは内臓が引き千切られたような気がした。いまや誰も安全ではない。両親も、友だちも……誰も。遅かった。

ルカがまたべつの部屋をあらため、ドアの前を通過した。「どうして気が変わったんだ？」ルカとおなじことをしながら、ソーリンは謎めいた視線をクロエに向けた。「人間のなかには守られてしかるべき者がいる」にやりと笑った。「うますぎる人間には、もしものことがあってはならない」

クロエはルカにちかよった。うますぎる？　懐中電灯を握る手に力を込める。いままでのところ、短剣よりもこっちのほうが使いやすい。

「彼らには生きる価値がある」〝うますぎる〟という部分には触れずに、ルカが言った。「生きる価値がある者もなかにはいる」ソーリンが論点をはっきりさせ、それからため息をついた。「問題は、誰がそれに当てはまるのかどうやって決めるかだ」

べつの廊下が交差するところまで来た。ルカは立ち止まってわずかに首を傾げ、腕を突き出してクロエを背後に押しやった。つぎの瞬間、物陰から六人のヴァンパイアが襲いかかってきた。誰かが銃を撃った。発射音が反響して耳をつんざく。ソーリンはぎょっとし、にやりとし、突進した。弾を受けてもスピードは落ちない。射手の狙いが正確でないかぎり、銃はヴァンパイアに対し効力を持たない。

また銃声がして、クロエはとっさに後退した。銃弾はヴァンパイアに威力を発揮しなくても、彼女を殺すことはできる。

ルカとソーリンは背中合わせの位置をとり、誰もあいだを通過させないかまえだ。彼女はさらに後退し、長い剣から逃れた。血が弧を描き、あたりには塵が充満する。いま戦っているヴァンパイアたちは第一陣よりも強かった。援軍の到着だ。ルカとソーリンは彼らを食い止めてはいるが、押し戻すまではいかなかった。ソーリンがじりっとさがってきたので、クロエはさらに後退した。手も足も出ない。できることといったら見守って、祈って、邪魔にならないようにすること――

それだけではない。役に立てるかもしれない。

短剣をいつでも握れるようちかくの壁に立てかけた。短剣は短くても重いので、ヴァンパイアと剣を交えることになったら、勝てる見込みはなかった。懐中電灯も重い。ぐらつかないようにしっかりと両手で持ちあげて、狙いを定めてスイッチを入れた。強力な光線がヴァンパイアに当たると、首筋と頬に火膨れができた。目を射抜こうとしたとたん、ヴァンパイアがくるっとまわって懐中電灯を彼女の手から蹴り落とした。懐中電灯はコンクリーの床を転がり、消えた。

クロエは剣をつかんだが、間に合わないことを悟った。光で火傷させたヴァンパイアが襲いかかってくる。

ルカが踵を返して剣を振るい、ヴァンパイアの首を斬った。

クロエは懐中電灯に飛びついた。壊れていないかもしれない。電池がゆるんだだけなら直せる。

「呼んで！」ウォリアーの声がはっきりと聞こえた。クロエを脅かした声が、いまは妙に懐かしい。「わたしが必要でしょ」

「約束して！」クロエは声に出さずに頼んだ。懐中電灯をつかんで壁に寄りかかり、振ってみてからスイッチを切り、入れなおす。つかない。

声に出さずに毒づき、キャップをはずしてから締めなおした。膝がガクガクする。全身が震えていた。懐中電灯が明滅し、消えた。あたりは耳を聾《ろう》する音で満ち溢れ、血が飛び散り、塵が立ち込めている。いやだ、ヴァンパイアの死骸を吸い込んでいる。

「呼んで！」

「約束してよ。ルカはわたしのもの！　彼はわたしを救ってくれた。わたしたちのために戦ってる！」それに、彼を愛している。でも、それではウォリアーを納得させられない。「ルカを殺さないで」

一瞬、べつの世界にいるウォリアーが黙り込んだ。それから、しぶしぶ言った。「約束する。呼んで、さあ！」

クロエはルカを見た。敵の数はますます増え、彼とソーリンは後退せざるをえなかった。彼女に見えるのは、ぼやけた銀色と肉と血と、それに灰色の塵だけだ。なんとか彼に焦点を合わせようとする。

「頼むのよ！　わたしの名前を呼んで！」インディの声は切羽詰まっている。

「インディ！　来てちょうだい」クロエは言った。

「名前を！」インディが恐ろしい声で叫ぶ。

クロエは目を閉じ、いままでに見た夢を、聞いた名前を思い出そうとした。どうしてこんなに難しいの？　映画のタイトルとか、長いことご無沙汰だった人の名前を思い出そうとしているみたい。答は舌の先まで出かかっているのに。インディなんとか、インディ……

「リラックスして、耳を澄ますの」

クロエは深呼吸して目を開けた。するとそこにあった。自分の名前とおなじぐらいよく知っている名前が。「どうかわたしたちを助けて、インディカイヤ」

光の爆発に目が痛くなった。壊れた懐中電灯を握ったまま、クロエは壁にもたれた。ルカとソーリンはずっと先にいて、ルカが名前を呼ぶ声がした。いいえ、その声はインディの声とおなじ、頭のなかで響いていた。でも、まるでかたわらにいるみたいにはっきりと聞こえる。

もっとちかくに来い。離れすぎだぞ。

でも、動けない。いまはまだ。インディが形をとりはじめた。最初に見た三つ編みが筋肉質の肩の上で揺れている。クロエを悩ませたあの三つ編みだ。インディは背が高く、力強く毅然としていた――それに、剣を持っている。

インディカイヤの全身が現われた。クロエに顔を向けてほほえむ。その笑顔は誇り高く、愛と激しい喜びに溢れていた。その顔は力強くて印象的だ。美人というのではないが、ある種の美しさを備えている。長い脚のヨーロッパのモデルみたい――筋肉質のモデルに短い革のシフトドレスを着せれば、たぶんこんな感じだろう。

「ありがとう」インディは言い、踵を返して走った。彼女が呼ばれたのは戦いに赴くためだ。

クロエはその後ろ姿に声をかけた。「ルカと大柄なブロンドは味方よ！」念のためだ。ソーリンの死を願いながら、クロエはここにやって来たが、この戦いに必要な味方をルカから奪うつもりはなかった。その味方が一度は彼女を殺そうとし、ヴァレリーに咬みついたにしても。

ルカとソーリンが姿を消した曲がり角を、インディがいま曲がっていった。クロエは深呼吸した。息が整い、膝のガクガクがおさまったら先へ進もう。ウォリアーを呼び出してくたびれたが、その前からすでにいっぱいいっぱいだった。ふたつの世界をつなぐ入り口を創るだけのことに、こんなにエネルギーを消耗するものなの？

視線を前方に向けたまま、自分を元気づける。ルカに言われたとおり、そばに行かなければ。でも、正直に言えばあまりちかづきたくなかった。反乱派はいまのところ戦うことに夢中だが、そのうち気づくかもしれない。侵略〝軍〟の人間は無防備で……いまはひとりきりでいることに。

目の端で動きを捉え、気を取りなおして攻撃に備えようとした。野蛮なヴァンパイアを予想したのに、廊下をやってきたのは小柄な黒髪の女で、心配そうな表情を浮かべていた。

「大丈夫？」女が言う。「こんなところに来るべきじゃなかったのに。ここは安全じゃないわ」

「今世紀の〝控え目表現大賞〟に決まりね」クロエはうんざりしたように言い、脚になんとか力を込めようとした。女はほほえみ、ちかづいてきた。クロエは反射的に懐中電灯を握り締めた。短剣は数十センチ先だ。握っていればよかった。ヴァンパイアはみなちがっていた。薄気味悪いの、美しいの、不細工なの、平凡なの。この女はヴァンパイアでないとしたら、なぜここに――

黒髪の女の動きはあまりにも速かった。おぼろげな手の動きを目で捉えると、クロエは反射的に動いた。思いもよらぬすばやい動きで懐中電灯を女の鼻に叩きつけた。女が絶叫する。クロエは熱い痛みを感じた気がして見おろすと、女の手に血染めのナイフが握られているのが見え、それから自分の服が血で真っ赤に染まるのが見えた。熱い痛みが炎となって広がり、彼女を包み込んだ。

困惑して血を眺める。塵はどこ？　いいえ、塵になるわけがない。わたしはヴァンパイアじゃないもの。頭が働かない。とんでもないことになった。脚が上体を支えきれない。そうして、床にくずおれた。

28

これがヴァンパイアの暮らしなら、技術者よりもはるかに身入りがいいのだろう。

リューリクの唐突でやかましい道案内に従って車を進めた先が、DCの高級住宅街だった。映画スターが住んでいそうな大邸宅が並んでいる。ウォリアーはあらゆる点で原始的で、車の運転はできないと認めていたが、道案内はちゃんとできた。その通りに入ったら、目当ての屋敷はすぐに見つかった。一様に静かで、なかには真っ暗な屋敷もあるなか、一軒だけが際立っていた。庭でも、ガラスが割れた窓から覗く室内でも、男女入り乱れての戦闘が繰り広げられていたからだ。

すごい。

ジミーが道の真ん中で車を停めると、リューリクが助手席のドアを開けた。戦いに加わりたくてうずうずしながらも、立ち止まって車のほうに身を屈めた。

「おまえの仕事は終わった。好きにしていい。だが、戦いたいなら、ウォリアーになりたいなら……」輝くばかりの笑みを浮かべる。「喜んで一緒に戦ってやるぜ」

リューリクは返事を待たずに駆けだした。

ジミーはしばらくじっと眺めていた。これが現実のわけがない、と彼の一部が叫び、べつの一部は目と耳に入ってくるすべてを、受け入れるしかないと思っていた。争い事は苦手だ。父と鹿《しか》を狩るのもいやだった。もっとも、こういう状況に陥るのははじめてだ。ウォリアーがもうひとりいたら、戦況が変わるとしたら？　彼の参戦が勝敗を分けるとしたら？　全世界の安全と危険の境目に立っているのだとしたら？　こういうことが起きているのを承知しながら逃げ出して、それで自分と折り合いがつけられるのか？

車を縁石に寄せて駐め、エンジンを切った。車をおり、後部座席からショットガンと装弾の箱をつかんだ。見ると、べつの車が屋敷に入っていった。鹿革に身を包んだ男が助手席から飛び出してきて、矢筒と恐ろしげな弓を取りだした。

ウォリアーとおぼしき男がドアを閉める間もなく、車は轟音《ごうおん》もろとも走り去った。ジミーはその車とハンドルを握る男を見送った。

装弾を服のポケットというポケットに詰め込みながら、走り去る車のテールライトを眺める。臆病者。

レジーナはよろっと後じさった。折れた鼻から血が流れている。数分のうちに傷は癒えるとわかっていながら、鼻を手でおおわずにいられなかった。小癪な女め！　よくもわたしに？　死にかけている人間を満足げに見おろす。必殺のひと突きだった。コンデュイットはまだ息があるが、長くは持たない。あと数分の命だが、それでもレジーナが思っているよりは頑張っている。鼻を折った見せしめだ。屈み込んでまたナイフを振りあげる。女の喉を掻き切り、最期の息がゴボゴボと吐き出されるのを見物してやる。

クロエ・ファロンは震える手に握ったままの懐中電灯を持ちあげ、振った。強烈な光が息を吹き返し、レジーナの目を射った。

敏感な目に至近距離から光を受け、レジーナは悲鳴をあげてよろめいた。なんなのよ、これ！　目が見えない。でも、かまうものか。とどめのひと突きはなくてもいい。ファロンはどうせ死ぬのだから放っておいて、逃げることだけを考えよう。新鮮な血の匂いを嗅いで、ひざまずいて飲み干したい衝動と闘った。目が見えないのだから慎重に動かなければ。いまは逃げるが勝ちだ。

目が燃えるように熱い。顔の左側の皮膚が痛いが、こういう火膨れはじきに治る。うっかり日を浴びたヴァンパイアなら、誰でも知っている感覚だ。でも、目をやられてしまった。

地下のどこになにがあるか知り尽くしていたから、片手を壁に当て、視力以外の感覚を駆使して戦闘から離れ、壁伝いに秘密の出口へと向かった。

手下のなかではソーリンがいちばん頼りになる。その残酷さで、彼はレジーナにほぼ匹敵する。〝ほぼ〟と言うには理由があった。ルカをのぞけば、彼女とほんとうに対等な者はいない。でも、ルカはあんなつまらない人間に夢中だし、ソーリンは裏切った。まったくわけがわからない。なにがあったの？　彼がルカと並んで戦っているのを見てショックを受けた。でも、彼にしてもほかの誰にしても、なにかを期待するほうがおかしいんじゃない？　恐怖が伴わない忠誠を期待するほうがおかしい。裏切りの代償はきっちり払わせる。

でも、それはもっと後のことだ。まだ終わっていない。いまは数で負けている。ウォリアーたちがやってきて、くそったれの純血種のルカが事態をややこしくした。たとえ目が見えても、形勢は不利だ。チャンスがあったときにルカを殺しておけばよかった。彼が評議会本部に現われたとき、自ら手をくだしておけばよかった。彼の隙をつくことができたのに。

二度とああいうチャンスは訪れないだろう。

彼が邪魔したお返しに、大事なコンデュイットを殺してやった。彼が同胞に牙を剝いたのはあの女のせいだ。じっくり時間をかけていたぶってやりたいが、その時間を、その血を味わっている暇はない。なんともったいないこと。

激しい戦いがつづいていた。屋敷の一階からときおり銃声が聞こえる。軍隊に近代兵器を持たせるべきだと、ソーリンはよく言っていたが、彼女はその必要はないと思った。彼女の兵士たちは、手と牙で殺せるのだから。ヴァンパイアになりたてで弱い兵士にはなにか持たせてもいい。剣とか、コンデュイットを始末するのに必要なふつうの武器とか、銃とか。ウォリアーがこの世界に出現した場合に備えて……それ以上は必要ないと思っていた。

こんなふうになるとは思ってもいなかった。ヴァンパイア同士が戦うことになるとは。爆弾が手もとにあったら屋敷ごと吹き飛ばし、最初からやりなおすのに。永遠の命を持つ身にとって、あと五十年がどれほどのもの？　だが、手もとに爆発物はないし、これ以上ぐずぐずしてはいられない。

視界が戻りつつあった。純血種は傷を負ってもあっという間に治る。隠し扉を抜けて細い階段をのぼり、草できれいにおおわれたハッチを開いて闇に紛れる。戦闘が繰り広げられている屋敷からはだいぶ離れている。これは彼女の戦闘、彼女の戦争だが、不利な戦いに身を捧げてもなにもならない。

いずれべつの戦いが起きる。この戦いには負けても、戦争そのものはまだ終わっていない。

ネヴァダは膝小僧を抱えてスカートに顔を埋め、目をぎゅっと閉じた。

でも、耳を塞ぐことはできない。

隠れ場所の外は、世界の終わりのような騒ぎだ。ヴァンパイアのねぐらを襲うのだから、よほど馬鹿でよほど度胸があるのだろう。彼らが殺そうとしたコンデュイットたちが、反撃に出たのかもしれない。でも、コンデュイットだって彼女とおなじ人間だから、どこまで戦えるか。助けを呼ぶ魔法が、想像していたより有効だったのかもしれない。ああ、もっと早くに来てくれていたら。ネヴァダが呪いを解く前に。

彼女のせいで、いったい何人の人間が危険に曝されているだろう。呪いを解いた後、長く生きるつもりはなかった。死ぬつもりだった——そうすれば、呪いはもとに戻る。ソーリンはほかのヴァンパイアとはちがうとわかっていた。でも、彼が実際に命を救ってくれるとは思っていなかった。

そうなるとわかっていたら、べつのやり方をしていただろうか？

しばらくは魂を飛ばす魔法に集中できなかったが、外の混乱がいくぶんおさまってくると、静かな心持ちになり、物置から飛び出すことができた。

誰も彼女を見ることも触ったりすることもできないが、彼女からは見える。ヴァンパイアの何人かは見覚えがあった。食事やタオルやシーツや石鹼や服——三年のあいだ、ひとりの女が必要とした日用品——を届けに来たヴァンパイアたちだ。彼らには脅されたりなじられたりした。彼らは家族を閉じ込めた。だが、彼らと戦っているヴァンパイアたちには見覚えがなかった。地下におりる階段の入り口を塞ぐふたりもヴァンパイアだが、見たことがない。どういうわけか、仲間を地下に入れないために戦っているのだ。

ソーリンがネヴァダを救うために危険を冒したように、女王の計画に心を打たれないヴァンパイアたちがほかにもいるのだろう。そう願っている。

廊下や玄関や客間でも、反乱派が戦っていた。相手は大半が恐れ知らずの逞しい男たちだが、なかには女もいて、剣や弓矢や、先の尖った長い木の棒や、ありとあらゆるタイプの銃で武装していた。着ているものもまちまちだ。まるで歴史書から抜け出してきたみたい。ヴァンパイアを相手に一歩も引かない。どこをどう突けばいいのか知っている。いったい何者だろう？

ネヴァダの見張りだったヴァンパイアが、両手に銃を持った兵士に躍りかかり、肉切り包丁のようなもので兵士の喉を掻き切った。銃を持った兵士は血を流し、床に倒れ……消えた。肉体がそこにあったと思ったら、霧となって消え去った。オーケー、つまり人間ではないのだ。生身の人間のように見えたけれど。

彼女の魔法はいったいなにを呼び寄せてしまったの？

とても背の高い黒髪の男が、剣を巧みに操ってヴァンパイアの首を刎ねた。ヴァンパイアは血みどろのおぞましい姿になり、それから塵と化した。

黒髪の剣士が振り返って、まっすぐネヴァダを見つめた。

それからウィンクした。

ネヴァダはショックのあまり肉体に戻った。誰であれ――なんであれ――戦っている者たちには彼女が見える。少なくともあの男には見えた。ほかの者たちは命懸けで戦うのに忙しかったから、みながみなそういう能力を備えているのかどうかはわからない。あるいは……彼だけかもしれない。

ルカは心臓に鋭い痛みを感じ、動揺した。「クロエ！」無意識に彼女の名前が浮かぶ。慌てて彼女を捜した。彼とソーリンとインディカイヤの三人で、反乱派の数を大きく減らしていた。戦闘はおさまりつつあった。敵の多くが撤退を決めたが、賢明な判断だ。責めるつもりはなかった。狭い廊下で三人は、古参兵のようにたがいの背後を気遣いながらともに戦った。ウォリアーと変節者と純血種は、奇妙な、だがとても有力なチームだった。残った反乱派はひと握りとなったいま、ソーリンとインディカイヤに後を任せても大丈夫だろう。ひとりを片付け、ひとりを見逃してから、クロエのいるほうに引き返した。

彼女の姿がなかった。どうしてそばにいないんだ？　あれだけ言ったのに、どうして？　ルカは走った。心臓が痛みとパニックで激しく脈打つ。戦闘の流れがふたりを切り離し、そしていま……クロエは死にかけている。ふたりは絆で結ばれていた。彼女は彼のなかにいる。彼の一部だ。絆の効力は思ってた以上に強く、そのおかげで彼にはわかった。

クロエは血だまりのなかに倒れ、かろうじて息をしていた。血の量を見て、彼の胃の底が抜けた。傷の位置からナイフが心臓に達しているのがわかる。彼女は見せしめにここに残された。彼への見せしめに。数分で息絶えるだろう。

ルカは膝を突き、剣を放した。剣は床に当たってけたたましい音を響かせた。

まだ意識があった——息は絶え絶えで、茶色の目は迫りくる死で虚ろになっているが、まだ意識があった。なんとか彼に目の焦点を合わせ、弱々しく片手をあげようとした。「勝ったの？」

あげきれないその手を、ルカは握り、痛みやパニックと闘った。「まだだ」

クロエが浅い息をする。「戦争映画……観たことある？　こういうときは言うものなのよ……戦闘は終わり、善人が勝利したって……それもわたし抜きで……」言葉が途切れ、彼女はあえいだ。「〝まだだ〟じゃ元気づけられない」

「つぎのときには頑張る」彼はやさしくクロエを抱きあげた。涙が込みあげる。動かされて、彼女は弱々しい悲鳴をあげた。遠くで戦闘はつづいていたが、どうでもいいことだ。彼抜きでやればいい。この世で彼にとって大事なものはここに、腕になかにある。彼女と過ごしたのは、わずか数日だった。でも、彼女はルカを笑わせ、怒らせた。彼の人生に色彩と喜びと、命をもたらしてくれた。

浅い息を吸うと、クロエの胸がわずかに持ちあがった。「ここを……あなたが舐めてくれたら……楽になる？」

「いや」声が喉に詰まった。目に厚い涙の膜がかかって彼女がよく見えない。ルカは目をしばたたいて涙を払った。彼女の人生の貴重な時間を無駄にはしたくない。彼女をヴァンパイアにしてしまえばよかった。彼女をそばに置いておけるなら、なんでもやればよかった。でも、ヴァンパイアになりたくない、と彼女は言った。それに、彼女をヴァンパイアにすることができるかどうか、自分でもわからなかった。彼女はいまにも死ぬ。残された時間はわずかだ。

「ヴァンパイア」クロエがささやき、弱々しく彼を手で探った。

「ああ」彼女は〝愛称〟代わりにそう呼んだのだろうか？　だが、そういう軽々しいことを、彼女はしたことがない。いつも名前で呼んだ。

「ルカ」彼女に言われて、ルカはぎょっとした。絆はまだそこにある。彼の思いを、彼女は感じとることができる。「ルカ……わたしを……ヴァンパイアにして」

ぶるぶる震えていたので、ちゃんと聞き取れたかどうかわからない。「クロエ？」

「あなたを……愛している。生きたい」やっとのことで彼女は言った。「わたし……生きていきたい」息が切れ切れになる。「あなたの……そばで」

彼は凍りついた。もう手遅れかもしれない。彼女が死んだら、心臓が最期の脈を打ったら、それでおしまいだ。乱暴に手首を牙で切り裂く。

まだチャンスはあるかもしれない。あるいは。絆を結んだときに、クロエは彼の血をかなりの量取り込んだ。最初からやるのとはちがう。それでは時間が足りない。

血が噴き出す手首を、震えながら彼女の口にあてがった。「飲んで、クロエ、飲むんだ」

彼女の唇が動いたが、血は口から溢れて頬を流れ落ちた。手首を彼女の口に押しつけ、舌に血をつけた。血がまた口から溢れる。ルカはうなり、彼女の喉を揉んで無理に飲み込ませようとした。「くそっ、クロエ！　飲め！」

くそっ！　どれぐらいの血が必要なのかわからなかった。人間を転身させるのに決まった手順はない。レシピも公式もなかった。回数にも血の量にも決まりはなかった。必要なのは、ヴァンパイアの血が人間の血を上まわること、優勢になることだ。

彼女は飲み込まなかった。何度も喉を揉んだ。ルカは言葉にならない悲嘆と怒りの声をあげ、手首を彼女の口に押し当てた。「頼む」自分が赤ん坊のように泣いていることにも気づかなかった。「クロエ、お願いだ。わたしを置いていかないでくれ。飲んでくれよ、スウィートハート、頼むから飲んでくれ」

彼女の手が動いた。

いまにも力が尽きかけているのに、それでも彼女はゆっくりと手をあげて彼の腕をつかみ、口にあてがわれた手首を固定した。

ルカはひざまずき、泣きながら震えていた。彼女が少しずつ血をすすりはじめた。ひもじそうなやさしい音をたてていた彼女が、不意に彼の腕にしがみついて強く吸った。まるで飢えているように。

彼は床に腰をおろしてクロエを膝に抱いた。ヴァンパイアになりたてはなにをしでかすかわからない。飢えていて凶暴だ。「わたしが面倒を見てやるからな」彼女の髪に口を埋めてささやき、やさしく前後に揺すった。戦争ははじまってしまったが、彼女から目を離すわけにはいかない。訓練し、教え、守らなければならない――それと同時に、ほかの人間たちを彼女から守る必要もあった。彼女の転身は早かった。凶暴すぎるようなら、戦争はほかの者たちに任せ、彼女をスコットランドに連れていこう。スコットランドまで旅するのが無理なら、アーロンのところへ連れていけばいい。

だが、クロエは生きている。大事なのはそれだけだった。彼女はルカのものだ。けっして放さない。戦争なんかくそくらえ。マリーなんかくそくらえ。

クロエがようやく彼の腕を放し、彼にもたれかかってため息をつき、目を閉じた。「頭がくらくらするの。酔っ払ったのかしら？」

「いや」

「ほんとうに？」彼女は目を開き、彼を見あげてにっこりした。さっきまで死にかけていたのが嘘のように、さっと起きあがった。子どものように好奇心いっぱいで、血の染みたシャツをめくりあげ、傷口が塞がる様子を眺めた。「まあ。なんだか……わくわくする」彼女は笑った。「ねえ、すごくいい気分だわ。いまなら戦えそうよ。前みたいに守ってくれなくても大丈夫。あなたをやっつけることだってできそうよ」

「それはどうかな」ルカは言い、頬の涙をぬぐった。しばらくは彼女を守る必要がある。まるでいたずらっ子みたいに元気な彼女を見ていたら、笑いたくなった。

「なにもかもちがって見えるの。ルカ、やりたいことがいっぱいある。見たいものもいっぱい……」そこで二度、目をしばたたき、うつむいた。「もうお日さまに当たれないのね」浮かれ気分がしぼんだ。

「しばらくのあいだは。歳を重ねてゆけば、また表に出られる」

「チョコレートともさようならね」彼女が悲しげに言う。

「欲しくなくなるさ。最初の数百年はね」

「でも、あなたがいる」彼の首に両腕をまわした。咬みつかれるものと彼は覚悟した。自分では抑えられない飢えを満たすために。だが、クロエは頭を彼の肩にもたせただけだった。

「死を目の前にしたとき、ほかのことはどうでもよくなったわ」

彼女を抱きしめる。そばにいてくれることを、言葉に出さずに感謝した。彼女の反応は……興味深いものだった。ほかのなりたてヴァンパイアとはちがっていた。絆を結んだせいかもしれない。ふつうのヴァンパイアの血ではなく、ルカの血を飲んだからかもしれない。思っていたよりも強くなるかもしれない。

それに、彼女はコンデュイットだ。最初からちがっていたのだ。この先どうなるのか楽しみになってきた。

力が全身を駆け巡っているかのように、彼女がピクピクしはじめた。世界がちがったものに見えているのだ。五感が鋭くなり、敏感になる。

もうじき夜が明ける。彼女が目にする最後の日の出だ。

「とっても妙な気分だわ」クロエはぱっと立ちあがり、まわりを見まわす。物珍しいものを見るかのように。ある意味、そうなのだ。「わたしを刺した女はどこ？　仕返ししたい。懲らしめてやる。髪の毛をすべて引っこ抜いて、腸を蝶結びにして――」

「小柄な黒髪の女か？」与える罰を並べたてるのを遮り、ルカは尋ねた。

クロエは口をつぐみ、肩をまわし、深く息を吸い込んだ。「そう。どうして知ってるの？」

彼の怒りはもっと深く激しかった。マリーは彼の気を逸らすためにクロエを殺そうとした。あるいは腹いせに。理由はなんであれ、ただではおかない。

マリーはクロエを殺した。クロエの人生は終わった。仕事に戻れないし、ヴァレリーと映画を観ることも、大学の授業を受けることもできない……二度と実家には戻れない。両親は、今夜、娘を失った。ヴァンパイアになりたての彼女は、その本能を隠すことができない。人間に混じってどうふるまい、どう動き、本能をどう抑えるか、これから学んでいかねばならない。クロエがそういった技量を身につける前に、彼女をよく知る人びとはみな死に絶えているだろう。

だが、彼女にはルカがいる。どんなことがあろうと、永遠にふたりは一緒だ。

何時間も経ったと思われるころ、あたりが静まってきて、剣がぶつかる音やなにかが割れる音が聞こえるだけになった。ネヴァダは動かなかった。隠れ場所から出たらなにが待っているのだろう？　ソーリンは無事だったの？　屋敷には誰がいるの？　どっちが優勢なのだろう――どっちが勝ったのだろう？

ここで死ぬのがいちばんいいとわかっていた。彼女の心臓が止まった瞬間に、聖域の呪いは甦る。あらためて呪いをかけることもできるが、それにはどれぐらいの時間がかかるかわからない。人類にはどれぐらいの時間が残されているの？

でも、自ら命を断つことはできなかった。生きたいと思わないふりはできない。

ついにあたりがすっかり静かになった。ドアの隙間から様子を窺うぐらいなら安全だろう。彼女を混沌から切り離している小さなドアの向こうに、なにがあるのかまったくわからなかった。

ドアが開き、彼女は縮みあがり、それから狭い空間に射し込んだ光に目をしばたたいた。ソーリンが剣を手に立っていた。ひとりではなかった。彼の背後に革のシフトドレス姿の背の高い女がいた。やはり剣を持っている。肉体のない魂だけの彼女に気づいた兵士もそこにはいた。それに、彼女とおなじ年ごろの若者が、ショットガンを抱えて立っていた。ポケットはショットガンの装弾でパンパンに膨らんでいる。

全員が死闘を演じた後のようだ。汗をかき、荒い息をして、血にまみれている。なかのふたりは軽傷を負い、血を流し――むろんヴァンパイアではない――期待の眼差しで彼女を見つめていた。

事情を知って彼女を殺しに来たのかもしれない。決断を迫りに来たのかもしれない。

ソーリンが差し出した手を、ネヴァダは握った。彼は狭い物置から彼女を助け出し、ちゃんと立っていられるまで支えていてくれた。ネヴァダは勇敢に顎を突き出し、見あげた。みんな悔しいほど背が高い！「事情は知っていると思うけれど。あたしを殺して、聖域の呪いを甦らせて。呪いを解いたときに自分の鼓動と連動させたの。女王にきっと殺されると思ったから」大きく息をつく。「死にたくないけど、しょうがないわ」目を閉じ、剣で斬られるか、ショットガンで撃たれるものと覚悟した。

なにも起こらない。

ネヴァダがゆっくり目を開けると、ソーリンと黒髪の兵士が剣をかまえているのが見えた。彼らはほかのふたりから彼女を守ろうとしているのだ。四人ともおなじ側で戦ってきたのに。口を開いたのは三つ編みの女だった。「剣をおろして、ぼうやたち。罪もない人間を殺すつもりはないわよ」

ショットガンを抱えた若者がうなずいた。「あたりまえだ。子猫は撃てない」

ソーリンと黒髪の兵士は少し緊張を解いた。

「死ぬ以外の解決策はないのか？」ソーリンが尋ねた。

「あるけど、それには時間がかかるわ」ネヴァダは言った。

「どれぐらい？」黒髪の男が尋ねる。軽いロシア訛りがセクシーだ。

「わからない」ネヴァダは正直に言った。「数日か数週間か、数カ月……」

「そんなに待てない」ソーリンがきつい口調で言う。

「わかってる」ネヴァグは気が咎《とが》めていた。

誰も彼女を殺そうとしないので、ボディガードふたりは警戒をゆるめた。黒髪の男が彼女にまたウィンクした。「魔女の知り合いがいた。彼女はきみほどきれいじゃなかったがね」

「あたしが見えたんでしょ」

「あたりまえだ。ふたつの世界を行き来するおれたちは、おなじように旅する者の姿が見える」

ふたつの世界。驚くことはない。彼はネヴァダの視線を捉え、まっすぐに見つめ返した。この感じ、長いこと経験してこなかった。とネヴァダは思った。思いがけずいい気分だった。

「あたしの名前はネヴァダ」

「おれはリューリクだ、べっぴんさん」慇懃《いんぎん》にお辞儀する。ソーリンが鼻を鳴らし、三つ編みの女もそうした。「二度と恐れなくていい。おれがこの世界にいるあいだは、誰にもあんたを殺させない」

ネヴァダですらそれではいけないと思った。彼女が生き延びれば、ほかの人たちが死ぬかもしれない――おそらく死ぬ――のだから。

それでも、死にたくなかった。せっかくおもしろくなってきたのに。

ソーリンだけが後に残り、彼女の腕を取って耳もとでささやいた。「おれに魔法をかけたのか？」

「いいえ！　なにかまずいことでも？」

「ああ」そう言ってから、ソーリンは言いなおした。「いや。だが、おまえに〝思い出して〟と言われて……」

「あれは魔法じゃないわ。あたしはただ……あなたのなかに思い出があるのに、胸の奥深くにしまいこんでいるのがわかったから。取り出してあげる必要があると思ったの」

「しまいこむにはそれ相当の理由があったんだ」彼がぶつぶつ言う。

ネヴァダはあたりを見まわした。「彼女は死んだの？」名前を言う必要はない。誰のことを尋ねたのか、ソーリンにはわかる。女王のことだと。

「逃げたようだ」いかにも残念そうに彼は言った。

ほかの人たちについてキッチンからダイニングルームに向かった。そこもかなりやられていたが、彼女が魂だけで歩きまわったときに見たほかの部屋ほどではなかった。べつの世界から人間を助けにやってきたウォリアーたちが、ここに集まっていた。額を寄せ合い、作戦を立てている。怪我の手当てをしている者もいた。

彼らは戦う者たち、兵士だ。ここでは彼女はたいして役に立てない。

ネヴァダは精神力を掻き集めた。きっとできる。「しばらくひとりきりになれる場所が欲しいの。魔法の本とガラス瓶、それにあたしが集めたハーブ。それから水晶も。欠かせないものだから」

「ここにいるわけにはいかない」ソーリンが言った。「家族を守らなきゃ」ネヴァダは言い張った。「女王があたしの家族を捕らえて利用する可能性は充分にある。あなたもわかってるくせに」

「おれたちのなかでいちばん弱いくせに、要求が多いな」ソーリンががなる。

〝弱い〟と言われて彼女は怒った。ある意味、それは事実だとしても。「肉体的には弱いかもしれないけど、あなたたちにはあたしが必要だわ。この事態を収拾できるのは、あたしだけですもの」ソーリンが礼儀正しくお辞儀した。彼女にはそれが答だった。

リューリクがこっちに顔を向け、ソーリンとネヴァダを交互に見た。カップルだと誤解しませんように、とネヴァダは祈った。でも、そんなこと、いまはどうだっていい。

そうなの？

クロエは走りたかった。飛びたかった。きっと飛べるにちがいない。まわりのものすべてがちがって見える。いままで気づかなかった色彩が見え、いろんな音が聞こえる。まるで世界が呼吸しているようだ。

屋敷の一階へと階段をのぼるあいだ、ルカが彼女をやさしく、でもしっかりと抱いてくれた。一階は様変わりしていた。いたるところに塵と血が残り、服の切れ端が散乱し、壁も家具も壊れていた。塵のなかに剣が一、二本転がっている。

戦闘は終わったのに、アイザックとダンカンは戸口を守っていた。ダンカンは顔に深手を負っていたが、見ている先から癒えてゆく。驚きだ。

彼女もいまやそれができる。大動脈瘤はまだあるの、それとも治った？　誰が気にする？　たとえ破裂しても自然に治るだろう。死の恐怖から解き放たれたのだ。

屋敷の奥から声がしたのでそちらに向かう。アイザックとダンカンがついてきた。ダイニングルームに集まった人たちのなかで、最初に目がいったのはふたりだった。赤毛の娘とショットガンを抱えた若者。なんともいい匂いに引き寄せられる。ちかづこうとしたら、ルカが引き止めて、ひと言。

だめだ。

彼女の考えに気づいたらしく、ソーリンとウォリアーのひとりが立ちはだかった。

飢え。人間の匂いを嗅いだとたん覚えたのがそれだ。飢え。でも、みなが思っている以上に自制がきいた。ダイエット中にチョコレート・ガナッシュを我慢できたんだもの。この飢えも我慢できるはずだ。

クロエが部屋にいる人間に飛びかからなかったことに、ヴァンパイアたちは驚いたようだ。ルカが握っていた手の力をゆるめた。少しだけ。

「新米にしては桁はずれに自制がきくんだな」ソーリンが言う。それでも赤毛から離れようとはしなかった。

ルカは納得していないようだ。「まあな」

保護者面の男たちのまわりを、インディが歩きまわってにんまりした。「彼はあなたになにをしたの？」

「命を救ってくれたのよ」クロエは落ち着いて言った。「わたし、死にかけたの。わたしの許しを得て、彼がわたしを転身させた」

赤毛がソーリンの陰から顔を覗かせた。「クロエ！」

自分で自分を信用できないので、クロエはちかづいてはいかなかった。「どこかで会ったことあったかしら？」

「あたしはネヴァダ。というか、あたし、その、魔女なの。ヴァンパイアがあなたを狙っていることを知って、あなたに警告を発したわ」

「『憶えていて』」クロエはつぶやいた。接触してきた相手を無視したことがあった。「彼らがやってくると警告してくれたわね。それから、わたしに言った。『憶えていて』」

「それできみはわたしのことを忘れなかったのか」ルカが声に安堵を滲ませて言った。説明がついてほっとしたのだ。

ネヴァダは赤くなった。「魔法が意図したのとはべつの働きをしたみたいね」

クロエはほほえんだ。ネヴァダがわずかに身を引いた。怖がっている。生えたばかりの牙を剥き出しにしていることに、クロエは気づいた。「ありがとう。牙のことは気にしないで。あなたのせいじゃないから」

赤毛の魔女は困惑した。

「もしわたしがルカを憶えていなかったら、こんなふうにはならなかったでしょうね」

ルカは彼女の腕をつかんだままだ。その手に目をやり、クロエが片方の眉を吊りあげると、ルカはしぶしぶ手を離した。「わたしなら大丈夫よ」

彼女がおいしそうな人間にいつ飛びかかるかもしれないとルカは警戒し、彼女の行く手を塞ぐ位置に立っていた。転身しても自制心は捨てなかったことを、彼はまだ知らない。わかってもらえるよう努力するつもりだが、時間がかかるだろう。

「ウォリアーは何人？」

「ここにいるのは数人。これから来る者たちもいるわ」インディが答えた。

ルカは彼女に顔を向けた。「一緒に戦っていけるかな？」

「そうするしかないでしょ」彼女が答えた。殺すつもりだった相手とともに戦う展開になって、おもしろくないのはたしかだ。

「マリーは逃げた」ルカが言う。「彼女が死なないかぎり、終わらない。彼女が集めた兵士をひとり残らず殺したとしても、数年後にはおなじことが起きるだろう。べつの場所で、予期しないときに。彼女が本気でやり遂げるつもりだとしたら、死以外のなにものも止めることはできない。純血種の彼女を殺すのは容易ではないが」

「彼女だって不滅ではない」ソーリンが言った。

クロエは彼を見つめた。ここにいる者たちがどういう立場で、どうしてここにいるのかわかっているが、彼だけは謎だ。「あなたはスパイかもしれない。あっという間に寝返ったじゃないの。あなたの言うことをどうしたら信じられる？」

ソーリンは彼女の目を見て言った。「最初はレジーナの計画のすばらしさばかりに目が行った。おれたちにとって理想の世界の出現だからな。だが、時間が経つにつれ、あらが見えるようになった。彼女がジョナスを殺すにおよんで、おれにとって反乱は終わったと悟った。ジョナスを殺したことを、彼女はもう後悔しているだろうがね。彼女は、邪魔する者は人間だろうがヴァンパイアだろうが容赦しない。彼女がいまのままでいるかぎり、この世界になにも残らないだろう」

「彼はあたしの命を救ってくれたわ」ネヴァダがやさしく言った。「ソーリンは信用できる。あたしが請け合うわよ」

若者が抱えているショットガンをちょっとあげた。発言する許可を求める生徒のように。

「ぼくはここではいちばんの下っ端だから、黙って引っ込んでるべきなんだろうけど、ウォリアーと、正しい側についたヴァンパイア、それにぼく、解かれた呪い……すべてがおなじ晩に起きたのは偶然だとは思えない。ふつうじゃありえないことでしょう？」

ネヴァダは頬を染めた。あたりには欲望をそそる匂いが充満していたが、クロエにはそれがなんの匂いかわかった。彼女には許されないものだ。だが、彼女には強さがあった。この世界をすっかり変える恐ろしい計画を立てた怪物とおなじものへと、彼女を貶める衝動を抑えるだけの強さが。

「それもあたしのせいなの」ネヴァダが言った。「あたし……網を張って、助けを求めた。あらゆる助けを。ほかにどうしていいのかわからなかった」ふっと笑みを洩らす。「それが効いたのよ。クールだと思わない？」

ルカが苛立つのをクロエは感じた。

「きみは魔法でわたしをここに呼んだのか？」

「あなただけじゃないわ」

「きみが生きてきたのはせいぜい四半世紀だろうに、それでもきみの魔法はわたしに影響を与えた。一度ならず二度までも。感動的だな」

クロエは笑いを堪えた。ルカはネヴァダの魔力を口では褒めたけれど、内心では動揺している。ほんの小娘がかけた魔法の影響を受けたことが、気に食わないにちがいない。

彼らは作戦を練りはじめた。新兵の補充、戦略……どれもクロエには退屈であくびが出そうだ。気がつくと、ショットガンを抱えた若者の首筋を見つめていた。彼はとてもいい匂いだし、余分な血がたんまりありそうだ。この位置からだと見えないが、腕に深い掻き傷があるのがなんともおいしそうな匂いからわかった。

味わってみたいけれど、我慢しきれないことはない。でも、せっかく流れ出ているのだから、ちょっと舐めるぐらいなら……ルカがまた腕をぎゅっとつかんだ。

彼はなんでもお見通しだ。

腕をつかむ手を見て、一気に現実に引き戻された。人生が大きく変わってしまったという現実に。着ている黒いシャツには血がべっとりついていた。ルカの手も服も……血まみれだ。その血はヴァンパイアに滋養を与え、強くする。

顔をあげるとルカと目が合った。すっと彼にもたれかかった。今夜がこんな終わり方をするとは思ってもいなかった。

「この屋敷のどこかにシャワーがあるはずだわ」クロエは言った。

「二階に」ネヴァダが言う。魔女もまた、クロエにきれいになってほしいのだ。見られた様ではない——戦闘の形跡を留めているのは、彼女とルカだけではないが。「あたしの部屋のバスルームにはタオルがたくさんあるわよ。ほかの部屋はどうか知らないけど」ネヴァダが道順を言い終わる前に、ふたりは歩きだしていた。後に残ったヴァンパイアとウィリアーと人間のあいだで、今後のことが話し合われた。

人間の匂いから遠ざかると、血を味わいたいという欲望は消えた。目を閉じて深く息を吸い込む。ふたりは信じられないスピードで階段を駆けあがっていた。彼女に嗅ぐことのできる匂いは、死と食欲を掻き立てる血の匂いばかりではない。花と草と空気と水の匂い、夏の匂い。月の匂いだって嗅ぐことができる。

ルカはネヴァダの部屋には行かず、べつの部屋を選んだ。ろくに家具のないがらんとした部屋だった。人が住んでいた気配がまったくなかった。つづきのバスルームには、タオルが一枚だけかかっていた。なんとかなるだろう。

ルカは急いで彼女の服を脱がせ、自分も脱ぎ、シャワーの栓をひねった。大きな茶色のタイルが敷かれたシャワー室に、ふたりで入った。流れ落ちる水の冷たさが気持ちよかったが、じきに熱くなって、それもまた気持ちよかった。クロエは排水口に吸い込まれる血で染まったお湯の渦を眺めた。おいしそうだとは思わない。目を閉じてルカにもたれた。

かつての彼女はもうどこにもいない。それが厳然たる事実だ。たしかに生きてはいるが、彼女が知っていた人生は終わりを告げた。クロエ・ファロンは死んだのだ。そういうことだとわかっていた。ルカに、生きていきたい、と言ったとき、すでにわかっていた。

すべてを過去に残してこざるをえなかったことが、鋭い痛みとなって彼女を切り裂いたが、自分の決断を悔いてはいなかった。ひとつの人生の終わりは、べつの人生のはじまりでもある。

「あなたへの愛は前より鋭く深いものになったわ」彼女はささやいた。「そういうことが可能だとは思っていなかったけれど、ますます確実なものになっている。いままでは見るものすべてがモノクロだったけれど、いまはすべてに色がついている、そんな感じなの。あなたはわたしの一部なのよ、ルカ」

「そうだな」

「学ぶべきことがたくさんある。知らないことがたくさんある。でも、わたしを刺した狂人を始末しないかぎり、安らぎは訪れないのよね」

「心から安らぐことはできないな」彼は……怒っているようだ。

お湯が流れつづける。排水口に吸い込まれる湯は透明になった。ルカを見あげる。とてもはっきり、くっきり見える。彼もまた生まれ変わったように。「わたしに血を与えて転身させたことを、後悔している？」

「するものか」打てば響く返事に、彼の誠意を感じた。「わたしの声から苛立ちを感じたとしたら、この戦争から離れた場所にきみを連れ去り、じっくりと訓練したいのにできないからだ」

いつかきっと昔の自分を悼むだろう。友や家族を置き去りにするのはつらい。でも、いつ戦争が起きるかわからないし、ルカと一緒にいられるのだから。自分がこうなったことを悲しみはしない。彼女がこれまでにしてきたこと、選んだこと、偶然の出来事も意味のない一歩も、すべてがいまの自分につながっている。

「生まれてからずっと、あなたを待っていたんだわ」ほんとうにそうだと思ったら、胸がキユンとなった。

ややあってから、ルカが耳もとでささやいた。「いいかい、クロエ。わたしはずっときみを待っていた。ずっとずっと長い年月を」


インディカイヤは攻撃に備え、剣の柄を握る手に力を込めた。クロエ――彼女のコンデュイットであり、彼女の子孫――がヴァンパイアに転身した姿を見て、胃がでんぐり返り、心が張り裂けた。

夜が明けると、生き残ったウォリアーと魔女、ショットガンを抱いた若者、それに数人のヴァンパイアは、屋敷の地下室へと移動した。光に耐えられるとはいっても、昇る朝日を見て嬉しいヴァンパイアはいない。インディカイヤは邪魔立てするヴァンパイアはすべて殺す意気込みでやってきた。ほんの数人だとはいえ、味方になって戦うヴァンパイアがいるとは思ってもいなかった。

ルカとソーリンは相当な数の反乱派を片付けたし、クロエが決心を変えるつもりのないことはあきらかだ。インディカイヤがルカ・アンブラスを殺したら言い訳がたたない。〝虫が好かない〟は、彼の首を刎ねる理由にはならない。

戦闘に加わった者たちはみんな体を洗い、服を着替えていた。クロエは魔女のクロゼットから体に合う服を探し出し、男たちも反乱派の荷物を漁ってなんとか着替えた。小柄な魔女の服はどれも小さすぎたので、インディカイヤはソーリンの匂いのするシルクのシャツに、もっと小柄なヴァンパイアが着ていたズボンで我慢した。

ショットガンを抱えた若者、ジミーは携帯電話で話をし、ケイトという娘になんとか事情を説明しようと悪戦苦闘していた。本人は気が進まないだろうが、ウォリアーの素質を備えている。戦闘を前にして逃げ出さなかった。戦闘の最中も……今後の計画を立てるときにも、逃げ出さなかった。

リューリクはネヴァダにぞっこんで、ネヴァダも大事な仕事を控えているというのに、まんざらでもない様子だ。

ジミーとネヴァダは、ルカが現われるたびにぎょっとする。また〝べつの〟ヴァンパイアが現われたと思うからだ。最初はおもしろがっていたが、だんだん腹が立ってきたようだ。時間をかければ問題を解決できる、とネヴァダはルカに言い……数分経つとまたおなじことを言う。ウォリアーたちにその心配はなかった。多くがルカとおなじぐらい歳をとっているし、べつの世界からやってきたので、彼の魔法の影響は受けないからだ。

クロエとルカとソーリンが廊下の端にかたまって、熱心におしゃべりしていた。たがいに複雑な思いを抱きつつも、いまは共通の大義のために感情を棚上げにしている。クロエは最初のうち、ソーリンを警戒して距離を置いていたが、だんだんに態度が変わった。いまでは彼を信用しはじめているようだ。インディカイヤの経験からすると、ほんとうに信頼できるヴァンパイアはひとりもいない。

ウォリアーはつぎつぎに到着していた。初戦を逃してもつぎがある。この戦争はヴァンパイア対ウォリアーという単純な図式にはならないだろう。今夜、同胞を殺したヴァンパイアが四人いた。インディカイヤと同様に、人間を守るために戦ったのだ。味方はひとりでも多いほうがいいのだから、味方を殺すような馬鹿はやらない。

クロエがルカになにか言い、インディカイヤにちかづいてきた。顔には笑みを浮かべている。昇る朝日が、新米ヴァンパイアのエネルギーを奪いつつあった。ルカが心配そうに彼女を見守る。彼女がジミーの前を通るときには、警戒を強めた。だが、彼女は青年をちらっと見ただけだった。新米ヴァンパイアには珍しく、とても自制がきいている。

「あなたのせいで頭がおかしくなりかけたわ」クロエがやさしく言った。

「申し訳ない」インディカイヤは短い敬礼をした。なんとなくこの場にはそぐわない。「わたしの子孫のなかで、あなたがいちばん強かったから。精神的に。あなたの母親は耳を貸そうとしなかったし、ほかの者たちは……能力がなかった」

「気にしないで。あなたはやるべきことをしたんですもの。いまはそれがわかる。でも、あのときはどうなることかと思った。見えるのは三つ編みだけだし、どこからともなくあなたの声が聞こえるし……気味が悪いのなんの」

「必要なことだった」

クロエが声を落とした。「念のために訊くけど、約束は守ってくれるわよね。ルカのこと。彼を殺さないって言ったでしょ」

「彼には頭も心臓もついたままじゃない」

「ずっとそうであってほしいの」

この地上に生きる誰よりも、ルカ・アンブラスは助けを必要としない。ところがクロエは、純血種ヴァンパイアをできるかぎり守ろうとしている。「彼を愛してるのね」

「そうよ」

インディカイヤは部屋のなかのエネルギーに波長を合わせた。ヴァンパイアたち、ふたりの人間、ウォリアーたち――知っている者もいれば、あらたに味方になった者もいる――そして、まったくあたらしいエネルギーを感知した。とても珍しくパワフルなエネルギーだ。べつの子孫。

新米ヴァンパイアの腹には純血種の子どもが宿っている。コンデュイットでもあるヴァンパイア。純血種が孕《はら》ませ、転身させたヴァンパイア。これまでになかったことだ。

転身する前に子どもを身ごもっていたことを、クロエはまだ知らない。ルカもまだ知らないだろう……だが、彼の能力をもってすれば、じきに気づくだろう。インディカイヤが気づいたのは、自分の血統を引く者にずっと波長を合わせてきたからだ。

この戦争は単純なものにはならない。ルカやソーリンのようなヴァンパイアがウォリアーと一緒に戦う戦争だ。人間たちもだが、クロエとその子も守らねばならない。混血の子がこの世に生まれるのを阻止しようとする動きがきっと起きる。人間の側でもヴァンパイアの側でも。そういう子は生まれるべきでないと、インディカイヤ自身も思っているが、この子はクロエの子だ。インディカイヤの血を引く子だ。

この戦争は灰色のゾーンで戦うことになる。彼女は黒と白、善と悪がはっきりしているほうが好きだ。

おれもそれに賛成だ、と言うように、ソーリンがこっちを見てほほえみ、こともあろうにウィンクした。

ヴァンパイアの女王を殺して愚かな革命に終止符を打つのは、早ければ早いほどいい。人間にとっても、インディカイヤ自身にとっても。

訳者あとがき

　リンダ・ハワードの最新作は、おなじアラバマ在住の作家、リンダ・ジョーンズと共著のパラノーマル・ロマンス、それもヴァンパイアを主人公に据えた作品だ。

ルカ・アンブラスは二千年以上生きてきたヴァンパイア。しかも稀有な存在の純血種、人間から転身したのではなく、ヴァンパイアの両親から生まれた生粋のヴァンパイアだ。並はずれて強い。彼が生まれ持つ特別なパワーのおかげで、人間は彼を記憶に留めない。だから自由でいられる。好きなときに好きな場所におもむき、好きなようにふるまえる。むろん自由には代償がついてくる。孤独。圧倒的な孤独。人間もだが、同族の者たちも、よほど強い者以外は彼を記憶に留めない。つまり、人間であれ、ヴァンパイアであれ、ほとんど誰とも関係を築くことができないのだ。そんな孤独のなかで彼は、二千年という気の遠くなるような長い歳月を生きてきた。

　ヴァンパイア世界を統治する評議会に雇われ、造反ヴァンパイアを抹殺するのがルカの仕事だ。ある日、評議会の長であるヘクターが電話をよこし、「評議員のなかに裏切り者がいる」と、言った。人間よりまさるヴァンパイアが、なぜ闇の世界の住人に甘んじなければいけないのか、人間を倒して世界制覇を目指してなにが悪い、と考え、反乱を企てる造反者はいつの時代にもいて、ルカの出番となる。だが、いままで評議会から造反者が出たことはなかった。由々しき事態に、いつも冷静沈着なヘクターが動転して電話をよこしたのだ。

ルカはすぐに評議会本部のある首都ワシントンへ飛んだが、時すでに遅し。ヘクターの居所はもぬけの殻で、部屋に残る気配から、ルカは彼が殺されたことを知る。ヘクターが言っていた裏切り者の差し金にちがいない。評議会の執事、イーノックが犯人だと直感したルカは、彼の後をつけ、住宅街の一角で、彼が若い女性に襲いかかるのを目撃、とっさに彼女を助けた。

クロエ・ファロンは二十九歳、ジョージタウンにある高級レストランのアシスタント・マネージャーをしている。胸に大動脈瘤という爆弾を抱え、死と背中合わせの日々を送りながらも、さらに上を目指して大学で経営学を学ぶ頑張り屋だ。ところが、数週間前から、太い三つ編みにした髪が目の前にぶら下がる奇妙な夢を繰り返し見るようになっていた。それが夢だけにおさまらなくなり、キッチンで、自分の名を呼ぶ声を聞いた。さらに仕事帰り、真夜中に家の前で何者かに襲われた。血の匂いのする息を吐きかけられ、首をひねられて首筋が剥き出しになり、目の前が暗くなりかけたとき、不意に襲撃者が消えた。暗闇で男がふたり、取っ組み合っている。その動きはあまりにも早く、ぼんやりとしか見えない。やがて戦いは終わり、大柄の男がちかづいてきた。街頭に照らし出されたその姿は、襲撃者のものではなかった。

これがヴァンパイアのルカと人間のクロエとの出会いだ。しかも、クロエはルカを記憶に留めた。ルカにとっては天地がひっくり返るような驚きだった。なぜクロエはルカを忘れなかったのか。彼女がコンデュイットだからなのか。この世界とよく似た別の世界にいて、人類に危機が迫れば現われる戦士、ウォリアーの子孫であるコンデュイット。ウォリアーがこの世界に現われるためには、コンデュイットに呼び出してもらわねばならない。

こんな幕開けの本作について、リンダ・ハワードは二年ほど前のインタビューでこう語っている。「ふたりでいろいろアイディアを出し合っているところ。リンダ・ジョーンズは筋立てが得意で、わたしは登場人物の性格付けが得意だから、いいコンビだわ」

相方のリンダ・ジョーンズは、四十年ちかく連れ添ったご主人といちばん下の息子とともにアラバマ州に住んでいる。書くことに興味は持っていたが専業主婦の時代が長く、一九九四年に出版された処女作 *“Guardian Angel”* もキッチンのテーブルで書いたそうだ。以来、リンダ・ウィンステッド・ジョーンズ、リンダ・ジョーンズ、リンダ・ファロン、リンダ・デヴリンと名前を使い分け、パラノーマル・ロマンス、ヒストリカル・ロマンス、ロマンティック・サスペンスなどの分野で、六十冊以上の作品を世に送り出してきた。日本でもリンダ・ウィンステッド・ジョーンズ名義の作品が何冊か翻訳出版されている。二〇〇四年には、リンダ・ファロン名義の作品でＲＩＴＡ賞（パラノーマル・ロマンス部門）を受賞した。
クッキーでもケーキでも、ミートローフでもピザでも、ハート形のものが好きで、子どもたちが小さかったころはとくに凝っており、ハート形のペパローニ（香辛料を強く効かせた堅く乾燥したソーセージ）が大受けだったとか。仲良しのリンダ・ハワードと一緒にフェイスブックを開いているので、興味のある方はふたりのおしゃべりを覗いてみてください。

本書の続編〝*Warrior Rising*〟がおそらく来年に刊行する予定で、本作の最後で一堂に会した個性的で魅力的なキャラクターがどんな活躍を見せるのか、期待が膨らむ。
二見文庫からつぎに出るリンダ・ハワードの新作〝*Veil of Night*〟は、正統派ロマンティック・サスペンス。ウェディング・プランナーのヒロインを、無茶な要求ばかりして悩ませた〝ブライジーラ〟の花嫁が殺される。聞きなれないこの〝ブライジーラ〟、花嫁《ブライド》とゴジラを合わせた造語で、披露宴の準備が思いどおりにいかないと、周囲に怒りをぶつけ、ゴジラのように暴れまくるはた迷惑な花嫁のことだ。披露宴の準備に携わる人たち全員から憎まれていた花嫁だから、誰が犯人でもおかしくない。ヒロインにも疑いがかかる。しかも、担当刑事は、情熱的な一夜を過ごした相手だった……どうぞお楽しみに。

二〇一一年　五月

ザ・ミステリ・コレクション

永遠《とわ》の絆《きずな》に守《まも》られて

著者　リンダ・ハワード
リンダ・ジョーンズ

訳者　加藤洋子《かとうようこ》

発行所　株式会社 二見書房
東京都千代田区三崎町2-18-11
電話　03(3515)2311［営業］
03(3515)2313［編集］
振替　00170-4-2639

印刷　株式会社 堀内印刷所
製本　合資会社 村上製本所

落丁・乱丁本はお取り替えいたします。
定価は、カバーに表示してあります。
© Yoko Kato 2011, Printed in Japan.
ISBN978-4-576-11076-9
http://www.futami.co.jp/

夜風のベールに包まれて

リンダ・ハワード
加藤洋子［訳］

美人ウエディング・プランナーのジャクリンはひょんなことからクライアント殺害の容疑者にされてしまう。しかも現われた担当刑事は〝一夜かぎりの恋人〟で…!?

凍える心の奥に

リンダ・ハワード
加藤洋子［訳］

冬山の一軒家にひとりでいたところ、薬物中毒の男女に強盗に入られ、監禁されてしまったロリー。そこへ助けに現われたのは、かつて惹かれていた高校の同級生で…!?

ラッキーガール

リンダ・ハワード
加藤洋子［訳］

宝くじが大当たりし、大富豪となったジェンナー。人生初の豪華クルーズを謳歌するはずだったのに謎の一団に船室に監禁されてしまい……!?　愉快&爽快なラブ・サスペンス！

天使は涙を流さない

リンダ・ハワード
加藤洋子［訳］

美貌とセックスを武器に、したたかに生きてきたドレア。彼女を生まれ変わらせたのは、このうえなく危険な暗殺者！驚愕のラストまで目が離せない傑作ラブサスペンス

氷に閉ざされて

リンダ・ハワード
加藤洋子［訳］

一機の飛行機がアイダホの雪山に不時着した。乗客の若き未亡人とパイロットのジャスティスは、何者かの陰謀ではないかと感じはじめるが…傑作アドベンチャーロマンス！

夜を抱きしめて

リンダ・ハワード
加藤洋子［訳］

山奥の平和な寒村に住む若き未亡人に突如襲いかかる恐怖。彼女を救ったのは心やさしくも謎めいた村人の男だった。夜のとばりのなかで男と女は愛に目覚める！

二見文庫　ザ・ミステリ・コレクション

チアガールブルース
リンダ・ハワード
加藤洋子［訳］

殺人事件の目撃者として、命を狙われるはめになったブロンド美女ブレア。しかも担当刑事が、かつて振られた因縁の相手だなんて…!? 抱腹絶倒の話題作！

ゴージャスナイト
リンダ・ハワード
加藤洋子［訳］

絵に描いたようなブロンド美女だが、外見より賢く計算高くて芯の強いブレア。結婚式を控えた彼女にふたたび危険が迫る！ 待望の「チアガールブルース」続編

未来からの恋人
リンダ・ハワード
加藤洋子［訳］

二十年前に埋められたタイムカプセルが盗まれた夜、弁護士が何者かに殺され、運命の男と女がめぐり逢う。時を超えたふたりの愛のゆくえは? 女王リンダ・ハワードの新境地

くちづけは眠りの中で
リンダ・ハワード
加藤洋子［訳］

パリで起きた元CIAエージェントの一家殺害事件。復讐に燃える女暗殺者と、彼女を追う凄腕のスパイ。危険なゲームの先に待ち受ける致命的な誤算とは!?

悲しみにさようなら
リンダ・ハワード
加藤洋子［訳］

十年前メキシコで起きた赤ん坊誘拐事件。たったひとりわが子を追い続けるミラがついにつかんだ切り札、それは冷酷な殺し屋と噂される危険な男だった…

一度しか死ねない
リンダ・ハワード
加藤洋子［訳］

彼女はボディガード、そして美しき女執事——不可解な連続殺人を追う刑事と汚名を着せられた女。事件の裏で渦巻く狂気と燃えあがる愛のゆくえは!?

二見文庫　ザ・ミステリ・コレクション

見知らぬあなた
リンダ・ハワード
林 啓恵［訳］

一夜の恋で運命が一変するとしたら…。平穏な生活を〝見知らぬあなた〟に変えられた女性たちを華麗な筆致で紡ぐ、三編のスリリングな傑作オムニバス。

パーティーガール
リンダ・ハワード
加藤洋子［訳］

すべてが地味でさえない図書館司書デイジー。34歳にしてクールな女に変身したのはいいが、夜遊びデビュー早々ひょんなことから殺人事件に巻き込まれ…

あの日を探して
リンダ・ハワード
林 啓恵［訳］

叶わぬ恋と知りながら、想いを寄せた男に町を追われたフェイス。12年後、引き金となった失踪事件を追う彼女の行く手には、甘く危険な駆け引きと予想外の結末が…

夜を忘れたい
リンダ・ハワード
林 啓恵［訳］

かつて他人の心を感知する特殊能力を持っていたマーリーの脳裏に、何者かが女性を殺害するシーンが映る。そして彼女の不安どおり、事件は現実と化し…

Mr.パーフェクト
リンダ・ハワード
加藤洋子［訳］

金曜の晩のジェインの楽しみは、同僚たちとバーでおしゃべりすること。そんな冗談半分で作った「完璧な男」の条件リストが世間に知れたとき、恐ろしい惨劇の幕が…！

夢のなかの騎士
リンダ・ハワード
林 啓恵［訳］

古文書の専門家グレースの夫と兄が殺された。犯人は、目下彼女が翻訳中の14世紀古文書を狙う考古学財団の理事長。いったい古文書にはどんな秘密が？

二見文庫 ザ・ミステリ・コレクション

青い瞳の狼
リンダ・ハワード
加藤洋子［訳］

CIAの美しい職員ニエマと再会した男は、彼女の亡夫のかつての上司だった。伝説のスパイと呼ばれる彼の使命は武器商人の秘密を探り、ニエマと偽りの愛を演じること…

心閉ざされて
リンダ・ハワード
林 啓恵［訳］

名家の末裔ロアンナは、殺人容疑をかけられ屋敷を追われた又従兄弟に想いを寄せていた。10年後、歪んだ殺意が忍び寄っているとも知らず彼と再会するが…

石の都に眠れ
リンダ・ハワード
加藤洋子［訳］

亡父の説を立証するため、考古学者となりアマゾン奥地へ旅立ったジリアン。が、彼女を待ち受けていたのは、死の危機と情熱の炎に翻弄される運命だった。

二度殺せるなら
リンダ・ハワード
加藤洋子［訳］

長年行方を絶っていた父親が何者かに射殺された。父の死に涙するカレンは、刑事マークに慰められるが、射殺事件の黒幕が次に狙うのはカレンだった…

危険な愛の訪れ
ローラ・グリフィン
務台夏子［訳］

元恋人殺害の嫌疑をかけられたコートニーは、刑事ウィルと犯人を探すことに。惹かれあうふたりだったが、黒幕の魔の手が忍び寄り…。2010年度RITA賞受賞作

あの丘の向こうに
スーザン・エリザベス・フィリップス
宮崎 槙［訳］

気ままな旅を楽しむメグが一文無しでたどりついたテキサスの田舎町。そこでは親友が〝ミスター・パーフェクト〟と結婚式を挙げようとしていたが、なぜか彼女は失踪して…!?

二見文庫 ザ・ミステリ・コレクション

黒き戦士の恋人
J・R・ウォード
安原和見［訳］
NY郊外の地方新聞社に勤める女性記者ベスは、謎の男ラスに出生の秘密を告げられ、運命が一変する！ 読みだしたら止まらない全米ナンバーワンのパラノーマル・ロマンス

永遠なる時の恋人
J・R・ウォード
安原和見［訳］
レイジは人間の女性メアリをひと目見て恋の虜に。戦士としての忠誠か愛しき者への献身か、心は引き裂かれる。だが困難を乗りこえふたりは結ばれるのか？ 好評第二弾！

運命を告げる恋人
J・R・ウォード
安原和見［訳］
貴族の娘ベラが宿敵〃レッサー〃に誘拐されて六週間。だれもが彼女の生存を絶望視するなか、ザディストだけは彼女を捜しつづけていた…。怒濤の展開の第三弾！

闇を照らす恋人
J・R・ウォード
安原和見［訳］
元刑事のブッチがヴァンパイア世界に足を踏み入れて八カ月。美しきマリッサに想いを寄せるも梨の礫。贅沢だが無為な日々に焦りを感じていたところ…待望の第四弾

銀の瞳に恋をして
リンゼイ・サンズ
田辺千幸［訳］
誰も素顔を知らない人気作家ルークと編集者ケイト。出会いは最悪&意のままにならない相手なのになぜだか惹かれあってしまうふたり。ユーモア溢れるシリーズ第一弾！

永遠の夜をあなたに
リンゼイ・サンズ
上條ひろみ［訳］
検視官レイチェルは遺体安置所に押し入ってきた暴漢から〃遺体〃の男をかばって致命傷を負ってしまう。意識を取り戻した彼女は衝撃の事実を知り…!? シリーズ第二弾

二見文庫 ザ・ミステリ・コレクション